AUS *den* AUGEN

Übertragen Aus Dem Amerikanischen
Roman

NEW YORK TIMES BESTSELLER-AUTOR

CHERRY-ADAIR

Aus den Augen

ISBN-13: 978-1937774349
ISBN-10: 1937774341
Copyright © 2015 Cherry Adair
www.cherryadair.com
www.shop.cherryadair.com

1

Mittwoch, 3. April

AJ Cooper war der feuchte Traum eines jeden Mannes, aber im Moment hätte Kane Wright ihren hübschen Hintern am liebsten an die Wand genagelt.

Eine Kugel schlug in die zertrümmerte Wand hinter ihm. Herumfliegende Kalksteinsplitter stachen in sein Gesicht und verfehlten sein Auge um einen Wimpernschlag. Er zuckte nicht zusammen. Er registrierte das Chaos kaum.

»Cooper.« Er hob die Stimme nicht, trotz des lautstarken Feuergefechts, das den frühabendlichen Himmel erhellte. Das Mikrofon vor seinen Lippen hätte nur knarrendes Geplärr übermittelt. Der Schusswechsel verwandelte den Sand und den Stein in eine Kakophonie aus Lärm und weißem Licht. »Mach, dass du deinen Hintern herkriegst!«

AJ lag fünfzehn Meter vor ihm flach auf dem Bauch in vorderster Front auf einem vorspringenden Felsplateau hoch über Raazaqs Camp. Sie war bestens positioniert, aber starr wie ein Reh im Scheinwerferlicht, das Scharfschützengewehr lautlos, *nutzlos* in den Händen.

»N-nein«, flüsterte sie. Ihre Stimme zitterte, aber sie grub die Fußspitzen in den Sand und rollte sich über die Waffe, die sie mit weißen Fäusten umklammert hielt.

Zur Hölle.

»Das ist keine Bitte, sondern ein Befehl.« Verdammt. Die nächste Kugel schlug eine Pockennarbe in die Wand

neben ihm, und ein neuerlicher Schauer aus Steinen und
Mörtel regnete auf ihn herab. Der einzige Grund, weshalb
die Kugeln noch keinen vom Team getroffen hatten, war die
Lage des Terroristencamps, das sich gut hundert Meter
bergab in einem engen, mit Palmen bewachsenen Tal unter
ihnen befand. Sobald Raazaqs Männer etwas in die Hände
bekamen, das durchschlagender als die Gewehre war,
würde das Blatt sich wenden. Das hier war das Terrain der
Schurken; sie hatten Heimvorteil.

Das Überraschungsmoment war vertan. Kane und sein
Team waren geliefert, wenn sie nicht aus diesem Chaos
herauskamen. Schnell.

AJs Schlucken drang laut an sein Ohr. »Ich kann ihn
immer noch kriegen.« »Nein«, sagte er ruhig. »Kannst du
nicht.« *Scharfschütze Erster Klasse, meine Güte.* Sie hatte
ihr Ziel verfehlt.

Zur Hölle. *Das* Ziel.

Freie Schussbahn, und sie hatte *danebengeschossen*!

Man hatte sie wegen ihrer unglaublichen Treffsicherheit
ausgesucht und für diese Operation in aller Eile aus dem
Trainingscamp geholt, aber sie war für einen Einsatz im
Feld offenkundig noch nicht bereit. Ein bisschen spät, das
an diesem verfluchten Tag herauszufinden. Schießen war
eine knallharte Disziplin, und sie hatte nicht die Nerven für
den Job.

Von einer Minute auf die andere war Cooper von Kanes
größtem Trumpf zu seiner größten Schwäche geworden.

Drei Zylinder aus weißem Feuer, jeder etwa einen Meter
lang, flogen im Bogen über ihre Köpfe ins Tal. Das
Mündungsfeuer zog Rauchfahnen hinter sich her, die es
den Kerlen ermöglichten, ohne Zielfernrohr zu schießen.
AJs schmale Schultern erstarrten, als die Kugeln ganz in
der Nähe einschlugen.

»Zielt auf den Wagen«, befahl Kane Struben und
Escobar, als Raazaqs Stretchlimousine mit ausbrechendem
Heck im Sand wendete und in die Wüste raste. Einer seiner

Männer traf den linken Hinterreifen. Der Wagen schleuderte, fuhr aber weiter. Verdammt.

»Haltet die Kerle auf, bis ich Cooper da raushabe«, sagte er zu den beiden Männern. »Cooper? Langsam und locker rückwärts, wir geben dir Feuerschutz.«

Klick.

»Hast du jetzt etwa dein Mikrofon abgestellt - verdammt noch mal, Frau!« Ihren Hintern an die Wand zu nageln, war erst der Anfang.

Kane kroch auf sie zu. Das Problem auf der Stelle anzugehen, würde nichts bringen. Sie hatte Angst. Angst machte sonderbare Dinge mit den Menschen. Er kannte die Anzeichen. Das Gesicht unter der umgedrehten Baseballmütze war ein bleiches Oval, das vor Schweiß glänzte. Die weichen Lippen waren verzerrt und grimmig. Das Scharfschützengewehr drückte sich an die Schulter, die Hände waren in Position. Aber diese Hände waren verkrampft und schwitzten wie verrückt. Kane hatte das in den letzten Jahren auch schon bei anderen Rekruten gesehen.

Gelähmt vor Angst.

Nutzlos.

Bei irgendeiner Trainings-Operation würde es keine gro ße Rolle spielen.

Heute Abend hatte AJ es für sie alle verdorben.

Großartig. Einfach großartig. Genau das hatte ihm noch gefehlt.

In einer Trainingssituation hätte er Mitleid gehabt, den Neuling beruhigt und ihn vorsichtig herausmanövriert. Der Himmel allein wusste es, er kannte das, er hatte das alles schon erlebt. Aber diese Operation war zu gefährlich, zu zeitgebunden, um irgendwen zu verhätscheln. Sie musste sich zusammenreißen. Und zwar sofort.

Eine Scharfschützin, die Angst hatte, ihr Gewehr abzufeuern.

Das hatten ihm seine Vorgesetzten beim Briefing praktischerweise verschwiegen, als sie ihn, obwohl er es besser wusste, davon überzeugt hatten, dass AJ für die Operation unverzichtbar war.

Gottverdammt.

»Es ist vorbei, Rekrut«, teilte er AJ gelassen mit, indem er ihre Kontrolle über den Sprechfunk aufhob. Ihr Atem drang schnell und flach an sein Ohr. Er verspürte einen schwachen Anflug von Mitleid, den er auf der Stelle unterdrückte. »Die Überraschung ist geplatzt. Wir sitzen fest. Zieh dich zurück. Jetzt.«

Klick. »Ich k-kann es schaffen.«

Wenn ihre Hände genauso zitterten wie ihre Stimme, dann hatten sie Glück, wenn das Geschoss im selben Land landete. »Das ist ein Befehl, Cooper. Der Wagen ist entkommen. Dein Ziel ist weg. Und jetzt sieh zu, dass du herkommst.«

Wieder erhellte Mündungsfeuer den Himmel, und die Luft war von einem stickigen Geruch aus Ozon und Schießpulver erfüllt. Die Dämmerung, die herumfliegenden Steine, der Sand und die unvorhersehbaren grellen Lichtblitze reduzierten die Sicht auf annähernd null. Kane wäre am liebsten über das Geröll gehastet, das sie beide trennte, um die Frau am Nacken zu packen und ... was?

Hätte er das nur gewusst. Sie aus der Schusslinie bringen, zum Beispiel. »Cooper. Zurück!« Der Ohrhörer war erneut tot. »Verdammt, Frau, stell dein Mikrofon wieder an und rede mit mir.« Die nächste Runde Artilleriefeuer erhellte den Nachthimmel. Der erste Punkt für unsere Leute. *Guter Mann, Escobar.*

Doch es war eine Verschwendung von Munition. Höchste Zeit, auszusteigen.

Die Operation war schon vor zwei Stunden, kurz nachdem das vierköpfige Team Stellung bezogen hatte, den Bach hinuntergegangen. Jetzt sank gnädigerweise die Sonne, aber es waren immer noch über fünfunddreißig Grad. Gerade er hätte wissen müssen, dass der Durchbruch zu leicht gelaufen war. Zu lässig.

Der Schweiß brannte in seinen Augen. Das Hemd klebte wie ein Leichentuch auf seiner Haut. Und wenn er Cooper nicht schleunigst in die Gänge bekam, verdammt, dann würden sie bald alle Leichentücher umhaben. Sehr bald.

In der Ferne bildete die nächtliche Skyline Kairos, das moderne Ägypten der Gegenwart, einen seltsamen Gegensatz zu den verfallenden altertümlichen Ruinen, in denen sie Deckung suchten.

Fünfhundert Meter unter ihnen war Raazaqs Camp erleuchtet, als ob Ramadan und Weihnachten gleichzeitig wären. Als sie die Ruine der kleinen Zitadelle oben auf dem Hügel erreicht hatten, zählte Kane im Lager der Terroristen vier Geländewagen. Dazu die völlig unpassende lange schwarze Stretchlimousine, die inzwischen fort war, und ungefähr drei ßig Turbanträger. Raazaqs Leute waren bis an die Zähne bewaffnet und gut ausgebildet.

Höchste Zeit, die guten Jungs aus der Gefahrenzone herauszubringen. Kane gab Escobar und Struben ein Zeichen. Sie signalisierten *verstanden*.

AJs gesamte Rückenansicht erstrahlte hell, als eine Granate auf ihrer Seite der Anhöhe explodierte. Sie hatten die gro ßen Geschütze aufgefahren.

Nah. Verdammt nah.

Was zur Hölle *dachte* AJ sich dabei? *Beweg dich, verdammt!* Sie hatte sich seit drei Minuten nicht vom Fleck gerührt. Er erkannte das Weiß ihrer Fingerknöchel, die sich um die Dragunov bogen, sogar aus mehreren Metern Entfernung und bei diffusem Licht. *Was hast du vor, Cooper? Sie zu Tode prügeln? Schieß, verdammt noch mal, schieß!*

»Escobar«, murmelte er, und der Mann hob ruckartig den Kopf. »Hol sie.«

»Okay.« Escobar, der sich weiter links und oberhalb der Rekrutin befand, glitt an der Wand hinab und stieg langsam auf AJ zu.

Die Nacht brach herein, schwarz und todbringend. Die Dämmerung verweilte in der Wüste nicht lang. Escobar kletterte neben AJ, die seine Anwesenheit gar nicht bemerkte. Bei all dem Lärm um sie herum hörte sie ihn vermutlich nicht einmal.

Kanes Verärgerung wuchs zu einem ernsten Fall von Stinkwut. Sie gehorchte seinen Befehlen immer noch nicht und bemerkte nicht einmal, dass ihre Inkompetenz ihn veranlasst hatte, ein anderes Teammitglied loszuschicken, um ihren Arsch aus dem Feuer zu holen. Sie zitterte so heftig, dass der Sand vibrierte, und sie hielt die Waffe umklammert, als ob sie zu der Operation noch irgendwas beizutragen hätte. Verdammt! Sie brachte sie alle in Gefahr. Kane feuerte eine Salve über die Köpfe der beiden, um ihnen Deckung zu geben.

Escobar packte sie an der Schulter. Cooper fuhr erschrocken herum und schlug ihn, genau in dem Augenblick, als eine Kugel ihn in den Oberarm traf, hart mit dem Ellenbogen gegen das Kinn. Als Escobar wie ein Stein nach unten fiel - wegen des Schlags, nicht wegen der Kugel - konzentrierte sie sich schon wieder auf die Vorgänge unten im Tal. Escobars Waffe prallte von einem Mauervorsprung ab und landete einen Meter entfernt im Dreck, während Escobar gegen die Wand sackte wie ein Betrunkener in einer Samstagnacht.

»Verdammt!« Kane kroch auf dem Bauch liegend auf die beiden zu. Schnell. Warum, zur Hölle, hatte er sich dazu überreden lassen, Cooper auf diese Mission mitzunehmen? Sie war nicht nur unerfahren, sondern auch ungehorsam und unberechenbar.

Den ganzen Weg über leise fluchend, kroch er schneller voran, über faustgroße Felsbrocken und scharfkantige Ziegelsplitter und an seinem verletzten Mann vorbei - Escobar würde es überleben. Er packte Cooper mit der rechten Faust am Hosenbund, schützte sich mit dem linken Arm vor ihrem instinktiven Schlag, und zog sie nach hinten weg, genau in dem Augenblick, als die bröckelnde Wand neben ihnen in einem Regen aus Gesteinsbrocken explodierte.

Er vergrub das Gesicht an ihrem verschwitzten Rücken und bedeckte mit den Armen ihren Kopf. Sie schlug unter ihm um sich, nur aus spitzen Knochen und einem reizbaren Charakter bestehend. »Hörst du mir *jetzt* endlich zu? Ein bisschen zu spät, Cooper, verdammt.«

»Runter von mir, ich hab dir gesagt, ich schaffe es.«

Kane drückte sie mit Händen und Körper flach, bis der nächste Kugelhagel vorüber war.

»Runter!« AJ spuckte einen Mund voller Dreck aus und schaffte es, den Kopf so zu drehen, dass sich statt der Nase die Wange in den Boden grub. Ihre Augen brannten, und ihr Herz schlug so schnell, dass sie fürchtete, zu hyperventilieren und ohnmächtig zu werden. Der Brechreiz kam in immer stärkeren Wellen.

Sie hatte Raazaq verfehlt. *Verfehlt!*

Es war schon demütigend genug, dass das Team sie für ein Weichei hielt. Manny Escobar und Richard Struben hatten ja vielleicht Verständnis ... Aber Kane Wright? Keine Chance.

An einem Auftrag zu scheitern. An etwas zu scheitern, worin sie gut war ... und dann vor dem großen Kane Wright zusammenzubrechen, bei ihrem ersten gemeinsamen Einsatz ... Sie zwinkerte sich den Sand aus den Augen.

Leichter Schuss, Cooper. Hätte vielleicht sogar funktioniert, wenn du die Augen aufgemacht hättest! Die Scham konnte die Selbstverachtung nicht überdecken. Mit einer zweiten Chance hätte sie es vielleicht geschafft. Er hätte ... Nein, verdammt. *Sie* hätte ...

Sie hatte ihn immer bewundert und respektiert. Kane Wright war eine T-FLAC-Legende. Er hätte keine zweite Chance gebraucht. Er war ihr Vorbild, seit man sie letztes Jahr von der Polizeiakademie abgeworben hatte. Sie hatte ihre Heldenverehrung damals, ohne es überhaupt zu merken, von Gabriel, ihrem Bruder, auf Kane Wright projiziert. Er war alles, was sie sein wollte. Verdammt, sein *konnte* - sein *musste*.

»Lass mich los. Ich kann ihn immer noch kriegen.«

Nette Idee - als ob einer von ihnen beiden das nur eine
Sekunde lang geglaubt hätte. Sie wussten beide, dass
Raazaqs Leute ihren Anführer nach dem ersten Fehlschuss
aus dem Camp befördert hatten. Ihrem Fehlschuss.

AJ stemmte sich gegen ihn, aber genauso gut hätte sie
versuchen können, einen Berg vom Rücken zu stemmen.
Der Frust ballte sich wie eine Faust in ihrer Brust, und ihr
Herz schlug so heftig, dass sie würgte.

»Er ist längst weg. Du hattest deinen Schuss, Cooper. Es
ist vorbei. Jetzt müssen wir aus dieser Hölle raus. Schnell.«

Sie hatte die Mission und das Team in Gefahr gebracht.
Die ultimative Sünde. »Verdammt, ich will das, was ich tun
soll, zu Ende bringen.«

»Einen Tag und eine Kugel zu spät. Zwei Sekunden,
nachdem du danebengeschossen hast, war Raazaq schon
raus hier. Wer pennt, hat schon verloren.« Er war schwer,
sein Atem blies heiß auf ihre Wange. »Jetzt verstehe ich,
warum sie dir diesen Schreibtischjob angeboten haben.
Nimm ihn, sobald du wieder zurück bist. Morgen.«

Sie konnten sie nicht aus T-FLAC rauswerfen. Das würde
sie nicht zulassen. Sie hatte eine Familientradition
aufrechtzuerhalten. »Geh runter von mir und lass mich
meinen Job machen. Ich kann immer noch seine
wichtigsten Leute kriegen.«

»Chance vertan. Keine Wiederholung in der echten Welt.
Pack deine Waffen zusammen. Operation beendet.«

Ja, dachte sie, krank vor Enttäuschung, Angst und
Scham, *Operation beendet*. Der durchdringende
metallische Blutgeruch, der in der heißen Nachtluft lag,
erreichte ihre verwirrten Sinne.

Hatte Wright eine Kugel abbekommen? »Bist du
getroffen worden?«, fragte sie hektisch. Die Frage kam als
heiseres Krächzen heraus.

»Ich nicht. Escobar.«

»Manny?« Sie versuchte sich umzudrehen, um zu sehen,
wo Escobar war. Zu sehen, ob er Hilfe brauchte. Aber die

Sicht war wegen der Dunkelheit beschränkt und weil Kane ihr mit seinem Gewicht das Gesicht in den Boden drückte.

»Er wird es überleben.« Sein warmer, feuchter Atem streichelte über die Seite ihres Gesichts. »Nimm deine Waffen und dann nichts wie weg. Oder muss ich jeden verdammten Befehl erst zehnmal wiederholen, bevor du ihn kapierst? Hast du diesen Teil der Ausbildung geschwänzt?«, knurrte er. »Du hast sämtliche Befehle ohne Zögern zu befolgen. Sieh dir Escobar an. Dein Zögern ist der einzige Grund, dass er den Arm voller Blei hat.«

Danke. Als ob ich noch deine Unterstützung bräuchte, um mich wie ein nutzloser Versager zu fühlen.

Kanes Gewicht war erdrückend, erstickend. Genau wie sein Ruf. Ihre Sachen trieften vor Schweiß, und auf jedem Stückchen nackter Haut klebte wie ein Sühnezeichen der Sand. »Ziemlich schwierig, mit dir auf mir drauf.«

Er rollte sich von ihr herunter und kam tief gebückt auf die Füße, um sich nicht vor dem Feind gegen den Himmel abzuzeichnen. Dann drehte er sich um und streckte ihr, vermutlich um ihr aufzuhelfen, die Hand hin. AJ beschäftigte sich gerade damit, taumelnd auf die Beine zu kommen und nach der Dragunov zu greifen, als er sie packte. Sie klappte das federgelagerte Zweibein zurück in Position, griff nach ihrer heruntergefallenen Baseball-Kappe und drückte sie sich verkehrt herum auf den Kopf. Sie hob die Dragunov auf die Schulter ...

Kanes Hand schoss vor und packte mit hartem Griff die Mündung. »Gib auf, solange du noch Vorsprung hast, Cooper.«

Das sollte ein Vorsprung sein?

Scheiße.

Sie hätte sich am liebsten übergeben.

Sie hätte sich am liebsten in Luft aufgelöst.

Oh, Gott. *Schlimmer.*

Sie hätte am liebsten *geweint.*

Er warf ihr einen harten, leicht zu deutenden Blick zu und ließ mit geübtem Abwärtsruck die Waffe los. »Los«, sagte er streng und bewegte sich tief geduckt auf Manny zu.

Das Gewehrfeuer erhellte den Himmel mit einer Serie aus dröhnenden Explosionen und blendenden Blitzen.

»Nimm seine Waffe.« Kane bückte sich, schulterte Escobar wie ein Feuerwehrmann und bewegte sich wie ein Krebs rückwärts über Fels und Sand. »Hau dein Blei raus, Struben kann sie nicht ewig in Schach halten.«

Zumindest *das* konnte sie richtig machen. AJ feuerte zur Deckung ein paar Schüsse ab, schnappte sich Mannys Waffe und folgte Kane. Ihre Kehle war wie zugeschnürt, und ihr Herz raste, während die Kugeln an ihnen vorbeizischten und sie um Haaresbreite verfehlten. Bei jeder neuen Salve zuckte sie zusammen.

Struben gab ihnen Deckung, bis sie seine Position erreichten. Als sie auf gleicher Höhe waren, warf er ihr einen verächtlichen Blick zu. Das Blut schoss ihr in die Wangen. Einen weiteren Kommentar brauchte es nicht. Gemeinsam hasteten sie über halb eingestürzte Wände und andere Hindernisse, torkelten den kleinen Hügel hinter dem verlassenen antiken Dorf hinab, wo sie zuvor ihr Fahrzeug versteckt hatten. Das Feuer der Maschinengewehre dröhnte hinter ihnen her wie ein Albtraum, der sie einzuholen drohte.

»Soll ich fahren?« Struben fasste an den Türgriff.

»Nach hinten, mit Escobar zusammen.« Kane machte die hintere Tür auf und ließ Escobar auf den Boden fallen, dann raste er zur Tür auf der Fahrerseite.

»Ah, verdammt. Vorn wäre mir lieber gewesen«, beschwerte sich Struben, hob seine Waffe an und macht ein finsteres Gesicht. »Wer in Coopers Nähe ist, fängt sich am Ende nämlich'ne Kugel ein.« Er grinste. »Es sei denn, er ist einer von den bösen Jungs, versteht sich.«

»Nach vorn.« Wright wies mit dem Finger auf AJ und sagte an Struben gewandt: »Spar dir die Predigt. Rein mit dir, oder wir lassen dich hier.«

Der Wagen war der halbherzige Versuch, auf eigene Faust ein Cabrio zu bauen. Das Dach war wie mit einem gigantischen Dosenöffner abgeschnitten. Ein offener Wagen würde nicht den geringsten Schutz bieten. Dazu hätte es schon eines Panzerwagens bedurft.

»Kümmere dich, so gut es geht, um seinen Arm«, befahl Wright, ohne sich zu Struben umzudrehen. Er musste den Schlüssel mehrmals im Zündschloss drehen, bevor der Motor ansprang. »Dann beziehst du Position. Sobald sie merken, dass wir weg sind, werden sie uns nachjagen.«

Struben stieg kommentarlos hinten ein und machte sich an die Arbeit.

AJ schwang das Bein über die Tür und kletterte auf der Beifahrerseite in den Wagen. Sie legte das Scharfschützengewehr auf den Boden, wechselte zur AK-47 und kniete sich auf den Sitz. Sie stützte die Ellenbogen auf die Rücklehne und umfasste die Waffe mit schlagartig ruhigen Händen.

Natürlich. *Jetzt* zitterte sie nicht mehr.

Verdammt. Oben auf dem Hügel hatte nur ein lauer Wind geweht. Ihr Gewehr hätte die Kugeln ins Ziel hämmern müssen.

AJ hatte langsam und maßvoll geatmet, wie sie es in der Scharfschützenausbildung gelernt hatte, und sie hatte den Adrenalinschub gespürt, während sie langsam auf dem Bauch liegend losgekrochen war, ihrer Dragunov folgend, über offenes Sandgelände zu dem Felsvorsprung über Raazaqs Camp.

Ein leichter Schuss.

Wie eine Welle hatte die Aufregung sie erfasst. Wie das Crescendo in Beethovens Fünfter. Wie der kleine süße Moment kurz vor der Klimax.

Sie hatte die Wange an einen sonnenwarmen Felsbrocken gelehnt und sich dazu gezwungen, langsam zu machen. *Disziplin*, hatte sie sich gesagt. *Kein Grund zur Eile.* Unten bereiteten sie gerade das Abendessen vor, blind für die vier dort oben, die ihr Leben in der Hand hatten.

Auch ohne Zieloptik hatte sie die Wachposten erkannt, wie sie an den Außenposten des Camps standen und ihre stahlblauen Luger-Sturmgewehre umklammerten. Raazaq und seine wichtigsten Männer hatten sich auf der anderen Seite versammelt, tranken starken Kaffee und planten Gott weiß was für ein Gemetzel.

AJ hatte einen Anflug von patriotischem Stolz verspürt. Indem sie heute Abend ihren Job erledigte, rettete sie tausende Leben in der Zukunft.

Sie hatte nach vorn gegriffen und ihrem Gewehr Beine verpasst, indem sie das federgelagerte Zweibein in Position geklappt hatte. Sie hatte sich das kleine, mit getrockneten Bohnen gefüllte Stoffsäckchen unter die Achsel geschoben, um ihr Körpergewicht abzustützen, und sich in Position gebracht.

Ich bin da, hatte sie sich gesagt und war unglaublich überdreht gewesen, *ich bin im Feld. Wirklich. Für Gott und Vaterland.* Und sie hatte die Macht über Leben und Tod gespürt, als sie den Abzug berührte.

Sie war darauf gedrillt, erst zu entsichern, wenn der richtige Moment zum Töten gekommen war. Den linken Arm angewinkelt, den Ellenbogen nach vorn und die Finger der rechten Hand am Stoffsack, um den Winkel zu korrigieren, hatte sie die Wachen dabei beobachtet, wie sie das Camp umkreisten. Hatte Raazaq beim Kaffeetrinken beobachtet.

Durch das Zielfernrohr des Gewehrs hatte sie klar und deutlich das Gesicht der Zielperson gesehen. Dunkel. Harte Gesichtszüge. Kalte Augen. Schmal. Gut gekleidet. Tausend-Dollar-Anzug.

Die Ironie der Beobachtung über weite Distanz lag in der Intimität.

Raazaq hatte sich kürzlich die Fingernägel maniküren lassen. Seine Porzellantasse war mit blauen Blumen bemalt. Winzige Details drangen zu ihr durch, machten das Ganze aus.

Die Dragunov, ein Geschenk ihres Bruders, war wie eine alte Freundin. Ohne Rückschlag und darauf ausgerichtet, unter perfekten Bedingungen, und die herrschten hier, eine Salve von drei Schüssen Loch in Loch zu setzen. *Sag Gute Nacht, Junge.*

Alles, was sie noch hatte tun müssen, war die Distanz abzuschätzen, die Reichweite auf die entsprechende Zahl einzustellen, das Fadenkreuz auf die Y-förmigen Venen auf Raazaqs Stirn zu richten und den Abzug zu betätigen. Ein Spaziergang.

Ihre rechte Hand hatte den Abzug liebkost. Der Daumen lag entspannt dem Zeigefinger gegenüber, drückte gerade so viel dagegen, um die raue Textur zu spüren. Sie hatte die Wange an den Schaft gelehnt, weil ihr Auge der Entspannung bedurfte, während sie das Fadenkreuz des Zielfernrohrs zentrierte.

»Fünf«, hatte Kane ihr ins Ohr gezählt und den Countdown begonnen.

Sie hatte ihren Körper auf den Rückstoß eingestellt, um die Aufwärtsbewegung der Mündung zu minimieren, wenn das Geschoss mit einer Geschwindigkeit von neunhundertvierzehn Metern pro Sekunde austrat.

»Vier.«

Sie hatte die Hüften in den Boden gepresst und die Knie, der Stabilität wegen, schulterbreit gespreizt.

»Drei.«

Sie hatte die erste Kugel mit dem Zeigefinger in die Batterie geschoben, um ihren Sitz zu prüfen. Der erste Schuss war die so genannte kalte Kugel. Der unerprobte, vertrauensselige Schuss auf ein frisches Ziel. Sie hatte die Fersen runtergedrückt, um die Angriffsfläche zu verkleinern.

Alle äußeren Gegebenheiten waren verblasst. Nur sie und die Waffe. Anrührend. Im Gleichklang wie zwei Liebende.

»Zwei ...«

Gott, sie war bereit gewesen ...

Aus ihren Gedanken gerissen, biss AJ sich auf die Zunge, als der Wagen über eine Sanddüne hüpfte. Sie rief sich zur Ordnung und versuchte, sich auf die gegenwärtige Situation einzustellen. Später war Zeit genug, das, was passiert war, wiederzukäuen. Oder genau gesagt, das, was *nicht* passiert war.

Hinter ihnen dehnte sich der dunkle Wüstenboden in die Unendlichkeit. Sand. Sand. Und noch mehr Sand. Es würde jetzt nicht mehr lange dauern ...

»Noch ist alles klar«, teilte sie den anderen übers Mikrofon mit.

Struben kauerte verdreht auf der Fußmatte und nahm sich nicht die Zeit aufzusehen, während er geschickt den Blutschwall aus dem Arm seines Partners stoppte.

Als Struben die behelfsmäßige Bandage zuknotete, machte Escobar die Augen auf. »Hey, wie schön.«

Struben kicherte, weil sein Partner ihn angesehen hatte, als er das gesagt hatte. »Arschloch.«

Manny hob den Blick und sah zu AJ auf.

»Wie geht's dir, Kumpel?« AJs Stimme kratzte vor Schuldgefühlen, während sie ihm über die Rücklehne des Beifahrersitzes in die Augen sah. *Es tut mir so Leid. Manny.*

Auf dem Bauch liegend grinste Escobar sie dämlich an. *Wir sind ja so cool.* »Nur ein Kratzer.«

Ein Kratzer, der schmerzte, als stieße ihm jemand einen glühenden Schürhaken ins Fleisch. Immer und immer wieder. AJ rieb geistesabwesend über die verheilende Wunde an ihrer linken Schulter. »Lügner.«

»Macho«, grinste er und gab schließlich zu: »Es tut höllisch weh.« Er schaute zwischen AJ und Struben hin und her. »Haben wir ihn gekriegt?«

»Frag Cooper«, sagte Struben nur.

Manny hatte den anklagenden Unterton in Strubens Stimme vermutlich nicht bemerkt, AJ schon. Der verletzte Mann richtete den Blick erneut auf AJ. Sein Gesicht war gespenstisch blass, verschwitzt und mit Sand bedeckt.

»Nein«, erklärte sie rundweg und beneidete ihn um seine Fähigkeit, den Schmerz, ohne mit der Wimper zu zucken, auszuhalten.

»Zurück zu Plan A, oder?«

Falls Kane ihr gestattete, in Ägypten zu bleiben, um das zu tun, wofür man sie hergeschickt hatte, ja. Sie schaute ihn von der Seite an. Sein Gesicht war genauso verschwitzt und sandig wie die der anderen, seine Miene war undurchdringlich. Die Stoppeln auf seinem reglosem Kinn ließen ihn finster und auf gefährliche Weise anziehend wirken. AJ versetzte sich im Geiste einen Stoß. Sie hatte schon genug Schwierigkeiten, sie brauchte nicht noch seine Anziehungskraft mit ins Spiel zu bringen.

»Plan A«, bestätigte Kane und setzte, bevor AJ sich noch entspannen konnte, hinzu: »Mit gewissen Modifikationen.«

Ihre Wangen glühten, und ihr Temperament drohte mit ihr durchzugehen, als der Zorn die Scham übermannte. Sie drängte ihn zurück und versuchte, kühl und vernünftig zu bleiben. »Ich kann es schaffen.«

»Vergiss es.« Er sprach in sein Mikrofon, es hörte sich an, als flüstere er ihr direkt ins Ohr.

AJ zitterte. »Du bist gut. Aber nicht einmal der große Kane Wright kann das allein durchziehen. Du brauchst mich.«

»Darauf würde ich nicht wetten, Cooper.« Er schaltete hinunter, und der Wagen machte einen ruckartigen Sprung vorwärts. »Deck einfach nur unseren Rückzug. Ich nehme an, du schaffst das, ohne einen von uns zu erschießen.«

»Du kannst mich mal«, murmelte sie und sah, wie Escobar sie anzwinkerte. Zumindest Manny gab ihr nicht die Schuld. Andererseits war das auch gar nicht nötig. Das machte sie schon selbst. Was immer Kane ihren Vorgesetzten auch erzählte, das, was sie selbst von sich hielt, konnte er nicht übertreffen. Sie hatte versagt. Gerade als es darauf angekommen war, hatte sie den Erwartungen nicht standgehalten.

Verdammt sollte sie sein, wenn ihre Familie am Ende Recht behielt. Aber sie war für diese Arbeit wie geschaffen. Und nicht nur das, sie war talentiert und gut. Verdammt noch mal.

Sie würde nicht noch einmal versagen. Sie würde jetzt ihren Job machen und den Rückzug decken. Sie würde Kane zeigen, dass sie nicht bloß Ballast war. AJ stützte sich ab, so gut es ging, während das kleine Auto in eine Staubwolke gehüllt den Hang hinunterraste. Kane hatte die Scheinwerfer nicht angemacht, und das Silber des Mondes war kaum mehr als die Andeutung eines kühlen, trüben Lichtschimmers auf tintenschwarzem Himmel. Die Reifen hüpften und ratterten über den schiefernen Grund. Es gab keine Straße, sondern meilenweit nur Sand.

Keiner sagte ein Wort. Warum auch? Allein dass sie Raazaqs Camp gefunden hatten, war ein Wunder. Es lag erstaunlich nah bei der Stadt und dennoch abseits der ausgetretenen Pfade. Kane war davon ausgegangen, dass Raazaqs Leute noch Vorräte einlagerten, bevor sie sich nach Fayum aufmachten. Raazaq zu eliminieren, bevor er nach Süden flüchten konnte, hätte ihnen eine Menge Kopfschmerzen erspart.

Ihretwegen hatten sie damit *keinen* Erfolg gehabt. Sie standen wieder am Anfang.

AJ hätte gern erleichtert aufgeatmet, weil sie lebend aus dem Schlamassel heraus waren. Aber sie wusste verdammt genau, dass sie noch nicht in Sicherheit waren.

»Wir kriegen Gesellschaft«, sagten sie und Struben gleichzeitig, als hinter ihnen mehrere Scheinwerferpaare über die Kuppe kamen und die Sandwolken erleuchteten. Schüsse dröhnten in ihre Richtung, als Raazaqs Männer auf ihre Sandwolke zurasten. Zu kurz. Sie waren noch zu weit entfernt, um einen Treffer zu landen. Aber das würde sich ändern.

Wie alles, was Kane Wright tat, beherrschte er auch das Fahren unglaublich gut. Der Wagen war ein Haufen Schrott, aber das Beste, was sie in der Kürze der Zeit hatten auftreiben können. Kane jedoch ließ ihn wie eine gut geölte Maschine laufen. Stoßdämpfer gab es keine, und AJ biss sich mehrmals auf die Zunge und hatte den metallischen Geschmack von Blut im Mund, während sie über die Dünen sprangen.

»Savage hätte nicht danebengeschossen«, sagte sie. AJs schlechtes Gewissen pochte unerbittlich vor sich hin wie ein kaputter Zahn.

»Verdammt richtig«, sagte Kane gepresst.

Mehr gab es dazu nicht zu sagen. Savage war gleichfalls eine T-FLAC-Legende und weit erfahrener, saß aber mit einem Gipsbein in einem südamerikanischen Krankenhaus fest. Savage hätte diesen Schuss nicht danebengesetzt. AJ hatte Raazaq genau im Fadenkreuz gehabt. *Ganz genau.* Und dann hatte sie die Laterne daneben zerschossen, ein kleines Feuer entzündet und alle alarmiert. Es war eine Katastrophe von gigantischen Ausmaßen.

»Können wir uns die Manöverkritik für nachher aufheben?«, schrie AJ über den Kugelhagel und das Geratter der Maschine hinweg, die sich Motor nannte. Sie hielt die Waffe auf die Verfolger gerichtet, aber Raazaqs Leute waren noch nicht nah genug heran, die wertvolle Munition wäre verschwendet gewesen. Noch nicht.

»Sicher«, flüsterte Kane ihr ins Ohr. »Im Augenblick wäre es einfach nur nett, am Leben zu bleiben. Morgen - verdammt«, er riss den Wagen um eine kleine Düne herum. »Morgen fliegst du mit Escobar nach Hause. Struben und ich bringen die Mission zu Ende.«

»Ich bin sicher, dass T-FLAC mich abzieht, sobald du deinen Bericht eingereicht hast. Aber bis dahin bin ich immer noch ein Teil des Teams.«

»Jemanden, der vor Angst erstarrt, kann ich nicht brauchen.«

Seine Stimme war die übliche Mischung aus Kontrolle und eisiger Gelassenheit plus einem Anflug von Sarkasmus. AJ fühlte sich, als hätte er ihr einen Hieb mit einem unter Strom stehenden Elektrokabel versetzt. Hätte sie ihn nicht so bewundert, sie hätte ihn für seine Perfektion gehasst. Aber sie bewunderte ihn eben. Und verdammt, er hatte Recht. Sie verbiss sich eine altkluge Retourkutsche und wischte mit einer schnellen Handbewegung über die feuchte Baumwollhose, um den klebrigen Schweiß auf der Handfläche loszuwerden. Sie hatte jede Menge Erfahrung mit großspurigen Männern. Sie hatte sie ihr Leben lang um sich gehabt. Ihr Vater und ihr Bruder waren nur die Ersten von vielen. Aber Kane Wright war kein Mann, der sich um den kleinen Finger wickeln ließ. Und das hätte sie auch gar nicht gewollt.

Wie auch immer, dies war weder der Zeitpunkt noch der Ort, um die weiblichen Tricks zu benutzen, die sie so verabscheute. Sie war zu T-FLAC gegangen, um ihren Verstand und ihr Können einzusetzen. Es war eine erfrischende Abwechslung, dass die Typen sie nicht als Sexobjekt sahen. Sogar dann noch, wenn die Typen sie für eine ganz besonders unfähige Einsatzkraft hielten.

»Ah, Mann! Ich fliege zurück?«, beschwerte sich Manny über Funk. Er hörte sich angefressen an.

»Wie schlimm ist der Arm?«, wollte Kane wissen.

Es folgte eine lange Stille. »Schlimm«, gab Manny widerwillig zu.

»Deine Frau kann ihn gesund küssen, wenn du erst wieder zu Hause bist«, sagte Kane.

»Ich würde aber lieber ...«

»... deinen Hintern vom Boden bewegen und mithelfen, unseren Rückzug abzusichern«, brachte Kane den Satz an seiner Stelle zu Ende.

Manny rutschte herum und zog sich neben Struben hoch, um AJ freies Schussfeld zu geben. AJ zuckte mitfühlend zusammen, als er seine Waffe entsicherte. Sein Arm musste höllisch schmerzen. Der kalte Schweiß würde ihm ausbrechen, ihm musste schwindlig sein und zum Erbrechen übel ... aber er würde tun, was er tun musste.

Nicht so wie sie.

Du musst damit leben, Cooper. Du musst damit leben.

Sie sah einen Lichtschein hinter ihnen, ein schnelles Flackern. Da drüben. Und schon wieder im Dunkel verschwunden. Eine Kugel traf das Armaturenbrett hinter ihr und verfehlte sie um wenige Zentimeter. Sie biss sich auf die Lippe, um nicht zu schreien. »Sie kommen näher«, brüllte sie unnötigerweise und blinzelte sich den Angstschweiß aus den Augen.

»Mach was draus.« Der Motor heulte protestierend auf, als Kane ihm eine höhere Geschwindigkeit abverlangte. An beiden Hinterreifen stob ein Schweif aus Sand auf.

Sie waren nah.

Verdammt nah.

Schnellere Autos.

Hämmernde Waffen.

»Fahr. Fahr. *FAHR!* Raketenwerfer! Abgefeuert!« Das Herz bis zum Hals pochend identifizierte AJ die Detonation, während Hitze und Licht über ihre Köpfe rasten und in der Dunkelheit verschwanden.

Jesus, ein Raketenwerfer? So nah?

Sie waren geliefert.

2

*S*ie konnte eine Salve abfeuern, indem sie sich über die Tür hängte und den Fensterrahmen als Stütze benutzte. Sie würde nichts von Bedeutung treffen. Nicht mit diesem Wagen, der heftig genug hüpfte und wackelte, um ihr die Zähne lose zu schlagen, ganz zu schweigen von sämtlichen Schrauben und Bolzen des durchgerosteten Vehikels.

Manny verpatzte ihr den nächsten Schuss, weil er quer über dem Rücksitz zusammensackte.

Oh, Gott, oh, Gott. »Ist er getroffen?«, schrie sie ins Mikrofon. Struben warf einen kurzen Blick nach unten. »Glaub ich nicht. Eher ohnmächtig.«

Die Dinge bewegten sich von schlecht nach ganz schlecht. Und AJ machte ihre Sache um keinen Deut besser als vorhin auf der Anhöhe.

»Zieh ihn runter von mir«, schrie Struben, während er kontinuierlich weiterfeuerte. AJ beugte sich über die Lehne und packte Manny am Kragen. Gott, war der Mann schwer. Sie zerrte und zog, bis er von Strubens Unterschenkeln glitt und auf den Wagenboden plumpste.

AJ richtete sich auf, nur um zur Seite geschleudert zu werden und mit dem Busen gegen Kanes Sitz zu knallen, als der Wagen einen steilen Anstieg nahm. Sie ließ einen Arm nach vorne schnellen und hielt sich an der Rückenlehne des Sitzes fest, als das Gefährt für einen Moment starke Schlagseite hatte, bevor alle vier Räder wieder auf den

Boden schlugen. Sie taumelte auf ihren eigenen Sitz zurück, rappelte sich auf und bezog wieder Position, wobei sie die Rückenlehne als Stütze für das Gewehr benutzte. Struben war auf der anderen Seite des Wagens, sie hatte freies Schussfeld.

Kane fuhr wie ein Höllenhund, während sie und Struben perfekt zusammenarbeiteten. Er lud nach, während sie feuerte. Sie lud nach, während er feuerte. Heiße Luft streifte ihren Hals, eine Kugel zischte vorbei. Ihr Herz tat einen harten, dumpfen Schlag, als eine Extraportion Adrenalin sie durchzuckte.

Daneben, ihr Ratten.

Verwandle die Angst in Wut, sagte sie sich. *Angst in Wut.* Aber die Angst war so enorm, so riesenhaft, da war für nichts anderes mehr Platz. »Vierhundert Meter und kommen näher.«

Sie spreizte die Knie auf dem zersprungenen Plastikbezug des Sitzes und stemmte die Stiefel an das zerschossene Armaturenbrett hinter sich. Es gab keinen hüpfenden Zielpunkt, so wie in der Ausbildung. Das hier war das echte Leben. Und feindliche Kugeln schmerzten genauso schlimm, wenn nicht schlimmer, wie ein irregeleiteter Schuss im Trainingscamp.

Angst in Wut.

Wie wäre es mit Angst in schieres, gnadenloses Entsetzen?

»Dreihundertfünfzig.« Sie feuerte wiederholt. Die Reichweite der AK-47 betrug in etwa dreihundert Meter, was bei dieser Distanz und Geschwindigkeit bedeutete, dass sie die bogenförmige Flugbahn der Kugel nur ungenau berechnen konnte. Und bei hundert Schuss pro Minute würden die Vierziger-Magazine nicht lange reichen. Sie hielten den Gegner gerade so auf.

Die heiße Luft roch nach Schweiß, Staub, Öl und Stahl. Ihre Schulter war taub, der Schweiß lief ihr in beißenden Rinnsalen in die Augen, und der Sand verkrustete die

Schweißlachen wie Fliegen den künstlichen Fliegenfänger in Küchen.

Willkommen in Ägypten.

Kane hielt den Abstand auf dreihundertfünfzig Meter. Mann, er war unglaublich. AJ tastete in der Tasche hinter sich nach einem frischen Magazin. Kanes Hand stieß an ihre und drückte ihr, effizient wie eine OP-Schwester, die einem Chirurgen zuarbeitet, eines in die Handfläche. Er hatte die Straße nicht aus den Augen gelassen.

Die unangenehme Mixtur aus Aufregung und Angst brannte giftig in AJs Körper.

Die Psychiater und Ärzte hatten ihr unumwunden erklärt, dass es statistisch gesehen erneut passieren könnte, und es würde höllisch wehtun. Entweder sie akzeptierte das, oder sie nahm den Schreibtischjob an.

Werd fertig damit, oder wir sind fertig mit dir.

Angst in Wut.

Vor jenem fatalen Trainingsunfall vor drei Monaten war sie unaufhaltsam gewesen. Sie war furchtlos, egal, womit die Ausbilder sie konfrontierten. Klassenbeste beim Schießen. Klassenbeste beim Sport. Klassenbeste in Strategie - *trotz* ihres Aussehens.

Vor drei Monaten und zwei Tagen hatte sie sich unbesiegbar gefühlt. Zuversichtlich. Selbstsicher.

Aber jetzt nicht mehr. Jetzt nicht mehr.

Wenn sie es, zur Hölle nochmal, nur hätte ablegen können, jedes Mal zu erstarren, wenn sie ein menschliches Wesen im Sucher hatte, dann wäre sie eine verflucht gute T-FLAC-Agentin gewesen. Unglücklicherweise hatte sie keine Zeit mehr gehabt, ihre Ängste zu verarbeiten, bevor man sie aus dem Trainingscamp nach Ägypten geschafft hatte.

Jetzt war sie, mitten in ihrem ersten Einsatz, auf der quälenden Suche nach ihrem eigenen Mut.

Hätte sie nur wie ihr Vorbild sein können. Sie war so dicht dran gewesen. So dicht. Und dann PENG! Ihr Traum war geplatzt, und die Realität hatte ihr hässliches Gesicht gezeigt.

Oh, sie würde darüber hinwegkommen. Und wenn es allein durch bloße Willenskraft war.

Aber wann?

Bevor Kane den vernichtenden, wohlverdienten Bericht über ihr Versagen abschickte? Bevor sie fragen musste: »Möchten Sie Pommes frites dazu?«

Kane war alles, was sie sein wollte.

Entschlossen. Zielgerichtet.

Sie nicht.

Die Furchtlosigkeit war der Teil seines Wesens, dem sie nacheifern musste. Jetzt war ein guter Zeitpunkt, damit anzufangen.

Der Mann machte niemals irgendwelche Fehler. Keine dummen und auch andere nicht. Kein Zick, wenn es ein Zack brauchte. Alles, was er tat, tat er perfekt und präzise. Auf der T-FLAC-Akademie galt er als Gott. AJ war nicht die einzige Rekrutin, die den Boden anbetete, auf dem er ging.

Seine Fähigkeit, sich wie ein Chamäleon der Umgebung anzupassen, war legendär. Seine Gelassenheit, seine nahezu entrückte Gelassenheit, war nie erschüttert worden. Und er geriet nie in Wut. Absolut niemals. AJ wusste, dass sie diesen Wesenszug ihres Helden viel eingehender hätte studieren müssen. Sie neigte dazu, wie eine Rakete hochzugehen, wenn sie sauer war. Oder verängstigt. Eine schlechte Eigenschaft, wenn man ein guter T-FLAC-Agent sein wollte, hatten ihre Ausbilder sie gewarnt.

Sie feuerte eine Salve. Die Windschutzscheibe des vordersten Wagens zerbarst. Natürlich war sauer besser als verängstigt.

»Guter Schuss, Cooper. Jetzt sind wir am Zug«, sagte Wright ihr ins Ohr, während der Wagen mit achtzig Sachen auf eine geteerte Straße zujagte und der Sand sich hinter ihnen aufbäumte wie ein Brecher in einem Ozean aus Sand.

AJ schöpfte die Reichweite ihrer Waffe aus und ließ ein Sperrfeuer auf die Scheinwerfer hinter ihnen niedergehen.

Der zweite Wagen geriet ins Schleudern, folgte ihnen aber in weitem Bogen und kam schnell näher.

»Sie holen auf«, schrie Struben.

AJ ging in den Automatikmodus, wie sie es im Training gelernt hatte. Ruhig halten, justieren, zielen, feuern. Weiter. Wieder und wieder betätigte sie kontrolliert und präzise den Abzug. Aber da waren so viele von denen. Alle paar Meter schien ein neues pseudomilitärisches Fahrzeug voller bewaffneter Männer aufzutauchen.

Nicht einmal Kakerlaken vermehrten sich mit einer solchen Geschwindigkeit.

Das Sperrfeuer der bösen Jungs im Nacken, jagten sie über das Gizeh-Plateau auf die Pyramid Road in Richtung Stadtzentrum. Ein paar Minuten später kam ihnen, mit hellen Frontscheinwerfern, der Gegenverkehr entgegen. Eine Prozession aus Autos und Reisebussen, die zur Lasershow bei den Pyramiden unterwegs waren. Die Pyramiden, die man für die Touristen angestrahlt hatte, wirkten unheimlich und wie aus einer anderen Welt, wie sie surreal in der Dunkelheit schwebten.

Als Zivilisten und Zivilisation sich näherten, kam das Feuergefecht zum Erliegen, doch weder Kane noch die Verfolger wurden langsamer. Auf der Gegenfahrbahn herrschte Stop-and-go-Verkehr, aber soweit AJ das beurteilen konnte, würdigte niemand die in der anderen Richtung vorbeirasenden Fahrzeuge auch nur eines Blickes.

»Könnte bequem für uns werden«, sagte Kane. Struben wandte sich aus seiner rückwärtigen Position um. Seine Augen streiften AJ kalt und unversöhnlich.

Sein Ego kam mit ihren Schießkünsten wohl nicht zurecht. Sollte er sich sein Ego doch sonst wohin schieben.

AJ drehte sich um und rutschte in Fahrtrichtung auf ihren Sitz. Sie lud lautlos die AK-47 nach, prüfte ihre SIG und behielt beide nah in Reichweite. Dann versuchte sie sich mit dem Ärmel Schweiß und Sand aus dem Gesicht zu wischen.

Kane überdachte seine Pläne hoffentlich. Hatte sie sich gerade nicht ein wenig rehabilitiert? Abgesehen davon, wer au ßer ihr hätte es rechtzeitig nach Ägypten geschafft, um den Schuss zu meistern, den sie gerade vergeigt hatte? Savage war außer Gefecht. Und jetzt, wo die Distanzschuss-Aktion Geschichte war, würde nur eine Frau es noch schaffen, nah genug an Raazaq heranzukommen, um ihn zu töten. Das waren die kalten, harten Fakten. Sie hatten sonst niemanden, aus diesem Grund hatte man sie hergeschickt.

Es spielte keine Rolle, dass sie den ersten Versuch vermasselt hatte. Oder wie viel Angst sie hatte.

Sie war es.

Später hatten sie ohne Frage noch genug Zeit für Schuldzuweisungen. In der Zwischenzeit gelang es ihr vielleicht, ihren Ruf wiederherzustellen - von ihrem Stolz ganz zu schweigen -, indem sie ihr Ziel beim nächsten Mal nicht verfehlte.

Und das hinzunehmen, was Wright wie ein Mann weggesteckt hätte.

Keine Wiederholungen.

Sie war dankbar für die Atempause, in der sich der Adrenalinspiegel wieder einpendelte und konzentrierte sich darauf, langsam und gleichmäßig zu atmen und ihren Herzschlag zu beruhigen.

Sie wusste nicht, warum Raazaqs Männer das Feuer eingestellt hatten. Sie waren nicht die Typen, die es kümmerte, wenn sie einen Zivilisten erwischten. AJ betrachtete Kanes Gesicht und die ungerührte Miene, mit der er sie durch den dichter werdenden Verkehr navigierte. Achtzehn Kilometer vor Kairo. Würden die überfüllten Straßen Raazaqs Männer davon abhalten, ihnen zu folgen?

AJ bezweifelte es. Häuser flogen vorüber, Kane bog scharf nach links, beschleunigte und bog in nördlicher Richtung auf die Sharia-Corniche-el-Nil-Schnellstraße. Dann überquerte er die El-Gizeh-Brücke über den Nil und steuerte routiniert auf ihr sicheres Haus in Imbaba zu. Es war schwierig, die Straßen voneinander zu unterscheiden.

Alles war erdfarben und in unterschiedlichem Maße armselig dekoriert. AJ holte Luft, und es schien ihr wie der erste Atemzug in zwölf Stunden.

»Wir haben sie abgehängt«, sprach Struben in sein Mikrofon.

»Nein, haben wir nicht«, stellte AJ kategorisch fest und zog die Baseballkappe fester auf ihr Haar. »Sie nehmen die andere Schnellstraße und versuchen, uns zu überholen und uns den Weg abzuschneiden. An einer der Ausfallstraßen, oder?«, fragte sie Kane.

»Ja.« Er machte eine Pause. »Ist es das, was du auf dem Flug hierher gelesen hast? Stadtpläne?«

»Unter anderem, ja.« Sie hatte sich auf dem vierundzwanzigstündigen Flug mit so vielen Informationen wie möglich voll gestopft.

»Du hättest Cooper mal in Logistik erleben sollen«, bemerkte Escobar bewundernd von seinem Platz hinten auf dem Boden. »Sie ist unglaublich. Merkt sich alles. Stimmt doch, Cooper?«

Ihr fotografisches Gedächtnis hatte ihr beim akademischen Teil der Ausbildung mit Sicherheit weitergeholfen. »Da fällt mir ein, du schuldest mir noch siebzehn Dollar und zwölf Cents, Escobar«, neckte AJ ihn, ohne die sie umgebenden Autos aus den Augen zu lassen.

Kane verfehlte einen Gemüselaster um gerade mal ein paar Zentimeter, während er sich durch den Verkehr wand. Er würde die Kerle nicht zu ihnen nach Hause führen. AJ wusste, wie sein Verstand funktionierte. Sie hatte ihn - und seine Einsätze - ausgiebig studiert. Sie wusste vermutlich mehr über Kane Wright als Kane Wright selbst.

Er nahm eine Ausfahrt, kreiste und kurvte durch abgelegene Straßen und Gassen und schoss auf die nächste Schnellstraße. AJ drehte sich um und schaute hinter sich. Einen der Wagen hatten sie abgehängt, aber der andere hatte genau das gemacht, was AJ gesagt hatte. Er war ihnen auf der anderen Nilseite gefolgt und war ihnen auf den Fersen geblieben wie eine Klette.

Es war so nah, dass sie trotz der blitzenden Scheinwerfer deutlich das große schwarze Muttermal auf der Hakennase des Beifahrers erkennen konnte. Er hob eine Handfeuerwaffe.

AJ riskierte eine schnelle Salve und grinste, als der Fahrer ins Schleudern kam und der Hakennasige durch ihre Aktion sein Ziel verlor.

»Verdammt.« Kane drückte AJs Kopf nach unten. Der Schuss ging in die Leere, streifte den mit Fliegen gesprenkelten Rückspiegel und raste weiter, während AJ wie ein Soufflé auf seinem Schoß zusammensank und das Gesicht an seinem Hosenschlitz vergrub.

Jesus, dachte Kane, wer hätte gedacht, dass sie ausgerechnet jetzt zu ihrer Courage zurückfand. Sie hatte verdammtes Glück gehabt, dass er die Waffe im Seitenspiegel hatte aufblitzen sehen und sie gerade noch rechtzeitig gepackt hatte.

Ihr Atem drang heiß und feucht durch seine dünne Baumwollhose. Er realisierte, dass er ihren Hinterkopf immer noch mit der Hand umfasst hielt und ließ los. »Alles klar. Du kannst wieder …«

Sie stützte sich auf seinen Oberschenkel, um sich hochzustemmen. Genau in diesem Moment riss er das Steuer herum, um abrupt in eine Seitenstraße abzubiegen. Ihr Hand glitt Halt suchend von seinem Schenkel und in seinen Schritt. »Gütiger Himmel, Frau!«

Sie zog die Hand zwischen seinen Beinen heraus, nahm die SIG Sauer von der Mittelkonsole, wohin sie sie hatte fallen lassen und kniete sich erneut rückwärts auf den Beifahrersitz. »Du bist derjenige, der mich runtergedrückt hat, schon vergessen? Ich hätte sie abknallen können, wenn du's nicht getan hättest.«

Ihr schmaler Rücken war kerzengerade aufgerichtet, und sie stemmte die Stiefelsohlen an das Armaturenbrett, um das Gleichgewicht zu halten. Sie zog die umgedrehte schwarze Baseballkappe fest ins Gesicht und schwang die AK-47 herum.

»Exzellent!«, kam Strubens Stimme über das Headset. »Endlich haben wir etwas, worin sie gut ist.« Er machte ein widerwärtiges, saugendes Geräusch. »Wenn du von ihm runter bist, Baby, kannst du gleich hier hinter klettern und dich bei uns nützlich machen.«

»Fick dich doch selber, Struben«, geiferte AJ zurück.

»Warum sollte ich, solange du da bist? Ich weiß, du kannst das Messing von'nem Türknauf saugen, Baby - verdammt, Escobar!« schrie Struben plötzlich in sein Mikrofon. »Die kleine Ratte hat mich in den Knöchel gebissen, wie ein verdammter Köter!«, beschwerte er sich.

AJ lachte erstickt. »Danke, Manny.«

»Haltet die Klappe, zur Hölle«, sagte Kane mit tödlicher Ruhe. »Oder jedes einzelne von euch armen Schweinen findet sich auf dem Rückflug nach Hause wieder.« Er biss die Zähne zusammen. Verdammt. Er würde sie noch alle heimschicken und den Job alleine erledigen, wie er es von Anfang an vorgehabt hatte. »Konzentriert euch auf eure Arbeit. Euren verfluchten Streit könnt ihr austragen, wenn hier alles klar ist.«

Er schaute in das, was vom Rückspiegel übrig war - Struben sah nicht wirklich glücklich aus. Escobar hatte sich aus seiner Beißposition auf dem Wagenboden aufgerappelt und wechselte Ich-polier-dir-gleich-die-Fresse-Blicke mit seinem Partner, und Cooper sah aus, als würde sie jeden Moment Feuer spucken. Sie machte den Mund auf, um etwas zu sagen.

»Nein«, schnitt Kane ihr das Wort ab. »Keinen einzigen Ton mehr. Von keinem hier. Es sei denn, es hat direkt damit zu tun, wo wir sind und weswegen wir hier sind. Verstanden?« Er bedachte AJ, die so aussah, als wolle sie trotzdem etwas sagen, mit einem harten, durchdringenden Blick. »Nickt einfach.«

Die beiden auf der Rückbank bewegten widerwillig die Köpfe. Ein schneller Blick auf Cooper zeigte sie mit stechendem Blick und schmallippig. Aber sie biss sich auf die Zunge und schwieg. Wenn man sie ansah, vergaß man leicht, dass sie eine Soldatin war.

Sie war lange nicht so harmlos wie hübsch und attraktiv. Selbst wenn sie mit einer Dreckschicht bedeckt war, wie gerade eben, war sie so schön, dass einem der Mund offen stehen blieb. Ihre Haut war zart und leicht gebräunt, ihr Gesicht ein perfektes Oval. Die Augen waren eisgrün und ihr Haar von einem Rotgold, das sogar schweißgetränkt und straff zusammengebunden wie jetzt noch wie Feuer leuchtete. Sie hatte einen hoch gewachsenen, langbeinigen, wohlgeformten Körper und volle, feste Brüste.

AJ Cooper war ein wandelndes Pin-up-Girl.

Eine Frau, die so aussah, war daran gewöhnt, unerwünschte Aufmerksamkeit von Männern abzuwehren. Und falls nicht, dann würde sie es schnell lernen.

»Nur zu deiner Erinnerung, Cooper«, erinnerte er sich *selbst*, »wenn du mit mir arbeitest, bist du keine Frau, sondern eine Einsatzkraft.«

Struben schnaubte, weil er vergessen hatte - oder auch nicht -, dass jeder Laut über Funk übertragen wurde. »Der alte Hurensohn muss blind, taub und blöd sein.«

Kane ignorierte den Kommentar. Fürs Erste. Der Mann hatte gerade die letzte Rate für sein Ticket nach Hause gezahlt. Noch so eine zweideutige Bemerkung, und er landete auf der Frachtliste des Flugs, der Escobar und Cooper in die Staaten brachte.

AJ klickte ihr Mikrofon aus. Kane beobachtete sie aus dem Augenwinkel. Ihr Mund bewegte sich.

Klug von ihr, ihn nicht hören zu lassen, was immer sie da sagte.

Zur Hölle, verdammt.

Während dieses verfluchten Wortgefechts, das sie hier im Wagen ausgetragen hatten, hatte er nach den Autos Ausschau gehalten, die ihnen gefolgt waren. Der weiße Wagen war nicht mehr hinter ihnen - jedenfalls nirgendwo, wo Kane ihn hätte erspähen können. Aber er war da. Irgendwo.

Autos, Lastwagen, Pferdegespanne und Vieh wetteiferten um die beste Straßenposition. Es war früher Abend, und die Straßen waren überfüllt. Fiats und Hondas kurvten um Holzkarren herum. BMWs mit getönten Scheiben, Schafherden und Jungs auf Kamelen machten sich den Platz streitig.

Die Gehwege waren wie in Disneyland voller Menschen von reich bis arm.

Sie kamen zusammen, plauderten, tranken draußen vor den Kaffeehäusern ihren Mokka, ein beweglicher, wogender Wandteppich.

Die Luft war erfüllt vom Aroma überreifer Früchte, von Rauch und Dieselöl und dem durchdringenden, dumpfen Geruch des Nils. Der Fluss nutzte dem Beton-Dschungel als Abwassersystem, Wasserversorgung und Waschplatz.

Kane jagte über bekannte und unbekannte Seitenstraßen, bog auf eine viel befahrene Schnellstraße, überquerte die nächste Brücke, das verbleibende Verfolgerfahrzeug dicht auf den Fersen.

Er bog ab, umrundete eine Ecke, ohne langsamer zu werden. Er wechselte den Fahrbahnstreifen, wich einer Schafherde aus und nahm die nächste Abzweigung nach rechts. Die anderen Verrückten auf der Straße trennten den Verfolgerwagen ab. Aber da war er immer noch.

Auf den engen Seitenstraßen waren die meisten Straßenlampen entweder zerschossen oder kaputt. Die Trassen aus Schatten und Licht erschienen ihm wie ein Zebrastreifen. Der eine Teil seines Gehirns konzentrierte sich darauf, den Verfolger loszuwerden. Der andere befasste sich mit dem Problem AJ Cooper, das ihm keine Ruhe ließ.

Wenn zutraf, was man ihr nachsagte, dann war sie fähig, den Job zu machen. Unter den Bedingungen, auf die sie trainiert war, *konnte* sie es. Aber war die letzte Stunde ein Indiz, wie sie unter Druck agierte? Kane kannte die Frau nicht gut genug, um sie gleich abberufen zu lassen. Und einen weiteren Fehler konnten sie sich nicht leisten.

Würde sie den Job unter passenderen Umständen schaffen?

Er musste sicher sein. *Wahrscheinlich* reichte nicht aus. Er musste hundertprozentig davon überzeugt sein, ohne die Spur eines Zweifels, dass AJ den Abzug betätigte, wenn sie Raazaq von Angesicht zu Angesicht gegenüberstand.

Denn egal, was er sagte oder wie gerne er sie nach Hause geschickt hätte, AJ Cooper war die einzig verfügbare Kraft, um Raazaq zu eliminieren. Hätte es eine Wahl gegeben, sie wäre gar nicht erst hergeschickt worden. Ob es ihm gefiel oder nicht, Kane hatte sie am Hals. Er mochte ein Meister der Verkleidung sein, aber nicht einmal er konnte sich in eine zum Umfallen schöne, von der Natur reich beschenkte, grünäugige, rothaarige Frau verwandeln.

Es gab viele Gründe, weswegen er Raazaq hatte kriegen wollen, bevor der Mann sich in die Wüste absetzt. Unter anderem, weil er AJ Cooper so weit wie möglich von diesem kranken Hurensohn entfernt wissen wollte. Diese Chance war vertan.

Jetzt stand er kurz davor, sie diesem Terroristen auf einem Silbertablett zu servieren, mit einem Apfel im Mund.

AJ Cooper war das auserkorene Killerkommando für Fazur Raazaq.

AJ spürte, wie der Schweiß eine Lache an ihrem Hals und zwischen ihren Brüsten bildete. Sie wünschte sich fast, sie hätten sie endlich erschossen, damit es vorbei wäre. Sie war angsterfüllt und bereit, aus dem Wagen zu springen, sobald Kane es ihr befahl.

Über Dächer zu klettern, war nichts im Vergleich dazu, auf eine Kugel zu warten, die sie in den Hinterkopf traf und ihren Schädel zerspringen ließ wie eine Wassermelone an einem Sommertag. Oh, Jesus ...

Einige Stunden zuvor hatten sie das feudale Hotel Ra verlassen und waren in eine ganz andere Richtung aus der Stadt gefahren, um Position über Raazaqs Camp zu beziehen. AJ erkannte die Gegend nicht wieder. Escobar und Struben waren direkt in das sichere Haus in Imbaba gefahren und hatten sie an ihrem Hotel im Stadtzentrum abgeholt, bevor es losging.

Erst ein paar Blocks weiter wusste sie wieder, wo sie waren. Kane und seinen ausgefeilten Reports vor dem Einsatz sei Dank! Sie hatte den Bericht genauso intensiv studiert wie alle vorherigen auch, um seinen Stil zu begreifen, seinen Modus Operandi. Um ihn kennen zu lernen. Seine Technik zu absorbieren.

Bald musste links der Khan-al-Khalili-Bazar auftauchen. Ja, da. In der Luft hing ein Duft aus Rosen, Zimt und dutzender andere süßer Wohlgerüche. Die Buden waren von späten Kunden umlagert. Wäre das hier ein Film gewesen, dann wäre Wright jetzt in einem Regen aus Früchten und Gemüse durch die Budenstraßen gepflügt. Aber erstens war es kein Film, und zweitens hatte Kane Wright die Dinge besser im Griff. Er hätte sich durch die alten Suks und die Seitengassen gewunden und geschlängelt, bis er seine Verfolger abgehängt hatte. Dann hätte er den Wagen stehen gelassen, wäre zu Fuß weitergelaufen und über die Hausdächer verschwunden.

»Zweihundertfünfundsiebzig Meter«, sagte AJ, als die bösen Jungs näher kamen und sie sie zählen konnte. »Sechs Typen.«

Wright schwang das kleine Auto in einem Achter herum und bog in eine enge Seitenstraße. AJ schlug mit der Schulter hart gegen den leeren Fensterrahmen und ignorierte den Schmerz. Der nächste harte Schlag kam bestimmt ... und zwar jetzt. Das Mondlicht reichte nicht in die schmale, stickige Gasse. Der beißende Gestank brennenden Gummis erfüllte die Luft, während der Wagen um die nächste Ecke schleuderte.

Das Verfolgerauto war zu breit, um ihnen zu folgen, aber wenn die bösen Jungs klug waren, blockierten sie beide Ausgänge.

»Struben, du und Escobar, ihr nehmt die Feuerleitern links. Cooper, du kommst mit mir. Wir fahren ein Stück weiter, und dann nach rechts. Cooper und ich gehen auf die Hausdächer. Sie ist zu wichtig, sie dürfen sie jetzt noch nicht sehen.«

»Sie haben mich schon gesehen«, erklärte sie mit matter Stimme, die vor Angst krächzte. Angst oder nicht, sie hatte einen Job zu erledigen, und verdammt, sie würde ihn erledigen. Könnte sie nur den ätzenden Kloß in ihrer Kehle herunterschlucken und ihr Herz daran hindern, so verflucht schnell zu schlagen.

Verdammt. Verdammt. Verdammt. Wie sollte sie das hier erledigen und dabei fast vor Angst umkommen? Wie machten die anderen das? Keinem von ihnen war schlecht bis in die Magengrube. Zumindest nicht so, dass irgendwer es mitbekam.

»Sie haben das gesehen, was sie zu sehen erwartet haben. Vier Männer in dunkler Kleidung. Macht euch bereit, ihr beiden. Cooper, du hängst an mir wie Superkleber, verstanden?«

»Ja.« Sie drehte sich um, hängte sich die Gurte der Dragunov und der AK-47 über Kreuz wie Patronengurte um den Oberkörper und schob die SIG vorn in den Gürtel. »Fertig«, bekräftigte sie entschlossener. Ihr Magen rebellierte bis in den Hals hinauf und gesellte sich zu ihrem rasenden Puls.

Angst in Wut, verdammt. Aber das funktionierte so nicht.

Angst war Angst war Angst.

»Jetzt«, befahl Kane den Männern auf der Rückbank.

Der Wagen rumpelte, als die beiden auf die Feuerleiter an der Ziegelwand eines Warenhauses sprangen. Einer von ihnen ächzte, als er mit der ganzen Wucht seines Körpers landete. Mannys Arm. AJ biss sich auf die Unterlippe, drehte sich aber nicht um.

Auf der engen Gasse war für das rasende Auto kaum Platz genug.

»Gib mir den Wassersack hinter dir«, befahl Kane.

AJ schob die Waffen auf den Rücken, aus dem Weg, dann drehte sie sich um und streckte sich zum Boden. Ihre Finger schlossen sich um den Sack. Als sie ihn besser zu fassen bekommen hatte, hievte sie ihn hoch und reichte den schweren Wassersack, den sie immer dabei gehabt, aber nie benutzt hatten, an Kane weiter.

»Drei.« Kane nahm den Sack und trat auf das Gaspedal. »Zwei ...« Er schob den Sack vor das Pedal und zog den Fuß weg, um zu sehen, ob der Wagen die Geschwindigkeit hielt. »Los!« Er zog die Beine auf den Sitz, ein Fuß neben ihrer Hüfte, und krümmte sich zusammen. »Hoch! Hoch! Los! Los! Los!«

Auf der Gasse war kein Platz, um die Türen aufzumachen, gut, dass der Wagen kein Dach hatte. AJ sprang auf die Füße und hechtete im Fahren nach einer Feuerleiter. Ihre Gewehre schlugen hart auf ihren Rücken, während sie wie ein Äffchen die wackelige Leiter erklomm.

Sie spürte eine große Hand auf ihrem Hintern und wusste den Extraschub, mit dem der Mann unter ihr sie hochdrückte, zu schätzen. Die Leiter hörte unvermittelt auf. Sie sprang hoch, erwischte mit beiden Händen die nächste, schwang sich hoch und kletterte weiter. Die beiden große Gewehre hingen ihr schwer am Rücken. Das Gebäude war der Mount Everest. Die Leitern waren verrostet und hingen kaum noch an den zerbröckelten Ziegeln. Verdammt gute Sache, dass sie keine Höhenangst hatte.

Klettere. Ein Hand über die andere. Bein hoch. Spring, fass, klettere! Es gab nichts anderes mehr. Hitze. Hämmerndes Herz. Klettern, klettern, klettern. Schneller, verdammt nochmal!

Sie spürte Kane eher, als dass sie ihn sah. Kane. Ihn bei sich zu wissen, ließ AJ sich besser fühlen. Zuversichtlicher.

Eine heftige Detonation unten auf der Straße ließ den Nachthimmel dämonisch aufleuchten. Die Flammen und der dicke schwarze Rauch schlugen hoch hinauf. Ihr Wagen hatte das Ende der Gasse erreicht.

Der Lärm und der Schein des Feuers holten die Leute aus den Betten. Lautes Stimmengewirr driftete durch die reglose Luft nach oben. Eine Bombe? Wo? Wer? Im Gegensatz zur weit verbreiteten Ansicht war Kairo eine sehr sichere Stadt. Die Menschen waren fassungslos und entsetzt. Die verängstigte, neugierige Menschenmenge würde die Verfolger hoffentlich behindern.

AJ hing eine Sekunde lang an nur einer Hand, weil die andere verschwitzt vom Gestänge glitt. Das warme Metall knarrte unter ihrem panischen Griff. Sie setzte ihren Körper ein, um Schwung zu holen und brachte einen festen zweihändigen Griff zu Stande, bevor sie sich auf die nächste Sprosse zog. Die Muskeln ihres Armes schrien. Sie ignorierte das SOS, das ihr Körper aussendete.

Geschrei von unten. Das Getrappel von Stiefeln auf Metall.

AJ kletterte schneller.

Eine Kugel prallte an der Mauer ab und verfehlte ihre linke Hand um Zentimeter. Okay. Vielleicht war sie ja schneller, wenn sie aufhörte, an dieses Gefühl von ... *Denk nicht dran, verdammt. Klettere. Klettere!*

Das hier war nichts verglichen mit den Übungen im Trainingscamp. *Nichts.*

Zehn Stockwerke. Im Camp hatte sie mehr geschafft, aber sie war außer Atem, ihre Brust bebte, als sie endlich die ebene Fläche des Dachs vor der Nase hatte. Danke, lieber Gott.

Als sie plötzlich eine große Hand auf ihrem Hintern spürte, gab ihr das den Schwung für den letzten Meter. Sie flog auf das Dach und fand schwankend ihr Gleichgewicht wieder. »Dan-«

»Weiter«, befahl Kane, während er tief geduckt, die Waffe im Anschlag, über das Dach raste. Die Panik stieg in ihr auf wie Luftblasen im kochenden Wasser. Sie starrte einen kurzen Moment seinen Rücken an. AJ seufzte leise in sich hinein, verschwendete aber keine Zeit mehr auf die Frage, wie lange sie brauchen würde, genauso gut zu

werden wie er. Alles im Visier, alles unter Kontrolle. Sie
fing an zu laufen und ahmte seine Gangart nach, während
sie die SIG aus dem Gürtel zog und sich beeilte, ihn
einzuholen.

Kein Training hätte sie auf diese Realität vorbereiten
können. Ihr Herz raste vor Übermut und schierer Angst
gleichermaßen. Die Häuser standen relativ nah beieinander
- falls man ein Eichhörnchen oder ein Vogel war.

Ein Stück weiter vorn tat sich der Abgrund auf. Sie
schloss zu Kane auf, und zusammen rannten sie wie die
Wahnsinnigen über das vor Hitze klebrige Dach. Im exakt
gleichen Augenblick rissen sie die Arme nach oben und
warfen sich im Spagat nach vorn. Der Schwung beförderte
sie über die gut drei Meter breite, zehn Stockwerke tiefe
Kluft, die die Häuser voneinander trennte. AJ schlug mit
einer Wucht, die sie von Kopf bis Fuß durchschüttelte,
gegen den Dachsims. Kane stand bereits, als sie das Bein
über den Sims zog.

Er beugte sich hinunter, packte sie am Handgelenk und
zog sie auf das Flachdach. Ohne auch nur eine Sekunde zu
zögern, zog er sie hoch und tauchte mit ihr hinter einen
kleinen Kasten, vermutlich eine Klimaanlage, und zog sie
mit nach unten.

»Angst?«, fragte er und hielt immer noch ihre Hand.
Seine war trocken und fest, ihre glitschig vor Schweiß.

»Und wie«, keuchte AJ. Sie konnte kaum hören, so wie
ihr Herzschlag in den Ohren dröhnte.

Er lachte leise. »Angst hält die Sinne scharf.«

»Dann bin ich ein Rasiermesser.«

Das Lächeln erreichte seine Augen nicht ganz. Etwas
anderes blitzte dort auf. Verärgerung? Schmerz? Mitgefühl?
Es verschwand so schnell, wie es gekommen war. AJ
verspürte den irrationalen Drang, ihn zu beruhigen.
Blödsinnig. Er war der Mann aus Stahl. Sie widerstand dem
Impuls, ließ die Hand aber in seiner. Nur für den
Augenblick.

»Mut bedeutet, die Angst zu meistern«, erklärte Kane, das Lächeln war verschwunden. »Nicht etwa, *keine* zu haben. Sie haben dich hergeschickt, weil sie wissen, dass du bereit bist. Du kannst es. Vertrau deinem Training. Konzentrier dich und atme. Wir haben nur einen Versuch, auf das nächste Dach zu kommen, bevor sie hier oben sind. Fertig?«

»Das kannst du wetten.« Sie ließ sich von ihm auf die Füße ziehen. Die Stimmen wurden lauter. Sie liefen Seite an Seite. AJ hatte den Verdacht, dass Kane sie mitzog, und war ihm dankbar, weil er ihre Hand nicht losließ. Er war der Spielzeughase mit der Energizer-Batterie. Und sie brauchte jede Hilfe, die sie bekommen konnte. Sie flogen.

Die Männer hinter ihnen schrien einander auf Arabisch zu. AJ sprach nicht gut Arabisch, nur ein paar Worte. Aber sie nutzte die Stimmen, um den Standort der Verfolger zu bestimmen. Nah. Zu nah. Sobald sie auf dem Dach waren, würden die Männer zu feuern anfangen, und hier oben gab es kein Versteck. Das Dach war flach und endlos. Seine Schwärze verschmolz mit der Dunkelheit der Nacht.

Ihre Stiefel trampelten weiter über den klebrigen Untergrund, während sie die Umgebung nach einem Unterschlupf absuchte. Nichts. Nur das nächste Dach. Und das Nächste. Und das Nächste.

Der Blitz einer Feuerwaffe. Nicht einmal nah. Sie konnten sie nicht sehen. Nicht in diesen schwarzen Kleidern, und nicht vor dieser ungebrochenen Dunkelheit. Sie schossen blind. AJ erwiderte das Feuer nicht. Das Mündungsfeuer hätte ihnen den exakten Standort verraten.

»Spring im Laufen ab und mach dich lang«, befahl Kane und ließ ihre Hand los.

»Ich bin bei dir. Lauf, lauf, lauf.« Sie hatten nicht die Zeit für Ladies first. Es hieß jeder für sich. Sie wusste das. Sie fingen gemeinsam zu laufen an, aber sein Schritt war länger. Und kräftiger. Und, verdammt nochmal, sicherer.

Wright sprang aufrecht im Laufen ab. Sie sah ihm aus dem Augenwinkel zu, wie er beinahe über die Schlucht schwebte und die viereinhalb Meter zwischen den beiden Häusern locker schaffte.

AJ ahmte jede seiner Bewegungen nach. Heiße Luft streifte ihr Gesicht, als sie abhob, die Beine im Spagat, der Oberkörper nach vorn gebeugt und die Arme wie Windmühlenflügel rudernd, um den Schwung zu halten. Sie schien ein ganzes Leben lang über dem gähnenden Abgrund zu hängen, bevor sie breitbeinig und unbeholfen auf der anderen Seite landete. In Sicherheit. Keine schöne Landung, wie sehr man die Phantasie auch bemühte, und sie war wirklich froh, dass Kane schon ein Stück weiter war und ihren Fuß nicht hatte wegknicken sehen. Aber eine schlechte Landung war immer noch besser als gar keine.

Ihr Herz pochte bis in die wüstentrockene Kehle. Sie duckte sich und folgte ihm über das Dach, der Atem in den Lungen sägend, ihr Herz panisch. Die heiße Luft drückte sich auf ihre schweißnasse Haut und hüllte sie wie ein dicker Kokon ein.

Plötzlich ließ ein scharfer Stich in die Seite sie fast vornüberfallen.

Nicht jetzt, um Himmels Willen. Nicht *jetzt*. AJ rannte neben ihm her und hielt sich die Seite, während der stechende Schmerz immer stärker wurde. Hatte sie heute nicht schon genug vermasselt? Musste sie wirklich die Heulsuse geben und »Krampf« schreien? Von allen lachhaften Gründen, eine Kugel in den Rücken zu bekommen, ausgerechnet der? Es war so jämmerlich *mädchenhaft*, sie hätte am liebsten über sich selber gelacht.

Mist. Kein Wunder, dass Kane sie nach Hause schicken wollte. Sie konnte sich gleich wieder auf Schönheitswettbewerbe verlegen, wenn sie als Agentin nicht besser war als das hier.

AJ zog eine Grimasse, während sie versuchte, sich aufzurichten. Wenn schon in nichts anderem, so konnte sie zumindest in Geschwindigkeit mit ihm mithalten. Mit seinen ein Meter neunzig war er nur 12 Zentimeter größer als sie in Stiefeln. Trotz des grausamen Seitenstechens waren ihre Schritte fast so lang wie seine, als sie an den nächsten Sprung über eine Gasse kamen.

Dieser ging mindestens viereinhalb Meter in die Tiefe. Viereinhalb nach unten und rüber mindestens drei. Ihre Spucke war schon vor einer Stunde vertrocknet. Nichts zu schlucken für die trockene Kehle. Sie grub den Handballen in die mittlerweile vor Schmerzen schreiende Seite und biss die Zähne zusammen.

Noch mehr Schüsse. Näher jetzt.

»Superkleber«, sagte Kane grimmig in sein Mikrofon.

»An den Hüften zusammengeklebt. Verstanden.« Eine Speerspitze aus Schmerz schoss ihr von der Seite direkt ins Gehirn, und sie krümmte sich.

»Zusammen ...« Er sprang ab und landete auf dem Dach unter ihnen, leicht wie eine Feder. Dann drehte er sich nach ihr um, um zu sehen ob sie da war. War sie aber nicht, weil der Schmerz so schrecklich war, dass sie sich kaum noch rühren konnte.

Er fluchte leise. »Worauf, zur Hölle, wartest du, Cooper?«

Sie keuchte zwischen den Schmerzattacken: »Seitenstechen.«

»Du wirst mehr als nur verdammtes Seitenstechen kriegen, wenn du nicht springst«, sagte er ihr ins Ohr. »Tu es, Cooper. Jetzt!«

Sie versuchte, sich im Laufen aufzurichten und kehrte ein Stück zurück, um mit Anlauf abspringen zu können. So sehr sie sich auch wünschte, eine gute Agentin zu werden, wenn sie die lähmende Angst, erneut angeschossen zu werden, nicht abschüttelte, dann würde sie hier als Leiche enden. Schlimmer noch, sie würde für den Tod anderer Einsatzkräfte verantwortlich sein. Vielleicht sogar den des großen Kane Wright.

Vergiss das Seitenstechen. Vergiss alles. Renn wie die Hölle. Mach den Sprung.

Das ist alles, was ich tun muss. Rennen. Springen.

Ich kann das. Ich kann das.

Ihr Herz krampfte sich zusammen, als eine Kugel nur Zentimeter von ihr entfernt die Dachpappe zerfetzte. Raazaqs Männer kamen immer näher. Der Lärm und das Mündungsfeuer kamen immer näher. Ihr Kopf war schwindlig vor Angst. Verdammt. Verdammt. Verdammt.

Grimmig und entschlossen drehte sie sich um und erwiderte das Feuer. Es war ohnehin offensichtlich, dass sie ihren Standort sehen konnten. Sie hatte nichts mehr zu verlieren. Sie feuerte ein paar Schüsse, drehte sich wieder um und fing zu laufen an, direkt auf den Abgrund zu ...

Ihr Atem sägte schmerzhaft.

Schneller.

Schneller.

Zwanzig Meter ...

Zick.

Zack.

Schneller.

Schneller.

Sie versuchte verzweifelt, das Bild von der Kugel, die ihr Fleisch zerriss, loszuwerden. Gott.

Zehn Meter ...

Sie kämpfte mit dem Bild. Mit der Erinnerung an den Einschlag. Den scharfen heißen Schmerz, als die Kugel sich durch ihr weiches Fleisch und ihre Muskeln schnitt. Das Gefühl, als sie hinten aus der Schulter trat ... brennend, sengend, unsagbar qualvoll.

»Neinneinnein!« *Konzentriere dich auf das Jetzt, verdammt.* AJ verdrängte die Erinnerung und lief mit jedem Funken Energie, den ihr Körper aufzubringen vermochte. Sie lief auf Hochtouren.

Drei Meter, und sie würde fliegen.

Die eine Minute auf Hochtouren, die andere ... nichts.

in Schmerzensschrei ließ AJ mit pochendem Herzen aus der Bewusstlosigkeit aufschrecken. Nicht ihr eigener Schrei. Gott sei Dank. *Was ...? Wo ...?*

Mit übernatürlich scharfen Sinnen blieb sie, die Augen geschlossen, wie tot liegen und konzentrierte sich auf die Geräusche der Gewalt ganz in der Nähe. Der nächste Schrei. Ein Mann. Mitten im Schrei verstummend. Ein Schlag. Etwas Hartes, das auf Fleisch traf.

Sie zuckte vor Mitgefühl zusammen, als der nächste Schmerzensschrei von den Wänden widerhallte und in der Dunkelheit, die sie umgab, wieder und wieder ertönte. Ein Angstschauder überlief ihren längst schon schweißnassen Körper. Wo, in Gottes Namen, war sie?

Sie drehte vorsichtig den Kopf zur Seite und hörte zu, wie ganz in der Nähe jemand gefoltert wurde. Sie fuhr zusammen, als Schlag auf Schlag auf den unglückseligen Burschen niederging. Und jedes Ächzen, das durch die Dunkelheit zu ihr drang, schoss durch ihren Körper und ließ sie die Schläge fast spüren. Sie kämpfte gegen das Gefühl an, denn sie wusste, dass sie jede Minute selbst an der Reihe sein konnte.

Denk nach! Ihr Verstand fühlte sich träge an, verstörend schwerfällig. Hinter ihren geschlossenen Lidern trieb der Schmerz wilde Blüten und dehnte sich in jeden Winkel ihres verwirrten Geistes. Egal. Sie musste außen herum denken. Musste ihre Gedanken ordnen, um herauszufinden, wo sie war und was vor sich ging. Und vor allem, wie, zur Hölle, sie hier herauskam.

Verdammt, der Boden unter ihr war hart wie Fels. Faulige, ekelerregende Gerüche waberten durch die Luft. Sie atmete durch den Mund und versuchte nicht daran zu denken, was sie da in ihre Lungen sog. *Komm schon, komm schon,* spornte sie sich im Geiste an und versuchte ihren Körper zu zwingen, sich zu erheben. Sich zu bewegen. In Aktion zu treten.

Der Schrei eines anderen Mannes war zu hören. Gruppenfolter. Sie brauchte keinen Dolmetscher, um zu verstehen, dass die beiden Männer nebenan um Gnade flehten und jeden Schlag mit entsetzlichen Schreien begleiteten.

Schaudern jagte unablässig ihren Rücken hinunter und setzte sich in der Magengrube fest, wo sie jeden Nerv aufwühlte, bis AJ kurz davor war, selbst zu schreien. Sie zwang sich, die verklebten Lider zu öffnen und zwinkerte ein paar Mal in die wabernde Dunkelheit, die sie umfing. Ihr Magen wollte sich vor Übelkeit überschlagen. Der Schmerz in ihrem Kopf legte sich zu einem dumpfen Dröhnen, und schlagartig machten sich überall neue Schmerzen bemerkbar.

Jesus.

Hatte man sie bereits gefoltert?

Wo war sie, wie war sie hierher gekommen? Und vor allem, wie konnte sie fliehen? Wo immer *hier* war, es roch nach altem Urin, noch älterem Schweiß und Gott weiß was sonst noch. Glücklicherweise konnte sie nicht sehen, wo sie lag. Oder worauf sie lag. Der Gestank trieb ihr das Wasser in die Augen, während sie gegen die Übelkeit anschluckte.

Irgendetwas raschelte in der Dunkelheit, sie zog die Knie hoch und wich dem, was sich wie der Godzilla der Ratten anhörte, instinktiv aus.

Der nächste markerschütternde Schrei, der abrupt und furchteinflößend mittendrin abbrach.

Lieber Gott.

Die Stille pochte wie eine lebendige Präsenz. Lebendig vor Entsetzen. Stickig vor Angst, was als Nächstes kommen würde.

Ein Schluchzen erschütterte die unnatürliche Stille. Ein Flehen um Gnade. Schnell gefolgt von einer Reihe von Schlägen.

Gedämpfte, arabisch sprechende Stimmen hallten in den steinernen Mauern wider. Obwohl die Männer nicht im selben Raum waren wie sie, klangen ihre Stimmen relativ klar. AJ versuchte, durch die schlimmen Kopfschmerzen, den rauen Dialekt zu verstehen.

Ihr Stirnrunzeln machte den Schmerz nur noch schlimmer, was ihr Gehör nicht verbesserte. Sie war nicht fähig, mehr als das eine oder andere Wort zu erhaschen, doch was sie hörte, machte sie nicht im geringsten froher. Sie versuchte, sich hochzustemmen und bereute es sofort. Schnell ließ sieden Kopf wieder auf den Boden sinken, weil eine Welle von Schwindelgefühlen sie überkam und Übelkeit ihrem leeren Magen zusetzte.

»Reiß dich zusammen, AJ«, schalt sie sich und presste die Worte zwischen zusammengebissenen Zähnen heraus. »Was haben sie in der Akademie immer gesagt? Oh, ja. Mach dir den Schmerz zum Freund.« Sie drückte die Hand auf die Stirn. Sie mochte ihren neuen Freund nicht.

Nebenan wimmerten die Opfer. Sie hielt die Stimme gesenkt und flüsterte ihnen aufmunternde Worte zu, die sie niemals hören würden. »Los, Jungs«, sagte sie, während sie ihre eigene Welt am Durchdrehen zu hindern versuchte, »haltet durch. Lasst sie nicht gewinnen.« Sie hoffte, zur Hölle, dass die beiden die Tortur weiter durchhielten, denn sobald die Schläger mit den Geschlagenen fertig waren, war sie dran. Und Mitgefühl hin oder her, besser die beiden als sie.

Sie konnte es sich jetzt nicht leisten zusammenzuklappen. Sie zwang die Benommenheit weg, doch in der Dunkelheit gab es nichts, was sie hätte fixieren können, solange sich alles um sie drehte, und sie musste abwarten. Sie konzentrierte sich grimmig auf das Gespräch nebenan und hoffte auf einen Anhaltspunkt. Etwas, das ihr sagte, wo sie war und was als Nächstes geschehen würde. Außer der offenkundigen Folter.

Irgendwer musste bis morgen früh sterben. Diesen Teil hatte sie verstanden. Das wer, wo und wie war ihr entgangen. Doch die Tatsache, dass die Kerle sich erfreut anhörten, erfüllte sie mit Schrecken. Es gab nichts Schrecklicheres als böse Jungs, die ihren Job liebten. Sie riskierte die wilde Vermutung, dass nicht so viele Opfer zur Auswahl standen.

AJ betastete vorsichtig ihren Hinterkopf und stieß links auf eine große, weiche Schwellung. Was das Kopfweh erklärte, aber nicht, wer sie geschlagen hatte oder wie sie in dieses Loch geraten war.

Sie zog sich auf die Knie, wollte mindestens eine Körperlänge Abstand zwischen sich und den Boden bringen. Die Luft war hier oben zwar auch nicht besser als auf Bodenhöhe, aber wenigstens konnte ihr nichts in die Haare krabbeln. Sie war entweder in einem Badezimmer oder in einer Zelle. AJ hätte auf Zelle gesetzt. Vielleicht war sie aber auch völlig durchgedreht.

Sie brauchte weniger als eine Minute, um einmal rundum zu gehen und die Umgebung mit der Hand abzutasten. Zweieinhalb auf zweieinhalb Meter. Wände aus Stein. Keine Einrichtung. Keine Toilette. So viel zur Badezimmer-Theorie. Zementboden. Holztür. Natürlich versperrt. Das war alles.

Und eine weibliche T-FLAC-Agentin, die das Glück verlassen hatte.

»Verfall jetzt nicht in Panik«, sagte sie sich entschlossen, als ihr Herzschlag sich wieder beschleunigte und der Schweiß ihr auf die Stirn trat. Verfall einfach nicht in Panik. Ja, genau. In der Falle. Verprügelt. Vielleicht kurz davor, umgebracht zu werden. Warum sich mit einer Panikattacke den Spaß verderben?

AJ stemmte die Hände gegen die Wand, stellte sich breitbeinig hin und machte stehend Liegestütze an den rauen Stein. Sie brauchte Energie und einen Plan. Darüber nachzudenken, was nebenan vor sich ging, oder über ihre diversen Verletzungen und Leiden nachzusinnen, lieferte ihr keines von beidem. Die Bewegung half ihr dabei, sich zu konzentrieren.

»Komm schon, AJ«, befahl sie sich leise. »Denk nach. Du bist ein kluges Mädchen. Die Elite der Akademie. Jetzt hast du die Chance, es unter Beweis zu stellen.« Ihre Muskeln protestierten zitternd, als sie sich langsam gegen die Wand senkte. Zuerst musste sie herausfinden, wo sie war. Irgendwo, wo es heiß war... und stickig... sie stemmte den Körper von der Wand, langsam.

Arabisch ... Vor ihrem inneren Auge blitzten die Pyramiden auf. Ägypten ... Ja! Sie war hier, um Raazaq zu eliminieren!

Das war es. AJ prustete erleichtert. Okay. Der Schlag auf den Kopf hatte ihren Verstand nicht völlig verwirrt. Sie war mit einem Team hier, um Raazaq hochzunehmen.

Und das Team bestand aus ...?

Und der Plan war ...?

Sie ließ die Stirn einen Augenblick lang an die raue Steinwand sinken. Sie war völlig verwirrt. »Oh, verdammt.«

Kane sackte an die Wand, betrachtete das kleine ländliche Gefängnis am Rande Kairos und nahm einen weiteren Schluck aus der Flasche in seiner knorrigen Hand. Verdammtes, idiotisches Weib, sich gefangen nehmen zu lassen. Und zu allem Überfluss nicht von der Kairoer Polizei. Raazaq hatte einen verflucht langen Arm.

Sie würden sie am Morgen töten. Die beiden anderen Typen, die zusammen mit ihr drinnen festsaßen, hatten sie sich schon vorgenommen, das war sicher. Ihre

Schmerzensschreie waren in der heißen, stillen Nacht gut zu hören gewesen. Zur Hölle, verdammt.

Oh, ja, sie würden AJ Cooper töten, ohne mit der Wimper zu zucken. Nachdem sie ihr jedes bisschen Information herausgefoltert hatten. Auf die schmerzhafteste und brutalste Weise, die man sich vorstellen konnte. Er vermutete, dass sie sie nur deshalb noch nicht verhört hatten, weil sie sich die Frau bis zu Schluss aufheben wollten. Um das Vergnügen zu verlängern.

Hätten sie gewusst, wie verängstigt sie jetzt schon war, es hätte ihnen vermutlich den Spaß verdorben.

Es würde ihr schon nach genau zwei Sekunden den Magen umdrehen, beim ersten *Anzeichen* von Folter.

Er erschauderte bei dem Gedanken, wie raffiniert und grausam sie sein konnten. Wie sie einem Nahrung und Wasser vorenthielten, um Informationen zu erzwingen. Und weil er nicht geredet hatte, hatten sie sein Team gefoltert. Einen nach dem anderen. Bis er glaubte, die Schmerzenschreie würden ihn in den Wahnsinn treiben. So ging es weiter, Tag für Tag ...

Kalter Schweiß bedeckte seine Stirn, sicher schob er seinen persönlichen Albtraum zur Seite, das würde nicht passieren. Nicht, solange er aufpasste. Aber, Jesus, er hasste es, wieder in dieser Lage zu sein. Verantwortlich für die schiere Existenz eines anderen Menschen ...

Es gab eine Reihe von Dingen, in denen er gut war. Seine Teamkameraden am Leben zu erhalten, gehörte nicht dazu.

Deswegen hatte er die letzten zwei Jahre alleine gearbeitet.

Er fluchte leise und heftig. Wütend, dass er der Anordnung, sie herzubringen, nachgegeben hatte. Wütend, weil Cooper die Anfängerin war, die sie war ... Und zur Hölle, wütend auf Gott, dass er seinem Seelenheil die nächste Barrikade in den Weg gestellt hatte.

Nie wieder. Zum Teufel, nie wieder.

Und sein Leben lang nie wieder mit einer Rekrutin. Egal, wie gut sie angeblich war. Egal, wie viele Auszeichnungen sie als Scharfschützin gewonnen hatte. Egal, wie versessen er auf einen Scharfschützen war.

Verdammt. Er brauchte sie.

Was nur bewies, wie verdammt schief diese Operation gegangen war.

Er schaute nach unten und entdeckte auf seiner Hand, die er neben sich in den Dreck gestützt hatte, einen Skorpion, den Schwanz zum Stich hochgebogen. Er schleuderte ihn weg, bevor er zustechen konnte, hob wieder die Flasche an den Mund und beobachtete mit zusammengezogenen Augen das Gefängnis.

Gott, es war heiß. Seine Kopfhaut juckte unter der Perücke. Die Gesichtshaut, Hals und Brust spannten unter dem schweren Make-up. Er ignorierte das unangenehme Gefühl und konzentrierte sich auf die anstehende Aufgabe. Dieselbe, die er vor ein paar Stunden schon einmal bewältigt hatte. AJ Cooper aus Schwierigkeiten zu holen.

Die zwei Wachen kamen auf eine Zigarette nach draußen. Sie übersahen den alten Trunkenbold, der auf der anderen Seite der Gasse herumlungerte, hockten sich auf den Hintern und zündeten ihre Zigaretten an. Der Rauch ringelte sich träge in der reglosen Luft, während sie die Qualen, die sie ihren beiden Gefangenen angetan hatten, noch einmal durchlebten. Zur Hölle, sie pfiffen fast vor Vergnügen.

Die beiden Gefangenen standen ganz unten in Raazaqs Ansehen. Sie hatten den Angriff bei den Ruinen zu spät bemerkt, waren nicht vorbereitet gewesen und hatten versagt. Man benutzte sie, um für die anderen Mitglieder der Terrorgruppe ein Exempel zu statuieren. Das passierte, wenn ein Befehl nicht befolgt wurde. Raazaqs Oberbefehlshaber würden die Leichen am Morgen als abschreckendes Beispiel ins Camp zurückbringen. Bis dahin hatten die beiden Schläger freie Bahn.

War die Zigarettenpause die kurze Erholung, bevor sie wieder hineingingen und sich Cooper vornahmen? Seine Eingeweide rebellierten. Er war selbst schon gefoltert worden. Er wusste, was sie für Cooper im Sinn hatten. Wenn die Schläge vorüber waren, fingen vermutlich die Vergewaltigungen an. Er wusste, wie viel Spaß die Drecksäcke am Prügeln und Vergewaltigen hatten, aber er würde nicht zulassen, dass sie seine beste Waffe gegen Raazaq zerstörten.

Kane lehnte sich entspannt an die Wand. Geduldig. Abwartend. Den richtigen Moment abpassend, während er den Männer zuhörte. Er fragte sich, ob Cooper gleichfalls zuhörte und begriff, was ihr bevorstand.

Sie hatte ein fotografisches Gedächtnis, aber wie viel Arabisch verstand sie? Sie behauptete, die Sprache zumindest in Bruchstücken zu beherrschen. Kane hielt das für eine Übertreibung. Sie war so erpicht zu gefallen und fieberte ihrem ersten Feldeinsatz aufgedreht und mit leuchtenden Augen entgegen. Sie hatte so dringend beweisen wollen, dass sie bereit war, sie hätte vermutlich alles gesagt, um den Auftrag zu bekommen. Aber ihre Sprachkenntnisse oder der Mangel an solchen waren nicht der Grund, warum T-FLAC sie - bereit oder nicht - hergeschickt hatte.

Sie brauchten eine schöne Frau, die eine Spitzenschützin war. Savage war nicht verfügbar gewesen. Cooper war, schlicht und ergreifend, zweite Wahl, und sie war hier, weil sie einen perfekten Körper hatte, ein schönes Gesicht und eine Kugel aus hundert Metern Entfernung durch ein Schlüsselloch schicken konnte.

Er hatte früher schon mit Savage gearbeitet. Sie war gut. Sie war erfahren. Aber Savage war verletzt und würde erst in ein paar Monaten aus dem Krankenhaus entlassen werden. Und sie brauchten jetzt jemanden.

Cooper war es. Glücklicher Kane.

Kane hoffte nur, dass die Rekrutin *nicht* hören oder verstehen konnte, was für ein Gespräch da gerade vor sich ging. Die Typen sabberten förmlich bei der Aussicht, ihre Gefangene im Morgengrauen zu verhören. Was sie für Cooper planten, reichte aus, ihm den Schweiß auf der Stirn gefrieren zu lassen und ihm unter der verfilzten Perücke die Nackenhaare aufzustellen.

»He!«, schrie er in lallendem Arabisch. »Gebt mir ne Zigarette.«

Die Männer standen lachend auf. All der Alkohol würde einen Mann wie ihn explodieren lassen, sobald er sich eine anzündete, frotzelten sie. Ganz zu schweigen davon, dass Allah ihn für seine Laster in die Hölle schicken würde.

Kane grummelte, prostete ihnen aber mit der Flasche zu, bevor er sich in seine Galabija wickelte und so tat, als ließe er sich für die Nacht nieder. Durch einen Schlitz zwischen den Augenlidern beobachtete er, wie die beiden ins Gefängnis zurückkehrten. Es war ohnehin zu heiß, um die Tür zuzumachen, also ließen sie es bleiben. Ein schmaler Lichtstrahl fiel auf die stinkende Gasse.

Mit etwas Glück war Cooper in ihrer Zelle allein. Er war nicht in Stimmung, noch jemanden aus dem Gefängnis zu befreien. Sie würde ohne Zweifel ein plapperndes Nervenbündel sein, wenn er sie holte. Aber nur eine Hand voll zu tragen, kein Extragepäck. Und er konnte es sich nicht leisten, länger zu warten. Er konnte nicht riskieren, dass die Wachen noch vor Morgengrauen über sie herfielen.

Kane kam taumelnd auf die Füße, schlurfte über die Gasse und machte sich nicht die Mühe, sich verborgen zu halten. Alles, was sie zu sehen bekamen, war ein alter Bettler, der sich ihre immer noch glimmenden Kippen holen wollte.

Er nahm sich Zeit, die Gasse zu überqueren, blieb stehen, um sich einen Zigarettenstummel zwischen die Finger zu klemmen und richtete sich unter offensichtlichen Mühen wieder auf. Die Wachen sahen, wie er sich nahe der Tür bewegte, und verfluchten ihn halbherzig. Apathisch von der schwülen Hitze und mittlerweile gelangweilt, kam ihnen die Ablenkung gelegen. Der Morgen und das Vergnügen, die weibliche Gefangene zu befragen, schienen noch endlos entfernt.

Kane nahm einen Zug von der widerwärtigen Kévork Ipekian und blies eine nach Kameldung stinkende Rauchwolke in die stille Nachtluft, während er hineinschlurfte.

Langeweile und Hitze hatten die Männer glücklicherweise so träge werden lassen, dass sie ihn kaum beachteten. Er verschwendete keine Zeit. Er brauchte keine Minute, um sie mit einem Messerstoß in die Nieren loszuwerden. Kane ließ sie über dem Tisch zusammengesackt liegen und machte sich auf die Suche nach seiner abtrünnigen Agentin.

Alles war ruhig. Das Steingebäude hatte die Hitze des Tages gespeichert, und in dem beengten Korridor, der zu den Zellen führte, roch es ranzig. Es spielte keine Rolle, wo auf der Welt sich diese Gefängnisse befanden, sie rochen alle gleich: nach Terror, Blut, Schmerz, Hilflosigkeit.

Er umschloss den Schlüsselbund, den er von dem Wandhaken genommen hatte, mit der Handfläche, um sich durch das Klirren nicht zu verraten, und entschied sich für eine beliebige Tür. Dann leuchtete er sofort, als die Tür aufschwang, mit einer kleinen Taschenlampe in die Zelle. Der Gestank der Körperflüssigkeiten traf ihn wie ein Schlag. Zwei Körper, verkrümmt auf dem Dreckboden. Er verwandte kostbare Sekunden darauf, ihnen den Puls zu fühlen. Tot. Die Wachen waren zwar schlampig, aber gründlich.

Er sperrte die nächste Tür auf und stieß sie auf. »Cooper? Bist du hier ...?«

Sie stürzte sich von hinter der Tür auf ihn, und Kane fiel auf den Trick herein wie ein richtiger Anfänger. Er stürzte auf dem harten Boden auf die Knie. »Verdammt, Frau! Ich bin hier, um deinen Hintern zu retten.« Er befreite sich aus ihrem Griff, schoss auf die Beine und hatte sie in der

Kopfzange, bevor sie ihm das Knie in die Eier rammen konnte.

Sie grub die Nägel in seinen Unterarm. »Verdammter Hurensohn! Ich sage dir überhaupt nichts. Du wirst es noch bereuen, je diese verfluchte Tür aufgemacht zu haben.«

»Das tue ich schon«, murmelte er und zuckte zusammen, weil sie kratzte und sich hin und her bewegte, um seinen Haltegriff abzuschütteln.

Sie trat mit dem Absatz auf seinen Rist. Er biss die Zähne zusammen, ließ aber nicht los. Ihr Hals war zart und zerbrechlich. Ein Knack und sie war nicht mehr. Der Gedanke ließ ihn frösteln.

»Halt still, bevor du dir noch selber wehtust«, befahl er seiner undankbaren Agentin. »Oder ich dir.«

Sie hörte auf, um sich zu schlagen, und erstarrte, den schlanken Körper in der Hüfte gebeugt. Sie hatte endlich realisiert, dass er Englisch sprach. Er konnte sie förmlich denken hören.

»Kane?«

»Nein. Gottvater. Wer sonst, glaubst du, würde mitten in der Nacht hier hereinspazieren, um deinen Hintern zu retten? Wir scheinen in einer Kane-rettet-Cooper-Schleife gefangen zu sein«, sagte er genervt. »Wir überlegen uns später, wie wir sie durchbrechen. Lass uns, zur Hölle, hier abhauen, bevor noch jemand auftaucht.«

Sie erstarrte. »Mist!«, keuchte sie atemlos und sagte dann lauter: »Mir rauscht das ganze Blut in den Kopf. Würdest du mich jetzt loslassen?«

Er ließ unvermittelt los, und sie taumelte gegen die Wand. Er streckte geistesgegenwärtig die Hand aus, packte sie am Hemd und zog sie wieder nach vorn. Er ließ den schmalen Lichtstrahl der Taschenlampe über ihr Gesicht gleiten. Abgesehen vom Dreck, schien sie in relativ gutem Zustand zu sein. In Anbetracht sämtlicher Umstände. »Bist du verletzt?«

»Danke für die Anteilnahme, aber nein«, antwortete AJ beißend. Sie richtete sich auf und lief an ihm vorbei den

Korridor entlang auf das Licht zu, das aus dem Büro fiel. Ihre schwarzen Baumwollhosen und das langärmelige lockere T-Shirt waren von hellem Staub bedeckt. Sie sah entsetzlich aus. Ein zerrissener Stofffetzen flatterte an ihrem linken Ärmel und legte einen blutigen Kratzer oben am Arm frei. Ein Streifschuss.

Sie hatte ihre Baseball-Kappe verloren, aber nicht einmal die Gefangenschaft hatte dem fest geflochtenen Zopf in ihrem Nacken ein Haar entlocken können. Kane folgte ihr mit kurzem Abstand und konnte den dunklen blutverschmierten Fleck in ihrem Haar sehen, wo der Schlag sie getroffen hatte. Sie roch nicht besser, als sie aussah. Aber er schließlich auch nicht. Sie waren ein schönes Paar, dachte er säuerlich.

Sie ging mit festen Bewegungen, hielt instinktiv nach einem Hinterhalt Ausschau. Er verspürte einen Anflug von Bewunderung und war, offen gesagt, erleichtert, dass sie sich nicht als brabbelnde Idiotin gebärdete. Gott sei Dank hing sie nicht verängstigt wie ein mutterloses Äffchen an ihm. Er hatte entschieden, sie bewusstlos zu schlagen und hinauszutragen, falls sie ausflippte. Eine Rettungsaktion durchzuziehen konnte verflucht hart sein, wenn der zu Rettende vor Angst hysterisch war.

Sie ging weiter den Gang entlang voran, mit einem Hüftschwung, der zum Sterben sexy war. Kane schüttelte den Kopf. Jeder andere Mann bei T-FLAC hielt Cooper für das heißeste Ding, das die Akademie je gesehen hatte. Aber er nicht. Er vermischte niemals Arbeit und Vergnügen. Und er hatte so ein Gefühl, dass Cooper zu anstrengend für ihn war, auch dann, wenn sie ihm nicht unterstellt und Teil einer Operation war.

So weit, so gut. Sie schien ganz aufgeräumt. Unglücklicherweise würden beim ersten Morgengrauen mehr von Raazaqs Männern hier sein. Was ihnen bestenfalls eine halbe Stunde gab, bevor die Bluthunde kamen und die Verfolgung aufnahmen.

Er und die Rekrutin würden in fünfzehn Minuten in einem Apartment auf der anderen Seite der Stadt sein. Er würde das Evakuierungsteam anfunken, damit sie AJ am späteren Nachmittag herausholten. Und er würde sich ein paar Stunden lang mit der Frage befassen, ob es klug gewesen war, Cooper den Abschluss der Aktion anzuvertrauen. Der Einsatz war zu wichtig, um irgendetwas dem Zufall zu überlassen. Sie war vielleicht wirklich die beste Scharfschützin, die T-FLAC je gehabt hatte. Aber sosehr er sie auch brauchte, sie hatte sich als unzuverlässig erwiesen.

Das war ein Risiko, das sie nicht zweimal eingehen konnten.

Die Zeit lief ihnen davon und tickte wie ein Metronom in seinem Kopf. In seinen Eingeweiden. Er verschwendete kostbare Minuten damit, Cooper zu retten. Schon wieder.

Er hatte bereits ein Teammitglied verloren - Escobar war auf dem Nachhauseweg -, und mit den beiden Verbliebenen war er nicht gerade glücklich.

Cooper glitt auf Zehenspitzen den Gang hinunter. Lautlos, rasch, wachsam. Sie hob die Hand und bedeutete ihm zu warten, während sie die beiden Männer betrachtete, die im vorderen Büro auf dem Tisch lagen. »Saubere Arbeit.«

»Das habe ich mir auch gedacht«, sagte er und reichte ihr ihre SIG Sauer. Sie nickte zum Dank. Sie schlüpften ins Dunkel der Gasse hinaus und machten die Tür hinter sich zu.

»Transport?«

Er wies nach rechts. »Übernächster Block.«

»Dann los.« Sie rannte mit voller Geschwindigkeit davon. Kane holte sie ein, und ein paar Minuten später hatten sie die Stelle erreicht, wo er das frisch organisierte Fahrzeug abgestellt hatte.

Beide griffen sie nach dem Türgriff auf der Fahrerseite. Kane zog eine Braue hoch. »Wie?«

»Ich fahre.« AJ streckte die Hand nach den Schlüsseln aus. »Lass mich wenigstens *irgendwas* machen.«

Kane stoppte sie, indem er den Arm über ihre weichen Brüste legte. Sie sah finster zu ihm auf. »Im Moment kannst du nicht einmal geradeaus sehen«, teilte er ihr rundweg mit. »Setz dich rein und schnall dich an.«

»Aber ich ...«

»Rein. Anschnallen«, wiederholte Kane. Es machte ihm nichts aus, sich von einer Frau fahren zu lassen. Das machte für ihn keinen Unterschied. Aber von einer Frau mit einer Kopfverletzung? Nein, danke.

AJ eilte vorn um den Wagen herum, machte die Tür auf und rutschte auf den Beifahrersitz. »Ich weiß es zu schätzen, dass du mich geholt hast«, sagte sie, sobald er eingestiegen war und den Gang eingelegt hatte.

Kane bog auf die Straße und warf ihr einen Blick zu. »Wann hätte T-FLAC je einen Mann zurückgelassen?« Sie waren noch besessener davon, ihre Einsatzkräfte heimzuholen, als die Navy SEALs, die Eliteeinheit der Navy.

»Nie.« Sie rieb sich mit der schmutzigen Hand über die Stirn.

»Kopfschmerzen?«

»Nein. Ja. Natürlich habe ich Kopfschmerzen. Einer von diesen Schlägern hat mir etwas übergezogen, das sich wie ein verdammter Baseballschläger angefühlt hat. Sie warf ihm einen Blick zu, und er sah, dass sie Blutschmierer auf den Augenlidern hatte - vermutlich von dem Schlag auf den Kopf. Sie schien das kalt zu lassen, aber Kane machte es ziemliche Sorgen.

Die Klimaanlage lief auf Hochtouren, und Kane bemerkte, dass ihre Brustwarzen sich unter dem T-Shirt abzeichneten. Die Hitze schoss ihm in die Lenden, und er bekam allein von dem Anblick einen halben Ständer. Das hatte ihm noch gefehlt. Er war schockiert und verärgert über seine Reaktion. Er richtete die Aufmerksamkeit wieder auf die Straße und umfasste das Lenkrad fester.

»Haben die anderen es ins Haus geschafft?«

»Escobar hat vor ein paar Stunden einen Transporter nach Hause erwischt. Struben wartet im Apartment auf uns.«

»Wie lang war ich da drin?« AJ streichelte geistesabwesend die Trommel der SIG und studierte die Häuser, an denen sie vorbeikamen. Kane bog auf eine Hauptstraße ein und hielt sich an die Geschwindigkeitsbegrenzung. Sogar zu dieser Nachtstunde herrschte Verkehr. Er blieb auf der Mittelspur, versteckte sich, indem er sich offen sehen ließ. Er wünschte, sie hätte die Hände in den Schoß gelegt und aufgehört, die Waffe zu streicheln. Ihre schlanken Finger auf der Trommel waren nicht nur verteufelt erotisch, auch die Bewegung lenkte ihn ab.

»Vier Stunden.«

Sie sah ihn an. »Die beiden Männer in der anderen Zelle?«

»Raazaqs Leute. Tot.«

»Verdammt.« Sie schloss die Augen. »Das tut mir Leid. Das tut mir verdammt Leid.«

»Warum? Du bist für den Tod dieser Männer nicht verantwortlich.«

»Ich bin dafür verantwortlich, dass Raazaq entkommen ist. Oh, Gott, Kane. Ich schäme mich so ... Schlimmer, ich ekle mich vor mir selbst, dass ich es so vermasselt habe.«

»Du bist ein Profi. Mach dir das, was du hier gelernt hast, zunutze und lass es nicht noch einmal geschehen«, wies Kane sie erbarmungslos an. Gott allein wusste, dass er sein eigenes Päckchen voller Felsbrocken zu tragen hatte. Aber er wollte verflucht sein, wenn er ihr dabei zuhörte, wie sie sich selbst bemitleidete. Er hatte nicht vor, ihr vorzuwerfen, dass sie eine Frau war, und er würde ihr auch ganz bestimmt nicht vorwerfen, die Operation vermasselt zu haben.

»Morgen bist du wieder in der Akademie«, teilte Kane ihr mit. »Halt ein kleines Schwätzchen mit den Psychologen. Setz dich damit auseinander.«

AJ drehte sich auf dem Sitz zu ihm herum, das Gesicht grau vom Schein der Straßenlampen. »Du schickst mich wirklich zurück?«

Kane legte den Kopf schief und sah sie an. Ihr Gesicht mochte schmutzig sein, aber die Haut sah immer noch zart aus. Er wusste, dass sie makellos war. Weich. Er bemerkte, dass er ihren Mund anstarrte und richtete den Blick wieder auf den Verkehr, der sich vor ihnen dahinbewegte. Gott*verdammt.* »Ja, wirklich«, sagte er harsch.

»Lass mich bleiben. Ich werde mich bewähren.«

»Du hattest deine Chance.«

»Und ich bekomme nur eine?«

»Diesmal ja.«

»Der beste Mann für diesen Job ist eine Frau, und das weißt du auch«, sagte AJ und sprach jetzt schneller, um ihn zu überzeugen. »Du magst ein Meister der Verkleidung sein, aber nicht einmal du bekommst das hin. Gib es zu. Du brauchst mich.«

»Raazaq mit Hilfe einer weiblichen Einsatzkraft aus dem Verkehr zu ziehen, war eine der Optionen. Du warst bei der Besprechung dabei. Die andere ist, dass ich es allein mache.«

»Nicht allein. Mit Struben und Escobar«, erinnerte sie ihn. »Du wirst nicht näher als hundertfünfzig Meter an Raazaq herankommen. Er ist sogar noch paranoider als du, Wright. Raazaq vertraut *niemandem.* Das weißt du. Diese Operation ist viel zu wichtig, als dass einem ein Ego in den Weg kommen darf.« Sie warf ihm einen Blick zu, ihre hellen Katzenaugen glommen im Licht des Armaturenbretts. »Sei nicht so nachtragend, weil ich einen Fehler gemacht habe - okay, es war ein verflucht großer Fehler. Aber trotzdem nur ein Fehler. Wenn ich den Hurensohn das nächste Mal im Fadenkreuz habe, wird er mausetot sein. Das verspreche ich.«

»Ich habe nicht die verfluchteste Ahnung, wie du dir das vorstellst. Keine Wiederholungen. Du bist auf dem Heimweg, Cooper. Kauf dir am Flughafen ein Souvenir.« Kane beschleunigte etwas, überquerte eine Kreuzung, glitt in den dunklen Schlund der nächsten Gasse und nahm die Abkürzung zur Schnellstraße.

Sie saß vor Wut schäumend neben ihm, doch er konnte ihren Verstand beinahe rattern hören. Sie suchte nach einem Argument, das seines schlug. Dumm für sie, aber er wusste längst, dass es keines gab. Das war seine Operation, verdammt. Er machte es auf seine Weise.

»Gibt es irgendetwas, das deine Meinung ändern könnte?«

»Nein.«

»Dann setz mich am Ra ab«, sagte sie viel zu ruhig.

»Warum soll ich meine letzte Nacht in Kairo in einer Bruchbude verbringen, wenn ich auch in einem Bett ohne Flöhe schlafen kann?«

»Netter Versuch. Vergiss es. Auf eigene Faust findest du ihn nie«, informierte Kane sie kalt. Es überraschte ihn nicht, dass sie dasselbe tun wollte, was er in dieser Situation getan hätte. »Und falls du dumm genug bist, es doch zu versuchen, wirst du dir postwendend eine neue Stelle suchen müssen.«

Sie drehte sich zu ihm. »Aber ich ...«

»Gib auf, solange du noch Vorsprung hast, Cooper. Nichts, was du sagst oder tust, wird meine Meinung ändern.«

Sie ließ frustriert Luft ab. »Weißt du, was ich mit meinen Brüdern immer gespielt habe, als wir noch Kinder waren?«, fragte AJ, ganz beiläufig und viel zu süß.

Kane kümmerte das einen Dreck, aber er reagierte trotzdem: »Was?« Er warf ihr einen verärgerten Blick zu, und sie lächelte dieses ärgerliche Julia-Roberts-Lächeln, das ihn wahnsinnig machte, und zog eine Augenbraue hoch:

»Mutprobe.«

*K*ane Wright war störrisch.
Eigensinnig.
Dickköpfig.

Und er hatte hier das Kommando, machte AJ sich klar, lass uns das nicht vergessen, das *Kommando*.

Der große Weiße Hai. Und der kleine Fisch.

Verstanden. Nicht schön. Aber verstanden.

Sie hätte gerade jetzt viel darum gegeben, seine Gedanken lesen zu können. Andererseits trug sie keinen Schutzanzug. Sie war vermutlich besser dran, nichts zu wissen. Was er bis jetzt gesagt hatte, war nur die Spitze des Eisbergs, aber das Wesentliche kam stechend durch. Noch mehr zu wissen ließ ihre Versagensangst vermutlich noch größer werden, als sie ohnehin schon war.

Sie grübelte darüber nach, wie sie ihn von ihrer Unersetzlichkeit überzeugen konnte, nachdem sie ihm vor gerade ein paar Stunden das Gegenteil bewiesen hatte.

Es war noch vor Sonnenaufgang, aber die Straßen Kairos waren schon überfüllt. Das Leben ging weiter. Kanes Maskerade war so perfekt, AJ konnte seinen Gesichtsausdruck im schwachen Licht der Straßenlaternen und unter der dicken Schicht Make-up nicht einordnen. Allerdings strahlte er eine Woge von Missmut aus. Sie fühlte sich wie ein Kind, das seinen Lieblingslehrer enttäuscht hatte.

Und um fair zu sein, ihr wäre es an seiner Stelle genauso ergangen, wenn eine unerfahrene Rekrutin sich *ihr* mit solcher Vehemenz aufgedrängt hätte.

Auf der anderen Seite, überlegte sie, während Kane eine Ecke nahm und nur knapp drei Kinder verfehlte, die zusammen auf einem hin- und herschwankenden Fahrrad fuhren, auf der anderen Seite ... wenn die Rekrutin genau das war, was der Einsatz erforderte, wenn die Rekrutin die Klassenbeste war, wenn die Rekrutin als Köder für eine Falle verwendet werden konnte, wenn die Rekrutin für den Job hundertprozentig richtig war ...

AJ seufzte. Dann hätte sie die Rekrutin trotzdem wegen ihres Versagens nach Hause geschickt!

Unsinn! Sie hasste es, in dieser Angelegenheit logisch zu denken.

Der Himmel wusste, dass Kane Wright ein brillanter Außendienstler war. Aber T-FLAC hatte ihn bestimmt nicht wegen seiner sozialen Kompetenz angeheuert. Abgesehen davon hatte er jede Menge Grund, wütend auf sie zu sein. Soziale Kompetenz hin oder her, die Heldenverehrung, mit der sie ihn die letzten Monate über betrachtet hatte, war ein wenig persönlicher geworden, seit sie ihn bei der Einsatzbesprechung vor drei Tagen zum ersten Mal getroffen hatte.

Während sie sich in seine Berichte und Terrorismus-Analysen vertieft hatte, dachte sie nie so sehr an den Mann, sondern an die Ikone, die sie auf einen Sockel stellen konnte. Jemand, dem sie nacheifern wollte. Jemand, dessen Karriere genau der entsprach, die sie selber machen wollte. Als man sie vom Training hereingerufen hatte, um ihr zu sagen, dass sie zu einem Einsatz mit Kane Wright abkommandiert war, hatte ihr Herz so laut geschlagen, dass sie schon glaubte, sie werde dem großen Mann vor lauter Aufregung ohnmächtig vor die Füße zu fallen.

Sie hatte nichts mehr gewollt, als ihr Können zu beweisen.

Dann hatte Kane den Konferenzraum betreten. Er war ein atemberaubender Mann, von Kopf bis Fuß in Schwarz gekleidet. Ihr Herz hüpfte, sprang und tänzelte bei seinem blo ßen Anblick. Eine Hitze erfasste sie von Kopf bis Fuß.

Eine Art von hitziger Wachsamkeit, wie AJ sie nicht kannte. Sie hatte nie zuvor in einer so körperlichen Weise auf einen Mann reagiert. Andererseits war ihre Reaktion nicht allein körperlicher Natur.

Ihn leibhaftig zu treffen, gab dem Mann aus den Berichten eine andere Dimension.

Er war gerade aus Istanbul zurückgekehrt, und die langen Tage unter der sengenden Sonne hatten seine Haut tief gebräunt und goldene Reflexe in sein dunkles, zerzaustes Haar gejagt. Seine sehnige Kraft und die Größe von über einem Meter neunzig verliehen der schwarzen Cargo-Hose und dem dunklen T-Shirt eine elegante Note. Ein Mädchen hätte schon blind sein müssen, um den perfekten Sitz der Baumwolle, die sich über seine breiten Schultern, den flachen Bauch und die beeindruckenden Muskeln spannte, nicht zu bemerken. Die langen Beine machten mit dem Weg um den Konferenztisch kurzen Prozess, und er nahm den einzig freien Platz ein - ihr gegenüber.

Er warf ihr einen abschätzigen Blick zu, die Augen von tiefdunklem Blau, das keine Wärme kannte. Dann konzentrierte er sich wieder, ohne eine Miene zu verziehen, auf das Kopfende des Tisches, wo ihr Vorgesetzter sofort damit anfing, die Grundzüge der Mission zu erläutern.

Kane Wrights Auftreten war genauso missmutig wie seine dunkle Schokoladen-Stimme. AJ hatte ein paar Minuten gebraucht, bis ihr klar wurde, dass *er* die Runde davon in Kenntnis setzte, warum eine derart wichtige Mission nicht als Trainingsgelegenheit für eine Rekrutin missbraucht werden dürfe, während *sie* nur dasaß und sich mühte, nicht in ihre Kaffeetasse zu sabbern.

Er wollte alleine nach Kairo gehen, daraus machte er keinen Hehl. Seine dunklen Augen teilten ihr unmissverständlich mit, dass er sie für ungeeignet hielt. Noch schlimmer als nutzlos. AJ war es nicht gewohnt, dass ein Mann sie so ansah. Aber es gibt eben für alles ein erstes Mal.

Desinteresse. Geringschätzung. Verachtung. Dass all dies aus Kane Wrights Blick sprach, war schon schlimm genug. Aber am schrecklichsten war, dass auch alle anderen über ihre Eignung diskutierten und ihre Zweifel darüber ausdrückten, ob sie den Job bewältigen konnte.

Sie war, nachdem sie angeschossen worden war, fast gestorben. AJ erwartete kein Mitleid, aber sie erwartete, dass sie im Zweifel *für* den Angeklagten votierten. Sie hatte sich zusammengerissen und vernünftig erläutert, weshalb sie Kane Wright und sein Team nach Kairo begleiten musste.

Am Ende hatten sie nachgegeben, aber nur, weil sie - unglücklicherweise - die Einzige für den Job war.

Kane war schwerer zu überzeugen gewesen. Doch schließlich hatte er unter Druck zugestimmt. Unter heftigem Druck.

Jetzt glaubte er, sie alle, wohl dass er Recht gehabt hatte. AJ hatte nicht nur ihre eigene Chance vertan, sie hatte zweifellos auch die Chancen jedes anderen Rekruten ruiniert. Von jetzt an würden sie noch vorsichtiger sein, wenn es darum ging, einen unerfahrenen Agenten auf eine Operation dieser Größenordnung mitzunehmen. Und es war alles ihre Schuld.

Sie seufzte wieder.

»Hör auf zu schmollen«, sagte Kane, der ihr Seufzen für eine Trotzreaktion hielt.

AJ schüttelte die Tagträume ab und sah ihn an. Es war unmöglich, unter dem achtzigjährigen Gesicht den gut aussehenden Typen zu erkennen. Graues Haar, faltige Haut, trübe Augen. Sie versuchte zu erkennen, wo das Make-up aufhörte und Kane begann. Aber es war makellos aufgetragen. Sie saß keinen Meter von ihm entfernt und hätte schwören können, dass die papierhafte, runzelige Haut echt war.

»Ich schmolle nie«, teilte sie ihm mit, damit das klar war. Sie hatte ein paar weibliche Eigenheiten in ihrem

Arsenal, aber Schmollen gehörte nicht dazu. »Ich dachte nur ...«

»Behalt es für dich.«

»Oh, sicher, Chef. Ich wusste nicht, dass Denken nicht gestattet ist.«

»Wenn du weniger gedacht und mehr geschossen hättest, dann säßen wir jetzt nicht in diesem Schlamassel.«

»Nett von dir, dass du mir meine Verfehlungen nicht um die Ohren schlägst. Ich weiß das *wirklich* zu schätzen, *Sir*.« Was hatte sie schon zu verlieren, wenn sie ihm sagte, was sie dachte? Er war dabei, sie unehrenhaft nach Hause zu schicken. Was blieb da noch übrig? Eine Tracht Prügel? Die nächste Spitzzüngigkeit? Bei dieser Vorstellung wogte etwas Dunkles, Heißes in ihr auf, und sie vermutete, dass der Schlag auf den Kopf härter gewesen sein musste als gedacht.

Er schüttelte den Kopf und zog diese alten, dünnen Lippen zu einer grimmigen Linie, die ihr bedeutete, dass er mit Reden fertig war. Sie hielt gleichfalls den Mund. Die Straßenlaternen zogen vorbei, während sie durch die frühmorgendliche Stadt fuhren, und AJ schaute stur geradeaus, während sie ihre Möglichkeiten überdachte.

Sie war nicht nur entschlossen, Raazaq zu töten, einen Mann, der in den USA zu den Top Ten der meistgesuchten Terroristen zählte. Sie musste auch beweisen, dass sie alles hatte, um eine der besten T-FLAC-Kräfte zu werden.

Sie musste es sich selbst beweisen.

Und Kane Wright.

Und Mac MacKenzie, ihrem psychologischen Betreuer, der sie gewarnt hatte, dass ihr aggressiver Erfolgswille sie noch umbringen werde, wenn sie ihn nicht zu kontrollieren lernte. Schön. Sie kontrollierte ihn. *Schau mich an, Mac. Siehst du? AJ Cooper beißt sich auf die Zunge.*

Alles, was sie brauchte, war eine zweite Chance.

Es half ihr nicht weiter, dass sich in die Heldenverehrung für den Mann, der stoisch den Wagen lenkte, eine natürliche und sehr unwillkommene Lust mischte, die sie nicht einmal auf dem vierundzwanzigstündigen Flug hierher hatte abschütteln können. Während der letzten drei Tage waren ihre Gefühle Achterbahn gefahren, und der letzte Mann, der wirklich absolut letzte Mann, an dem sie ein romantisches Interesse hätte haben sollen, war Kane Wright.

Der Mann war ein Einzelkämpfer. Kam nicht gut mit anderen aus. Er war ein Perfektionist. Er tolerierte Fehler weder bei sich noch bei anderen. Und er war störrisch, unfreundlich und verschroben.

AJ hörte schon die Glocken der Hölle, während sie auf ihrem Sitz zusammensank und die sandigen Augen schloss. Wenn sie jetzt so darüber nachdachte, mochte sie ihn eigentlich nicht einmal!

Das Auto bremste, sie öffnete die Augen und sah sich um.

Die Sicherheitsunterkunft lag auf dem Westufer des Nils, am Rande des Vororts Imbaba. Es handelte sich um eine relativ hoch aufragende Bruchbude. Die abblätternde Farbe, die Graffiti und die zerbrochenen Fenster im Erdgeschoss zeigten, dass es sich um keines der neueren Gebäude in der seit kurzem wieder aufstrebenden Gegend handelte. Genau genommen, war es nur eine größere Version der verfallenden Mietskasernen, die um es herumstanden. Gerade, als über Kairo mit einem rauchigen, goldenen Nebel der Tag anbrach, bog Kane in die Tiefgarage ein.

Die Dinge spitzten sich zu. Er hatte sie hierher gebracht, bevor er sie zum Flughafen schaffen würde.

AJ schnaubte erleichtert, als er auf einen leeren Parkplatz fuhr und den Motor abstellte. Sie war am Boden zerstört, und er musste das eigentlich auch sein. Flöhe oder nicht, die Zuflucht würde zumindest eine funktionierende Dusche und Toilette haben. Und ein Bett. Sie brauchte eine Dusche, etwas zu essen und eine horizontale Ebene, auf der sie für die nächsten paar Stunden zusammenbrechen konnte. Dann würde sie sich aufsetzen und überlegen, wie sie ihren Ruf retten und den Job erledigen konnte, für den man sie nach Ägypten geschickte hatte.

»Darf ich noch duschen und etwas schlafen, bevor du mich zum Flughafen schaffst?«, fragte sie und ließ den zerfransten Sicherheitsgurt aufschnappen, sobald sie zum Stehen gekommen waren. Die Tatsache, dass sie schon die letzten drei Monate über keine Nacht mehr durchgeschlafen hatte, war jetzt ohne Bedeutung.

»Im Flugzeug hast du genug Zeit zum Schlafen«, sagte er kurz angebunden und fasste, ohne in ihre Richtung zu sehen, nach dem Türgriff. »Du solltest allerdings abseits der Zivilisten bleiben.«

AJ stieg aus dem Wagen und schlug die Tür ein wenig fester hinter sich zu als nötig. *Blödmann.* Er roch auch nicht besser als sie.

Wäre er ihr Bruder Gabriel gewesen, sie hätte ihm einen soliden Schlag in den Solarplexus verpasst. Aber ihr überschäumendes Temperament hatte sie mehr als einmal in Schwierigkeiten gebracht, und sie war ohnehin schon Kanes unbeliebteste Einsatzkraft. AJ biss sich noch fester auf die Unterlippe. Sie musste nicht sein Liebling sein.

Bring ihn nicht um, sagte sie sich nachdrücklich, *und küss ihn auch nicht. Tu einfach deine Arbeit. Mach sie gut und fahr heim. Mission erledigt.*

Kanes staubige schwarze Galabija umwogte ihn wie die Schwingen eines Raben, während er um den Wagen zu ihr herumkam. Er spielte immer noch seine Rolle, obwohl sie beide in der Tiefgarage alleine waren. AJ bemerkte seine Schuhe. Abgelaufen und alt wirkten sie so substanzlos, zerbrechlich und benutzt wie er selbst. Er sah arabisch aus, sprach amerikanisch und war gefühllos wie ein Roboter.

Kurz gesagt, der perfekte T-FLAC-Agent.

»Beweg dich«, sagte er und wies zum Lift auf der anderen Seite der verwinkelten und fast vollbesetzten Garage.

AJ streckte hinter seinem Rücken den Mittelfinger aus, doch verkniff sich eine schlagfertige Retourkutsche und schloss zu ihm auf. Sie drückte den Aufzugknopf und zwinkerte, während sie an die Wand gelehnt auf den Lift warteten, Feuchtigkeit in ihre ausgetrockneten, müden Augen. Verdammt, sie wäre fast im Stehen eingeschlafen. Sie stemmte sich von der Wand weg. »Wann brichst du nach Fayum auf?«

»Du kommst eh nicht mit.«

Die Tür ging auf, sie ging rein, und er folgte ihr. »Habe ich etwa ›wir‹ gesagt? Ich habe es schon die ersten zwölf Mal verstanden. Lass es gut sein, okay. Die Nachricht ist angekommen.«

Er drückte den Knopf für das Stockwerk. Elf, registrierte sie geistesabwesend, während die Kabine sich mit einem Gerumpel in Bewegung setzte, das sie nicht gerade vertrauenerweckend fand. Toll. Erst die große Chance vertun und dann bei einem Liftabsturz in einem rattenverseuchten Hotel sterben. Einfach perfekt. Sie würde als die größte Null, die je die Schwelle der Akademie überschritten hatte, in die T-FLAC-Geschichte eingehen.

Gabriel würde zur Sicherheit seinen Nachnamen ändern müssen.

»Manchen Leuten muss man es mehr als einmal sagen.«

AJ hörte, während sie gepresst antwortete, ihre Backenzähne mahlen. »Also, zu denen gehöre ich nicht.« Er konnte sie bereden, bis er so alt war, wie er aussah. Wer als Erster in Fayum war, konnte Raazaq erledigen. Sie würde dafür sorgen, dass sie die Erste war. Sobald er sie am Flughafen abgesetzt hatte, würde sie aufbrechen. Er brauchte gar nicht zu wissen, dass sie sich seinem Befehl widersetzt hatte, bis Razaaq erledigt war.

Es war riskant, einen direkten Befehl zu ignorieren. Aber auf der anderen Seite würden die Oberbefehlshaber bei T-FLAC sehen, dass sie Initiative ergreifen konnte und erfreut sein, sobald sie Raazaq ausgeschaltet und ihren Job erledigt hatte.

Der Lift war langsamer als eine Schnecke, und er ruckelte und stockte alle paar Meter, als sei er zu müde für

die Reise. Seite an Seite standen sie in Richtung der Tür. AJ
warf ihm durch die Wimpern verstohlene Blicke zu. Sein
normalerweise schon verschlossener Gesichtsausdruck war
wegen der Schminke noch unergründlicher.

Was dachte er? Nichts Gutes, aus dem Zug um sein Kinn
zu schließen.

Vor ein paar Jahren war Kane während einer Operation
für zwei Monate im Gefängnis gelandet. Sein persönlicher
Bericht war bedauerlicherweise unter Verschluss. Die
Akten enthielten nur die blanken Fakten. Sechs Männer
waren nach Libyen gegangen, fünf im Einsatz getötet
worden. Kane war für zwei Monate im Gefängnis, dann ist
er nach Hause zurückgekehrt.

Ende der Geschichte.

Ihm das in Erinnerung zu rufen und mit dem in
Zusammenhang zu bringen, was ihr gerade widerfahren
war, würde ihn vielleicht ein wenig erweichen. Ihn daran
erinnern, dass auch er einmal verletzlich gewesen war.

»Ich schätze, ich hatte Glück.« AJ schlurfte nach hinten
und lehnte sich an die Kabinenwand, während sie aufwärts
ruckelten. »Gott sei Dank, sind sie nicht mehr dazu
gekommen, mich zu foltern. Du bist gerade noch rechtzeitig
gekommen.«

»Es wäre wohl nicht erfreulich geworden«, sagte Kane
lakonisch und machte sich nicht die Mühe, sie anzusehen.

Richtig. »Nicht erfreulich«, so ließ sich das auch sagen.
Sie zitterte beim Gedanken an die Schmerzensschreie, die
sie dort drin mitangehört hatte. Natürlich folterte man sie
jetzt nicht, aber verflucht unwohl war ihr trotzdem. »Du
bist in Libyen in Gefangenschaft geraten, nicht wahr?«

»Ja.«

Okay. So brachte sie auch kein Gespräch in Gang. Der
Mann war so verschlossen wie eine Muschel. Sie hatten ihn
in diesem Höllenloch von Al Jawf monatelang gefoltert.
Während ihres zweiten Monats auf der Akademie hatte sie
über den Akten gebrütet, zwischen den Zeilen gelesen, sich
eingefühlt und mit Magenschmerzen darüber nachgedacht,

wie unmenschlich Menschen zu Menschen waren. Wie hatte er dem, was man ihm angetan hatte, widerstanden? Wie hatte er überlebt?

Wie war er in dieses Gefängnis geraten? War es sein Fehler gewesen oder der Fehler eines seiner Teammitglieder?

»Es tut mir Leid, es muss die Hölle gewesen sein«, sagte sie leise an seinen Rücken gewandt. Eine massive Untertreibung, das wusste sie. Verdammt, sie war eine ziemlich kluge Frau und wusste eigentlich, wie man eine lebhafte Unterhaltung führte. Aber im Falle Kane Wrights war sie lächerlich ungeschickt und verstockt. Dass er verärgert war, machte es auch nicht besser. Und dass er auf ihren Versuch einer Unterhaltung starrsinnig teilnahmslos reagierte, auch nicht.

AJ grub die Finger in die Handflächen. Sie musste unbedingt auf irgendeiner Ebene zu ihm durchdringen. Sie wollte, dass er mit ihr zufrieden war, mit ihrer Leistung als Einsatzkraft. Sie wollte, *brauchte* seine Anerkennung. Frustriert grub sie die kurzen Nägel tiefer in ihre weichen Handflächen, bis der reale Schmerz sie von der schmerzlichen Enttäuschung ablenkte, die ihr die Brust abdrückte.

Sie hätte seine Anerkennung nicht so sehr brauchen sollen. Verdammt. Wirklich nicht. Er bedeutete ihr nichts. Er war nur der Boss der Operation. Nur ihr Held. Nur ein Mann, zu dem sie mit verstecktem Blick während der letzten acht Monate ihres Lebens aufgesehen hatte.

Er sah sie über die Schulter an. »Ich war, während du da drin warst, die ganze Zeit über draußen, Cooper«, sagte er leise, als hätte er ihre Gedanken gelesen. »Ich hätte es nicht so weit kommen lassen.«

AJ verspürte eine enorme Welle der Dankbarkeit. »Ich habe mir auch keine Sorgen gemacht.«

Er sah schaute wieder nach vorn. »Gut.«

Spür die Wärme, dachte AJ, während sie seinen Rücken anstarrte. *Tau ihn auf.*

»Okay, ein paar Sorgen schon«, gab sie zu. »Aber du hast dir sicher auch Sorgen gemacht, als du im Gefängnis warst, oder?«

»Kann mich nicht erinnern.«

»Hättest du was dagegen, mir zu erzählen, warum du da gelandet bist?« *Du hast einen Fehler gemacht, richtig?*

»Ja.«

AJ wartete einen Herzschlag lang. Lieber Gott, der Mann gab dem Wort »verschlossen« die höheren Weihen. »Halt dich nicht zurück, Kane. Erzähl mir, was du wirklich fühlst, in so vielen Worten, wie es braucht.«

»Gut. Du willst es wissen? Vertrauen wurde missbraucht. Jemand hat sich nicht an die Befehle gehalten«, sagte er nach ein paar Sekunden drückenden Schweigens. »Das Ergebnis war, dass sie fünf gute Männer direkt vor meinem Fenster zu Tode gefoltert haben. Nach einer Weile habe ich darum gebetet, möglichst bald selber dranzukommen. Reicht dir das an Information, Cooper? Oder willst du die blutrünstigen Einzelheiten wissen?«

AJ drückte die Hand auf den Magen. Sie hatte den Akten die nackten Fakten entnommen. Immer und immer und immer wieder. Sie brauchte keine Einzelheiten. Die Bilder hatten sich in ihr Gedächtnis gebrannt. Und es war vermutlich schlimmer als alles, was sie sich vorstellen konnte.

Kane Wright hatte in seiner achtjährigen Karriere, soweit sie wusste, nie einen Fehler gemacht oder auch nur einen falschen Schritt getan, also musste, wer immer es vermasselt hatte, tot sein. Fühlte er sich in irgendeiner Weise dafür verantwortlich?

»Tut mir Leid, dass ich das ausgegraben habe. Das war dumm von mir. Nur weil ich mir selber Leid tue, habe ich nicht das Recht, deine alten Erinnerungen aufzurühren.«

»Macht mir inzwischen nichts mehr aus.«

Doch das tut es, wollte sie widersprechen, aber mit seinem Rücken zu reden, brachte sie so schnell nirgendwohin. »Tut mir Leid, dass ich gefragt habe.«

»Mir auch, Cooper. Mir auch.«

Sie fuhren das letzte Stück zum elften Stock schweigend, und als die Tür aufging, war er als Erster draußen. AJ holte ihn ein und lief neben ihm den Gang entlang. Die SIG Sauer in der Hand, ließ sie den Blick unablässig umherwandern und behielt die Umgebung scharf im Auge. Raazaqs Männer konnten überall sein.

Wenn sie alleine nach Fayum ging und auch die nächste Gelegenheit vermasselte, konnte sie sich von ihrer T-FLAC-Karriere verabschieden. Andererseits war es so gut wie sicher, dass sie tot war, falls sie die Operation im Alleingang vermasselte. Die Sorgen um ihre Karriere waren vermutlich also rein theoretischer Natur.

Wenn sie mit eingezogenem Schwanz an Bord dieses Flugzeugs ging, dann würde man sie irgendwann in einen neuen Einsatz schicken. In fünfzig Jahren oder so. Oder, und das war wahrscheinlicher, sie bestanden darauf, dass sie den verfluchten Schreibtischjob annahm, den sie ihr schon einmal angeboten hatten. Noch wahrscheinlicher war, dass man sie mit einem schnellen Fußtritt aus der Organisation beförderte.

Sie würde nach Fayum gehen.

Und dieses Mal würde sie Raazaq nicht verfehlen.

Das war schlicht keine Option.

Entscheidung gefällt. Ende der Diskussion.

Seltsam, jetzt, da sie den Entschluss gefasst hatte, fiel die Erschöpfung von ihr ab wie eine alte Jacke. Da war ein Federn in ihren Schritten, und ein kleiner Energieschub pumpte durch ihre Adern. Es war noch nicht vorbei. Sie würde nicht in Schmach und Schande nach Hause fahren. Sie würde es Kane zeigen. Sie würde es ihnen allen zeigen!

Die endlosen Korridore rochen nach Urin, Kreuzkümmel und Armut. Hinter geschlossenen Türen weinten Babys, und große schwarze Kakerlaken krochen die Wände entlang und knirschten unter ihren Füßen in den Spalten des schmutzigen Linoleums. Nichts im Vergleich zum eleganten Ra.

Noch eine Biegung weiter durch das Labyrinth aus
Schmutz, und sie standen vor einer blau gestrichenen Tür.
E1101. Die Tür sah aus, als hätte der Hund von Baskerville
sich in die abgestoßene, verblichene Farbe verbissen. »Hast
du den Schlüss -« Sie schnappte den Mund zu.

Die Tür war zu, aber nicht zugesperrt. AJ umfasste die
SIG etwas fester. Sie würde sich nicht noch einmal auf dem
falschen Fuß erwischen lassen. Die Waffe mit beiden
Händen umfassend, sagte sie, sie ginge jetzt rein.

Er nickte.

Sie stürmten durch die Tür, AJ geduckt, Kane hoch
aufgerichtet.

Sie machte sich schnell ein Bild von dem großen,
verwahrlosten Raum. Ihre Nase kräuselte sich wegen des
ranzigen Geruchs, und sie fing sofort an, durch den Mund
zu atmen.

Sie konnte nichts entdecken, das nicht in Ordnung
gewesen wäre, doch irgendetwas stimmte hier absolut
nicht. Irgendetwas ...

Die Waffe im Anschlag umrundete sie das große beige
Sofa und konzentrierte sich darauf, mit den Augen dem
Lauf der SIG zu folgen. Beständig in Bewegung studierte sie
die Umgebung.

Schäbig. Billig. Abgenutzt. Eine typische Zuflucht.
Nichts Unerwartetes.

Wohnzimmer. Offene Küche. Zwei Schlafzimmer.

Still wie ein Grab.

Und genauso riechend.

Mit zusammengezogenen Augen ging sie langsam im
Kreis, die SIG als Wegweiser, Kane am Rande ihres
Sichtfeldes. Er bewegte sich lautlos durch den Raum und in
die Küche. Für einen so großen Mann bewegte er sich leise
und anmutig wie ein Tänzer. AJ schloss ihren Kreis ab.

Etwas auf dem Sofa erregte ihre Aufmerksamkeit. Sie
starrte den dunklen, braunroten Fleck auf den fettigen
Polstern eine Zeit lang an. Vom Zentrum in der Mitte des
Sitzes   aus   schienen   mit   hoher   Geschwindigkeit

Blutstropfen gespritzt zu sein. In die Mitte platziert lag ein kleines Objekt. Ein kleines *blutiges* Objekt.

Eindeutig etwas, das da wo es lag, auch abgeschnitten worden war ...

»Oh, Gott!«, flüsterte sie. Die Farbe wich aus ihrem Gesicht.

Kane kam um die Theke herum, die das Wohnzimmer von der Küche trennte. »Nichts, ich checke noch die...«

AJ zeigte auf das Sofa. »Ist das da das, wofür ich es halte?«

»Ja«, sagte er grimmig und kam zu ihr. »Wenn das, wofür du es hältst, eine menschliche Zunge ist.«

»Oh, verflucht ...« Sie atmete ein wenig schwerer durch den Mund und wirkte unter der Dreckschicht ein wenig blasser, aber sie nahm es einigermaßen gut auf. Gott sei Dank. Sie flippte nicht aus. Er hatte schon genug zu tun.

AJ wandte sich in seine Richtung, aber ihr Blick klebte immer noch an der blutrünstigen Visitenkarte, als könne sie nicht ganz glauben, was sie da sah. Sie zwinkerte, wechselte die Blickrichtung und sah ihn fest an. Sie hatte sich wieder im Griff. Er hatte zuvor nie bemerkt, wie grün ihre Augen waren. Das mussten der Schmutz und die Blässe sein. Er hatte nie zuvor jemanden mit so klaren hellen grasgrünen Augen getroffen.

Himmel, er wollte AJ Cooper wirklich nicht hier haben. Eine Frau - zur Hölle, niemand - sollte so etwas zu sehen bekommen. Wie sie so vor ihm stand in ihrer dreckigen schwarzen Kleidung, mit dem bleichen schmutzverschmierten Gesicht, den Ärmel von einer Pistolenkugel zerfetzt, brachen in ihm alle Schutzreflexe durch. Sie war für seidene Laken und Kerzenlicht gemacht, nicht für Schießpulver und Blut.

Sie sollte nicht - Himmel. Was, zur Hölle, dachte er da? Es war nicht sein Job, sie zu schützen. Cooper war eine Einsatzkraft. Es war ihr Job, mit solchen Dingen umzugehen. Sie hatte sich entschlossen, das Spiel mitzumachen. Jetzt war es an ihr, die Regeln zu lernen.

Sie räusperte sich. »Wessen Zunge?«

»Es gibt nur zwei Möglichkeiten. Strubens oder die des Hausdieners.«

»Gott, was ist das für ein Geruch?« Sie runzelte die Stirn und rieb sie sich geistesabwesend. »Egal. Lass uns die Durchsuchung hinter uns bringen. Ich bezweifle, dass sie irgendwelche anderen Beweisstücke dagelassen haben, aber nachsehen müssen wir trotzdem. Ich nehme dieses Zimmer. Du nimmst das da.«

»Ja, Madam«, sagte er lakonisch. Er hatte das Schlafzimmer nebenan zugeteilt bekommen, die Hauptquelle des Gestanks, wie er vermutete.

Die Waffe im Anschlag bewegte er sich durch die Tür. Sein Blick war schnell und allumfassend.

In Bett hatte jemand geschlafen. Struben. Er hatte ein Nickerchen gemacht und war überrascht worden. Seine Pistole lag neben den verstreuten Kissen, er hatte keine Zeit mehr gehabt, sie abzufeuern.

Die Fußabdrücke auf dem Teppich wiesen auf mindestens vier weitere Männer hin. Sie hatten Struben an der Wand gegenüber windelweich geprügelt - die Blutspritzer deuteten auf rohe Gewalt, vermutlich durch viele Faustschläge. Dann hatten sie ihn über den Teppich gezogen - hier, noch ein paar Kampfspuren und wieder Blut. Jede Menge Blut. Frisch. Das Blut und die Flüssigkeit eines ganzen Körpers in einer Pfütze auf dem verfilzten Teppich.

Kane drehte sich der Magen um. Sie hatten den Mann, zerschmettert und blutend, ins Wohnzimmer gezerrt, um ihn zu verhören. Als er sich geweigert hatte, zu reden, hatten sie ihm auf dem Sofa die Zunge herausgeschnitten, um zu zeigen, dass sie es ernst meinten. Dann hatten sie ihn ins Schlafzimmer zurückgebracht. Kane konnte genau sehen, was sich abgespielt hatte. Es lief wie ein Video durch seinen Kopf.

Struben war noch am Leben gewesen. Seine Fingernägel hatten auf beiden Seiten des Körpers Furchen in den stumpfen Teppich gegraben, während er blutend dagelegen hatte. Er hatte versucht zu kriechen. War zusammengebrochen. Da. Und da.

Dann hatten sie ihn getötet. Genau *hier*. Einen Meter von seiner geladenen Waffe entfernt.

Der faulige Geruch kam aus dem angrenzenden Badezimmer. Die Tür war angelehnt. Kane trat dagegen. Fest.

Sie klemmte.

Bingo.

Er stemmte die Schulter in den zwanzig Zentimeter breiten Spalt und warf sich mit seinem ganzen Gewicht gegen die Tür, um sie weit genug aufzubekommen, um hineinsehen zu können.

Struben. Oder das, was noch von ihm übrig war.

»Du bist nicht gerade still in die Nacht gegangen, armer Junge.«

Er war verblutet, aber die Abwehrspuren an seinen Händen zeigten, dass er ein paar ordentliche Schläge gesetzt hatte. Zu wenige und zu spät.

»Ist da irgendwas?«, rief AJ und kam lautlos ins Schlafzimmer.

»Komm nicht hier rein.« Kanes Stimme war grimmig. Bis jetzt war sie cool geblieben, aber das würde ihr den Rest geben.

»Warum nicht?« Sie zog die Augen zusammen, dann fiel der Groschen. »Oh, verdammt. Wer?«

»Struben.«

»Lass mich da rein.« Sie stand hinter ihm und legte die Hand auf seinen Arm. »Du musst den Räumtrupp rufen.«

Kane betrachtete die Finger, die den schwarzen Stoff auf seinem Unterarm berührten. Die schmale Hand war schmutzig, die kurzen Nägel abgebrochen und eingerissen. Er wusste nicht, warum ihm in diesem Moment auffiel, wie zerbrechlich ihre Hand aussah. Er wusste nur, er konnte sie nicht sehen lassen, was diese Kerle Richard Struben angetan hatten.

»Ihm ist nicht mehr zu helfen«, sagte er kategorisch und stellte sich auf Tränen und einen hysterischen Anfall ein.

»Ja, ich weiß«, sagte sie sanft, doch er sah einen Schauer über ihren Körper laufen. »Tote Einsatzkräfte sind in unserem Geschäft die unerfreuliche Realität, nicht wahr?« Die Kontur ihrer vollen Lippen war weiß, und ein rasender Pulsschlag bebte an ihrem zarten Hals, während sie aufrecht wie ein Soldat das Blutbad betrachtete. »Der Umgang damit wird im Lauf der Zeit nicht leichter, oder?«

»Warte drüben im anderen Zimmer.«

»Ist schon okay. Ich bin okay. Lass mich das machen.« Sie sah ihn mit kühlen grünen Augen an, die um verdammt vieles standhafter wirkten, als er erwartet hatte.

Sie hatte dem Tod vor ein paar Monaten persönlich und aus nächster Nähe ins Auge gesehen. Sollte ihr Therapeut Recht gehabt haben? Hatte sie es aufgearbeitet? Gestern hätte Kane noch nein gesagt. Aber jetzt? Vielleicht. Er trat, neugierig geworden, zur Seite. AJ schob sich an ihm vorbei durch den Türspalt und ging neben Strubens Leiche in die Hocke. Die Zähne auf die Unterlippe gebissen, tastete sie unnötigerweise am Hals nach seinem Puls und schloss ihm dann sacht die Augen.

Sie stieg über die Leiche weg, drehte am Waschbecken das Wasser auf und wusch sich die Hände. Sie erheischte Kanes Blick im Spiegel.

»Ich melde es«, sagte er. »Mach weiter und such zusammen, was wir brauchen können. Ich will hier weg sein, bevor die Müllmänner kommen.«

Sie wusch sich ruhig die Hände fertig, die gestiefelten Beine nur Zentimeter von einem Toten entfernt, der wie rohes Rindfleisch aussah und wie eine Latrine roch.

Es arbeitete in ihrer Kehle, während sie sich die Hände trocknete und dann ein zweites Mal über den Toten stieg. »Ich bin im anderen Zimmer noch nicht fertig. Ich bin gleich wieder da.«

Ein paar Sekunden später hörte er, wie sie sich in der Küche die Angst auskotzte. Er war versucht, hinzugehen und ihr beizustehen, aber er wusste verdammt genau, dass ihr das jetzt nicht recht gewesen wäre.

Während drüben das Wasser lief, tätigte er den Anruf. Er arrangierte die Säuberungsaktion und teilte dem Oberkommando mit, dass sie auf dem Weg zum Ra waren.

Himmel, es setzte einen Schlag nach dem anderen. »Klar«, sagte AJ und kehrte ins Schlafzimmer zurück. Ihr Gesicht war sauber geschrubbt. Ihre Augen waren von Schatten umgeben, aber sie begegnete ihm mit einem stahlharten Blick, wie er ihn nie an ihr gesehen hatte. Sie hatte sich übergeben, ja, aber das hätten die meisten Leute getan, wenn sie gesehen hätten, was von Struben übrig war. Und verdammt, Kane war sogar etwas beeindruckt, dass sie sich so gut hielt.

»Wie gut hast du ihn gekannt?«, fragte sie.

Kane schob das Telefon in die Tasche zurück, während AJ die unbenutzte Pistole aufhob, prüfte und hinten in den Gürtel steckte. Sie ging zum Schrank und zog die Tür auf. Sie entdeckte eine schwarze Segeltuchtasche, warf sie auf das Bett und stopfte die wenigen Sachen hinein, die sich im Schrank fanden. Sie brauchte offenkundig etwas, um ihre Hände zu beschäftigen. Sie hatten für Strubens Kleider keine Verwendung.

»Gut genug, um verdammt wütend zu sein, ihn so zu sehen«, sagte Kane, ging an den Nachttisch und zog eine flache schwarze Tasche heraus. Er steckte sie in die Galabija und wartete, bis AJ die Sporttasche fertig gepackt hatte. Sie machte den Mund auf und klappte ihn, ohne etwas zu sagen, wieder zu. »Was?«, fragte er.

»Sie haben ihn gefoltert.« AJ machte sich nicht die Mühe, ihr Schaudern zu verbergen, während sie den Reißverschluss der Sporttasche zuzog. Ihr Gesicht war leichenblass, aber sie hielt durch. Man konnte sie dafür nur bewundern.

»Hat er geredet?«, fragte Kane laut. Er hatte Struben vor der Einsatzbesprechung nie getroffen. Er hatte ihn nicht gemocht, aber das hieß nicht, dass der arme Kerl ihm nicht

Leid tat, weil sie Hackfleisch aus ihm gemacht hatten. Und weil er das Pech gehabt hatte, in Kane Wrights Team zu landen.

Verdammt. Der nächste Mann auf seiner Liste.

Je schneller er Cooper loswurde, desto besser für ihn.

»Er - er war seit vier Jahren bei T-FLAC. Er war ein sexistischer Blödmann und ein Arschloch, aber er war eine hervorragende Einsatzkraft und gut trainiert. Also, nein. Er hat nicht geredet.« Sie richtete sich auf, die Sporttasche in der Hand.

»Bist du bereit, unser Leben auf die Vermutung zu setzen, dass Raazaq aus Struben nicht herausbekommen hat, wie unser nächster Schachzug aussieht?«

Er hatte gesagt »unser Leben«. Hieß das, er hatte seine Meinung geändert? AJ behielt die Waffe in der Hand, während sie neben ihm ging. Die Geister des Altertums und jahrhundertealte Traditionen streiften ihre Haut. Nichts als Einbildung, natürlich. Etwas, das mit den großen schwarzen Kakerlaken zu tun hatte, die unten am Boden umherliefen und mit den hoch aufragenden Mauern, die sie umgaben. Es war schwer, sich von einem Bau, der vor zweitausend Jahren errichtet worden war, nicht beeindrucken zu lassen. Obwohl die Temperatur stieg, war die Luft hier drin, in den Eingeweiden der Erde, kühl und nur ein wenig stickig.

»Was für ein Ort ist das?« Ihre Stimme hallte vom hohen Gewölbe der unterirdischen Anlage wider.

»Nekropolis«, sagte Kane. »Die Stadt der Toten.«

»Wie hübsch.« AJ hatte keine Probleme, sich die rechteckigen Nischen auf beiden Seiten als Fächer von Sarkophagen vorzustellen - jeder Menge Sarkophage. Die kleinen Grabnischen reichten mehrere »Stockwerke« hoch über ihre Köpfe. Wohnungen für die Toten. Hunderte, Reihe auf Reihe, so weit das Auge reichte. Lang vergessene Menschen, die Knochen zu Staub zerfallen, die Artefakte, die man ihnen für die Reise über den Styx ins Grab gelegt hatte, längst geplündert und von Grabräubern entweiht.

Über jeder Nische die verblassten Spuren altertümlicher Inschriften, die, von der Zeit abgetragen, in den Sandstein geritzt worden waren. Erinnerungen an geliebte Menschen, die Namen der Toten, Zaubersprüche gegen das Böse, alles in Hieroglyphenschrift.

Die Farben mussten einst von strahlender Kraft gewesen sein, manche waren es immer noch. Terrakotta und Gold, Pfauenblau und Schwarz. Zu jedem anderen Zeitpunkt hätte AJ es genossen, hier zu verweilen, zu lernen und etwas über die Menschen zu erfahren, die hier beerdigt worden waren.Jetzt konnte sie nur daran denken, dass sie vielleicht wieder im Spiel war.

Kane ging neben ihr, die Galabija um die Füße wirbelnd. Das Hotel Ra lag auf der anderen Seite der Stadt, sechs Meilen entfernt, wenn man auf Maulwurfpfaden lief.

Als sie vor dreißig Minuten, aus dem Treppenhaus kommend, die Tiefgarage erreicht hatten, hatte sie festgestellt, dass ihr Wagen beobachtet wurde, genau wie Ein- und Ausgang des Gebäudes.

T-FLAC Agenten lernten früh und eingehend, dass es *immer* einen Weg nach draußen gab. Was in ihrem Fall dieser war. AJ wünschte sich, sie wäre diejenige gewesen, die über das Labyrinth aus Katakomben unter der Stadt Bescheid wusste. Sie musste ein paar Punkte sammeln, und zwar schnell.

Wenn sie sich im Labyrinth der Katakomben nicht verirrten, würden sie in ungefähr einer Stunde am Hotel sein. AJ sah Kane an. »Woher kennst du diese Anlagen, ich dachte die Nekropolis ist in Alexandria?«

»Da gibt es auch eine. Die haben sie als Erste entdeckt und ein paar Jahre später diese hier. Sie sind immer noch mit den Ausgrabungen beschäftigt. Alexandria hat Vorrang, weil sie glauben, dass dort möglicherweise Alexander der Große begraben liegt. Aber hier gibt es auch Unglaubliches zu entdecken. Interessierst du dich für Ägyptologie?«

»Im Augenblick interessiere ich mich mehr für das Hier und Jetzt als für einen Haufen sehr alter, toter Körper.«

»Sieben Jahrhunderte an Bestattungskultur in diesem Fall.«

»Ich sehe zu, dass ich bei meinem nächsten Urlaub wieder herkomme.«

Er hörte weder zu laufen auf, noch wurde er langsamer. Der Mann *war* der Energizer-Hase. Sie kamen an Tonscherben vorbei, die die Archäologen in wilden Haufen auf den Sandboden gestapelt hatten. Sie passierten ganze Reihen von etwas, das wie römische Leuchten aussah. Sie bogen um eine Ecke und stießen auf Hunderte, wie zur Inspektion aufgestellte Terracottafigürchen.

Vielleicht fand sie heraus, wie er tickte. »Du redest nicht gern, oder?«

»Nein. Wir sind hier nicht auf einer Cocktailparty.«

Also gut. »Bist du auf Cocktailpartys denn gesprächiger?«

Kane warf ihr einen Blick zu. »Was glaubst du?«

Ich glaube, du bekommst nicht sehr viele Einladungen. »Eher nicht.«

»Richtig.«

»Auch gut.« AJ hörte hinter sich etwas und schaute über die Schulter zurück. Eine Ratte. Sie versuchte, sich zu entspannen, aber ihr Hinterkopf fühlte sich an, als stecke er in einem Schraubstock. Jedes noch so leise Knacken war ihr unheimlich. Sonderbar, dass ein Geräusch mehr aufregen konnte als der Anblick Strubens in seiner eigenen Blutlache.

Das Bekannte und das Unbekannte? Wahrscheinlich.

»Wenn du nicht im Einsatz wärst«, fragte sie Kane, »hättest du dann Spaß daran, hier zu sein?« Sie wies mit der Hand durch das riesige Gewölbe, das sie gerade durchquerten, auf die Fresken und Friese.

Kanes Verkleidung war eine Täuschung des Auges, genau wie die altertümlichen Gemälde an den Wänden.

»Sehr. Die ägyptische Regierung hat mich vor ein paar Jahren hierher eingeladen, als man die Katakomben gerade entdeckt hatte. Hab einen Fotobericht für *National Geographic* gemacht.«

Er spricht! AJ sah ihn an. »Wirklich?« Sie wusste, dass die Arbeit als Fotograf den anderen Teil seines Lebens bestimmte, aber darüber hatte natürlich nichts in den Berichten gestanden. Als sie im Krankenhaus gelegen hatte, war sie in den Zeitschriften dort zufällig auf ein paar seiner Bilder gestoßen und fasziniert gewesen. Sein fotografisches Werk schien das ganze Spektrum zu umfassen, von Mode bis Hungersnot. Es waren die Menschen, die auf seinen Bildern die Hauptrolle spielten. Im *National Geographic* hatte sie Fotos von einem kleinen südamerikanischen Dorf gesehen, die ihr die Tränen in die Augen getrieben hatte. Er hatte es irgendwie geschafft, die stille Würde des Dorfältesten und die schlichte Freude der Kinder einzufangen. Mit seinen schönen Bildern hatte er die Zeit zum Stillstand gebracht - und sie in eine Welt gezogen, die ihr bis dahin fremd gewesen war.

»Ja«, sagte er und zog ein cremefarbenes Stoffbündel aus seiner Reisetasche. »Wirklich. Ich musste ultraviolettes Licht benutzen. Es war unglaublich, zum ersten Mal nach Jahrhunderten all diese Kunstwerke zu sehen. Hier.« Er reichte ihr die *Niqab*. »Zieh das an. Bedeck dein Haar und dein Gesicht. Zum Hintereingang des Hotels müssen wir durch eine U-Bahn-Station und über eine Straße.«

Sie war vor Erstaunen fast wie betäubt. Kane Wright hatte mit ihr *gesprochen*. Wie mit einem richtigen Menschen. Einem Menschen, den er nicht hasste.

»Richtig.« Nicht alle Araberinnen bedeckten dieser Tage noch ihr Haupt, und viele trugen Hosen. Doch um sich mitten in der Öffentlichkeit zu verbergen, war das lange Gewand mit dem Schleier, wie es die konservativen Musliminnen trugen, das beste Mittel. AJ brauchte einen Moment, um sich Hosen und T-Shirt abzuklopfen, wobei der Staub in kleinen Wolken aus dem Stoff aufstieg. »Ich hoffe, man schaut uns nicht allzu genau an. Ich bin verdreckt genug, um Fragen aufzuwerfen.«

»In zehn Minuten steckst du bis zum Hals in warmem Wasser«, sagte Kane, der vermutlich selbst nach einer Dusche lechzte.

So lange noch, dachte AJ ironisch, während sie das Gewand über den Kopf streifte und zurechtzog. So lange.

Ihr selbst stand das Wasser nämlich schon seit Stunden bis zum Hals.

5

D ie nächsten Minuten verliefen ereignislos. Sie ließen sich mit der Woge der morgendlichen Pendler durch den überfüllten Ramses-Bahnhof treiben und überquerten die Straße zum Hintereingang des Hotel Ra.

AJ hielt die Augen züchtig gesenkt, während sie das Hotel durch den Dienstboteneingang betraten. So war es zum einen Brauch, und zum anderen wollte sie nicht, dass irgendwer sie ansah. Grüne Augen fielen hier genauso auf wie ein Bikini auf dem Bazar. Man hätte sie auf der Stelle erkannt.

Sie und Kane waren hier gestern mit Getöse und einem Berg von Louis-Vuitton-Koffern durch den Vordereingang eingelaufen. Der weltbekannte Fotograf Kane Wright und sein derzeitiges Lieblingsmodel. Für die Ankunft heute nahmen sie dezent den Personalaufzug.

Der Lift roch nach gewürztem Essen, Schweiß und einer besonders stechenden Möbelpolitur. Ein brauner Steppstoff bedeckte die Wände und schluckte den Lärm.

»Um zwei gibt es einen Linienflug. Damit bleiben dir ein paar Stunden, um dich zu waschen und etwas auszuruhen«, sagte Kane, als die Tür sich schloss. »Ich bringe dich persönlich zum Flughafen.«

So viel zum Thema zweite Chance. AJ warf ihm einen katzenhaften Blick zu. »Traust du mir nicht zu, mir selber ein Taxi zu rufen?«

»Nein«, sagte er kurz und bündig. »Und das kannst du dir bei mir sparen, Cooper.«

»Was kann ich mir sparen?«

»Dieses verführerische ›Durch-die-Wimpern-Blinzeln‹. Ich bin nicht dein Freund. Und verzaubert bin ich auch nicht.«

AJ war sich nicht bewusst, was immer er ihr vorwarf, getan zu haben. Aber sein Verhalten ging ihr langsam wirklich auf die Nerven. Der Zorn baute sich auf wie eine Welle. »Was, zur Hölle, glaubst du ...« AJ machte den Mund wieder zu.

Gütiger Himmel, was *machte* sie da? Ihn noch mehr verärgern?

Auf der anderen Seite, was hatte sie schon zu verlieren? Wer weiß, vielleicht flößte es ihm ja Respekt ein, wie sie für ihre Sache eintrat? Wie sie sich das Recht auf eine zweite Chance erstreiten wollte.

»Was wolltest du sagen?«

Vielleicht lieber nicht. Die Worte blieben ihr wie ein Stein im Magen liegen. »Gar nichts, verdammt.« Ihr tat vom Zähnezusammenbeißen schon der Kiefer weh, aber für den Rest der Fahrt sagte sie nichts mehr.

Der Aufzug blieb stehen. AJ sah sich um, während sie den breiten Gang im achtzehnten Stock betraten. Ein dicker rot und gold gemusterter Teppich dämpfte ihre Schritte. Nirgendwo ein Käfer zu sehen.

»Juhu«, sagte sie albern. »Keine grässlichen Krabbler.« Genau in diesem Augenblick passierten sie einen prunkvollen Spiegel, der über einem vergoldeten Tischchen hing, und sie erheischte einen gut beleuchteten Blick auf sich selbst. »Oh, Mann!« Sie würgte ein Lachen hinunter, als sie die schmutzige, abgerissene Gestalt sah.

»Warte hier«, sagte er und warf ihr schnell noch einen Blick zu, während er leise die Tür aufdrückte.

AJ folgte ihm in die Suite. Ihr war nicht danach, das kleine Frauchen zu spielen, das auf dem Gang wartete und still die Hände rang, während der große starke Mann nach dem Rechten sah. Sie war eine ausgebildete Einsatzkraft. Okay, vielleicht nicht so erfahren wie Kane, aber sie wusste doch, was sie tat.

Die Hand an der Waffe, sah sie sich im großen cremefarben und gold gehaltenen Wohnzimmer der Suite um, lauschte und hoffte verzweifelt, dass keine Eindringlinge hier waren. Wäre sie jetzt über einen dieser Zungenabschneider gestolpert, sie hätte ihn vermutlich einfach erschossen, und dann wäre der übellaunige Kane noch ein wenig übellauniger gewesen. Nein, danke.

So wie es aussah, war keiner mehr in der Suite gewesen, seit sie gestern Nachmittag gegangen waren.

Im Gegensatz zu der billigen Mietwohnung auf der anderen Seite der Stadt war diese Unterkunft erstklassig. Die Königin-Suite war in eleganten, monochromen Creme- und Goldtönen gehalten, kühl und beruhigend anzusehen. Die bleichen, seidenbespannten Wände waren in weiches, warmes Morgenlicht getaucht, das an den hohen Fenstern unter hauchzarten Jalousien hereinströmte.

Antiquitäten mischten sich mit geschmackvollen, modernen Stücken. Alles hatte ein subtil ägyptisches Flair, von der geschwungenen Lotusform der vergoldeten Tischbeine bis zum zurückhaltenden Hieroglyphenmuster auf den Tapeten und Stoffen. Der Raum war vom Duft frischer Blumen erfüllt, die sich in dem von einem Goldrelief gerahmten Spiegel widerspiegelten.

»Geh duschen«, sagte Kane. »Und dann sehe ich mir deinen Kopf an. Das muss vielleicht genäht werden.«

»Muss es nicht.«

Er hob eine buschige weiße Augenbraue. »Bist du vielleicht Arzt?«

»Nein. Aber Patient auch nicht.« Sie wollte nicht von ihm angefasst werden, und das war die aufrichtige Wahrheit. Sie trug zu viele widerstreitende Gefühle in sich und war sich nicht sicher, wie sie reagieren würde. Entweder würde sie mit Fäusten auf ihn einschlagen oder ihn packen und seine schlechte Laune wegküssen. Was entweder zu einem Krieg oder dem Gegenteil führte. Solange sie ihre umfangreiche Gefühlswelt nicht sicher im

Griff hatte, würde sie es vermeiden, sich von ihm anfassen zu lassen, so war sie auf der sicheren Seite.

Ihr Magen knurrte.

Kane griff nach dem Telefon. »Ich rufe den Zimmerservice«, sagt er schroff. »Irgendwelche Präferenzen?«

Sie schüttelte den Kopf. »Essen, und zwar jede Menge. So lange es nur nicht grün ist.«

»In fünfzehn Minuten sehen wir uns zur Einsatzbesprechung.«

»Ich bin in zehn wieder da.«

Am Ende brauchte AJ eine halbe Stunde, um zu duschen und sich gründlich die Haare zu waschen. Es gab wunderbare französische Seife und ein hinreißend nach Blumen duftendes Shampoo, aber so wie sie roch, hätte es eines Industriereinigers und einer guten Drahtbürste bedurft. Ein Flohpuder wäre ebenfalls nicht schlecht gewesen.

Als sie endlich sauber war, verbrachte sie ein paar Minuten damit, antiseptische Salbe auf die verschiedenen kleineren Kratzer und Schnitte aufzutragen. Sie tastete die Beule an ihrem Hinterkopf vorsichtig mit den Fingern ab, doch wie schwer sie getroffen worden war, konnte sie nicht abschätzen. In Anbetracht des Ortes, an dem Kane sie aufgefunden hatte, konnte sie von Glück sagen, dass dies die schlimmste Verletzung war, die das nächtliche Abenteuer ihr beschert hatte.

Die weiblichen T-FLAC-Agenten hatten immer im Hinterkopf, dass sie, falls ein Einsatz schief lief, vermutlich sexuellen Übergriffen ausgesetzt sein würden. Das war die furchteinflößende und sehr reale Gefahr, die der Job mit sich brachte. Ein Implantat schützte vor Schwangerschaft. Aber es gab bei weitem Schlimmeres, um das die Frauen sich sorgen mussten. Das psychologische Training umfasste an die hundert verschiedenen Szenarien. Gott sei Dank hatte sie auf keine der Informationen zurückgreifen müssen. Noch nicht.

Nach allem, was sie über Raazaq und seine Gefolgsleute wusste, hatte sie verdammtes Glück gehabt, ihm und seinen Befragungsmethoden entgangen zu sein. Für dieses Mal. Sie war ziemlich sicher, dass ihre Glücksration aufgebraucht war. Sie konnte nicht darauf zählen, noch einmal so viel Glück zu haben. Falls es Raazaq gelang, sie ein zweites Mal gefangen zu nehmen ...

»Aber deswegen brauchst du dir keine Sorgen zu machen, nicht wahr?«, fragte sie die zerzauste Frau im Spiegel. »Dürfte ziemlich schwer für Raazaq werden, dich von einem Schreibtisch im T-FLAC-Hauptquartier zu entführen.«

Sie sah finster ihr Spiegelbild an und überlegte, wie sie Kane abschütteln konnte. Der Mann war so penetrant wie eine Anstandsdame, und sie zweifelte keine Minute, dass er sie direkt ins Flugzeug bringen und den Gurt für sie schließen würde, so wie er gegenwärtig gelaunt war.

Die Vorstellung, Kanes Hand auf sich zu spüren, ließ sie erschaudern. AJ schüttelte den Kopf. Obwohl er stinksauer auf sie war, obwohl er grob zu ihr war, gefühllos und rechthaberisch - Gott, sie war von ihm angezogen.

»Du brauchst Hilfe«, teilte sie der Närrin mit, die sie immer noch aus dem beschlagenen Spiegel anstarrte. »Und der erste Schritt ist, es hinter dich zu bringen. Um Himmels willen, der Mann erträgt deinen Anblick nicht. Reicht das nicht?« Ein gutes Argument - unglücklicherweise schien weder sie noch die Gestalt im Spiegel ihr zuzuhören.

Die Psychologen würden Arbeit bekommen.

»Cooper! Beweg deinen Hintern.«

»Ja, Sir! Oh, Captain, my Captain«, murmelte sie und dachte kurz nach, wie reizvoll es gewesen wäre, ihm etwas Schweres über den Dickschädel zu schlagen. Sie konnte fliehen, wenn er bewusstlos war. Dann war allerdings kein Land mehr groß genug, sich darin zu verstecken. Die Genugtuung ist es möglicherweise wert, grummelte sie vor sich hin und rief: »Ich komme schon!«

Ein paar Stunden noch, dann gingen sie getrennte Wege. Solange konnte sie sich auf die Zunge beißen - anstatt auf seine, dachte AJ mit unvermitteltem Grinsen. Nur ein paar Stunden noch, in denen sie ihre Überlegungen für sich behalten musste.

Sie trocknete sich hastig ab, wickelte ein Handtuch um die nassen Haare und drückte den Großteil der Nässe heraus. Dann warf sie das Handtuch über den Halter und tappte nackt in das luxuriös ausgestattete Schlafzimmer.

Sie zog saubere Unterwäsche und eine Jeans an. Dann suchte sie nach einem Oberteil, dass ihre Brüste nicht zur Schau stellte. Sie hatte keines der Kleidungsstücke, die hier im Schrank hingen, selbst ausgesucht. Die für Garderobe zuständige T-FLAC-Abteilung hatte das erledigt und für sie gepackt, während sie noch in der Besprechung saß. Ein paar Stunden später war sie, nur mit ihrem Rucksack, an Bord des Flugzeugs nach Kairo gegangen. Alles andere hatte gestern bei der Ankunft auf dem Gepäckband auf sie gewartet.

Normalerweise hätte sie solche Sachen nie angezogen. Alles war ein wenig zu eng und zu tief ausgeschnitten. Aber es ging hier nicht um ihren Geschmack, sondern um Fazur Raazaqs.

AJ entschied sich schließlich für ein weißes Tank-Top, das sie verkehrt herum anzog, wodurch der tiefe Vorderausschnitt den Rücken statt des Busens zeigte. Sie kämmte mit den Fingern die schwere feuchte Mähne durch. Ihr Haar reichte halb den Rücken hinunter, es war lang genug, um zur Plage zu werden, und sie trug es nur selten offen. Sie fing geistesabwesend an, sich einen festen Zopf zu flechten, während sie im Wohnzimmer auf und ab lief.

Kane stand am Fenster auf der anderen Seite des Raums und sprach ins Satellitentelefon.

Der wirkliche Kane.

Groß, lässig und breitschultrig, in schwarzen Hosen und dunkelgrauem Hemd. AJ seufzte im Geiste. Wenn ihr Faible für diesen Mann schon nicht gelitten hatte, als er dicke Schminke getragen und wie ihr Großvater ausgesehen hatte, wie hatte sie dann glauben können, es werde verschwinden, sobald er wieder der normale, atemberaubende Kane war?

Ihre Knie waren genauso weich wie damals, als sie ihn das erste Mal gesehen hatte. Verdammt. Sie hatte gehofft, das, was kürzlich geschehen war, hätte das Lustproblem gelöst. Dem war nicht so.

Vielleicht hörte es auf, wenn er sie wieder anschnauzte. Ein Mädchen durfte schließlich hoffen.

Er schaute auf, winkte sie ungeduldig ins andere Zimmer und schien sich ihr körperlich zu entziehen, als er sich wieder dem Telefongespräch zuwandte.

Sein zerzaustes Haar, nass vom Duschen und mit den Fingern nach hinten gekämmt, ließ die Konturen seines Gesichts in kühnen, klaren Linien sehen. Er hätte schon vor Tagen eine Rasur nötig gehabt. Er sah verdammt gut aus. Viel zu gut. Außerdem wirkte er unheimlich, bedrohlich und gefährlich anziehend. Ihrer Vernunft und Libido zum Glück schrien seine Gesichtszüge ein unmissverständliches »Bitte nicht stören«.

Er war wie üblich unnahbar und wortkarg. Der Mann war es gewohnt, Befehle zu erteilen, die ohne Zögern befolgt wurden.

Nun, er würde sich auf eine Überraschung gefasst machen müssen.

Ihr fiel ein kleiner Tisch auf, der für zwei gedeckt war. Ihr Magen knurrte. Laut. Sie setzte sich, wartete mit dem Essen nicht, bis er das Gespräch beendet hatte und versuchte mitzubekommen, was sie konnte.

»Ich weiß alles zu schätzen, was ihr mir bis Mittag unserer Zeit besorgen könnt.« Kane machte eine Pause. AJ spürte seinen Blick, schaute aber nicht auf und strich weiter Aprikosenmarmelade auf das warme Brötchen.

Kleine Bäche geschmolzener Butter liefen ihr über die Finger.

»Nein. Ich bin nicht glücklich, aber ihr lasst mir keine Wahl«, sagte er und hörte, die Ungeduld im Zaum haltend, wieder zu.

Hm, dachte AJ und versteckte ein Lächeln hinter dem Brötchen. *Offenbar bin ich nicht die Einzige, die den Mann ans absolute Ende seiner Geduld treiben kann.*

»Ja, da stimme ich zu. Gebt mir, was ihr ...« Er machte eine Pause. AJ sah auf und sah, dass er sie dabei beobachtete, wie sie sich die Butter von den Fingern leckte. »... könnt«, kam er gepresst zum Ende.

»Probleme?« Sie saugte geistesabwesend an ihrem Finger. Was Kane betraf, ging auch sie etwas an und umgekehrt. Und ganz abgesehen davon, wenn ihn jemand so verrückt machen konnte, dann wollte sie *diesen* Burschen auf ihrer Seite haben. »Was ist los?«

»Du bist wieder im Spiel, Cooper.« Als er das Telefon zuklappte und in die Tasche zurückschob, war seine Stimme grimmig und seine Augen von einem undurchdringlichen Blau. »Gott hilf uns beiden.«

»Bin ich das?« AJ räusperte sich den Frosch aus dem Hals. »Bin ich das wirklich?«

»Entgegen meiner Beurteilung, ja.«

Sie konzentrierte sich auf den Frühstückstisch, um ihre Hochstimmung zu kaschieren. Er konnte so fies sein, wie er wollte. Der Punkt war, sie hatte gewonnen. Sie fuhr nicht nach Hause. Sie fuhr mit ihm. Unter seiner Aufsicht, aber was spielte das für eine Rolle. Alles was zählte, war die Chance, das zu retten, was eine lange und stolze Karriere werden sollte. Innerlich schlug sie Rad und tanzte auf dem Tisch. Äußerlich machte sie ein ernstes Gesicht. »Du wirst es nicht bereuen.«

Er sah sie an, ganz stählerner Blick und grimmige Entschlossenheit. Seine Miene bedeutete ihr, dass er es jetzt schon bedauerte. »Sag mir die Wahrheit, Cooper. Bist du fähig, Raazaq zu töten?«

Sie erwiderte mit kaltem, hartem Blick: »Ja.«

»Ganz sicher?«

»Ganz sicher.«

»Dir ist klar, dass wir nicht noch eine Chance bekommen? Wenn er Fayum verlässt, wissen wir nicht mehr, wo zur Hölle er ist. Und wenn wir dort sind und er uns, als was immer wir da auftreten, erwischt, dann werden wir uns wünschen, tot zu sein, verstanden?«

»Himmel, ich bin doch nicht blöd.« Sie erstarrte und sagte sich, zur Hölle damit. Wenn sie schon brennen musste, dann konnte sie genauso gut brennen, weil sie großspurig war, und nicht, weil sie verunsichert war. »Ich weiß, was das heißt. Ich weiß, dass wir nicht in dieser Lage wären, wenn ich den Kerl nicht verfehlt hätte. Aber das habe ich. Ich kann es nicht ändern, aber ich kann dir versprechen, dass es nicht nochmal passieren wird.«

»Warum sollte ich dir glauben?«

»Weil ich dir mein Wort gebe. Wenn ich nah genug rankomme, wird Raazaq sterben.«

Er sah sie eine lange Minute lang an, die in endlosen Sekunden herunterzuticken schien. AJ schaute nicht weg. Sie starrte direkt zurück. *Lass ihn deine Angst nicht sehen. Schau nicht als Erste weg. Sei das Alpha-Tier.*

Richtig.

Nachdem er sie durchdringend genug angeschaut hatte, um ihr Hirn zum Schmelzen zu bringen, nickte er. »In Ordnung. Erzähl mir, was du über die Zielperson weißt.«

Er hatte eine fürs Radio gemachte Stimme. Tief, gefährlich, mysteriös. Sehr sexy. *Oh, um Gottes willen,* dachte sie verärgert, *vergiss Kane. Konzentriere dich auf das, was du haben willst. Die zweite Chance.*

Sie nahm einen Bissen von dem warmen Brötchen, kaute und schluckte. »Wir waren bei derselben Besprechung. Ich weiß das, was du weißt.«

»Das bezweifle ich. Ich will, dass du das, was du weißt, zusammenfasst und es mir vorträgst.«

Sie beherrschte das Spiel genauso gut wie er, dachte AJ. Er würde sie nicht mehr auf dem falschen Fuß erwischen. Diesmal war sie vorbereitet. Dieses Mal würde sie ihn beeindrucken. »Fazur Hessan Ali Raazaq. Dreiundvierzig. Einer der meistgesuchten Männer auf der Fahndungsliste des FBI. Bombenanschläge auf die US-Botschaften in Daressalam, Tansania, Nairobi und Johannesburg.

AJ ratterte die Liste herunter, als lese sie sie ab. »Angriffe auf die Bundeseinrichtungen fordern Todesopfer. Flugzeugentführungen, Geiselnahme. Einsatz von Massenvernichtungsmitteln. Angriffe auf im Ausland lebende US-Bürger. Beihilfe und Anstiftung. Mord. Kidnapping. Folter.« Sie machte eine Pause. »Letzte Gräueltat - der Bombenanschlag auf ein privates und sehr exklusives Mädcheninternat in der Schweiz. Fünfhundertachtzehn Mädchen im Durchschnittsalter von zwölf Jahren getötet. Das war vor zwei Wochen. Der öffentliche Aufschrei, ihn endlich zu fassen, ist aus jedem Land zu hören, ob groß oder klein. Ich denke, das beschreibt ihn in etwa.«

Kane hob die silberne Haube von seinem Teller und stellte sie zur Seite. »Du hast die sexuelle Komponente vergessen. Er hat es ziemlich mit SM.«

»Verdirb mir mit den Einzelheiten nicht den Appetit. Lass uns erst essen.« Sie machte die Augen zu und atmete tief ein. »Gott, das riecht unglaublich.« Sie wickelte das Tafelsilber aus und legte die Serviette auf den Schoß. »Kaffee? Es ist amerikanischer.«

Er sah auf. AJ hielt die silberne Kanne in der Hand. AJ hatte Kraft. Die Kanne wankte nicht. Ihre Hand war schlank, die Nägel sauber und kurz. Auf der gebräunten Haut war ein zart glänzender Butterfleck zu sehen. Kane verspürte einen unpassenden Anflug von sexueller Erregung und zerschmetterte ihn auf der Stelle. »Sicher. Danke.«

Er hatte die Berichte gelesen und sich wegen ihres Temperaments Sorgen gemacht. Genauso wie wegen ihres Aussehens, ihrer Unerfahrenheit und der Tatsache, dass sie unter seinem Schutz stand.

Und verdammt, das hier war das falsche Geschäft, um irgendwelche Gefühle zu haben. Temperament. Freude. Enttäuschung. Angst. Der Feind war überall. Die leiseste Andeutung irgendeines Gefühls, und es wurde gegen einen verwendet. Kane wappnete sich gegen ihre Freude, wieder im Spiel zu sein.

Diese Operation würde, nur um sie beide am Leben zu halten, schon all sein Können fordern. Er musste vorausschauend, konzentriert und genau arbeiten. Normalerweise war das kein Problem, aber seit dem Augenblick, als er AJ Cooper zum ersten Mal gesehen hatte, wusste er, dass sie nicht der Normalfall war. Allein der Gedanke, erneut für ihre Sicherheit verantwortlich zu sein, schlug ihm auf den Magen. Gottverdammt.

Zu hungrig zum Reden, aßen sie schweigend.

Genau genommen, war er derjenige, der schwieg. Sie schien nicht einmal beim Kauen mit dem Sprechen aufhören zu können. Er verdrängte die Wörter, mit dem Anblick war das schon schwerer. Sie war barfuß, trug eine Jeans und ein weißes Tank-Top, das ihre gebräunten Schultern und leicht muskulösen Arme unbedeckt ließ. Das helle, ingwergoldene Haar war unauffällig aus dem Gesicht gestrichen und zu einem Zopf gewunden, der ihr fast bis zur Taille reichte. Geistesabwesend warf sie ihn über die Schulter, und vorn blieb ein feuchter Fleck auf dem dünnen weißen Baumwollstoff zurück. Sie war groß, zart gebräunt und zum Sterben schön.

Und ein großes Problem.

»Was?«, fragte sie und erwischte ihn dabei, wie er sie anstarrte.

»Du siehst wieder sehr sauber aus.« Ihr Temperament war von einer faszinierenden Sprunghaftigkeit. Im Aufzug hatte sie noch vor Wut geschäumt - warum, wusste er nicht genau. Weil er sie auf ihre Flirtversuche angesprochen hatte? Möglich. Aber als sie die Suite erreicht hatten, war ihr Ärger fast schon verflogen.

Sie lächelte ein Lächeln, das dazu geeignet war, ihm direkt in die Lenden zu fahren. »Danke. Du auch.« Sie inspizierte ihn ihrerseits eingehend von oben nach unten. Kane hielt still. Sie begutachtete ihn mit der selben sorgfältigen Aufmerksamkeit, wie er sie ihr gerade gewidmet hatte. »Du bist wahrhaftig ein Meister der Verkleidung. So wie du vor ein paar Stunden ausgesehen hast, hätte ich geschworen, du bist hundert.«

»So war das auch gedacht.« Er war es nicht gewohnt, mit solch forschenden Blicken angesehen zu werden. Cooper schon, da war er sicher. Er wusste, dass gegen ein paar männliche Studenten ihrer Klasse ein Disziplinarverfahren lief. Jetzt, da er AJ aus nächster Nähe erlebt hatte, bemitleidete er die armen Bastarde, die ihren Hormonen nachgegeben und sich vielversprechende Karrieren verpfuscht hatten.

»Iss, bevor es kalt wird.« Er klang leicht verärgert. Was ihn höllisch irritierte. Keine Gefühle zu haben, war ihm immer gut bekommen, und er hatte nicht vor, das jetzt zu ändern.

Seine Deckidentität - der international renommierte Fotograf - war mehr als nur ein Job. Die Fotografie war seine Leidenschaft. Sein künstlerisches, kreatives Ventil. Er hatte die letzten Jahre über viele schöne Frauen fotografiert, es gab jede Menge davon, aber keine war wie Cooper. Cooper war für diesen Einsatz ausgesucht worden, weil sie eine exzellente Scharfschützin war. Aber der Himmel wusste, dass Aussehen sich als ihr größter Trumpf erwiesen hatte.

Sie duftete nach Rosen.

Verdammt.

»Haben wir für die letzten sechs Stunden Informationen, wo Raazaq sich aufhält?«

»Wir wissen, wohin er unterwegs ist und wann er ankommt.«

Gut. Konzentriere dich aufs Geschäft. Das ist die sicherste Methode. Kane schnitt sein Steak an. Dick und blutig. Genau, wie er es mochte.

»Werden wir einschreiten?«

»Die Pläne haben sich geändert.« Er wies auf ihren Teller. »Iss, ich erkläre es dir.«

Sie griff zur Gabel und aß. »Los.«

Er erläuterte ihr den Plan, der wegen der gestrigen Vorfälle geändert worden war. Als er fertig war, und das kostete ihn immerhin vier Minuten, stand er auf und ging quer durchs Zimmer, um eine kleine Tasche zu holen.

»Ich wette, du würdest Tolstois *Krieg und Frieden* in einer Minute dreißig zusammenfassen«, sagte sie hochmütig.

Er kehrte zurück und blieb hinter ihr stehen. »Ich habe dir die wesentlichen Punkte erläutert.«

Sie drehte sich um, um zu sehen, was er da tat. Kane bedeutete ihr, sie möge ihn ihren Hinterkopf sehen lassen. Sie seufzte ergeben und senkte den Kopf. Er fing an, ihren Zopf zu lösen. »Es gibt im Leben mehr als nur die wesentlichen Punkte, weißt du. Die Farben, die Dramatik ...«

»Das hier ist ein Kampfeinsatz«, informierte er sie kühl. »Du brauchst weder Farben noch Dramatik. Genau genommen, ist es das Beste, es gibt beides nicht. Sämtliche legalen Wege sind ausgeschöpft«, teilte er ihr mit und war verärgert, weil er, hätte er es allein durchgezogen, *so wie er es gewollt hatte*, nicht hier gestanden hätte, wo er den Duft ihres Haares roch und sich erklären musste. Er sah die warmen, weichen, rosenduftenden Strähnen nach der Wunde durch.

»Raazaq ist glitschig wie die Hölle und hat bis jetzt noch jeden Versuch, ihn gefangen zu nehmen, zunichte gemacht. Da muss ein Antiseptikum drauf.«

»Schon passiert.«

Lange Strähnen legten sich wie züngelnde Flammen um seine Finger und Handgelenke, während er die Schwellung an ihrem Hinterkopf inspizierte. Der ausgezackte Riss heilte bereits ab, doch er würde ein Auge darauf haben. Seine Finger griffen einen Moment lang in die feurigen Strähnen. Es überraschte ihn fast, dass sie kühl waren, nicht glühend heiß.

Kane zog leise fluchend die Finger aus ihrem Haar. »Du wirst es überleben.«

»Gut zu wissen«, sagte AJ trocken. Sie schob den leeren Teller weg und griff nach der Kaffeetasse, während er sich wieder auf den Stuhl gegenüber setzte. AJ tat nicht, was jede andere Frau getan hätte: sich ins Haar greifen. »Warum hat er die Schule angegriffen?«

»Weil die Töchter von Staatsoberhäuptern aus der ganzen Welt in Sans Souci zur Schule gehen. Er hat verlangt, dass die USA hundert so genannte Freiheitskämpfer freilassen. Die USA haben sich geweigert. Drei der Mädchen waren Töchter britischer Parlamentsabgeordneter, eine Prinzessin. Zweiunddreißig Schülerinnen kamen aus den Staaten. Alle wollen sie schnelle Vergeltung. Die Vereinten Nationen haben gerade eine Resolution verabschiedet - schnappt ihn, aber macht es möglichst legal.«

Sie schenkte ihm ein kurzes Lächeln und ein bewunderndes Nicken. »Du hast schon auf dem Flug gesagt, dass sie das machen würden.«

Kane nickte. »Sie sind berechenbar, das muss man ihnen lassen.« Sicherheitskräfte aus der ganzen Welt wussten, dass Kane Wright ein Team anführte, das Raazaq ausheben sollte. Während der Rest der Welt ungeduldig auf neue Nachrichten wartete, erledigte T-FLAC den Job undercover.

»Sicher. Das sagt sich alles so leicht. Das Chaos regiert, und wir alle kriegen etwas ab«, sagte AJ und goss sich eine weitere Tasse duftenden Kaffees ein. »Wissen wir, wo er im Augenblick ist?«

»Ist gerade reingekommen. Er bewegt sich in südliche Richtung. Langsam.«

»Du meinst, er sieht sich über die Schulter nach uns um?«

»Wir haben so viele falsche Spuren hinterlassen, dass er uns nur für einen von vielen möglichen Feinden hält. Er wird sich bedeckt halten, aber nicht unseretwegen. Von den guten Jungs wollen alle ein Stück von seinem Arsch, und das weiß er auch. Der Hurensohn hat mehr Feinde als der Teufel selbst.«

»Ich erwähne das nur ungern, jetzt, wo ich wieder im Spiel bin, aber seine Leute werden mich sicher erkennen, wenn wir uns gegenüberstehen. Wie soll ich damit umgehen?«

»Ich bezweifle schwer, dass sie dich erkennen. Es war zu viel los, und wir waren zu weit entfernt. Das Auffälligste an dir sind deine Augen und deine Haare. Du hattest den Kopf bedeckt, dein Gesicht und deine Haare waren von Sand und Staub verklebt. Die Typen, die uns verfolgt haben, standen ganz unten in der Befehlskette und sind bestimmt nicht wegen ihrer Beobachtungsgabe angeheuert worden.«

Sie entspannte sich. Gut. Es war immer noch zu schaffen. »Haben wir Infos, warum er eigentlich nach Fayum geht? Es ist nur eine kleine Oase, ein grüner Flecken in der Wüste, oder?«

»Er hat eine Schwester, die er allein aufgezogen hat, nachdem die Eltern bei einem Busunfall ums Leben gekommen sind. Anscheinend stehen sie sich sehr nah, aber das ist das erste Mal überhaupt, dass wir einen Hinweis auf seine Familie haben. Aus offensichtlichen Gründen will er nicht, dass irgendwer von ihrer Existenz weiß. Sie erwartet ihr erstes Kind, und er hat vor, sie innerhalb der nächsten Tage zu besuchen.«

»Es sei denn, wir besuchen ihn vorher.«

»Es sei denn, wir besuchen ihn vorher«, stimmte er zu. »Wir haben in Fayum im Auberge du Lac reserviert, wo wir heute am frühen Abend ankommen werden. Ich habe einen Ortsansässigen engagiert, der uns die landschaftlich schönsten Stellen für unser Foto-Shooting zeigt. Der Mann gilt als redselig. Bis wir da sind, wissen alle längst, dass ein schönes rothaariges Fotomodel aus Amerika in der Stadt ist.«

»Du hast mir immer noch nicht gesagt, was ...«

Er schnitt ihr das Wort ab und griff nach der Kaffeekanne. »Raazaqs Schwester lebt in einem Dorf nicht weit von dort. Raazaq wird als einer der Ersten von dir erfahren. Der Reiz, dich zu sehen, wird ihn an eine unserer Foto-Locations treiben. Oder er taucht im Hotel auf. Wie auch immer, er wird dich ausführen wollen. Du gehst mit. Such dir sorgsam die passende Gelegenheit. Du hast nur einen Versuch. Sobald er gesteckt bekommt, weshalb du wirklich da bist, wird er versuchen, dich umzubringen.«

»Du erwartest von mir, dass ich vor Zeugen auf ihn zugehe und ihn erschieße?«

»Ich erwarte von dir, dass du tust, weswegen man dich hergeschickt hat. Einen der bösartigsten Terroristen der Welt töten. Erschieß ihn. Vergifte ihn. Fick ihn zu Tode. Was immer es braucht.«

»Habe ich Gift zur Verfügung?«, fragte AJ unumwunden.

»Hast du.«

»Dann kommen zwei von drei Optionen in Frage.« Sie stand auf und sah ihn an. »Entspann dich, Superspion. Ich werde den kleinen Bastard umbringen, genau wie ich es gesagt habe. Jetzt gehe ich und lege mich schlafen. Wie viel Zeit habe ich?«

6

AJ saß in ihrem großen, gut beleuchteten, luxuriösen Badezimmer auf einem mit Seide bezogenen Stuhl vor einer marmornen Frisierkommode. Kane lehnte am Waschtisch, die Arme vor der breiten Brust verschränkt. Dass sich ein Mann - noch dazu ein so großer Mann - an diesem intimen Ort befand, ließ den Raum überfüllt und eng wirken.

Und verdammt, sie konnte ihn *riechen*. Der Geruch war einzigartig. Weder Seife noch Rasierwasser. Agenten benutzen keinen Duft, wenn sie im Einsatz waren. Es war der Geruch seiner Haut. Wie sonderbar das doch war. Sie war sich nie zuvor des Geruchs eines Mannes bewusst gewesen. Pheromone. Dass sie wusste, worum es sich handelte, machte es nicht weniger ärgerlich. Ablenkend. Erregend.

»Trag ein bisschen mehr Braun auf«, wies Kane sie an. »Ja. Genau so. Ein bisschen weiter ... nein, mehr ... Gib mir das Ding.«

»Bitte?«

»Lass mich das machen. Du verwischst es nicht richtig.«

»Wer bist du, Ellen Betrix?«

»Gib es her.«

»Ich kann mich alleine schminken.«

Er sah sie an.

AJ seufzte. »Bitte.« Sie reichte ihm den kleinen Lidschattenpinsel. »Ich bezweifle, dass du es besser kannst als ich. Du neigst dazu, weit mehr aufzutragen, als ich es gewohnt bin.«

Sie drehte sich auf dem Stuhl um, damit er sie schminken konnte. Kane kam auf sie zu, die jeansverpackten Lenden auf Augenhöhe und ungefähr fünfzehn Zentimeter entfernt. Eine Woge sexueller Erregung überkam sie. Oh, Gott. Ihr Blick schoss zu seinem Gesicht hinauf. Er schien gleichgültig.War es möglich, dass er nichts empfand? Wie konnte diese Anziehung so einseitig sein?

Was für ein hübscher Weg, ihr zu zeigen, wo ihr Platz war, dachte AJ mit einem kleinen, verächtlichen Lächeln.

Einseitig oder nicht, sie sah ihn im Geiste auf sich liegen. Nackte verschwitzte Haut auf nackter verschwitzter Haut. Sie spürte sein Gewicht, spürte seine rau behaarten Beine über ihre glatten Waden gleiten.

»He, Cooper? Hörst du mir überhaupt noch zu?«, wollte er wissen und beugte sich hinunter, um ihr ins Gesicht zu sehen.

Sie schluckte schwer, schaute zu ihm auf und fühlte sich plötzlich kribbelig und schwach. Ihr Inneres fühlte sich an, als sei sie auf Speed. Verdammt. Es spielte einfach keine Rolle, wie heiß er sie machte. Sie würde sich die zweite Chance, eine Karriere aufzubauen, nicht verderben, indem sie etwas Dummes tat. Er hielt ohnehin nicht viel von ihr. Sie wollte es nicht noch schlimmer machen. »Ja. Du machst das perfekt. Aber es ist heiß hier drin.«

Er kritisierte seit einer Viertelstunde an ihrem Make-up herum. Mann, gib einem Typen ein bisschen Autorität, und schon steigt sie ihm zu Kopf. Sie wollte *gehen*. Sie hatte drei Stunden lang geschlafen, war ausgeruht und zu allem bereit erwacht. Sie waren ohnehin schon spät dran - es war nach zwei -, sie würden während der schlimmsten Hitze fahren müssen. »Wenn du es mich einfach selber machen ließest, dann sind wir in ein paar Minuten hier raus«, sagte sie, legte den Kopf schief und starrte ihn einäugig an. »Oder sage ich dir etwa, wie du dich zu rasieren hast?«

»A: Wenn du es selber könntest, müsste ich es nicht machen. Und B: Der Tag, an dem ich deine Hilfe brauche, ist der Tag ...« Er verstummte.

»Da fällt dir nichts ein, wie?«, provozierte sie ihn. Es war nicht leicht, einäugig zu starren, aber sie tat ihr Bestes, zumal er ihr das andere Auge zuhielt. »Weil du mich nämlich brauchst. Sogar das Oberkommando weiß das.«

»Das Oberkommando weiß einen Mist.«

»Das nenne ich loyal.«

»Das nenne ich ehrlich.« Er hob ihr Gesicht an. »Mach die Augen auf. Halt die Dose und schau nach oben. Und während du das tust, halt den Mund.« Er tippte die Spitze des Pinsels in den Lidschatten und setzte die Farbe mit sicheren, kleinen Strichen unter ihr linkes Auge. Nahm wieder Lidschatten auf, strichelte wieder. Dann trat er zurück, sah sein Werk prüfend an und machte mit dem anderen Auge weiter.

»Du kannst mein Gesicht loslassen. Ich kann meinen Kopf alleine stillhalten«, erklärte AJ. Seine Hand lag kühl auf ihrer heißen Haut. Er sah sie durchdringend genug an, um jede Pore zu registrieren. Sie hoffte nur, dass Gedankenlesen nicht zu seinen vielen Talenten zählte. Er ließ die Hand sinken und wühlte in der Schminktasche neben sich herum.

Ihre Nippel drückten hart von innen an den Büstenhalter. Sie schaute nach unten. Oh, das war nicht gut. Sie war heiß, erregt und leicht zu durchschauen. Gott sei Dank war Kane für so etwas blind. Zumindest bis er nach unten sah und begriff, wie ihr Körper auf ihn reagierte.

Seine warmer, nach Kaffee duftender Atem fächelte ihr Gesicht. Er war so nah, dass sie die dunklen Ringe um seine Iris sah. Rede, befahl sie sich. Beschäftige ihn, damit er nicht merkt, dass du wie eine Idiotin keuchst. »Woher weißt du so viel darüber, wie man eine Frau schminkt?«

Er zog die Augen zusammen und begutachtete seine Arbeit. Offenbar noch nicht zufrieden, setzte er erneut den kleinen Pinsel an ihr Lid. »Das alles ist Teil der Verwandlungskunst.«

»Du trittst also *nicht* heimlich als Showgirl am Broadway auf?«

»Wirklich witzig, Cooper.«

»Nun, du hast tolle Beine.«

»Du redest immer noch.«

»Richtig.« Sie hätte fast genickt, musste aber das Auge ruhig halten. »Du hast es also studiert und perfektioniert.« Sein Hundertjähriger war erstaunlich gewesen. »Ich wünschte, du könntest mir zeigen, wie du den alten Mann hingekriegt hast. Es wäre faszinierend, eine Weile mit diesem Gesicht zu leben.«

»Da bist du im falschen Einsatz. Du siehst genau so aus, wie wir das für diese Operation brauchen.«

»Ich arbeite für T-FLAC, weil ich mein Aussehen *nicht* im Job einsetzen wollte.«

»Dann bist du ein Dummkopf«, sagte er. »Dein Aussehen ist nicht nur ein Pluspunkt, es kann eine Waffe sein. Warst du in irgendwelchen Kursen mit Savage zusammen?«

»Noch nicht.«

»Nun, dann halt deinen Hut fest«, sagte er, und AJ fragte sich, ob zwischen Kane und Savage irgendwas lief. Kaum war der Gedanke da, begann ihr Blut zu kochen. Kane redete blind weiter: »Die Frau kann dir Sachen zeigen, an die du nie auch nur gedacht hast. Sie benutzt jede ihrer gottgegebenen Eigenschaften zu ihrem Vorteil. Die meisten Männer denken mit dem Schwanz. Bring sie aus dem Gleichgewicht, und du kannst das ausnutzen, um sie wie eine Spielzeugpuppe hinter dir herzuziehen.«

»Darauf bin ich auch schon gekommen. Ich bin schon länger ein Mädchen als du.«

»Glaub mir, das weiß ich. Hier.« Er reichte ihr die Wimperntusche und hielt Augenkontakt. »Den Teil wirst du wohl alleine schaffen, denke ich.«

»Weiß ich nicht, *Mama*. Vielleicht solltest du mich besser nicht allein lassen, ich steche mir sonst noch ein Auge aus.« Als er sie nur finster ansah, schnaubte sie frustriert. »Danke für den Tipp.«

Er ging an seinen Platz zurück, halb sitzend, halb lehnend an der marmornen Kante des Waschtischs hinter ihr. Zumindest war sie nicht mehr Auge in Auge mit dem *Boss*.

Ihre Brüste sehnten sich nach seinen Händen ...

Das Bild ihrer ineinander verschlungenen Körper fing an, sie ins Schwitzen zu bringen.

Es war lebendig. So scharf gezeichnet. So verdammt real, dass sie mehr wollte, wenn sie nur daran dachte.

Sie zog den Mascarapinsel aus dem Behälter und legte die Tusche in kurzen, angewiderten Strichen auf.

Warum musste sie immer fast niesen, sobald sie Wimperntusche auftrug? »Du weißt schon, dass der ganze Unsinn runterläuft, sobald ich in diese Hitze rausgehe?«

»Ich will, dass du perfekt zu deiner Rolle passt, wenn wir das Hotel verlassen. Und ich will, dass du die Rolle durchhältst, bis der Job erledigt ist. Schwül und verführerisch. Tussi mit Verstand. Nicht Mädchen von nebenan.«

»Na, wunderbar. Ist dir das schwül genug?« Sie drehte sich zu ihm um, starrte ihn finster an und spitzte die Lippen zu einem Guppy-Kuss und klapperte mit den mittlerweile fertig getuschten Wimpern. Zuckten wenigstens seine Mundwinkel ein bisschen? Nein.

Er sah sie nachsichtig an. »So geht das durch.« Er lehnte mit seinem Hintern am Waschtisch und inspizierte ihr Gesicht, als sei es der Heilige Gral. »Ja, so geht das wirklich gut. Im Auto haben wir die nächsten paar Stunden eine Klimaanlage. Bis wir in Fayum sind, wirst du dich ein bisschen abgekühlt haben. Sind das eigentlich Naturlocken?«

»Unglücklicherweise, ja.« Sie runzelte die Stirn. »Deswegen trage ich sie lang und zum Zopf geflochten. Ich würde sonst aussehen wie Annie, das kleine Waisenmädchen aus dem Comic von Harold Gray. Wie sieht es mit Proviant aus?«

»Dafür ist gesorgt. Lass das Haar offen, wann immer wir rausgehen. Es funktioniert wie ein blinkendes Neonschild, das Raazaq und seinen Speichelleckern zeigt, wo du bist.«

Er blieb stehen, legte den Kopf schief. »Ist es das? Das A steht für Annie?«

»Nein. Mein Haar wird ständig voll Sand sein, und meine Kopfhaut wird jucken.« Sie sah sein versteinertes Gesicht und gab klein bei. »Okay. Gut, ich lasse es offen.« Sie sah ihn einen Augenblick lang an. »Haben wir einen Personalstab aus Elfen oder wie?« Sie warf ihm einen erbosten Blick zu. »Wer hat sich um den Proviant gekümmert?« Können wir jetzt endlich aus diesem Badezimmer raus?

»Unsere Leute in Kairo. Ich habe, während du geschlafen hast, alles nachgeprüft. Wir sind startklar. Und wofür steht es dann?«

Er war wie ein Hund, der einen Knochen roch. Sogar einen kleinen wie in diesem Fall.

»AJ.«

Er zog eine Augenbraue hoch. »Deine Eltern haben dich auf den Namen AJ taufen lassen?«

»Unglückseligerweise nicht. Aber jetzt heiße ich so.«

»Du hast deinen Namen offiziell ändern lassen?«

»Ja.« Im Alter von dreizehn hatte sie sich damit durchgesetzt. Namensänderung - und sie ginge wieder zu Schönheitswettbewerben. Keine Namensänderung - und sie spielte nicht mehr mit. Sie hatte seither auf keinen anderen Namen mehr reagiert. »Fertig zum Gehen?«

Kane stemmte sich vom Waschtisch ab. »Hier«, sagte er und hörte sich wieder verdrießlich an. »Tu sie rein.« Als er ihr die kleinen goldenen Creolen-Ohrringe reichte, blitzten seine Augen kurz auf. Doch der Anflug von Temperament war so schnell wieder fort, dass AJ schon an Einbildung glaubte. Wow. Um jemanden, der seine Emotionen derart unter Kontrolle hatte, machte man besser einen großen Bogen.

»In jedem der beiden steckt eine Portion Gift. Eine ist für Raazaq. Eine für dich. Nur für den Fall.«

Nur für den Fall, dass Raazaq und seine Gang sich dazu entschlossen, ihr unbeschreiblich schmerzhafte Dinge anzutun. AJ erschauderte und nahm die Ohrringe aus seiner ausgestreckten Hand. Als ihre Haut sich berührte, gab es einen kleinen elektrischen Schlag. Ihre Augen trafen einander. Er runzelte die Stirn. Wieder verärgert.

»Würde dein Gesicht in zwei Teile brechen, wenn du zu lächeln versuchtest?«, fragte AJ, wobei sie die Frage eher aus Frust murmelte als in der Hoffnung auf eine Antwort. »Was stimmt eigentlich nicht mit dir?«, wollte sie wissen und wurde selber von Minute zu Minute unleidlicher. Dumm, dass sie ihre Gefühle nicht so gut im Griff hatte wie Kane.

»Mit mir?« Er hörte sich überrascht an. »Absolut gar nichts ...«

Sie unterbrach ihn, indem sie die Hand auf seinen Arm legte. »Richtig. Schau, falls es dich ärgert, dass ich bei diesem Einsatz dabei bin, das ist nicht meine Schuld. Deine Vorgesetzten haben mich abkommandiert. Und falls du sauer bist, weil ich dir meinen früheren Vornamen nicht gesagt habe ... dann komm drüber weg.«

Er zog irritiert die Augen zusammen. »Sie hätten dich Angina taufen sollen.«

»Und dich Nervensäge.« Sie atmete prustend aus und beugte sich vor, um den finsteren Blick besser zur Geltung zu bringen. »Du weißt einfach, verflucht nochmal, nicht, wann es genug ist, oder?«

»Du bist einfach verdammt schön«, sprach er weiter, als hätte sie nichts gesagt.

Okay, vor ein paar Minuten hatte sie noch jede Menge Tagträume gesponnen, in denen sie mit diesem Burschen über die Laken rollte. Aber aus irgendeinem Grund hatte es nicht die erwartete Wirkung, dass er sie schön nannte. Es ging in die entgegengesetzte Richtung los. Sie war ihr Leben lang nach ihrem Aussehen beurteilt worden, und verdammt nochmal, sie hatte die Schnauze voll davon.

AJ malmte mit den Zähnen. »Entschuldige, bitte«, schimpfte sie aufgebracht. »Es ist genetisch bedingt. Ist nicht so, dass ich irgendetwas dafür könnte! Wenn dem so wäre, dann hätte ich dafür gesorgt, dass ich wie ein Müllhaufen aussehe, damit Typen wie du nicht glauben, ich hätte nicht mal zwei funktionierende Gehirnzellen. Also, wenn du ein Problem damit hast, mich anzusehen ... schau, in Gottes Namen, woanders hin! Ich bin hier, um Raazaq zu töten.«

»Es funktioniert.«

»Wie?«

»Du. Die Sache mit der Schönheit. Die funktioniert bei Raazaq, und das ist alles, was zählt.«

»Gut.«

»Gut.«

»Schau«, sagte sie. »Wenn dir das hilft, dann stell dir doch einfach vor, dass ich unter meinem Make-up ein siebenundneunzig Jahre alter Mann bin.«

»Cooper, niemand verfügt über eine derartige Einbildungskraft.«

»Aber du bist der große Kane Wright«, sagte sie und schob sich an ihm vorbei aus dem Badezimmer. »Sieh zu, dass du es hinbekommst.«

Seit sie Kairo vor einer Stunde verlassen hatten, hatte Kane nicht mehr als ein Dutzend Worte gesagt. Bis Fayum dauerte es noch eine Stunde, und bis dahin würde sie explodieren. Der Humvee verfügte über eine exzellente Klimaanlage, aber außerhalb des Wageninneren war es sichtlich heißer als in der Hölle. Die Sonne stand komplett auf AJs Seite. Die Hitze glänzte wie Wasser auf dem schwarzen Asphalt vor ihnen. Sie hätte am liebsten die eng sitzenden Kleider abgestreift, um zur Abkühlung in die Luftspiegelung zu springen.

Sie fuhren nach Süden, am Nil entlang. Ein breiter Streifen fruchtbaren grünen Weidelands dehnte sich auf beiden Seiten des träge fließenden Stroms. Dahinter erstreckte sich die trockene Öde der Wüste, die die Welt wie ein weiches goldbraunes Tuch bedeckte, so weit das Auge reichte.

»Liegt es an mir, oder redest du generell nicht mit Menschen?«, wollte AJ wissen und störte die Stille nur, weil sie sich schon selbst denken hören konnte.

»Ich bin nicht unkommunikativ«, sagte Kane milde. »Ich bin meditativ.«

»Großartig. Ich bin mit Ghandi im Team.«

Er lachte schnaubend, und sie fasste ein wenig Mut. »Wow, war das eine richtige Reaktion?«

»Überspann den Bogen nicht.«

»Hör auf zu meditieren und rede mit mir, sonst rede ich mit dir, und du weißt genau, wie gut ich das kann«, warnte sie und setzte, obwohl er schon die Augen zusammenzog, noch einen drauf - was früher schon ihren Bruder Gabriel wahnsinnig gemacht hatte. »Wenn du so darüber nachdenkst, dann sehen all diese bepflanzten Felder doch vermutlich genauso aus wie vor dreitausend Jahren. Glaubst du, die Pharaonen haben ein Bewässerungssystem benutzt, oder haben sie einfach die kleinen Kinder so lange geschlagen, bis sie genug geweint haben, um die Pflanzen zu bewässern?« Keine Reaktion. Gut, sie konnte den ganzen Tag lang so weitermachen. »Hast du gewusst, dass manche Leute glauben, die Pyramiden seien von Außerirdischen gebaut worden? Das würde eine Menge erklären, meinst du nicht? Waren es nun altertümliche Astronauten, oder waren die Ägypter einfach nur richtig gute Architekten, oder ...«

»Okay!«, schrie er. »Ich ergebe mich.«

»Na, also. War doch gar nicht so schwer, oder?«

Sie passierten eine kleine Ansammlung von Lehmziegelhäusern. Kinder winkten ihnen zu.

»Warum redest du so viel?«

Sie waren in der Mitte von Nirgendwo. Dürftige Vegetation, Dattelpalmen und Sand, so weit das Auge reichte. »Gibt es was anderes, das ich für dich tun kann, während du fährst?« AJ hegte lüsterne Phantasien. Sie verschränkte die Arme vor der Brust und stellte sich vor, in eiskaltes Wasser zu tauchen.

»Es ist nicht meine Aufgabe, dich zu unterhalten. Mach ein Nickerchen.«

T-FLAC-Einsatzkräfte waren darauf trainiert, nur wenige Stunden am Stück zu schlafen und danach erholt aufzuwachen. Das gestattete ihnen, mit weniger Schlaf auszukommen und mit dem Stress und dem Druck eines Sechsunddrei ßig-Stunden-Einsatzes fertig zu werden.

Navy SEALs kannten nichts, was mit T-FLACs spezieller Trainingswoche vergleichbar war, die alle nur den Höllentrip nannten. Von den Rekruten, die die Grundausbildung überstanden hatten, warfen neunzig Prozent nach dem Höllentrip das Handtuch.

AJ nicht. Sie hatte bravourös bestanden. Sie hatte die Ausbildung geschafft - trotz des »Vorfalls«. Und sie würde ihren Schwung auch jetzt nicht einbüßen.

»Ich habe drei Stunden lang geschlafen, das reicht.«

»Du bist eine unruhige Schläferin.«

»Wa ...?« Sie riss den Kopf herum und sah ihn an. »Woher weißt du das?«

»Bin reingegangen, um dich was zu fragen. Du hast Krieg gegen das Kopfkissen geführt.«

Bei der Vorstellung, dass Kane sie in ihrem verletzlichsten Moment gesehen hatte, wurden ihre Wangen heiß. »Ich habe manchmal Albträume.« Meistens. Ob schlafend oder wach hatte sie Albträume. Dieser Tage musste sie schon verflucht erschöpft sein, um überhaupt zu etwas Schlaf zu kommen.

»Weswegen?«

Ihr Fehler. Sie hatte gewollt, dass er redete. Jetzt, wo er es tat, wäre es ihr lieber gewesen, er hätte den Mund gehalten. Sie wollte über das, was geschehen war, nicht reden. Über die nächtlichen Schweißausbrüche, den entsetzlichen Horror, der ihre Muskeln blockierte. Sie wollte kein Mitleid. Sie wollte nicht, dass er wusste, was ihr widerfahren war. Aber natürlich wusste er es. Sogar wenn er nicht davon gehört hatte, hatte er doch ihre Akten durchgesehen, bevor sie auf diesen Einsatz gegangen waren.

Zu wissen, dass er ihre Akte gelesen hatte, ließ ihre Wangen rot glühen. »Ich arbeite daran. Allein schon wegen meines Jobs. Falls es dir nichts ausmacht, würde ich lieber nicht darüber sprechen.« Bevor er sich noch darüber freute, dass es vielleicht etwas gab, womit man sie wirksam zum Schweigen bringen konnte, wechselte sie, so schnell es ging, das Thema. »Wenn ich Raazaq töte, was ist dann deine Aufgabe, jetzt, wo Struben und Escobar nicht mehr dabei sind?« Sie bückte sich nach der Wasserflasche, schraubte den Deckel auf und nahm einen Schluck.

»Ich bin dein Beobachter.« Er pausierte. »Und dein Leibwächter.«

»Schützen haben Beobachter, aber keine Leibwächter.«

»Glück für dich.«

AJ biss sich auf die Zunge. Ja, Glück für sie.

Sie drehte sich auf ihrem Sitz zur Seite und sah ihn an. Wäre die Situation eine andere gewesen, sie hätte daran gedacht, ihm den Kopf zu verdrehen. Natürlich, sie hätte verrückt sein müssen, aber verdammt, er sah gut aus. *Wirklich* gut. Aber die Situation war nicht danach - er war ihr Boss und sie eine einfache Rekrutin. Sie tat gut daran, sich auf die anstehende Aufgabe zu konzentrieren.

Sein zerzaustes dunkles Haar sah aus, als würde es sich seidig anfühlen. Er war braun gebrannt und fit, und er roch so lecker. AJ lief das Wasser im Munde zusammen. Seine langen Finger anzusehen, reichte schon aus, all ihre Säfte zum Fließen und ihre Brüste zum Schmerzen zu bringen. Seine Hände lagen entspannt auf dem Lenkrad, groß und geschmeidig, und seine Finger umfassten das harte Plastik wie die eines Liebenden ...

Gerade, als sie noch einen großen Schluck kalten Wassers nahm, rumpelte der Wagen über eine Unebenheit. Das Wasser tropfte über ihr Kinn und machte den Ausschnitt ihres Oberteils nass. Angenehm und kühl. Sie hörte schlagartig mit dem Tagträumen auf. Sie war versucht, sich das Wasser über den Kopf zu schütten, einfach nur so. Stattdessen wischte sie mit der Hand übers Kinn, sah ihn an und sagte »Ach, wirklich?«

»Wirklich. Raazaq hat eine Vorliebe für schöne, rothaarige Amerikanerinnen. Darüber hinaus ist er ein sadistischer Hurensohn und reißt dir unter Umständen die Flügel aus, weil ihn das gerade amüsiert.«

»Ich habe keine Flügel.«

Er warf ihr einen verärgerten Blick zu. »Ist es dir lieber, ich erzähle dir, dass er abartige, perverse sexuelle Handlungen an dir vornehmen wird, um dir dann mit bloßen Händen die Kehle herauszureißen, oder dass er seine Leute anweist, dir, während er zusieht, die Zunge herauszuschneiden ... oder noch Schlimmeres?«

»Flügel sind gut.«

»Sieh zu, dass du ihn allein erwischst«, sagte er grimmig. »Tu der Welt einen Gefallen. Töte ihn. Am Wochenende sind wir wieder in den Staaten, ohne dass irgendwer etwas mitbekommen hätte.«

Der Humvee überquerte ein Schlagloch, und sie hüpfte so hoch, dass sie sich den Kopf an der Wagendecke schlug. Als sie wieder gelandet war, sagte sie: »Warum hört sich das alles so simpel an?«

»Die besten Pläne sind fast immer so.«

Die Fayum-Oase war ein beliebtes Ziel für Wochenendausflüge aus Kairo. Nur ein paar Stunden von der geschäftigen Metropole entfernt, hatte man schon vor Jahrhunderten die Wasser des Nil umgeleitet, um ein ertragreiches landwirtschaftliches Gebiet zu schaffen. Fayum, der »Garten Ägyptens« verfügte über üppige Gemüsefelder, Zuckerrohr- und Zitrusplantagen, Nuss- und Olivenhaine. Einer der größten Salzwasserseen Ägyptens diente der Erholung.

»Wusstest du, dass König Farug die Auberge du Lac ursprünglich als persönliches Jagdhaus errichtet hat?«, fragte AJ, als sie unter den Säulengang des Hotels einbogen.

»Nein«, murmelte er. »Aber ich wette, du wirst mir gleich sagen, wie viele Badezimmer es gibt.«

Das tat sie.

Wie sämtliche Anmerkungen und Beobachtungen, die AJ während der letzten paar Stunden von sich gegeben hatte, versuchte Kane auch diese zu ignorieren. Diese Frau *redete*. Unablässig.

Sie hatte ihm während der Fahrt über die Wüstenstraße Schlag für Schlag eine Geschichtsstunde verpasst. An den Kindern vorbei, die mit Kühen und Kamelen auf den Baumwollfeldern arbeiteten, an Lehmhütten und Dattelpalmen vorbei, vorbei an Sand und Vegetation. An neugierigen Frauen vorbei, die den Humvee durch die Sehschlitze ihrer Schleier anstarrten. AJ hatte weitergeplappert. Nonstop.

Er hatte sich immer für so etwas wie einen Ägyptologie-Studenten gehalten. Nun, wenn er ein Student wäre, wäre sie der Professor.

»Winston Churchill hat 1945 hier übernachtet«, informierte sie ihn, während sich, als sie die Autotüren öffneten, sogleich die Hotelpagen und eine ganze Kinderhorde auf sie stürzten.

Die gesamte, ausschließlich männliche Zuschauerschaft trat mit offenem Mund einen Schritt zurück, als Cooper die langen nackten Beine aus dem Wagen schwang, ausstieg und sich umsah, als bemerke sie den ganzen Aufruhr, den sie verursachte, überhaupt nicht.

Sie trug ein anliegendes fuchsiafarbenes Seidenoberteil und einen mit Blumen gemusterten Rock in verschiedenen Rosatönen, der sich in sanften Falten um ihre wohlgeformten Waden schmiegte. Das offene rote Haar fing die Sonne ein und leuchtete in einem brillanten, auffälligen, heißen Orange. Der Kontrast zwischen ihrer cremigen, zart gebräunten Haut und den langen Locken war geeignet, jeden Mann im Umkreis von einhundert

Meilen danach hecheln zu lassen, die Finger in die feurigen Strähnen zu graben. Sie schrie ihre weibliche Sexualität förmlich heraus. Eine ägyptische Gottheit, zur Erde entsandt, um die Männer zu überstürzten, närrischen Taten zu verleiten, nur für ein Lächeln.

»Winston hat diesen Ort geliebt, sagte sie und schleuderte die zauberhaften Haare aus dem Gesicht. »Hat gesagt, er käme sich vor wie Pharao Tutanchamun - was ziemlich komisch ist, wenn man bedenkt, dass der arme Tut mit achtzehn gestorben ist und ...«

Kane ging zur Eingangstür, ließ das Personal das Gepäck aus dem Wagen laden und die immer noch plappernde AJ hinter sich. Er erheischte einen Blick auf die schimmernden blauen Wasser des Qarun-Sees. Laut Reiseführer der älteste, von Menschenhand geschaffene See der Welt.

Er wollte eine kalte Dusche und eine Stunde lang Ruhe.

Die Frau redetet genauso viel wie seine Schwester Marnie und tanzte ständig auf seinen Nerven herum. Die beiden Frauen hätte sich wunderbar verstanden. Und sollten sie jemals alle zusammen im selben Zimmer sein, würde Kane sich umbringen müssen.

AJ Cooper rüttelte an den Stangen seines Käfigs und schaltete all seine Sinne auf Alarm. Raazaq, daran gab es keinen Zweifel, würde vom ersten Augenblick an erledigt sein. In mehr als einer Hinsicht.

Falls Cooper den Job nicht wieder versehentlich vermasselte.

Er hatte ihre Situation am Telefon mit den T-FLAC-Psychologen besprochen. Die glaubten, sie könne den Job schaffen.

Er war da, um dafür zu sorgen, dass sie es tat.

Alles in allem, dachte Kane, während sie einer Flotte groß äugiger Dienstboten zu den Zimmern folgten, liefen die Dinge nach Plan.

Jetzt musste die Beute nur noch den Köder zu sehen bekommen.

Die kleinen Narben von dem schönheitschirurgischen Eingriff, eine vorn unter der Achsel und die andere auf dem Rücken, waren kaum verheilt. Die Linien waren immer noch glänzend rosa, ein Störfaktor auf der klaren, glatten Haut - trotz des Einsatzes der besten T-FLAC-Ärzte. Kane hatte auf der linken Schulter, an exakt der selben Stelle, eine alte Narbe. Aber dort hatte sich ein Messer durchs Fleisch geschnitten, keine Kugel.

Die Kugel, die AJs Selbstvertrauen so erschüttert hatte, hatte sie direkt an die Pforten des Todes gebracht. Es war um vieles schwieriger, in einen Kampfeinsatz zu gehen, wenn man wusste, wie sich ein Treffer anfühlte. Kane wusste es. Er hatte ein paar abbekommen.

Sie drehte in einem der Hotelpools ihre Runden. Sie war eine ausdauernde Schwimmerin. Gut in Form. Er verbiss sich ein Lächeln. Fabelhafte Form. Sogar die Frauen am Pool beobachteten sie. Ein fleischgewordener Traum im weißen Bikini.

AJs schlanke Arme pflügten durch das Wasser, sie tauchte ab, zeigte ihren hübsch gekurvten Hintern und tauchte am Rand des Pools neben Kanes Liegestuhl wieder auf. Sie verschränkte die Arme auf dem Beckenrand und zwinkerte diamantblitzende Tropfen aus den seidigen Wimpern. »Ich bin am Verhungern. Lass uns essen gehen.«

»Hier draußen, oder in einem der Restaurants?« Die Luft war heiß und reglos. Die sinkende Sonne glühte in Rot und Magenta über dem nahe gelegenen Qarun-See, und die Tauben kehrten in das lang gestreckte, mit Kuppeldächern versehene Taubenhaus zurück, weil sie Hunger auf ihr Abendessen hatten und nicht wussten, dass sie am nächsten Tag vielleicht selber zum Abendessen verspeist wurden. Es war eine Fressen-und-gefressen-werden-Welt.

»Hier ist es gut.« Sie stemmte sich triefnass aus dem Pool. Kane hätte fast seine Zunge verschluckt.

Der verdammte Stoff war transparent, und verdammt sollte er sein, wenn er den Blick nicht von den dunklen Punkten ihrer Nippel löste, die sich hart in den nassen Stoff drückten. Er musste der Garderoben-Abteilung ein Memo zukommen lassen. Es gab attraktiv, und es gab aufdringlich. Cooper schien sich des Anblicks, den sie den anderen Schwimmern bot, nicht bewusst zu sein.

Der Gedanke verärgerte ihn zutiefst. Er und jeder andere Mann, der sie ansah, wollte sie nur noch bespringen. Er warf einem jungen Typen, der dumm genug war, herzukommen, einen »Verzieh dich, du Ratte«-Blick zu. Der Kerl versuchte, seinem Blick standzuhalten, verzog sich dann aber klugerweise in seinen Liegestuhl. Er war doch nicht so dumm.

Es gab ein Dutzend exzellenter Gründe, keinen Sex mit AJ Cooper zu haben. Dass sie zusammen in einem Einsatz waren, der keine zweite Panne duldete, war nicht der Geringste.

Sie mussten sich beide aufs Geschäft konzentrieren. Aber falls sie hier die nächsten Tage weiterhin fast nackt herumlief, war er hinterher ein Wrack.

Mit ihr zusammen zu sein, machte ihn reizbar. Er konnte sie nicht haben. Sollte sie nicht wollen. Wollte sie nicht wollen. Aber ihren schlanken, sinnlichen Körper nur anzusehen, trieb seinen Blutdruck nach oben und machte ihn geiler, als er es je zuvor gewesen war. Niemals.

Das war ein verdammtes Ärgernis. Kein unüberwindliches Problem, aber dennoch ein Ärgernis.

Er warf ihr ein Handtuch zu. Sie tupfte sich abwesend das Gesicht trocken. Das lange Haar klebte an ihrer nassen Haut wie Seegras an einer Meerjungfrau. Sie schlüpfte in den Bademantel, den sie zuvor auf ihren Liegestuhl fallen lassen hatte, und griff nach der Speisekarte, die auf dem kleinen Tisch lag, auf dem auch ihre Drinks standen. »Was hättest du gern?«

Er fragte sich, wie sie wohl reagiert hätte, wenn er es ihr gesagt hätte.

Vierundzwanzig Stunden, und von Raazaq war immer noch nichts zu sehen.

Falls er sich irgendwo im Umkreis von hundert Meilen aufhielt, dann musste er von dem amerikanischen Rotschopf gehört haben, der im besten Hotel der Stadt wohnte. Alle sprachen von ihr. Von der aufsehenerregenden Ankunft am gestrigen Tag und dem Foto-Shooting heute Morgen. Kane und AJ waren draußen gewesen und richtig aufgefallen.

Wenn die Zielperson sie bis heute Abend nicht von sich aus kontaktierte, würden sie losziehen und selber nach Raazaq suchen müssen.

Sie saßen wieder im Wagen. Diesmal waren sie zur Pyramide von Hawara unterwegs. Heute früh hatte Kane sie in der Nähe des Sees fotografiert. AJ war sich ihres Aussehens vielleicht nicht bewusst, aber die Kamera liebte sie.

Sie war natürlich und der Traum jedes Fotografen. In keinster Weise selbstgefällig, sorgte AJ sich eher darum, wie sie Zuschauer anzogen, um Raazaqs Aufmerksamkeit zu erregen, als darum, dass Kane jede ihrer Bewegungen ablichtete.

Und verdammt, sie gab ihr Bestes, Zuschauer anzuziehen. Die Kinder liebten sie, und AJ revanchierte sich, indem sie mit ihnen lachte und spielte, wann immer sie Pause hatte. Sie ignorierte die jungen Männer mit den heißen Blicken und scherzte mit den alten, die sich bei ihrem Anblick gern daran erinnerten, was sie vor dreißig Jahren am liebsten mit ihr getan hätten.

Sie war mehr, als Kane es je erwartet hatte. Mehr als nur ein großartiges Gesicht und ein unglaublicher Körper. Mehr als eine halbwegs gute Agentin und eine richtig gute Schützin. Sie war die ganze verdammte Packung. Durch den Sucher der Kamera erschien ihm ihr Gesicht sogar noch unwiderstehlicher. Abgesehen von ihrer offenkundigen körperlichen Schönheit und der Symmetrie ihrer Gesichtszüge, war da eine Charakterstärke und das völlige Fehlen jeglicher Arglist, was man bei einer Frau, die jeden intelligenten Mann in eine Testosteronpfütze verwandeln konnte, nicht erwartet hätte.

Heute Morgen waren nach einer halben Stunde mehr als hundert Leute am Set zusammengekommen und hatten sich respektvoll im Halbkreis um sie versammelt. AJs Bewunderer hatten ihnen Hilfe angeboten, hatten sich irgendwie nützlich machen wollen, in der Hoffnung, sich der Frau nähern zu können oder ein Bakschisch zu bekommen für einen Botengang oder fürs Wasserholen.

Jetzt, auf der Fahrt zur Pyramide von Hawara, hatten sie neun Autos, drei Pferde und zwei Kamele im Schlepptau. Es war eine verrückte Parade, und wenn Raazaq jetzt nicht von ihr erfuhr, dann war er vermutlich nicht in der Gegend.

»Wusstest du, dass achtundsiebzig Prozent aller Frauen lieber selbst fahren, als sich fahren zu lassen, wenn sie die Wahl haben?«

»Ach, wirklich?«

Sie blinzelte ihn an. »Glaubst du mir etwa nicht?«

»Nein.« Kane konzentrierte sich wieder auf die Wüstenstraße vor ihnen. Wenn diese Narren unbedingt Staub fressen wollten, nun gut. »Du bist ein Naturtalent. Warum hast du die Modelkarriere nicht weiterverfolgt? Das wird doch viel besser bezahlt als die Arbeit bei T-FLAC.«

An ihrem Kinn zuckte ein Nerv. »Ich bin mehr als nur ein Gesicht. Und Geld ist nicht alles.«

Sie hatte heute Morgen etwas Sonne abbekommen, ihre Nase und ihre Wangen leuchteten pink. Es ließ sie jünger aussehen und, verdammt nochmal, noch anziehender.

»Erzähl mir, wie es ist, Miss Illinois zu sein.«

Sie verdrehte die Augen und lachte. »Oh, bitte. Das ist *so was* von vorbei.«

Er tat sein Bestes, um nicht auf ihr Lachen zu reagieren. Dieses tiefe, kehlige Lachen war eine wahr gewordene Männerphantasie.

»Magst du keine Krönchen?«, fragte er.

AJ schnaubte. »Glaub mir, ich habe immer noch Albträume aus meiner Zeit im Schönheitszirkus.« Sie grübelte darüber nach. »High Heels tragen zu müssen und mit Make-up zugekleistert zu werden, entspricht jedenfalls meiner Vorstellung von einem Albtraum. Möchtest du etwas über die Pyramide von Hawara hören?«

»Habe ich eine andere Wahl?« Er schaute in den Rückspiegel. Der Konvoi war immer noch hinter ihnen und wirbelte eine endlose Staubwolke auf.

»Sicher. Du kannst leise vor dich hinsummen, während ich rede. Erbaut von Amenemhet dem Dritten, war sie die meistbesuchte Stätte des Altertums.« Sie drehte sich auf ihrem Sitz herum, schob sich das Haar aus dem Gesicht und grinste ihn an. »Man nannte sie wegen ihrer enormen Ausmaße auch das Labyrinth. Sie soll über dreitausend Räume gehabt haben, verteilt auf zwei Stockwerke. Zwölf überdachte Höfe und ...«

»Cooper?«

»Was?«

»Das ist mir völlig egal.«

»Ich dachte, du fändest Ägypten faszinierend.«

»Tue ich auch. Aber im Moment ist der einzige Ägypter, der mich interessiert, Raazaq. Ich will, dass er endlich auftaucht, damit wir unsere Arbeit machen und nach Hause fahren können. Wenn du dich dann immer noch für diese verfluchten Pyramiden interessierst, kannst du ja irgendwann zurückkommen, um dem Ruf deines Herzens zu folgen.«

»Schön.« Sie drehte sich wieder nach vorn. »Du weißt, dass wir unsere Zeit zusammen verbringen müssen. Ich wollte einfach freundlich sein. Aber offenbar hast du nicht die leiseste Ahnung, was das ist. Ich dachte, es wäre nett, wenn wir einander ein wenig kennen lernten. Aber, hey, denk dir nichts, ich werde einfach ...«

»Du hast gesagt, du würdest den Mund halten.«

»Das tue ich doch.«

»Und wann?«

»Hast du etwas gegen Konversation?«

»Ich mag die Stille.«

»Die Stille ist mir zu laut.«

Sie verfielen in Schweigen.

Kane stellte fest, dass die Stille *wirklich* sehr laut sein konnte.

AJ lehnte sich an den sonnenwarmen Stein und lächelte hübsch in die Kamera - und für etwa hundert Männer, Frauen, Kinder, Pferde und Kamele, die ihnen zu den Pyramiden gefolgt waren. Raazaq tauchte besser schleunigst auf, denn AJ war nicht hier, um Model zu spielen. Nicht, dass sie es nicht gekonnt hätte. Sie war einfach nur zu Tode gelangweilt.

»Bieg den linken Arm über den Kopf.«

Sie gehorchte und dachte wieder an den Albtraum, mit hohen Absätzen und Krönchen herumzulaufen.

»Warum, zum Teufel, machst du ein so finsteres Gesicht? Dreh dich zum Arm und lächle. Könntest du das hier etwas ernsthafter betreiben? Ja, so mag ich das. Kinn ein Stück nach unten. Zu weit. Ja. Halten.«

»Ich dachte, digitale Kameras haben keine beweglichen Teile.«

»Haben sie auch nicht.«

»Für einen Kerl, der es ruhig mag, hast du eine ziemlich laute Kamera. Woher kommt all das Klicken, Surren und Piepsen?«

»So weiß ich, dass ich die Aufnahme im Kasten habe. Geh und zieh das gelbe Kleid an«, instruierte Kane sie und wechselte, während er sprach, die Kamera.

Sie trat aus dem Schatten des behelfsmäßigen Baldachins, den Kane aufgebaut hatte, und lief über den spärlichen Rasen des Parkplatzes zum Zelt, um das blaue Shorts-Outfit zu wechseln.

Trotz des batteriebetriebenen Ventilators, der auf einem kleinen Tisch stand, war es heiß im Zelt. AJ zog die Plane hinter sich zu, knöpfte die Shorts und die ärmellose Bluse auf und zog sich, vor dem Ventilator stehend, um.

Kane musste sich genauso langweilen wie sie, überlegte sie, während sie ihr Make-up prüfte (sah gut aus) und ihr Haar (schrecklich lockig).

Das gelbe Abendkleid - Badgley Mischka, hatte Kane gesagt, als hätte sie das wissen oder interessieren müssen, war aus hauchzartem zitronengelbem Chiffon. Der Rock bestand aus mehreren Meilen Volant, das Oberteil aus heftpflasterartigen, praktisch durchsichtigen Seidenstreifen über der Brust, die Rücken und Bauch frei ließen.

AJ hätte ihre nächsten fünf Gehälter dafür gegeben, um ihre Lieblingsjeans und dazu ein T-Shirt anziehen zu können. Sie seufzte, ging wieder hinaus und lüpfte den Saum des fragilen Gewandes hoch, während sie - immer noch mit Stiefeln an den Füßen - über den sandigen Parkplatz lief.

Die Kinder balgten sich um den Platz an ihrer Seite und plapperten beim Laufen. AJ lächelte nur und bedeutete ihnen, dass sie nicht verstand, was sie sagten. Es war leichter, die eine oder andere Information aufzuschnappen, wenn die Leute dachten, man verstünde sie nicht.

Die Strategie kam AJ entgegen, denn sie verstand tatsächlich hie und da ein Wort. Arabisch war eine wichtige Sprache. Unglücklicherweise hatte AJ kein Ohr für Sprachen und war in ihrer Klasse die Zweitschlechteste. Sie würde härter an sich arbeiten, sobald sie zurück war. Kanes Fremdsprachenkenntnisse waren phänomenal.

Sie sah Kane, an die hundert Meter entfernt, mit der Kamera hantieren und den weißen Schirm ausrichten, um das Licht besser zu reflektieren. Er trug ein langärmeliges, kragenloses grünes Baumwollhemd. Der anliegende Schnitt betonte die breiten Schultern und den flachen Bauch. Die braunen Hosen, die in schweren Stiefeln steckten, unterstrichen die langen Beine und den festen Hintern. Sein zerzaustes Haar wirkte im Sonnenlicht heller. Er bückt sich und griff nach einem Cowboyhut aus Stroh, um sich vor den unerbittlichen Sonnenstrahlen zu schützen. Er bewegte sich mit einer leichten, geschmeidigen Grazie, die gleichermaßen entspannt und entschlossen wirkte.

Der Hut tauchte die obere Hälfte seines Gesichts in den Schatten, was das herrische Kinn und den sinnlichen Schwung seines Mundes hervorhob.

AJ zwang sich, nicht Kane, sondern die Pyramide hinter ihm anzusehen.

Die allerdings nicht sonderlich wie eine Pyramide aussah. Eher wie ein breiter grün gefleckter Hügel inmitten von Gestrüpp. Einzig das aus Lehmziegeln errichtete Herzstück war erhalten, der Sandstein der Außenhaut war schon lange verschwunden, aber Kane gefiel die Primitivität des zerbrochenen Steins als Hintergrund für die exklusiven Kleider, die sie bei diesem Shooting trug.

AJ notierte sich im Geiste, dass sie ihn fragen musste, ob er mit all den Aufnahmen wirklich etwas anfangen wollte. Er wusste jedenfalls, wie man mit einer Kamera umging.

Die Sonne fühlte sich auf den nackten Schultern gut an. Aber es war gefährlich, längere Zeit ungeschützt draußen zu bleiben. In der Wüste war immer ein Hitzschlag möglich. Sie hatten für das Shooting an der Seite der Pyramide ein großes Sonnensegel aufgebaut, und AJ machte sich auf den Weg in den Schatten.

Sie sah Kane, während sie sich dem Segel näherte, und wäre fast vornüber gefallen. Direkt vor ihren Augen hatte er sich von einem großen, maskulinen Macher in einen knochigen Fotofreak mit schlechter Haltung verwandelt. Er sah wie eine farblosere, uninteressantere Version seiner selbst aus. Ganz anders und doch derselbe.

Er blinzelte sie geistesabwesend an, als sie näher kam. »Mehr Lipgloss«, sagte er und hielt ihr den Roller hin, als sie an ihm vorbeiging.

»Lass dir Zeit, ich denke, es wird langsam interessant.«

AJ blieb stehen. Mein Gott, sogar seine Stimme war anders. Zögerlicher. Dünner. Wie hatte er sich, ohne Schminke und ohne die Kleider zu wechseln, so verändern können? Nur mit Hilfe seines Körpers, seines Auftretens. Es war bemerkenswert.

Sie trug langsam das klebrige Gloss auf und betrachtete die Zuschauer. Aus dem Augenwinkel entdeckte sie eine lange, schwarze Stretchlimousine, die ein Stück von der Menge entfernt stand.

Ihr Herz tat vor Aufregung einen kleinen hüpfenden Sprung. Raazaq hatte sie gefunden. Das Spiel hatte begonnen.

7

*K*ane betrachtete den großen Mann, der sich vom Sitz der Limousine schob und sich außerhalb der Kamerareichweite aufrichtete, *auftürmte* und ganz eindeutig auf AJ wartete.

»Tourist?«, rief er dem Kerl scherzhaft zu.

Der Schlägertyp trug einen dunklen, glänzenden Anzug und verschränkte die Arme vor der Brust. Er war der böse Bube. Wie aus einem Film entsprungen. Kein Hals, rasierter Schädel, schmale Reptilienaugen und lippenlos wie eine Forelle.

»Ich warte auf das Mädchen.« Der Akzent war französisch. Seine Waffe steckte ganz offen in einem Halfter und war aus Russland, seine Zähne waren aus Amerika.

Der kleine verzierte Goldring in seinem Blumenkohlohr hatte so etwas Nettes.

Kane zog die Augenbrauen hoch. »Die Lady braucht noch eine Weile.«

»Ich warte.«

Kane beugte sich vor und schaute durch den Sucher. »Machen Sie es sich bequem.«

Sein Herzschlag legte ein, zwei Takte zu. Verdammt. Was konnte besser sein als das hier? Seine beiden Leidenschaften vereint. Fotografie und widerwärtige Schurken. Das Leben war großartig, wenn die Dinge zusammentrafen.

Er hatte seine Zweifel, war immer noch nicht hundertprozentig sicher, dass AJ den Job schaffte, wenn es so weit war. Aber er war bei ihr. Sie würden den Job gemeinsam erledigen. Und zwar richtig.

Raazaq würde nach dem gestrigen Anschlag sehr wachsam sein. Aber gegen ein schönes Fotomodell würde er keinen Verdacht hegen. Die Falle war bereit zuzuschnappen.

Kane justierte die Scharfeinstellung und machte sich an ein Ganzkörperportrait. Unter dem Saum der zarten Kreation trug AJ schwere Schnürstiefel. Ihr Blick war sexy, geradeaus in die Kamera und provozierend.

»Leg den rechten Arm über die Brust.« Er hob die Stimme, damit sie ihn hören konnte. »Umfass die linke Schulter und leg den Kopf ein bisschen zurück. Noch ein bisschen.« Ihre Brüste bewegten sich unter dem dünnen Stoff des Kleides.

Kane staunte, dass Raazaq - und er hatte keine Zweifel, dass es Raazaq war, der da in der klimatisierten Limousine saß - inzwischen noch nicht aus dem Wagen gefallen war. »Gut. Gut. Halten.«

Sie ließ sich nicht anmerken, dass sie sich des Mannes auf der Seite bewusst war. Ihr Blick flackerte nicht einmal in Richtung der Limousine.

»Okay, jetzt wirf den Kopf herum. Gib mir etwas Bewegung - mach was mit den Haaren.«

AJ griff in die langen glänzenden Strähnen und fasste die Kupferfluten über dem Scheitel zusammen. Die Arme erhoben, den Kopf nach hinten gelegt, ließ sie jeden Nerv und jede Zelle seines Körpers vibrieren, und er stellte sich vor, wie die kühlen Flammen seine Haut bedeckten. Es juckte ihn in den Fingern, ihre weiche glatte Haut zu berühren.

Er verlor die Scharfeinstellung, musste nachstellen und die Kamera neu ausrichten. Genug mit diesem Unsinn.

Er feuerte eine schnelle Bildersalve. *Women's Wear Daily* gierte nach allem, was er schickte. Er würde zwei Fliegen mit einer Klappe schlagen. Und Kane hegte die Vermutung, dass die Bilder von AJ, in den Kleidern von einigen der besten Designer, seine bis dato berühmtesten Arbeiten waren. Die Kamera liebte sie.

Und bei Gott, er wollte sie. Gedruckt waren diese Bilder Zündstoff.

Sie stand im Zentrum der Aufmerksamkeit und war nicht im Mindesten verunsichert. Er vermutete, dass sie lieber Jeans und T-Shirt getragen hätte, um in ihren Trittin-den-Hintern-Stiefeln durch den Wald zu stapfen. Die Herrschaften Badgley und Mischka hätten mit den Augen gerollt, hätten sie AJ in ihrer Kreation sehen können. Der Saum des Kleides war großzügig von gräulichem Sand bedeckt und die Volants welkten in der Hitze dahin. Kane war ziemlich sicher, dass sie bei diesem femininen Kleid nicht an einen ungeduldigen Wildfang gedacht hatten. AJ Cooper in diesem zarten Nichts zu sehen, war wirklich fesselnd.

»Leg den Kopf nach links - so bleiben.«

Sie erstarrte auf der Stelle, aber ihre hellen Augen sprühten vor Hitze und Zorn. »Wie lange noch?«, zischte sie.

»Bis ich sage, dass wir fertig sind.«

Er stellte die Kamera aufs Stativ und lief über das spärliche Gras zu dem großen schattigen Sonnensegel, neben dem sie stand.

»Und jetzt? Mach ja nicht mit meinem Make-up rum«, warnte sie ihn, wich einen Schritt zurück und kreuzte die Zeigefinger, als wehre sie einen Vampir ab. Ihr Haar fiel den Rücken hinunter und über die Schultern. »Wenn es zerflossen ist, müssen wir eben aufhören.«

»Schau mich nicht so hoffnungsvoll an«, schalt er sie. »Es ist wasserfest, und wir sind eh bald fertig.« Er widerstand der Versuchung, eine lockige Strähne von ihrem Busen zu schieben. »Raazaq sitzt sabbernd in seiner Limousine. Nein. Nicht verkrampfen. Entspann dich.«

Kane fuhr ihr mit den Fingern an den Schläfen ins Haar und breitete die warmen duftenden Fluten über ihre Schultern aus, wonach es ihn schon eine Stunde lang gelüstete. Sie bekam das allein zwar wunderbar hin, aber verdammt, er wollte sie berühren. Musste sie berühren. Ihr Haar fühlte sich wie warme Seide an.

»Tu so, als könne dein Geliebter dich sehen.« Er drapierte die Strähnen kunstvoll über die linke Schulter, so dass sie die Brust umkurvten. Und die Narbe bedeckten. Seine Fingerrücken streiften die harten Spitzen ihrer Nippel. Sie hielten beide den Atem an.

»Kane ...«

»Ich will, dass er dich mehr will als den nächsten Atemzug«, teilte er ihr barsch mit. »Ich will, dass er an Sex denkt, sobald er dich sieht. Heißen, wilden, feuchten Sex.« *Nur Worte*, sagte er sich, *alles nur Worte. Eine körperliche Reaktion ist gar nicht erforderlich, Wright! Reine Pheromonsache.* Dennoch spannte sich sein Körper.

»Warum kann er nicht an ein Abendessen denken?«, warf AJ ein wenig atemlos ein, während er hinter sie ging. Sie drehte den Kopf und betrachtete ihn argwöhnisch. »Was machst du da?«

»Du spielst eine Rolle, Cooper. Sexy Sirene. Versenk dich in deine Rolle. Werde sie. Sei sie. Denk schwül. Denk heiß. Denk an nackte Haut auf nackter Haut.« Wenn sie noch hei ßer wurde, dann würden sie beide zu Asche verbrennen.

»Ich denke lieber an eine Runde im Hotelpool und anschließendem Zimmerservice«, sagte sie amüsiert.

»Du kannst nicht sexy aussehen, wenn du nicht sexy denkst.« Er legte ihr von hinten den Arm um die Taille. Seine Finger spreizten sich auf der warmen glatten Haut ihres Bauchs. Er verspürte den plötzlichen, überwältigenden Drang, ihre Haare zur Seite zu schieben und den Mund auf die zarte Haut in ihrem Nacken zu pressen.

Die Intimität der Berührung ließ sie erzittern. »Natürlich kann ich das«, sagte sie mit fester Stimme. »Erzähl mir nicht, dass sämtliche Unterwäsche-Models an Sex denken, wenn sie in nichts als knappen Dessous und einem Paar Engelsflügel posieren! Sie denken an Big Macs und große Portionen Pommes Frites.«

Kane stand direkt hinter ihr. »Vergiss mal für einen Augenblick das Essen«, sagte er trocken. Er ließ die flache Hand über ihren Bauch gleiten. Der transparente Stoff kreuzte sich in einem X über ihrem Busen und ließ aufreizend nackte Hautdreiecke sehen. »Mach die Augen zu und atme tief durch.«

Er spürte, wie sie einen bebenden tiefen Atemzug holte und nahm an, dass sie die Augen geschlossen hatte. Ihre Haut fühlte sich unglaublich weich an. Glatt und warm wie leicht feuchter Satin. Seine Hand wanderte weiter zum Brustbein und dann zwischen die vollen Rundungen ihrer Brüste.

»Du bist wunderschön. Spür es«, flüsterte er an ihre Schläfe. »Sexy. Du vertraust auf deine Sinnlichkeit. Du liebst Sex. Du willst Sex. *Verzehrst* dich nach Sex ...«

»Sex als Tarnung?«, fragte sie mit leiser, heiserer Stimme. »Ich wette, *diese* Kurse sind mit weiblichen Einsatzkräften voll gepackt.«

»Solche Kurse gibt es nicht. Aber unterschätze die Macht der sexuellen Anziehungskräfte nicht, Cooper. Ganze Armeen sind deshalb geschlagen und ganze Staaten erobert worden.«

Kane redete sich ein, dass er das nur wegen der Operation tat. Eine Tarnung war nur so gut wie die Person, die sich ihrer bediente. Er hatte Dutzende von Vorträgen über die Kunst der Tarnung gehalten, über Verkleidung und Taschenspielertricks, sich der Umgebung anzupassen. Das hier war nur eine weitere Übungslektion.

Nur dass ihm nie so bewusst gewesen war, wie die Haut einer Rekrutin duftete oder er so im Takt mit ihr geatmet hatte. »Du musst dich auf deine Sinnlichkeit konzentrieren. Spür sie von hier.«

Er presste die Hand auf ihren rasenden Herzschlag. »Und von hier.« Er berührte mit dem Kinn ihren Scheitel. »Tarnung ist zu fünfzig Prozent Kopfsache.«

»Tust du das, damit deine Fotos besser werden?«, fragte sie mit belegter Stimme. »Oder für Raazaq?«

»Ja.«

»Ja, was?« Ihr Hinterkopf fiel an seine Brust. Er legte die linke Hand um ihre Taille und spreizte die Finger der Rechten in die weiche Senke zwischen ihren Brüsten. »Oh, Gott, Kane. Weißt du, was du da tust?«

Er schwamm in haiverseuchten Gewässern. »Ich will, dass du dich sexy fühlst.«

»Und ...« Sie räusperte sich. Ihr rosenduftendes Haar kitzelte sein Kinn. »Und tue ich es?«

»Oh, ja.«

»Auch von hier aus«, sagte sie. »Du hörst besser auf der Stelle auf damit.« Sie hob den Kopf von seiner Brust, und er empfand es als Verlust. »Schau jetzt nicht hin«, sagte sie und klang ein wenig außer Atem, »aber wir haben eine faszinierte Zuschauerschaft.«

»Halte diesen Gesichtsausdruck«, sagte er und kehrte zu seiner Ausrüstung und dem Schlägertypen zurück.

»Immer noch da«, fragte er den Kerl kumpelhaft.

»Mr. Raazaq wird langsam ungeduldig.«

Gut, dachte er. Ungeduld macht unachtsam. Und Nachlässigkeit konnte für Raazaq den Tod bedeuten. »Wer ist Raazaq?«, fragte Kane so nebenbei. »Ihr Fahrer?«

»Mr. Raazaq ist mein Boss. Er ist ...«

Kane wartete eine Sekunde und sah AJ durch den Sucher an. Sie hatte das Sexy-sein wirklich drauf. »Er ist ...?« *Ein Terrorist? Das personifizierte Böse? Der Antichrist?* Er machte schnell ein paar Fotos, bevor AJ noch vergaß, wie sexy sie war und er, zu atmen.

»Er ist Mr. Raazaq«, erwiderte der forellengesichtige Bodyguard.

»Ach ja?«, sagte Kane abwesend.

»Es dauert jetzt schon eine Stunde.«

»Vielleicht sollte Ihr Boss herkommen und selber mit der Lady sprechen«, teilte Kane ihm mit und fotografierte, so schnell er konnte. Verdammt. Das Licht auf ihrem

Gesicht war perfekt. Gebrochen vom Sonnensegel, akzentuierte es den Honigton ihrer Haut und steckte das Haar in Brand.

Die Kamera liebte sie. Er zoomte ran. Nur ihr Mund. Weich. Voll. Feucht.

Ein paar lange Sekunden später fiel ihm wieder ein, dass er zum Fotografieren hier war. Er schoss eine Sequenz von ihrem Mund ... und mühte sich ab, seinen Verstand wieder dahin zu bringen, wo er hingehörte.

»Glaube nicht, dass sie das beeindrucken wird, wenn Ihr Boss Sie vorschickt«, erklärte er Raazaqs Mann. »Nicht böse gemeint. Aber schauen Sie sie an.« *Und ich besser nicht.* »Denken Sie, sie ist es gewohnt, auf einen Kerl zu warten?«

Er sprach mit der Luft. Kane warf einen Blick nach rechts. Das Fischgesicht trampelte zu der glänzenden schwarzen Limousine zurück. Kane konzentrierte sich wieder auf die Kamera und gab AJ weitere fünfzehn Minuten lang knappe Anweisungen, bevor er schließlich rief: »Okay, das war's. Zieh dich um, und wir verschwinden hier.« Kane hatte die Stimme ein wenig erhoben.

AJ hörte ihn wirklich gut. Seine Stimme war tief und voll, genau richtig, um weit zu tragen.

Der Bodyguard kehrte zurück, eine langstielige Rose in der Hand.

AJ ignorierte den Kerl im Anzug und war einfach nur froh, bequeme Sachen anziehen zu können. Kane hatte ein paar junge Männer angeheuert, die auf sein Zeichen hin den Baldachin abbauten und ihm behilflich waren, seine Sachen in den Wagen zu laden.

Sie kam sich ein bisschen wie eine Glucke vor, der die Küken nachliefen, während sie hastig über den Parkplatz auf das kleine Zelt zueilte, um sich umzuziehen, gefolgt von kichernden, schubsenden Kindern.

Sie blieb stehen, als der Chauffeur der Limousine ihr in den Weg trat, die langstielige Rose gezückt wie ein Schwert.

Er schob sie ihr vor die Brust. »Mr. Raazaq würde Sie heute Abend gerne zum Dinner einladen.«

AJ nahm die verwelkende Blume am Stil. Sie wusste, wie man sich bei dieser Hitze fühlte. »Ich weiß nicht, wer dieser Mr. Reesack ist. Bestellen Sie ihm meinen Dank, mein Lieber, aber ich bin heute Abend beschäftigt. Ein andermal vielleicht.« Sie drehte sich um und winkte dem Mann zu, der sich hinter den schwarzen Scheiben des Wagens verbarg. »Wir sind in der Auberge du Lac. Er soll mich anrufen.« Sie wartete nicht auf die Antwort, sondern lief weiter, die Kinder, zwei Hunde und einen kreischenden Esel im Schlepptau.

In Ägypten war es Brauch, die erste Einladung abzulehnen. Raazaq hätte es verdächtig gefunden, wenn sie sofort eingewilligt hätte, mit ihm zu Abend zu essen. Er würde anrufen. Sie würde annehmen.

Man hatte sie wegen ihrer Schießkünste auf diese Mission geschickt. Aber falls es ihr gelang, Raazaq auf möglichst undurchsichtige Weise zu eliminieren und den Verdacht auf einen seiner Leute zu lenken, umso besser.

Gift oder Kugel. Sie würde den Job erledigen, so oder so.

Tot war tot.

Es gab keinen Spielraum für Faxen. Keinen Spielraum für Fehler.

Das Gift aus ihrem goldenen Ohrring wirkte langsam. Abhängig vom Körpergewicht in einem Zeitraum von fünf bis neun Stunden. AJ und Kane würden längst wieder in Kairo sein, wenn Raazaq seinen letzten Atemzug tat.

Sie würden abwarten, bis ihr Nachrichtendienst den Tod bestätigte und dann den nächsten Flug nach Hause nehmen.

Schnell und relativ einfach, falls alles nach Plan lief. Falls nicht, gab es immer noch die Dragunov und eine schnelle Kugel.

Sie würde nicht danebenschießen.

Nicht noch einmal.

»Was machst du so lange da drin?«, rief Kane von draußen. »Einen Tunnel nach China graben?«

»Mich umziehen. Du kannst schon mal das Auto beladen, und würdest du bitte die Klimaanlage anschalten?«

»Ja, Madam.«

Sie war mehr als glücklich, das Chiffonkleid loszuwerden und in den kühlen blumengemusterten Rock und ein T-Shirt zu schlüpfen. Auch wenn die Stiefel nicht unbedingt dazu passten, sie fühlte sich doch ein bisschen mehr wie sie selbst. Sie packte das Make-up zusammen und trat aus dem Zelt in die Nachmittagshitze.

»Danke.« Sie bedeutete den beiden Männern, die draußen herumschlichen, dass sie das Zelt abbauen konnten, und ging zum Wagen, wo Kane auf sie wartete.

Die Limousine war fort, aber der Rest des Publikums lief immer noch in einem weiten Kreis um sie herum. Die Leute zögerten zu gehen, um ja nichts zu verpassen, aber inzwischen war auch ihnen heiß und langweilig. Sie liefen umher, plauderten, aßen und starrten sie an.

AJ machte die Tür auf und glitt ins kühle Wageninnere. »Er hat den Köder geschluckt.« Sie drehte das warme Gewicht ihrer offenen Haare zusammen und steckte sie mit einem Stift, der auf der Mittelkonsole lag, am Hinterkopf zusammen.

»Zweifelsohne.« Kane startete den Wagen. »Wir halten uns, bis er sich meldet, bedeckt. Soll er ruhig schmoren. Das macht ihn nur gieriger. Und unaufmerksamer.«

Sie legte den Kopf an die Sitzlehne und drehte sich zu ihm. »Gott, ich kann es nicht erwarten loszulegen.«

Die kühle Brise aus der Klimaanlage wehte Kane die Haare ins kantige Gesicht. Er sah sie an. »Du freust dich darauf?« Die Worte waren schlicht, es war der Unterton, der AJ das Blut in den Kopf steigen ließ.

Dass er sich ihrer sicher sein musste, war verständlich. Er hatte das Recht dazu, sie danach zu fragen, aber das milderte ihre Verärgerung nicht. »Ja«, sagte sie knapp. »Ich freue mich darauf. Ich will meine Arbeit tun.«

Die Operation hing von ihrer Urteilskraft und ihren Reflexen ab. Er war ihr Partner. Ihrer beider Leben hing von ihr ab. Er musste ihr Verhalten in einer Krisensituation einschätzen können. Und sie seines. Aber sie fragte ihn schließlich auch nicht jede Sekunde, ob er *seine* Arbeit tun konnte.

»Ich weiß natürlich, dass der große Kane Wright unfehlbar, unbesiegbar und absolut perfekt ist. Aber der Rest von uns primitiven Sterblichen macht Fehler. Ich habe Fehler gemacht. Aber ich werde keine mehr machen. Also, sehen wir nach vorne.«

»Du wirst diesen Mann nicht hinter dem Zielfernrohr eines Gewehrs töten, Cooper. Sondern aus der Nähe und persönlich. Wenn du ihn nicht zuerst kriegst, dann kriegt er dich, so viel ist sicher.«

»Habe ich irgendwie den Eindruck erweckt«, wollte AJ mit zusammengebissenen Zähnen wissen, »dass ich schwachsinnig bin? Man hat mir durch die Schulter geschossen, nicht durch den Kopf.«

»Du wurdest für tot erklärt.«

»Ja, aber ich bin nicht tot geblieben, oder? Siehst du? Sogar die allmächtigen Götter in Weiß vermasseln manchmal etwas. Denn hier bin ich, gesund und munter und versessen darauf loszulegen. Du kannst deinen hübschen Hintern darauf verwetten, dass ich es kaum erwarten kann, den Hurensohn umzubringen. Er muss sterben, und ich werde allen Revolver schwingenden guten Jungs in der freien Welt beweisen, dass ich richtig gut bin. Nicht perfekt. Nur gut in dem, was ich tue. Ich habe mein ganzes Leben lang darauf gewartet, unter Beweis zu stellen, dass ich mehr bin als ein Busen und ein Paar langer Beine. Ich werde es nicht vermasseln. Reicht das, damit du mir vertraust, *Mr. Perfect?*«

Die Hitze flimmerte vor ihnen auf der schmutzigen Straße. Hinter ihnen wogte die Staubwolke, in der sich ihre enorme Gefolgschaft befand. Irgendwo da draußen war ihre Beute und ahnte nicht, wohin eine Dinnereinladung führen konnte.

»Du wirst deine Chance bekommen«, sagte er ruhig. »Und glaube mir, Cooper, ich bin alles andere als perfekt.« Er hielt den Wagen mitten auf der Straße, um den Leuten am Straßenrand nicht zu nahe zu kommen, die ihnen wie bei einer Parade zuwinkten. »Erzähl mir, was an jenem Tag passiert ist.«

»An welchem Tag?«, fragte AJ nichts ahnend.

»Dem Tag, an dem du gestorben bist.«

Mist. Sie hatte gewusst, dass er das ausgraben würde. »An diesem Morgen war es heißer als im Feuer der Hölle.« AJ lehnte sich nach vorn und umfasste mit feuchten Handflächen die Knie. Ihr Herz raste. Sie starrte mit kratzenden trockenen Augen die Sandpiste an und sah nur Gestrüpp und Buschwerk. Und eine andere Sandlandschaft. »Zweiundvierzig Grad Celsius. Kein Schatten. Fünf-Tage-Geländeübung, auf der wir die Nahrung selbst finden mussten. Und das Wasser. Aus eigener Kraft überleben.« Sie lachte schnaubend. »Wir sind da völlig ahnungslos reingegangen.«

Die Sonne hatte erbarmungslos auf sie heruntergebrannt. »Es war an Tag vier. Keiner von uns wusste, was ein Fünf-Tage-Trip mit Curtner zu bedeuten hatte. Er ist ein sadistischer Schuft und auch noch stolz darauf. Am Tag zuvor hatten wir Zielübungen, Sechshundert-Meter-Distanz. Nicht alle von den Rekruten hatten ein gutes Auge. Manche von uns haben nicht alle Ziele getroffen. Curtner hat uns die ganze Nacht lang aufbleiben lassen, bis alle von uns makellose Ergebnisse hatten. 100-prozentige Trefferquote.

»Ich bin mein ganzes Leben lang nicht so fertig gewesen. Die Hitze. Die Fliegen. Die ganze Zeit angeschrien zu werden. Wir hatten alle Hunger und sind vor Durst fast gestorben. Er hat uns nicht schlafen, essen oder trinken lassen, solange wir es nicht als Team gemacht haben. Wir waren vierzehn Stunden lang oben auf diesem Bergkamm.«

»Vierzehn Stunden lang kein Wasser?«

»Keinen Tropfen. Forrest hat einen Hitzschlag erlitten. Curtner ist ausgerastet. Ist mit seinen mächtigen, fiesen Tretern auf ihn losgegangen. Der Junge hatte keine Möglichkeit, sich zu wehren. Das Geschrei und Gebrüll war schon schlimm genug. Aber Forrest war am Ende. Er konnte sich nicht mehr verteidigen - ich habe rot gesehen und bin auf Curtner los. Habe ihn angegriffen.« AJ kniff die Augen zu.

»Es ist alles so schnell gegangen. Die anderen haben immer noch wie die Verrückten versucht, die Zielscheiben zu treffen. Ich hatte Curtner in der Kopfzange und war so wütend, dass ich schon nicht mehr richtig sehen konnte ...«

»Du bist in die Schusslinie geraten.«

Sie erschauderte. »Oh, ja. Aber es kam noch schlimmer. Stillwell und Evans wollten helfen ...«

»Wem?«, fragte Kane trocken.

»Mir«, sagte AJ gepresst. »Mir.« Curtner hatte AJ in der einzig ihm bekannten Art diszipliniert. Mit Fäusten und Füßen. Aber wenigstens hatte er Forrest in Ruhe gelassen, während er mit ihr beschäftigt war. »Sie sind beide im Friendly Fire gestorben. Beide. Oh, Jesus.«

Kane runzelte die Stirn. »Ich habe den Bericht gelesen. Das war nicht alles.«

»Ich weiß.« Curtner, der nur eine blutige Nase davongetragen hatte, hatte allen erzählt, AJ hätte die Strapazen einfach nicht ausgehalten. Sie sei ausgeflippt, hätte versucht, ihn zusammenzuschlagen und in die Schusslinie zu ziehen, damit er erschossen wurde. Die anderen beiden Männer hätten sie wegziehen wollen und seien für ihre Hilfsbereitschaft erschossen worden.

»Es war schwierig, die Gerüchte zu stoppen, ich lag zu der Zeit bewusstlos im Krankenhaus. Als ich entlassen wurde, hatte sich die Geschichte in etwas völlig anderes verwandelt.«

Sie sah Kane an, weil sie wissen wollte, wie er es aufnahm. Vermutlich dachte er das Gleiche wie die meisten anderen T-FLAC-Männer. Hitzköpfig, temperamentvoll, *weibliche* Einsatzkraft.

Obwohl sich der Vorfall vor über drei Monaten ereignet hatte, kämpfte sie immer noch um ihre Würde und ihren rechtmäßigen Platz. Und darum, nicht mehr jedes Mal zusammenzuzucken, wenn sie ein Gewehr feuern hörte.

»Warum haben die Männer nicht gemeldet, was wirklich passiert ist?«

Sie zog die Augenbrauen hoch. Mann, er hatte es nicht kapiert. Sie hatte versucht, den Bericht korrigieren zu lassen. Eine Rekrutin. Gegen einen Veteran mit zweiundzwanzig Dienstjahren. Ja, klar. »Und Curtner widersprechen? Dem Trainer, der ihre Zukunft in den Händen hielt? Du machst Scherze.«

»So was passiert eben, Cooper. Der Tod dieser jungen Männer war eine schicksalhafte Tragödie. Aber nicht deine Schuld. Und was deine Verletzung angeht - das ist das Risiko des Jobs. Stell dich darauf ein. Jeder weiß, dass Curtner ein Arschloch ist. Sie hätten dir vielleicht geglaubt, wenn ihr als Team zusammengehalten hättet. Aber es wird wieder passieren. Und wieder. Und, verdammt nochmal, wieder. Bis du dich schneller bewegst und klarer denkst.«

Zwei Männer waren ihretwegen tot. Tot. Sie würden nie zu ihren jungen Frauen nach Hause kommen. Nie die Grundausbildung abschließen und ins Feld gehen. Nie mehr am Sonntag bei ihrer Mutter Braten essen ... Nie mehr *irgendwas* tun. Weil sie tot waren.

Es spielte keine Rolle, was andere sagten. Sie wusste, dass es ihre Schuld war.

Und was die Schussverletzung anging ... sie hatte nie zuvor einen derartigen, alles verzehrenden Schmerz erlebt. War ihr Leben lang nie verletzt, geschlagen oder attackiert worden. Sie war über den Laufsteg gelaufen und hatte hübsch ausgesehen. Sie hatte ihrer Mutter jahrelang vorgejammert, wie sehr sie den Schönheitszirkus hasste.

Sie hasste ihn. Aber man tat sich nicht weh im Badeanzug und mit einem Lächeln im Gesicht.

Als sie aus dem Koma erwacht war, hatten ihr Körper und ihr Verstand unter Schock gestanden.

»Du hast Recht«, presste sie heraus. »Absolut Recht. Ich arbeite daran.« AJ hätte ihn am liebsten geschlagen. Während ihr Temperament kochte und brodelte wie ein Hexenkessel, saß Kane einfach nur ruhig, gefasst und nüchtern da. Der Mann machte sie völlig wahnsinnig, so kontrolliert wie er war. »Bist du jemals angeschossen worden?«

»Natürlich.«

»Natürlich«, äffte sie ihn nach. »Ich nehme an, du warst schnell darüber weg? Was hast du gemacht? Dir die Kugel mit den Zähnen aus der Schulter gerissen und die Wunde selber zugenäht mit deinem eigenen kleinen Notfall-Nähzeug?«

Der Wagen war ihr zu klein und zu beengend. Sie brauchte Raum zum Herumlaufen. Raum, um ihren brodelnden Gefühlen freien Lauf zu lassen. Raum, ihn zu verprügeln, weil er so unglaublich anziehend war.

»Bis du eigentlich ein Kickboxer?«, fragte sie genüsslich und stellte sich vor, ihn windelweich zu schlagen, um etwas von der Energie abzubauen.

»Ja, bin ich. Aber bei deiner Stimmung lasse ich mich darauf nicht ein.«

»Stimmung?«, fragte AJ durch zusammengebissene Zähne. »Was für eine Stimmung?«

»Diese Ich-suche-jemanden-zum-in-den-Hintern-treten-Stimmung.«

»Hast du Angst?« Kane wich gerade noch zwei Kindern auf einem Kamel aus. »Bitte, wir haben einen Tennisplatz am Hotel«, sagte er gelassen. »Ach, ja?« Sie lächelte, und ihre Augen blitzten herausfordernd. Sie spielte eigentlich nie Tennis, aber plötzlich hatte sie alle möglichen Ideen, was sich mit einem Schläger und ein paar ordentlich harten Bällen anfangen ließ. »Du bist fällig, Partner.«

AJ hatte weite Shorts an und eines von Kanes alten schwarzen T-Shirts. Ihre Haut glänzte vor Schweiß, und ihr Blick blitzte vor Entschlossenheit, während sie von einem Fuß auf den anderen tänzelte und auf den Aufschlag wartete. Das hier war eine Frau, die beim Wettstreit aufblühte und gewinnen wollte.

Sie hatte ein verblüffend gutes Auge. Kane hatte nie zuvor etwas Vergleichbares gesehen. Es war fast so, als sähe sie den Ball und berechnete die Flugbahn, noch bevor er ihn spielte.

Einer seiner Helden, die Football-Größe Joe Montana, hatte einen ähnlichen Rauminstinkt. Montana kannte die Richtung, die der Ball einschlagen würde, vor allen anderen.

Er wusste, es war eine Fähigkeit, die selbst AJs Trainern Rätsel aufgab, so sehr sie sie zu schätzen wussten. Und es war einer der Hauptgründe, weshalb man sie Monate vor dem normalen Zeitplan zur Scharfschützen-Ausbildung zugelassen hatte. Sie hatten niemals jemanden wie sie gesehen. Sie verfügte über die unheimliche Fähigkeit, weiter, besser und schärfer zu sehen als jeder andere bei T-FLAC. Sobald sie ein wenig Erfahrung hatte, würden sich alle um Coopers Schießkünste reißen.

Kane donnerte den nächsten Ball über das Netz und hatte seine Freude daran, ihre langen Beine über den Sandplatz rasen zu sehen. Mit Hilfe dieser Beine hatte sie offensichtlich all diese Misswahlen gewonnen, über die sie jetzt nicht mehr sprechen wollte. Dass sie eine Schönheitskönigin war, war kein Geheimnis - er hatte schon lange, bevor er sie kennen gelernt hatte, von der schießwütigen Miss Illinois gehört. Und während die meisten Männer wussten, was AJ vor ihrem Job bei T-FLAC gemacht hatte, war gleichfalls allgemein bekannt, dass sie nicht viel darüber sprach. Vorzugsweise gar nicht. Sie war in dieser Hinsicht außerordentlich erfrischend. Seiner Erfahrung nach, schafften Frauen es normalerweise immer, derart schmeichelhafte Details in die Unterhaltung einfließen zu lassen.

Doch jetzt, während er den Ball im Auge behielt, interessierten ihn die farbenprächtigen Berichte über Coopers Temperament weit mehr. Im Wagen war er nur neugierig gewesen, wie explosiv AJ tatsächlich war. Er hatte die Hitze gefühlt, aber sie hatte sie auf ein leichtes Köcheln gedrosselt. Und das war gut so. Es war nicht immer so gewesen. Ihm war zu Ohren gekommen, sie sei laut, schreie herum und pflege zerbrochenes Porzellan zu hinterlassen.

»Feuer frei! Treffer!«, schrie AJ, als der Ball ihn, *zack!*, genau zwischen den Augen traf. »Konzentration«, sagte sie sarkastisch, »ist das Geheimnis jeder Form des Wettstreits.«

Der faserige Ball brannte wie die Hölle, und der Himmel wusste, dass er ihn *nicht* im Auge behalten hatte, in jeglichem Wortsinn.

Kane stoppte den Ball mit dem Fuß und bückte sich, um ihn aufzuheben. Er richtete sich wieder auf und ließ ihn in der Hand hüpfen. »Wettstreit« war sein zweiter Vorname. »Noch einen Satz?«

»Danke, ich passe«, sagte AJ fröhlich und wischte sich mit einem kleinen Handtuch das Gesicht ab, während sie den Platz verließ. »Du hast es mir ganz schön gegeben. Für dieses Mal. Ich möchte jetzt duschen und etwas essen.«

Kane ließ den Schläger fallen. Gott sei Dank, er hatte schon gedacht, sie wolle ewig weiterspielen. »Wie du willst.«

Exakt in dem Augenblick, als sie die Tür der Suite öffneten, fing das Telefon an zu läuten. Ihre Augen trafen sich.

Kane nickte. AJ ging hinüber, nahm den altmodischen schwarzen Hörer und sagte kühl: »Hallo?«

»Ah. Miss Cooper. Ich bin Fazur Raazaq. Ich habe Sie heute Nachmittag bei der Pyramide gesehen, und Ihre Schönheit hat mich dazu veranlasst, Sie ausfindig zu machen. Ich entschuldige mich dafür, Ihnen vorhin nur einen Boten geschickt zu haben.«

»Sie sind der Typ hinter den getönten Scheiben«, hauchte sie in der Hoffnung, sich charmant, interessiert und sexy anzuhören. Letzteres durch die Tatsache erleichtert, dass Kane neben ihr stand und am Hörer lauschte. Seine hoch gewachsene Gestalt verströmte Hitze.

»Wenn es Ihnen recht ist, möchte ich Sie heute Abend zum Dinner einladen, hier in unserem gemeinsamen Hotel. Das Essen im Restaurant ist exzellent.«

»Heute Abend?«, wiederholte sie.

AJ ignorierte Kanes Handzeichen, die Einladung anzunehmen. Als hätte sie vorgehabt, Raazaq abzuweisen!

Sie drehte sich mit finsterer Miene weg, um Kane nicht gestikulieren sehen zu müssen, während sie zu denken versuchte. »Danke, Mr. Razeck - Oh, Raazaq? Verzeihen Sie.« Sie sah Kane, der im Kreis um sie herumschlich und ihre Aufmerksamkeit zu erregen suchte, entnervt an.

»Bitte, nennen Sie mich Fazur«, sagte der Anrufer in akzentfreiem, aber leicht ... verschrobenem Englisch. »Es wäre mir eine Freude.«

»Dann also, Fazur. Es tut mir wirklich Leid, aber ich bin heute Abend beschäftigt. Vielleicht ein andermal?« Sie ignorierte Kane beharrlich, warf den geliehenen Schläger auf den einen Sessel und sich selbst in den anderen. Dann bückte sie sich und schnürte die Tennisschuhe auf, den Hörer an die Schulter geklemmt.

Kane lief durchs Zimmer und murmelte leise vor sich hin. Sein Haar klebte feucht an Nacken und Hals, er trug

Khaki-Shorts und ein rot gestreiftes Tank-Top und sah aus, als werde er gleich explodieren. Aber er würde ihr vertrauen müssen.

Er machte die Minibar auf und nahm sich eine Flasche Wasser. AJ nickte.

»Dann eben morgen Abend«, säuselte Raazaq in ihr Ohr, eine Spur von Missmut in der Stimme. »Sie dürfen mich nicht wieder enttäuschen, meine Liebe. Ich muss sonst annehmen, ich hätte Sie irgendwie beleidigt.«

»Oh, Fazur, Lieber, wie denn? Wir haben einander noch nicht einmal kennen gelernt!«

Kane verdrehte die Augen und gluckerte das kalte Wasser hinunter.

»Mir kommt es vor, als würde ich Sie bereits kennen, nachdem ich Ihnen heute Nachmittag zugesehen habe«, sagte Raazaq.

Oh, bitte. Der Mann war so schmierig, er triefte praktisch durch die Leitung.

»Das ist ja so charmant von Ihnen, Fazur.«

»Dann morgen Abend, Miss Cooper? Um neun Uhr?«

AJ machte eine Pause, streifte mit den Zehen die Schuhe ab und ließ sich von Kane eine eiskalte Flasche geben. Sie hörte befriedigt zu, wie Raazaqs Ungeduld förmlich im Hörer summte.

»Hm, normalerweise esse ich nicht gern so spät.« Sie nahm einen Schluck Wasser. »Wie wäre es mit acht Uhr? Unten in der Lobby? Sehr schön. Bis dann.« Sie legte den Hörer auf und lächelte. »Morgen.«

»Ich habe es gehört.« Kane rieb die kalte Flasche über die Brust und versuchte, nicht an den rasenden Pulsschlag in seinem Hals zu denken. Die Suite war nicht groß genug, um herumzulaufen und die aufgestaute Energie abzubauen, die auch ein paar Stunden Tennis nicht hatten aufbrauchen können. »Ich geh raus.«

»Musst du ein bisschen Stress loswerden?« Sie breitete die Arme auf der Rückenlehne aus und lächelte ihn süß an. »Das Angebot zum Kickboxen steht noch.«

»Ich habe dich heute schon einmal haushoch besiegt, Cooper. Ich will wenigstens den Rest deines Egos intakt lassen.«

Sie stemmte sich mit einem Lachen aus dem Sessel. »Oh, du Träumer, du. Ich wollte dein Herz nicht überbelasten. Du bist schließlich ein älterer Herr, also habe ich dir das Break geschenkt, *Mr. Perfect.*« Immer noch lächelnd ging sie zu ihrem Zimmer. »Ich gehe duschen. Hungrig?«

Zur Hölle, ja. Aber nicht nach Essen. Die Vorstellung, wie Cooper nackt unter fließendem Wasser stand, war genug, ihn Bäume ausreißen zu lassen. »Bestell mir was beim Zimmerservice. Ich bin gleich wieder da.«

»Bis gleich«, sagte sie lachend. »Genieß den Spaziergang, und lass dir von Fremden keine Süßigkeiten geben.«

Als sie hinter sich die Tür zumachte, schüttelte Kane den Kopf.

So viel sie auch lachte, so entspannt sie auch wirkte, er sah ihr an, dass sie nervöser wurde, je näher das Finale rückte. Es gab zwei hoch effiziente Methoden, sie zu entspannen. Sex war eine davon.

Ehrlichkeit die andere.

Sie war nicht so geübt darin, ihre Gedanken zu verbergen, wie er es war. Sie dachte, er mache alles richtig. Jesus. Er schnaubte ein kurzes Lachen heraus. Sie lag so was von falsch. *Perfekt, du meine Güte.* Er war kein verdammter Held. Er hatte die letzten beiden Jahre verbissen und rastlos daran gearbeitet, nicht wahnsinnig zu werden und den dummen Fehler wieder gutzumachen, der das Leben so vieler Menschen verändert hatte.

Er hätte oft Gelegenheit gehabt, ihr zu erklären, wie sehr ihrer beider Erfahrungen sich ähnelten. Er *musste* es ihr sagen, um ihr ein wenig die Angst und die Schuldgefühle zu nehmen. Doch er hatte jede Gelegenheit verstreichen lassen.

Der Himmel wusste, dass er oft genug mit den Psychiatern gesprochen hatte. Nur Worte. Die brennenden Schuldgefühle, die sengende Scham, den Kummer und die Angst hatte er tief in sich vergraben. Er wurde langsam mit dem fertig, was er getan hatte. Zur Hölle, es ging ihm gut. Richtig gut.

Abgesehen von seiner Unfähigkeit zu schlafen. Abgesehen von seiner Entfremdung all den Menschen gegenüber, die ihm jemals nahe gestanden hatten und dem Gefühl, die Welt durch eine dicke Glasscheibe zu betrachten. Ja, es ging ihm großartig.

Und als das Arschloch, das er war, wollte er die strahlende Heldenverehrung nicht aus ihren schönen Augen schwinden sehen.

Und während er sich einredete, dass die Albträume irgendwann verblassen, die Schuldgefühle vergehen würden, wusste er doch, dass er sich etwas vorlog. Vor zwei Jahren hatte sich sein Leben unwiderruflich verändert. Und nichts war je wieder wie früher gewesen.

Eine Stunde später kehrte Kane zum Zimmer zurück und traf auf den Kellner vom Zimmerservice, der einen zugedeckten Wagen heranrollte. Auf AJ war Verlass, was das Essen anging. Was es auch war, es roch verflucht gut und ließ seinen Magen vor Vorfreude knurren. Er ging ins Zimmer voraus, erklärte dem Mann, er werde den Tisch selber decken, gab ihm ein Trinkgeld und schickte ihn hinaus.

AJ war nirgends zu sehen, und er hörte auch kein Wasser laufen, sie war also nicht mehr unter der Dusche.

Er hatte plötzlich das Bild einer müden AJ vor Augen, die sich nackt und noch feucht vom Duschen auf das breite Bett gestreckt hatte und tief schlief.

Ein heißer, gieriger Speer durchbohrte ihn, doch er verdrängte das Gefühl. Wie seine Brüder, und Männer ganz

allgemein, hatte er immer Spaß am Sex gehabt. Im Urlaub
und gelegentlich auch in Beziehungen. Aber das war schon
eine Weile her - zwei Jahre? Jesus. *Zwei Jahre* - hatte er
keinen Sex mehr gehabt? Kein Wunder, dass Cooper ihn
heiß und begierig machte. Allmächtiger, *zwei Jahre* war
seine letzte Nummer jetzt her! Wo, zur Hölle, war die Zeit
geblieben?

Er blieb stehen und lauschte in die Stille der Suite. Aus
dem Raum seiner Partnerin drang kein Laut, aber drüben
im Zimmer war ein leises, verstohlenes Geräusch zu hören.
Was, zur Hölle, war das?

Also gut! Er war ohnehin gerade in der Stimmung,
irgendwen zu verprügeln. Vielleicht hatte Raazaq einen von
seinen trainierten Affen auf eine Erkundungstour
geschickt. Himmel, er hoffte es. Er zog die SIG unter der
weiten Baumwolljacke aus dem Schulterhalfter. Die Waffe
erhoben, stieß er mit dem Fuß gegen die Tür seines
Schlafzimmers.

Die Tür bewegte sich lautlos in den Angeln.

Er stieß nochmal mit der Fußspitze dagegen, bis sie weit
offen stand. Er warf einen Blick auf das große Bett, auf dem
nur eine Falte in der Satindecke zu sehen war, wo er sich
vorhin hingesetzt hatte, um die Schuhe anzuziehen. Die
Lokalzeitung lag ungelesen auf dem Nachttisch. Er suchte
den Rest des Zimmers ab. Dauerte nicht lange. So groß war
es nicht.

Leer.

Das Geräusch kam aus dem Badezimmer. Ein Kratzen.
Kane runzelte die Stirn und versuchte, das Geräusch zu
identifizieren. Verdammt, er verschwendete Zeit.

Er stieß, die Waffe im Anschlag, die Badezimmertür auf.

Die Tür schlug gegen die Wand. Kane zielte mit der SIG
schussbereit in den kleinen, dampferfüllten Raum.

Und fand sich Auge in Auge mit einer geladenen Walther
PPK. Und einer sehr nackten, in seiner Badewanne
sitzenden AJ Cooper.

Die beiden starrten einander eine lange Zeit einfach nur an. Kanes Blutdruck pochte hinter den Augen. Er steckte die Pistole in das Halfter zurück und schaute sie böse an. »Was, zur Hölle, machst du da?«

Sie legte die Walther auf den kleinen Tisch neben der Wanne. Auf dem Tisch befanden sich eine flackernde Kerze, eine Flasche Wasser und jetzt auch eine geladene Waffe.

»Wonach sieht es denn aus?« Sie hörte sich genauso verärgert an, wie Kane es war. »Nach einem Ölwechsel am Auto? Ich nehme ein Bad.«

»Nimm das Bad in deinem eigenen Badezimmer. Jesus, Angina, ich hätte dich fast erschossen.« Und sich dabei beinahe selbst einen Herzinfarkt verpasst. Es zeugte von Selbstbeherrschung, dass er nicht zu ihr hinstürmte, sie tropfnass und nackt aus der Wanne zerrte und sie gleich hier auf dem Badewannenvorleger nahm. Ein Schauer der Gier schüttelte ihn durch.

»Von dem Wasserhahn an meiner Wanne ist dieser blöde Hebel abgebrochen. Sie schaffen es nicht vor morgen, ihn zu reparieren. Wenn überhaupt.« Sie wedelte mit der schaumbedeckten Hand. »Ich hatte dir draußen einen Zettel hingelegt.«

An ihrem Hals pochte der Puls. Er wollte den Mund auf die Stelle drücken. Anderswohin auch. Sie spielte mit dem Feuer. Als würfe sie eine scharfe Granate von einer Hand in die andere, um zu sehen, nach wie vielen Würfen sie losging. Wenn sie nur die leiseste Ahnung gehabt hätte, wie verdammtkurz seine Zündschnur war, sie wäre ihm so was von aus dem Weg gegangen. »Wo?«, fragte er nach dem Zettel.

»Auf dem Tisch neben der Tü ... Willst du hier einfach so stehen bleiben und mich anstarren?«

Er lehnte sich an den Türrahmen und taxierte sie. Zur Hölle, sie schuldete ihm etwas. Der Schreck würde ihn zehn Jahre seines Lebens kosten. »Ist'ne verdammt gute Aussicht.«

Sie verschränkte die triefenden Arme auf dem Rand der Badewanne. Es war keine allzu große Wanne, und der Schaum löste sich zuvorkommenderweise wie von Zauberhand auf. Er konnte inzwischen die glänzende, nasse Kurve ihrer Hüften sehen und den sanften Schwung eines wahrlich spektakulären Hinterteils, akzentuiert von einer cremefarbenen Blässe, wo das Bikini-Unterteil zu sitzen pflegte. Kane wollte den Mund auf die blasse Hautpartie senken.

»Ich bin keine verdammte Pyramide, Kane. Keine Touristen.«

»Zu dumm, du könntest ein Vermögen machen, wenn du Eintritt nehmen würdest.«

»Ich werd's mir merken.« Sie zog die Augen zu hellgrünen, von dunklen Wimpernstacheln gerahmten Schlitzen. »Jetzt würde ich, falls du nichts dagegen hast, gern mein Bad beenden.«

»Ich habe absolut nichts dagegen.«

»Geh ... beschäftige dich mit irgendetwas.«

»Ich bin beschäftigt«, sagte Kane, während er es sich am Türrahmen bequem machte, die Arme vor der Brust verschränkt, locker und entspannt. Der Dampf hatte ihr rotes Haar um das frisch geschrubbte Gesicht zu Korkenzieherlocken gekringelt. Sie hatte die prächtige Mähne auf dem Kopf zusammengebunden und zwar mit - was, zur Hölle, war das? Eine Socke?

Er gierte nach einer Frau, die eine Socke im Haar trug? Jesus.

Das Feinfühligste, das Professionellste, das er jetzt noch tun konnte, war, die Tür sachte von draußen zu schließen und daran zu denken, dass sie hier waren, um einen Job zu erledigen.

Was um vieles einfacher gewesen wäre, wenn AJ nicht so verdammt gut aussehen würde. Doch unglücklicherweise hatte sie Eigenheiten und Abgründe, die Kane auf einer weit gefährlicheren Ebene faszinierten. Schöne Frauen gab es zuhauf. Sogar Frauen, die so atemberaubend waren wie AJ Cooper, waren relativ leicht zu finden.

Kane war an oberflächlichem, rein äußerlichem Drum und Dran nie sonderlich interessiert gewesen. Es war das Innenleben, das ihn faszinierte. Die Irrungen und Wirrungen des weiblichen Geistes fesselten ihn, und er hatte über die Jahre feststellen müssen, dass für schöne Frauen oft nichts anderes zählte als Fassade.

Aber AJ Cooper war eine Herausforderung. Ein Rätsel. Ein Ganzes aus vielen Schichten und einem Labyrinth aus Abgründen, das zu entdecken ihn gefährlich reizte.

Sie war der erregendste, aufreizendste Anblick seit Jahren.

Doch...

Ich schaffe das. Er würde ihnen *beiden* zeigen, dass er sich unter Kontrolle hatte. Ihnen *beiden* beweisen, dass er gegen Verführung immun war.

Leichter gesagt als getan.

Wie die Gezeiten dem Mond folgten, war auch ihr schwer zu widerstehen.

Da war eine Spannung zwischen ihnen. Ein dünnes, hauchzartes Band, fein und körperlos wie der Faden einer Spinne, aber ebenso widerstandsfähig.

Sie war eine *Huri*, sie war Venus auf der Muschel, eine Sirene ... deren bloßer Unmut über seine Anwesenheit eine mächtige Verlockung war. Das flackernde Kerzenlicht tanzte in ihren hellgrünen Augen, als sie ihn wütend ansah.

Sie war weder verlegen noch scheu, weil er sie nackt sah. Sie hatte sich zum Rand der Wanne gedreht, sah ihn an und hielt ihre interessantesten Stellen bedeckt. Nur die nackten Schultern und Arme, glänzend vor Nässe, waren noch zu sehen. Von da, wo er stand, konnte er fast ihren rasenden Herzschlag hören.

Kane wollte die Tropfen von ihrer Haut schlürfen. Er wollte ihr die lächerliche Socke aus den Haaren ziehen und in der Pracht ihres Körpers ertrinken. Er gierte danach, die Hände mit ihrem Fleisch zu füllen und in den festen, muskulösen Körper zu sinken, der ihn schon seit Tagen um den Verstand brachte.

Ihn. Kane Wright. Den Mann, für den Beherrschtheit und Kontrolle Religion waren. Er verspottete sich für seine sorgsam konstruierte Selbstdisziplin, die langsam und unkontrolliert zerbröckelte, während er AJ ansah.

»Soll das heißen, dass ich meine Waffe brauche, um dich rauszuscheuchen?«

Gefährlich. Verführerisch.

»Mir wird langsam kalt«, geiferte sie. »Mach, dass du endlich Land gewinnst.«

Er öffnete die verschränkten Arme und steckte die Hände zur Sicherheit in die Hosentaschen. »Ich bin Künstler, schon vergessen?«

»Und was hat das mit dem zu tun, was hier los ist?« Sie zog eine haselnussfarbene Augenbraue hoch, die Augen sehr grün. *Hitzig* grün.

»Farben und Formen faszinieren mich einfach. Deine Formen, um genau zu sein.« Er zog die Hände aus den Taschen und formte mit den Fingern einen rechteckigen Rahmen um ihr Gesicht. »Ich richte im Geiste ein Foto ein.« *Anschauen, ja. Anfassen, nein.*

»Du hast mich heute schon oft genug fotografiert. Also bring es hinter dich. Geh und fotografier eine Schale mit Obst oder so was.«

Er verkniff sich ein Grinsen. »Wir haben hier, fürchte ich, ein ernsthaftes Problem.«

»Haben wir das?« Hellgrüne Augen, argwöhnisch zusammengezogen und unergründlich leuchtend, sahen ihn an. »Und was für eins?«

»Ich will dich.«

Sie schüttelte ein wenig den Kopf. Ihre langen dichten Wimpern waren dunkel und nass. »Hört sich eher nach *deinem*Problem an.«

»Du willst mich doch auch.«

Sie verzog den Mund und schnaubte. »Ist das deine Vorstellung von einem Vorspiel?«

»Ich glaube, Angina, die muss ich dir erst noch zeigen.«
Er rührte sich nicht.

Sie auch nicht.

»Du wirst mir gar nichts zeigen.« Sie legte den Kopf
schief und sah ihn finster an. »Und sprich mich nicht mit
diesem lächerlichen Namen an.«

»Dann sag mir deinen Namen. Ich nenne dich, wie
immer du willst.«

»Cooper reicht völlig, danke. Jetzt verschwinde.« Sie
warf ihm einen stählernen Blick zu, der die meisten
Männer hätte gehorchen lassen, da war er sicher. Auf
Knien. Er war nicht wie die meisten Männer. »Du magst
mich nicht einmal«, erinnert sie ihn. »Und im Moment
mag ich dich auch nicht.«

»Ich habe nicht gesagt, dass ich dich mag. Ich sagte, ich
begehre dich.«

»Ja, es ist gut, etwas zu begehren. Formt den
Charakter.«

»Manchmal ist das Begehren alles, was zählt.«

»Das ist nicht die Diskussion, die ich mit dir führen
möchte. Nicht hier, und vor allem nicht jetzt.«

»Nur weil wir nicht darüber reden, wird es nicht
vergehen.«

»Vergiss es, Wright. Wir sind beide erwachsen. Es ist
völlig egal, ob wir einander attraktiv finden oder nicht. Als
Erwachsene müssen wir unseren Begierden nicht
nachgeben.«

»Sprich von dir selbst.«

»Lass es mich umformulieren, damit wir
es *beide* verstehen: Ich suche mir meine Liebhaber selber
aus. Und dich habe ich nicht ausgesucht. Für mich steht zu
viel auf dem Spiel, ich will nicht alles riskieren, weil ich ...
weil ich ... dich ficke.«

Sie hatte verdammt Recht. Er wusste tatsächlich nicht,
was zur Hölle er da tat. Er hatte sich in seinem ganzen
Leben noch nie so unprofessionell verhalten. Da war etwas
an AJ, das ihn gefangen hielt. Er musste härter daran

arbeiten, es zu ignorieren. Ein Koma sollte dazu eigentlich ausreichen.

Ob sie nun für ihn arbeitete oder er für sie - ja, sogar wenn sie gleichberechtigte Partner waren - das hier war völlig abwegig. Das wussten sie beide. *Anbändeln* zwischen Einsatzkräften, insbesondere während eines Einsatzes, war nicht nur nicht gerne gesehen, es war sogar verboten. Es gab ein paar Ehepaare innerhalb der Organisation, aber es waren wenige, sie arbeiteten weit auseinander und waren Sonderfälle. Dies war kein Sonderfall. Sondern ein Fall von Geilheit.

»Ja. Verstanden.« Er war frustriert und verärgert über sich selbst, weil er eine inakzeptable Gefühlsregung gezeigt hatte, und er war stinksauer auf AJ - oh, dieses schwüle Lächeln -, weil sie beherrscht genug war, eine Grenze zu ziehen, während er mit seiner Lust und seinem Ständer dastand.

Er ging die drei Schritte bis zur Badewanne ...

»Was bildest du dir ...«

... bückte sich, zog sie aus dem Wasser hoch und drückte sie an sich. Das Wasser triefte ungesehen zu Boden. Sie stieß einen kleinen, überraschten Schrei aus, als er ihren nassen Körper in die Arme schloss und seinen Mund auf ihren presste.

Nicht genug. Nicht annähernd genug.

Er schob seine Zunge an ihre, spürte ihre Hitze, schmeckte ihre wechselseitige Lust. Ein Zittern überlief ihren Körper. Sie öffnete den Mund, schob ihn schräg über seinen. Ihre Zunge duellierte sich mit seiner, forderte ihn heraus, küsste ihn tiefer, nasser.

In seinem Kopf schrillten Alarmglocken. Gott. Er hatte das Gefühl, in etwas zu geraten, das größer und gewaltiger war, als er es sich hatte ausmalen können. Als wate man in ein Kinderbecken, um sich unversehens in einem dunklen Gewässer voller Haie wiederzufinden, das einem über dem Kopf zusammenschlug.

Kane ließ die Handflächen ihre Arme hinabgleiten, umfing ihre Handgelenke und zog ihre Arme um seinen Hals. Sie ließ sich mit ihrem ganzen Gewicht an ihn sinken, der Körper glatt und heiß. Sie war in rosenduftenden Dampf gehüllt. Ihre Füße standen noch in der Wanne, ihr Körper lag an seinem.

Er spürte die harten Spitzen ihrer Nippel durch sein mittlerweile durchnässtes T-Shirt. Ein Gefühl, das ein summendes Pochen durch seinen Körper jagte. Er hätte am liebsten vor Vergnügen geächzt und vor Erleichterung, sie hier zu haben, unter seinen Händen, an seinem immer härter werdenden Körper. Aber dazu war seine Selbstbeherrschung immer noch zu stark. Zu komplett, um ihn das letzte bisschen Zurückhaltung aufgeben zu lassen. Also erging er sich mit seinem Mund an ihr, ohne einen Ton von sich zu geben. Seine Selbstbeherrschung war erschüttert, lag aber nicht völlig in Trümmern.

Er war sich ihres Dufts deutlich bewusst. Nicht des Rosendufts, sondern des würzigen Geruchs ihrer Haut, der ihn schwindlig machte vor Lust und seinen Verstand benebelte. Er war nicht bereit, sie gehen zu lassen.

Ihre Lippen waren fest und warm, ihr Zunge tollkühn. Nach der ersten Überraschung gab sie ihm so heftig zurück, wie sie es bekam. Ihre Finger gruben sich in sein Haar, und sie lutschte an seiner Unterlippe, bevor sie sich wieder seines Mundes bemächtigte, die Zunge listig und aggressiv.

Die Frau wusste, wie man küsste.

Er löste sich irgendwann von ihr. Ihre Lippen berührten einander wie ein Versprechen.

»Musste das endlich mal klarstellen.«

Sie nickte atemlos. »Und geht es dir jetzt besser?«

»Nein.«

»Mir auch nicht«, gestand sie.

»Das Abendessen ist serviert«, sagte er und stützte sie, als sie sich aus seinen Armen löste und wie die Meerjungfrau von ihrem Felsen in das mittlerweile kühle Wasser zurückglitt. »Wird langsam kalt.«

Ihre Augen trafen sich. »Ich komme gleich«, sagte sie leise. Er wandte sich zum Gehen. »Kane?« Er sah sich über die Schulter nach ihr um. Ihr Blick traf ihn hart, er fühlte den Schlag durch den ganzen Raum.

»Nur damit du es weißt«, sprach sie leise weiter, »politisch korrekt oder nicht, das nächste Mal bringen wir zu Ende, was wir angefangen haben.«

9

AJ leerte ein halbe Flasche Wasser aus der Minibar. Sie sah Kane an. »Was?«

Sie saß quer auf einen Sessel gestreckt, die Knöchel wippten gekreuzt über die gepolsterte Armlehne.

»Du hast nur noch eine Stunde, um dich fertig zu machen.«

Sie zog die linke Augenbraue hoch. Er hatte sie mit voller Absicht den ganzen Tag lang draußen beschäftigt, hatte hunderte von Fotos von ihr gemacht und unbedingt noch das letzte Sonnenlicht einfangen wollen, bevor sie ins Hotel zurückfuhren. »Gibst du jetzt mir die Schuld? Wer hat sich denn den ganzen Tag lang nicht von der Kamera losreißen können?«

»Das ist meine Tarnung und deine auch«, schnappte er zurück. »Musst du dich jetzt nicht herrichten?«

»Willst du mich vielleicht wieder schminken?«

»Wenn ich muss.«

»Ich gebe auf.« Sie lächelte dieses tödliche Lächeln, das sein Herz ein, zwei Takte lang aussetzen ließ. »Glaubst du, ich wüsste nicht, was das sollte, mich den ganzen Tag lang beschäftigt zu halten, Wright?« Sie machte eine Pause. »Danke. Es hat geholfen.«

Ja. Das hatte es. Der angespannte Ausdruck in ihren hellen Augen hatte sich im Laufe des Tages gelegt. Jetzt kehrte er allerdings zurück.

»Es ist völlig normal, vor einem Abschuss nervös zu sein, Cooper. So bleibt man konzentriert.«

»Es geht mir gut. Wirklich.« Sie streckte die Hand aus, die Handfläche nach unten. »Sieh dir das an. Absolut ruhig.«

»Ausgezeichnet. Sechsundvierzig Minuten.«

»Sklaventreiber. Ich brauche zehn Minuten zum Duschen und Haaretrocknen.«

»Nimm dir für die Haare ein bisschen mehr als drei Minuten, tust du das bitte? Ich möchte, dass du sie offen trägst.« Er war erschüttert, wie sehr, wie *unbedingt* er sie das hier nicht tun lassen wollte. Er schüttelte es ab. Es war ihr Job. Aber, bei Gott, er hätte es vorgezogen, sie hätte aus einer Distanz von hundert Metern operiert. Sie war zu dicht dran. Es war zu gefährlich. Verdammt zu ... persönlich.

»Wer bist du?«, lachte AJ. »Meine beste Freundin?«

»Glaub mir, Cooper«, sagte Kane ernst und sah ihr zu, wie sie die schlanken Knöchel hin und herschwang. Er hob den Blick zu ihrem Gesicht. »Ich bin weder ein Mädchen noch dein Freund.«

Ihr Lächeln schwand. Mein Gott, ihr Gesicht war so ausdrucksstark. Er sah sie den mentalen Rückzug antreten, bevor ihm noch klar wurde, wie sich das für sie angehört haben musste. So versucht er auch war, er stellte es nicht richtig. Sollte sie denken, was immer sie denken wollte.

»Natürlich nicht. Entschuldigung.« Sie schwang die Beine von der Lehne und stand auf. »Ich hab nur einen Witz gemacht. Schätze, das ist ein Vollzeit-Einsatz. Du willst mich nicht als Partner und nicht als Freund. Du willst mich nicht einmal als Gelieb ...« Sie schüttelte den Kopf. »Denk dir nichts. Ich kann das verstehen, okay?«

»AJ -«

Sie hob die schlanke Hand, um ihn abzuhalten, von was immer er sagen wollte. »Ich kann es. Ich kann es einfach, okay? Du musst es mir nicht mit dem Vorschlaghammer beibringen. Die Nachricht ist angekommen, hundert Prozent.«

»Ich ... lasse mich nicht mit Teammitgliedern ein. Erst recht nicht mitten in einer Operation«, teilte er ihr barsch mit. In Wahrheit ließ er sich mit *überhaupt niemandem* ein. Schon lange nicht mehr. Was vermutlich erklärte, weshalb er fast schon einen Knoten im Schwanz hatte. Er verbrachte mit niemandem Zeit. Mit seinem Team nicht, ja nicht einmal mit seiner Familie. Er driftete emotional von all den Menschen ab, die er einst geliebt hatte. Warum hatte er das nicht früher erkannt? Er war eine Insel inmitten einer windstillen See. Um ihn herum nichts. Am Horizont nichts zu sehen. Allein. Verflucht allein.

Keine Höhen. Keine Tiefen.

Er mochte die Aussicht.

Verflucht schöne Aussicht.

Dieses Mal würden sie am nächsten Tag nach Hause fahren. Er würde darum ersuchen, nicht mehr mit ihr arbeiten zu müssen. Angina Cooper war ein zu heißes Eisen. Trotz des Kusses hatte sich zwischen ihnen nichts geändert. Nichts.

Und alles. Zumindest für ihn. Er hinterfragte Seiten an sich, die er schon vor Jahren für tabu erklärt hatte. »Zieh das kurze schwarze Seidenkleid an«, sagte er zu ihr und wollte plötzlich nicht mehr über den heutigen Abend hinausdenken.

Sie sagte kein Wort, sondern salutierte nur spöttisch und ging in ihr Zimmer. Die Tür knallte nicht ins Schloss. Aber ihm war, als tue sie es.

Sie duschte und zog sich an. Dann kehrte sie ins Wohnzimmer zurück, wo Kane auf sie wartete. Er sah sie wortlos an, *inspizierte* sie von Kopf bis Fuß. AJ fühlte sich bloßgestellt und verwundbar. Obwohl es keinen Grund dazu gab.

»Kann ich so gehen?«, fragte sie und verfluchte sich selbst, weil sie so verunsichert war, nach seiner Meinung zu fragen.

»Musst du das noch fragen?« Er legte den Kopf schief. »Hast du nicht in den Spiegel geschaut? Die Männer im

Restaurant werden einen Notarzt brauchen, weil sie ihre Zungen verschlucken, sobald du reinkommst.«

Seine dunklen Augen sagten ihr, dass er das nicht gut fand.

»Ja, aber es gibt heute Abend nur einen Mann, der mich ansehen soll. Und er wird ein weit größeres Problem bekommen als eine verschluckte Zunge.« Ihr Temperament drohte durchzugehen, befeuert von etwas, dem sie lieber keinen Namen gab. »Wenn du mit der Inspektion fertig bist, kann ich ja gehen.« Sie zögerte, weil er keine Antwort gab. »Es sei denn, du willst noch meine Zähne sehen.«

Er wollte ihre Zähne nicht sehen, was gut war, denn AJ hätte ihn sonst gebissen. Falls er ihr das ansah, wirkte er reichlich unbesorgt, als er sie erneut vom Scheitel bis zur Sohle musterte.

Das kleine Schwarze war wie gemacht für eine Verführungsszene. Das Kleid, wenn man es überhaupt noch so nennen konnte, war eng anliegend, tief ausgeschnitten und kurz. *Sehr* kurz. Nur einen Atemzug vom öffentlichen Ärgernis entfernt. AJ schob eine Haarsträhne über die Schulter zurück - verfluchte Plage, diese Haare - und versuchte, den Ausschnitt nicht nach oben und den Saum nicht nach unten zu ziehen, während sie hier noch unter Beobachtung stand.

Was konnte diesen Mann erschüttern? Nichts? Er war so gelassen, man wollte seine Lebenszeichen prüfen, um zu sehen, ob er noch am Leben war. Nur gestern Abend war eine Ausnahme, als diese Hitze aufgeflammt war.

Ihr Puls flatterte verstörend, als er auf sie zukam. Er blieb direkt vor ihr stehen und ließ die Finger einer Hand ihren Hals hinaufgleiten. »Was -« Sie leckte sich die Lippen. »Was machst du da?« Bei der Vorstellung, er könne sich wieder ihres Mundes bemächtigen, schmolz sie förmlich dahin.

»Ich hab deinen Ohrhörer gesehen.«

Den Ohrhörer? Er hatte ihn von dort drüben sehen können? AJ schlug ihm auf die Finger. Sie hatte gedacht, er liebkose ihr Ohr. Natürlich hätte ein Androide wie Kane das nie getan, aber so angespannt, wie ihre Nerven heute Abend waren, war ihr voreiliger Schluss wohl verzeihlich. »Ich bringe es in Ordnung.« Sie tat einen Schritt rückwärts.

Kane ließ die Hand sinken und grub beide Hände in die Hosentaschen. »Du kannst so gehen.«

Toll, vielen herzlichen Dank, Euer Exzellenz. »Wir sehen uns«, sagte sie und öffnete die Tür.

»AJ?« Sie drehte sich mit hoch gezogenen Augenbrauen um. Die leichte Besorgnis, die sie in seinen dunklen Augen zu sehen glaubte, ließ seinen, wie üblich abgehobenen Gesichtsausdruck ein wenig menschlicher erscheinen. Sogar dann noch, wenn seine Sorge nur ein Produkt ihrer Phantasie war. »Sei vorsichtig«, sagte er sanft. »Nimm dich in Acht und halte deine Sinne zusammen.«

»Keine Sorge«, sagte sie kurz angebunden. »Ich tue, was immer es braucht, um den Job zu erledigen.«

Kane holte sich eine Flasche Saft aus der Minibar und schraubte den Deckel ab. Es hat seinen Grund, dass Einsatzkräfte sich besser nicht miteinander einlassen, dachte er, während er im Zimmer auf und ab ging. Um die Jungs, mit denen er gearbeitet hatte, hatte er sich nie bis tief in die Magengrube gesorgt. Nicht, dass er sich um Cooper gesorgt hätte. Sie würde tun, wozu man sie hergeschickt hatte. Das wusste er. Verdammt, sie war bereit, *alles* zu tun, ihren Fehler vom ersten Versuch wieder gutzumachen. Und vielleicht war es das, was ihm Sorgen machte. Dieses *alles*. Hieß das, sie würde unnötige Risiken eingehen? Wirkliche Risiken?

Über den kleinen Lautsprecher auf dem Esstisch kamen deutlich rhythmische Atemgeräusche. Leichtes Echo. Sie war bereits im Lift. Musste hastig den Gang hinuntergelaufen sein, um da schnell hinzukommen. Er sagte nichts zu ihr. Er lauschte nur auf die beschleunigten Atemzüge und ertappte sich dabei, wie er mit ihr im Takt atmete.

Sie stand jetzt mitten im Aufzug. Ja. Einatmen. Ausatmen. Einatmen. Ausatmen. Schöne, ruhige Atemzüge. *Das ist mein Mädchen.*

Sie würde es gut machen, dachte er, während er weiter von einem Ende des Zimmers zum anderen lief. Er atmete besser wieder normal, bevor er noch in Ohnmacht fiel. In einer Stunde oder so würde sie wieder hier oben sein und ihn in den Wahnsinn treiben.

Warum, zum Teufel, hatte er dann ein Loch von der Größe des Grand Canyons im Magen? Und warum war er eine einzige, bebende Herzrhythmusstörung?

Raazaq wartete, flankiert vom Fischgesicht und zwei weiteren, ebenso unattraktiven Leibwächtern, unten in der Lobby, als AJ um sieben nach acht unten ankam.

Fazur Hessan Ali Raazaq war auch unter Aufbietung aller Fantasie kein Adonis. Ohne seinen Einfluss und seinen Reichtum wäre er ein einsamer Bursche gewesen. Ein ganzes Stück kleiner als AJ, mit kleinen Händen und dunklen, schwerlidrigen Augen. Aus irgendeinem Grund misstraute AJ Männern mit kleinen Händen. Also, *Kanes* Hände waren riesig ...

»... Suite, wo mein persönlicher Koch für uns das Abendessen vorbereitet hat.«

Ein Dinner in Raazaqs Suite und nicht im öffentlichen Restaurant. Verflucht.

Ich hoffe, du hast das gehört, Kane.

AJ lächelte und kehrte mit den vier Männern zum Lift zurück. Raazaq legte ihr die Hand in den Rücken. Sie widerstand dem Drang, sie abzuschütteln wie eine große behaarte Giftspinne. Aber die Hand fühlte sich exakt so an und verursachte ihr exakt das gleiche Gefühl in der Magengegend.

Ein Schauder lief ihr über den Rücken.

Der Aufzug bewegte sich sanft ins oberste Stockwerk.

AJ ging Raazaq ins opulente, rot und goldene Wohnzimmer der Penthouse-Suite voraus.

»Einen Cocktail vor dem Dinner, meine Liebe?«

»Nein, danke.« Anstatt sich zu setzen, wanderte AJ durchs Zimmer und studierte zum Schein die Kunstgegenstände, während sie sich in Wirklichkeit den Zuschnitt der Suite einprägte und die Anwesenden durchzählte. Alles in allem sechs Bodyguards standen gleichmäßig in der Suite verteilt, die Arme in die Seiten gestemmt. Statt hier einen Durchbruch zu versuchen, hätte sie genauso gut gegen die Verteidigungslinie der Chicago Bears anrennen können.

»Kommen Sie, meine Liebe.« Er klopfte neben sich auf das dicke Sofakissen. »Setzen Sie sich zu mir. Ich möchte alles über Sie erfahren. Wie kommt es, dass ich Ihr exquisites Gesicht noch nie auf dem Titelblatt eines internationalen Magazins gesehen habe?«

AJ ging durchs Zimmer, und alle Augen folgten ihren Bewegungen. Hatte er gerade das Licht gedimmt? Ein wenig, vermutlich. Oder die Stromversorgung spinnt. »Oh, du meine Güte, Mr. Raazaq, erzählen Sie mir bitte nicht, dass Sie diese dummen Klatschblätter lesen.« Sie lächelte und setzte sich zu ihm auf das Sofa. Nicht zu nah.

Das Licht wurde noch eine Stufe dämmeriger, während die süßen Klänge einer italienischen Arie zu hören waren.

Raazaq lächelte. Unglücklicherweise erreichte das Lächeln nicht die Augen, in deren undurchdringlichen schwarzen Tiefen etwas sehr viel Verstörenderes glitzerte. »Fazur, bitte. Ja, ich habe ein gewisses Interesse an der Modeindustrie. Woher kommen Sie, Miss Cooper?«

AJ schlug die nackten Beine übereinander. Sie hätte den Drink annehmen sollen. Dann hätte sie zumindest etwas zum Festhalten in der Hand gehabt. »Eigentlich aus Illinois. Inzwischen lebe ich die meiste Zeit aus dem Koffer. Ich reise, der Arbeit wegen, viel herum. Nicht sonderlich aufregend, fürchte ich.«

Die Lichter verdunkelten sich eine weitere Stufe.

Definitiv Absicht. »Fazur, mein Lieber, werde ich langsam blind?« Sie zwinkerte zur Decke hinauf. »Es wird schrecklich dunkel hier drin.« *Übersetzung: Kane, pass bitte auf!*

»Ich fürchte, meine Augen sind ... sehr empfindlich. Ich bevorzuge dämmriges Licht.«

»Das Dinner ist serviert, Monsieur.«

Raazaq schaute auf, dann wandte er sich an AJ und streckte ihr im Aufstehen die Hand entgegen. »Wollen wir, meine Liebe?«

Ihre Hand haltend, geleitete er sie ins Speisezimmer, wo zwei weiß befrackte Kellner den Mahagonitisch flankierten. Einer rückte AJ den Stuhl zurecht und platzierte mit dramatischer Schleuderbewegung eine Serviette auf ihrem Schoß. Er schaute zu Raazaq. »Den Wein, Monsieur?«

Raazaq sah AJ an. »Möchten Sie Wein, meine Liebe?«

»Nein, danke. Aber Wasser wäre schön.«

»Bitte fühlen Sie sich nicht verpflichtet, meinetwegen Wasser zu trinken. Ich hätte nichts dagegen, wenn Sie Wein trinken möchten.«

»Wasser ist wunderbar, nachdem ich den ganzen Tag draußen in der Hitze war. Ich finde es erfrischender als Alkohol.«

Raazaq winkte den Kellner fort. Der andere Kellner servierte das Essen. Lamm und Reis. Es duftete köstlich.

»Danke, dass Sie meiner Einladung so kurzfristig nachgekommen sind, Miss Cooper.« Sein Lächeln war zu weiß, zu routiniert und zu perfekt. »Ich nehme an, Sie und Mr. Wright haben Ihr Projekt abgeschlossen und reisen demnächst ab?«

»Ein paar Tage noch. Und ich fahre nur ungern. Ich habe vor jeder Menge interessanter Sehenswürdigkeiten posiert, bin aber nicht dazu gekommen, mir etwas wirklich anzusehen.« Sie lächelte, obwohl er seinen Stuhl beim Zurechtschieben näher rückte. Zu nah. Er drang in ihre Sphäre ein, und sie hätte ihn am liebsten fortgescheucht oder weggestoßen. Obwohl sie genau wusste, wie gefährlich und wozu er fähig war, fühlte sie sich relativ sicher. Falls er mit ihr schlafen wollte, und aus den Berührungen und lüsternen Blicken zu schlie ßen wollte er das, dann hatte er jedenfalls nicht vor, sie gleich bei der ersten Verabredung zu verschrecken. Hoffte sie.

»Ich finde Ägypten faszinierend und würde das Land gern erkunden, sobald Kane mit seinen Modefotos -«

Sie blickte zu dem Kellner auf, der um sie herumschlich, und tat überrascht, als er ihr ihren Ohrring reichte. Sie berührte das nackte Ohrläppchen, als erwarte sie, ihn dort zu finden. »Oh, danke. Ich hatte das nicht bemerkt.« Sie hatte den Ohrring natürlich mit Absicht verloren. Sie »entdeckte« das winzige goldene Rückteil auf dem Tisch neben ihrem Teller, da, wo es ihr »heruntergefallen« war, und legte den Ohrring daneben.

»Ich wäre hocherfreut, Ihnen die Gegend zeigen zu dürfen«, murmelte Razaaq. »Ich kenne einige abgelegene Sehenswürdigkeiten, die nur wenige Touristen je zu sehen bekommen.«

Oh, das glaubte sie gern. Er kannte vermutlich jeden Hinterhof, der sich zum Abladen von Leichen eignete.

»Wohnen Sie hier in der Gegend? Oder sind Sie nur zu Besuch?«

»Verwandte von mir leben hier. Ich selbst bin allerdings, genau wie Sie, nur zu Besuch und bleibe ein paar Tage. Das Vergnügen Ihrer Gesellschaft würde mir den Aufenthalt versüßen.«

»Es wäre mir eine Freude«, sagte sie leichthin und zwang sich zu lächeln. »Danke.«

Er beugte sich zu ihr und streichelte mit dem Finger über ihre Wange. AJ bedurfte all ihrer Kraft, nicht wegzuzucken. »Ihre bezaubernde Haut ist gerötet. Die Sonne brennt hier sehr stark. Gestern hat Mr. Wright Ihnen einen Baldachin aufgebaut, warum nicht heute?«

AJ sah auf. Er hatte sie beobachtet, genau wie Kane es vorhergesagt hatte. »Sie waren da? Warum haben Sie sich nicht sehen lassen?«

»Ich war nicht selbst dort. Ich habe einen meiner Männer hingeschickt, um sicherzustellen, dass die Bauern Sie nicht belästigen.«

»Oh«, drohte sie ihm mit der Hand. »Es macht mir Freude, die Ortsansässigen kennen zu lernen. Sie sind *alle* einfach nur bezaubernd, Faz«, sagte AJ pointiert, während sie geistesabwesend den Ohrring vom Tisch nahm und ihn locker ins Ohrloch schob.

»Wann fliegen Sie wieder nach ...?«, fragte er so nah her übergebeugt, dass AJ von seinem übermäßig süßlichen Aftershave fast die Tränen kamen. Sie bemerkte, dass er sich beim Rasieren am Kinn geschnitten hatte. Ein natürlicher Reflex gebot ihr zurückzuweichen, aber sie zwang sich, da zu bleiben, wo sie war. Sie fragte sich, ob sie eine ähnlich starke und ungestüme Abneigung gegen den Mann empfunden hätte, hätte sie nicht gewusst, wer und was er war. Die Antwort lautete ja. Das hätte sie. Er verströmte die Boshaftigkeit förmlich. Man musste sie nicht sehen, um zu wissen, dass sie da war.

»Boston«, antwortete sie sanft.

»Wundervoll. Dann muss ich darauf bestehen, dass Sie mein Gast sind, wenn Ihr Fotograf übermorgen wieder nach Kairo zurückkehrt.«

AJ schenkte ihm einen kühlen Blick und setzte sich im Stuhl auf. Sie ignorierte den Ohrring, der erneut auf den Tisch fiel und ließ ihn zwischen dem Brotteller und Raazaqs Hand auf dem weißen Tischtuch liegen. »Sie scheinen sich in unserem Geschäft außerordentlich gut auszukennen.«

»Ich bitte um Verzeihung, Mademoiselle.« Er lächelte, aber das Lächeln kam nicht einmal in die Nähe der dunklen, leeren Augen. »Es ist einfach so, dass ich mir jede Menge Zeit zu vertreiben hatte, während ich auf unser Treffen heute Abend gewartet habe.«

»Und da haben Sie sich entschieden, die Zeit zu nutzen, um die Reisepläne zweier Fremder auszuforschen?«

Er lächelte wieder. Es jagte ihr einen Schauder über den Rücken. Fazur Raazaq hielt sich vermutlich für weltläufig und unwiderstehlich. Er war es nicht. »Vergeben Sie mir. Bitte?« Er berührte kurz ihre Hand, und es fühlte sich an, als streife ein Eiswürfel darüber.

AJ schob den Ohrring ins Ohr zurück und lächelte ihn an. Sie war ebenfalls Profi. Ihr Magen hüpfte bei dem Gedanken an den Handstreich, den sie innerhalb der nächsten Minuten durchziehen musste.

»Da uns hier in Fayum so wenig Zeit bleibt, möchte ich Sie einladen, ein paar Tage, ein paar Wochen lang mit mir auf Reisen zu gehen. Damit wir uns kennen lernen.« Er ergriff ihre Hand und drückt ihr einen feuchten Kuss auf die Handfläche. AJ zwang sich, nicht zu erschaudern oder die Hand wegzureißen.

»Ich gehe auf Geschäftsreise«, teilte er ihr aalglatt mit, während er immer noch ihre Hand hielt. »Das Ziel dürfte Sie, glaube ich, interessieren. Es wäre mir eine Ehre, wenn Sie mich begleiten würden.«

»Erzählen Sie mir mehr über die Reise«, sagte AJ aus tiefstem Ernst. Während er sein Bestes tat, sie zu becircen, plante sie seinen Tod.

Aus seiner Körpergröße zu schließen, würde es etwa sechs Stunden dauern, bis das Gift zu wirken begann. Der Trick war, das Gift aus dem Ohrring in sein Essen zu bekommen, ohne dass Raazaq oder seine Leibwächter es mitbekamen.

Als der Ohrring das nächste Mal aus ihrem Ohr rutschte, fiel er mit atemberaubender Präzision genau auf den Rand seines Wasserglases.

»Entschuldigung«, AJ warf ihm ein verlegenes Lächeln zu, ließ sich aber noch ein paar Sekunden Zeit, bevor sie den goldenen Bogen vom Rand des Glases zupfte. Sie griff nach der kleinen Unterarmtasche, die sie auf den Tisch gelegt hatte, und verstaute den Ohrring, der seinen Job erledigt hatte und kein Gift mehr enthielt. Dann nahm sie auch den anderen Ohrring ab und ließ ihn gleichfalls in der Tasche verschwinden.

»Sie wollten mir von unserer Reise erzählen?«

»Lassen Sie uns die Einzelheiten nach dem Essen besprechen, falls es Ihnen recht ist.«

»Warum nicht gleich jetzt? Die Idee ist faszinierend.«

»Ich werde Ihnen alles geben, was Sie wollen, meine Liebe. Nachdem wir gegessen haben.«

Das war es, wovor sie Angst gehabt hatte. »Sie sagten, Sie haben in Fayum Familie?« Sie richtete ihre Aufmerksamkeit eine Nanosekunde lang auf sein Glas. Das farblose, flüssige Gift, das ein wenig dicker als Wasser war, glitt an der Seite des klaren Glases hinab und löste sich dann unsichtbar im Wasser auf.

»Eine Schwester. Aziza ist sieben Jahre jünger als ich.« Er spielte mit dem geflochtenen Stiel seines Glases. »Ein schönes Mädchen, mein Augapfel. Sie hat sich gut verheiratet und erwartet ihr erstes Kind. Deshalb habe ich auch meine Geschäftsreise unterbrochen, um in diesen glücklichen Tagen bei ihr zu sein.«

»Wie aufregend.« AJ griff zu ihrem Glas und trank. *Prosit, Fazur Raazaq.* »Dann werden Sie also stolzer Onkel.« *Trink aus, du Bastard.*

»In der Tat. Und Aziza hat ihrem Bruder schlauerweise nicht gesagt, ob es ein Mädchen oder ein Junge wird. Also wusste ich nicht, soll ich Puppen oder Gewehre kaufen?« Er strich über den Stiel des Glases und hob es an die Lippen.

Gewehre. Da passt die Größe immer, egal welches Geschlecht, dachte AJ, und war versucht, ihm das Glas abzunehmen und es ihm an den Mund zu drücken. Fest.

»Hätten Sie Lust, meine Schwester morgen mit mir zusammen zu besuchen? Es ist nur eine halbe Stunde von hier. Sie lebt in einem kleinen Dorf, nicht weit entfernt. Ziemlich malerisch und hübsch, obwohl die Menschen dort arm und ungebildet sind. Mein Schwager ist ein Zuckerrohr-Bauer. Der reichste Mann im Dorf.«

»Danke«, sagte AJ gelassen und wünschte sich, er würde endlich austrinken, damit sie sich entspannen konnte. Er musste mindestens die Hälfte trinken, damit die Sache erledigt war. »Uns bleibt nur noch ein Tag, bevor Kane abreist. Er hat für morgen einen irrwitzigen Zeitplan aufgestellt. Und ich bin mir sicher, dass Besuch von einer Fremden das Letzte ist, das Ihre Schwester haben möchte, so kurz vor der Geburt.«

Raazaq stellte das Wasser, ohne es angerührt zu haben, auf den Tisch zurück, während der Kellner den ersten Gang abräumte und den zweiten servierte. AJ hätte schreien können.

Raazaq ließ einen Wortschwall auf französisch los. Der Tisch leerte sich wie von Zauberhand. »Na, also. Was hatten Sie gesagt?«

»Kane und ich sind morgen den ganzen Tag über beschäftigt. Aber er will, bevor er fährt, noch ein paar Nachtaufnahmen machen. Pyramiden und so, Sie wissen. Vielleicht können wir dann ein paar Sehenswürdigkeiten besichtigen.«

»Wir besprechen das nach dem Abendessen«, sagte er immer noch charmant. Doch es war klar, er mochte es nicht, hingehalten zu werden. *Ah, zu dumm,* dachte sie boshaft. *Es wird für dich bald noch schlechter laufen, Bursche.*

AJ, die sich rühmte, alles zu sich nehmen zu können, was nur im Entferntesten an Nahrung erinnerte, roch an ihrem Essen und musste feststellen, dass ihr Magen unwohl rumorte. Die Anspannung. Wenn der Hurensohn nur endlich sein Wasser trinken würde. Dann hätte sie sich zurücklehnen und das Essen genießen können.

Sie hatte am Ende die ganze Wasserflasche allein geleert, während Raazaq mit ihr flirtete, sein Essen aß ... und nicht zu seinem Glas griff.

Bis die Kellner endlose eineinhalb Stunden später den Tisch abräumten.

Raazaq erhob sein Glas.

Oh, Gott sei Dank. Es wurde aber auch verdammt Zeit. Ihre Nerven waren gespannt wie Gummibänder.

Das klare Wasser wirbelte im Kreis im Glas herum, während er den Kelch an die Lippen hob. Für AJ geschah alles in Zeit - lu - pe. Das Kerzenlicht funkelte im geschliffenen Rand des Kristallglases, während Raazaq den Kopf zurückbog und die Lippen an den Rand legte ...

»Mission abgebrochen«, sagte Kane in ihrem Ohr. »Hast du verstanden? Mission abgebrochen.«

10

»Abbrechen!«, schrie Kane aufgeregt. Er horchte angestrengt auf irgendein Zeichen, dass AJ den Befehl gehört hatte. Er merkte gar nicht, dass er sich zur Tür hinaus in Bewegung gesetzt hatte, bis er mit der Faust auf den Knopf des Aufzugs schlug, der zur Hölle nicht da war, sondern unten im Foyer.

Scheiß auf den Aufzug. Er raste den Gang hinunter, riss die Tür zum Treppenhaus auf und nahm drei Stufen auf einmal. »Hast du verst -«

Verdammt! Er war so überstürzt aus der Suite gerannt, dass das Headset und der Empfänger immer noch auf dem Tisch im Wohnzimmer lagen. Verdammt! Er zögerte den Bruchteil einer Sekunde. Entweder sie hatte ihn gehört und hatte alles im Griff oder sie konnte ihn, aus welchen Gründen auch immer, nicht hören, dann war es sinnlos, es nochmal zu versuchen. Nur, dass er *sie* jetzt nicht mehr hören konnte.

Das war es, weswegen er mittlerweile alleine arbeitete. Gott, verdammt! Das war es.

Sie kriegt das in den Griff, es geht ihr gut, sagte er sich immer und immer wieder, während er kurze Zeit später durch die Tür im obersten Stockwerk stürzte. Zwei bewaffnete Wachen standen am anderen Ende des Flurs. Er fing an zu gehen. Als er am Aufzug vorbeikam, drückte er den Knopf und ging weiter. Die Wachen hatten sich umgedreht und beobachteten ihn, machten aber keine Anstalten, ihn aufzuhalten.

Hinter ihnen öffnete sich die Tür zu Raazaqs Suite. Genau in dem Augenblick, als sich - *ping!* - der Aufzug meldete, kam AJ durch die Tür. Kane trat den Rückzug an, wich in den Aufzug aus und blockierte mit dem Fuß die Tür, die Waffe im Anschlag.

Komm schon. Komm schon. Beweg dich, Angina. Beweg dich.

Als AJ auf Sichthöhe war, packte er sie am Arm, zog sie herein und drückte auf TÜRE SCHLIESSEN. Alles in einer einzigen, fließenden Bewegung.

Ihre Augen weiteten sich. »Wa -«

»Hat er das Zeug getrunken?«

»Nein. Ich habe das -«

»Wir reden später.«

Die Tür glitt zu. Die Kabine setzte sich abwärts in Bewegung. Kane riss sie an sich, bis sie an ihn gepresst auf Zehenspitzen stand. Ihre großen, fassungslosen Augen waren das Letzte, was er sah, bevor er seinen Mund auf ihren grub.

AJs Körper versteifte sich eine Sekunde lang, dann wurden ihre Lippen weich. Er schob die Zunge in die warme Höhle ihres Mundes. Sie schob die Hände hoch, packte den Rücken seines T-Shirts mit Fäusten und erwiderte seinen Kuss leidenschaftlich.

Er schob die Hände an ihren nackten Schenkeln nach oben, dehnte den elastischen Seidenstoff mit den Fingern und zog ihn mit hoch. Ihr Busen drückte sich an seiner Brust flach, und er spürte die harten Spitzen ihrer Nippel, was ihn nur mehr entflammte.

Er hakte die Daumen in das elastische Gewebe ihres Stringtangas und zog ihn nach unten.

»Oh, mein Gott, Kane -« Er küsste ihren Protest fort und berauschte sich daran, wie sie seinen Kuss erwiderte. Ihre Zunge paarte sich mit seiner, ihr Atem ging stoßweise. Als er das dünne bisschen Spitze ihre Beine hinunterschob, legte sie die Arme um seinen Hals.

Ihre Körper taumelten gegen die Seitenwand, und AJ tastete blind nach dem STOP-Knopf. Der Lift kam zum Stehen. Ein Alarm ging los. Sie nahmen es beide nicht zur Kenntnis.

Er griff zwischen ihnen beiden nach unten, öffnete über der harten Erektion den Reißverschluss seiner Jeans und befreite seinen Körper. Sie sog keuchend Luft ein, als er sie an ihrer intimsten Stelle berührte und zwei Finger in die geschwollene Furche schob.

Sie war nass und bereit für ihn.

Er schob sie in die Ecke der Kabine, legte die Hand hinten an ihren Oberschenkel, schob ihr Bein hoch und brachte sie in Position. Sie legte den Kopf zurück und entblößte ihre Kehle. Er küsste die zarte Stelle, erfüllte die Sinne mit dem Duft ihrer Haut. Sie produzierte tief in der Kehle einen sanften Laut, als er sich in sie stieß. Sie schlang das Bein um seine Hüften und benutzte die durchtrainierten Wadenmuskeln, ihn tiefer in sich zu schieben.

Das Gefühl, sie so um sich zu spüren, grenzte an Schmerz. So exquisit, so durchdringend, dass er ins Ziel rasen wollte. Andererseits wollte er es verlängern, den Reiz auskosten, verweilen.

Doch er wagte nicht, länger zu warten. Wenn sonst schon niemand, dann würden zumindest die Hotelgäste bald nach dem Lift schreien. Raazaq wartete auf seine wohlverdiente Strafe, und in sieben Minuten meldete sich die Kommandozentrale. Er konnte nicht denken. Er konnte nicht aufhören. Er konnte nicht atmen.

Er tauchte in sie, hart und schnell, sein Atem zerklüftet, das Herz manisch ob der gewaltigen Woge, die auf ihn zuraste.

Die heiße, samtene Faust ihrer Klimax löste seine eigene aus, und sein Körper erschauderte unter der Macht des Orgasmus.

AJs Kopf fiel an seine Brust, während sie in riesigen Schlucken Luft in die ausgehungerten Lungen sog. Kane hatte sie heftig in die Ecke gepresst. Ihre Körper waren immer noch intim miteinander vereint, und ihr rechtes Bein lag fest um seine Hüften. Die Stöße ihrer Klimax breiteten sich tief in ihr in konzentrischen Kreisen aus, und sie hob das Gesicht.

Er neigte das Haupt und küsste sie wieder, der Mund heiß und hungrig. Dann senkte er sie an seinem Körper hinab und löste sich aus ihr, als sie wieder Boden unter den Füßen hatte. AJ fühlte, wie die Hitze ihr in die Wangen stieg. Heiliger Strohsack, was hatte sie sich nur dabei gedacht?

Nichts.

In der Sekunde, als er sie berührte, hatte sich ihr Verstand automatisch ausgeschaltet. Sie hatte nie zuvor eine so plötzliche, intensive Erregung verspürt. Alles, was sie bis zu jenem Moment zueinander gesagt, miteinander erlebt hatten, war ein einziges Vorspiel gewesen. Als er in sie eingedrungen war, hatte ihr Körper ihn willkommen geheißen. Sie war bereit, willig und voller Sehnsucht gewesen. Sie war es immer noch.

»Richte deine Sachen.« Er war mit sich selbst beschäftigt, brachte die interessanten Körperteile außer Sicht und zog den Reißverschluss der Jeans zu. Unter Schwierigkeiten, wie AJ ein wenig befriedigt feststellte.

»Ich fühle mich geschmeichelt, dass du es nicht erwarten konntest, das zu tun«, sagte AJ trocken, wenn auch mit etwas atemloser Stimme, während sie ihr Kleid zurechtzog, um zu bedecken, was sie bedecken konnte. »Aber, bitte, erzähl mir jetzt nicht, dass du die Mission abgebrochen hast, weil du Sex im Aufzug haben wolltest. Was ist passiert? Warum haben wir abgebrochen?«

»Statusänderung«, teilte Kane ihr mit, als der Fahrstuhl sich nach unten in Bewegung setzte.

Kein Quatsch, dachte sie. *Ihr beider* Status hatte sich mit Sicherheit verändert. Aber was in aller Welt war passiert, dass das Hauptquartier den Abschuss untersagt hatte? Und wie konnte sie ans Geschäft denken, während ihr Körper immer noch summte?

Wie lang hatte das hier gedauert? Eine Minute? Weniger? AJ lehnte sich erschlagen an die Wand. Sie hatte ihr Leben lang keinen derartigen Sex gehabt. Es war, als habe man ihr jede Unze Vernunft ausgesaugt und durch prickelnde Elektrizität und primitive Befriedigung ersetzt.

Was erhält man, wenn man zwei starke Persönlichkeiten zusammenbringt?, fragte sie sich. *Nitro und Glyzerin.*

Er schaute sie träge an. »Du bist nass.«

AJ zwinkerte. *Du!* Natürlich war sie na ... Oh! Sie wischte über die Vorderseite des Kleides. »Ich habe das Wasser verschüttet.« Der Aufzug hielt auf ihrer Etage. »Was, um Himmels Willen, hast du in Raazaqs Stockwerk gemacht?« *Und warum hast du mich gerade eben kommentarlos um den Verstand gefickt?* Nicht, dass sie sich hätte beschweren wollen. Hochgeschwindigkeits-Sex mit Kane Wright schlug spielend jede Art von Sex mit jeder Art von Mann.

Die Tür ging auf, und Kane schoss davon. AJ bückte sich noch schnell und hob ihr Höschen vom Boden auf, dann rannte sie ihm nach.

Der Sex war großartig, AJ. Der Beste, den ich jemals hatte. Danke, Kane. Für mich war es auch unglaublich. Können wir das nochmal machen, falls wir jetzt länger bleiben? Sicher, AJ, ich kann es kaum erwarten. Sie holte ihn ein, wollte ihn schon am Arm packen, entschied sich dann aber, ihn doch lieber nicht anzufassen und ließ die Hand sinken. »Was ...?«

Er schaute sie von der Seite an. Niemand hätte dem Gesichtsausdruck dieses Mannes entnehmen können, dass er gerade Sex gehabt hatte, und zwar schneller, als man weiche Eier kochen konnte. Wie schmeichelhaft war *das* eigentlich? »Warte, bis wir drin sind«, sagte er kurz angebunden.

Kaum waren sie im Zimmer, marschierte Kane zum Fenster, zog die Vorhänge auf und starrte hinaus, als suche er nach einem Heckenschützen. AJ spürte, wie ihr Temperament zu knistern begann. »Und?«

»Der Nachrichtendienst bestätigt, dass Raazaq heute Morgen eine Ladung Chemikalien abgefangen hat, die von Moskau in den Irak unterwegs waren.«

Eine kalter, ahnungsvoller Schauder kroch AJ über den Rücken. »Was für Chemikalien?«

»Im Moment wissen wir noch nicht genau, was die Ladung beinhaltet oder wie viel Raazaqs Leute in ihre Gewalt bekommen haben. Alles was wir wissen ist, dass etwas gestohlen worden ist und er es hat.«

AJ ging auf und ab. »Wenn es eine russische Lieferung ist, dann könnte es entweder DZ-9 sein oder Rizin.« Kane ging zum Brokatsofa und setzte sich. Er legte die Füße auf den Couchtisch, schlug die Knöchel übereinander und verschränkte die Arme vor der Brust. Er wirkte ruhig. Kühl. Aufgeräumt. »Oder Schlimmeres.«

»Sicher. Oder Schlimmeres. Egal, was es ist«, sagte sie und sprach mehr zu sich selbst als zu Kane. »Wenn der Hurensohn das Zeug hat, dann müssen wir es ihm wieder abnehmen, bevor er es einsetzt. Gott weiß, dass es keine Ladung Schokokekse ist.« Sie beugte sich vor und griff sich den Stift, der neben Kanes gestiefelten Füßen auf dem Couchtisch lag. Dann drehte sie ihr Haar über dem Scheitel zusammen und steckte die unbändigen Fluten mit dem Stift fest. »Was wissen wir?«

»Wir kennen die ungefähre Größe und das Gewicht des Containers. Klein, leicht zu transportieren und tödlich.«

Sie hörte auf umherzulaufen, der Mund mit einem Mal trocken. »Wie tödlich?«

»Kategorie vier.«

»Oh, Scheiße.« Sie rieb sich die plötzliche Kälte von den Oberarmen. »Das ist schlecht. Wirklich, wirklich schlecht. Chemische Waffen? Viren? Seit dem Zusammenbruch der Sowjetunion haben die Splitterstaaten von beidem riesige Mengen. Die Regierung hat es immer noch nicht geschafft, sämtliche Kampfstoffe sicherzustellen. Insbesondere, weil die vielen abtrünnigen Splittergruppen die Funde unterschlagen.«

»Sie sind alle darauf angesetzt. Wir werden es bald wissen«, teilte Kane ihr grimmig mit.

Sie sah ihn finster an. »Er wäre in ein paar Stunden tot, wenn du mich meinen Job hättest machen lassen.«

»Das konnten wir nicht riskieren. Er ist vielleicht der Einzige, der weiß, wo der Container ist und was mit ihm geschehen soll.« Seine Augen waren hart, sein Kinn unbewegt. Der Sex hatte ihn in keiner Weise entspannt. Und AJ fragte sich flüchtig, weshalb er sich überhaupt die Mühe gemacht hatte. Sie würde sich die Frage für später aufheben. Falls es ein Später gab. »Nach allem, was wir wissen«, fuhr Kane fort, »hat einer seiner Männer das Zeug bereits weitergeleitet. Wir müssen erst die Bestätigung haben, was er weitergeleitet hat, bevor wir ihn eliminieren können.«

Ergab Sinn. Verdammt. Sie hätte sich um vieles besser gefühlt, wäre die kleine Ratte schon auf halbem Wege zum Tod gewesen. Aber wenn er bereits für die Verteilung dessen gesorgt hatte, was auch immer, zur Hölle, er da in seinen Besitz gebracht hatte, dann half ihnen sein elender Tod nicht weiter, aufzuhalten, was möglicherweise auf sie zukam.

AJ schnaubte frustriert. »Wie schnell kann unser Nachrichtendienst uns den Inhalt und mögliche Ziele nennen?«

»In zwölf Stunden. Vielleicht auch weniger.«

»Weniger wäre besser. Falls es DZ-9 ist oder Rizin, gibt es kein Gegenmittel«, sagte AJ zornig und griff am Rücken nach dem Reißverschluss ihres Kleides. Sie musste sich etwas Passenderes anziehen und dann die Ausrüstung zusammenpacken, nur für den Fall, dass sie schnell hier raus mussten.

Aber sie kam nicht an den verdammten Reißverschluss. Sie versuchte es zweimal, dreimal. Dann gab sie auf. Missmutig marschierte sie zum Sofa und drehte Kane den Rücken hin. »Machst du mir den bitte auf?«, fragte sie, deutete auf den schwer erreichbaren Reißverschluss und wappnete sich gegen seine Berührung.

Während sie wartete, kochte es in ihrem Hirn. Jesus. Chemiewaffen. Unter der Regie eines Psychopathen wie Fazur Raazaq konnten die Opferzahlen ein unvorstellbares Level erreichen. Er musste gestoppt werden.

Jetzt.

Kane hatte Recht. Wenn Raazaq starb, hatten sie keine Idee, wo, zur Hölle, die Chemikalien steckten oder wer sie hatte. Und sie war so dicht dran gewesen, die Ratte zu killen.

»Beug dich runter.«

»Hm?« Sie schaute ihn an. »Oh, richtig.«

Sie ging neben ihm in die Hocke und stützte sich mit der Hand auf der Sofalehne ab, während ihr Verstand raste. T-FLAC hatte in jedem von Raazaqs Fahrzeugen Peilsender installieren können. Ihr eigener Wagen war abfahrbereit. Alles, was sie noch brauchten, war frisches Wasser, dann konnten sie innerhalb von ein paar Sekunden ...

Verdammt. Sie hatte keinerlei Erfahrung mit chemischen Kampfstoffen. Und auch wenn Kane schon lange dabei war, sein Spezialgebiet waren sie auch nicht. Sie konnten nur hoffen.

Kanes Hand fühlte sich kühl an, als er - bei weitem zu langsam - den Reißverschluss aufzog. Ihre Haut erhitzte sich, sie wand sich ein wenig. Sie verlagerte das Gewicht von einem nackten Fuß auf den anderen, spürte unter den Zehen die Knötchen des Teppichs und im Nacken Kanes warmen Atem.

Er war ihr mächtig nah für einen Reißverschluss-Hilfsdienst. Und ihr Körper summte immer noch, bereit für mehr. Sie reckte den Hals, um über die Schulter zu sehen und fand sich Nase an Nase mit ihm. Ihre Blicke trafen sich, und sie beschloss, das gefährliche Flackern in seinen Augen zu übersehen. »Klemmt er?«

Er schüttelte den Kopf. »Ich hab's.«

Kühle Luft fächelte über ihren Rücken und löschte dankenswerterweise den Funken, den Kane entzündet hatte. Den Reißverschluss endlich offen, stand sie auf. »Du hast auch keine Erfahrung mit chemischen Kampfstoffen, oder?«, wollte sie wissen und hielt das Oberteil ihres Kleides fest.

Er malmte mit dem Kiefer. »Nein. Nicht viel.«

AJ spürte, wie sich der prickelnde Adrenalinschub mit einer gesunden Dosis Furcht vor dem Unbekannten mischte. Deswegen war sie zu T-FLAC gegangen. Um Teil von etwas Großem zu sein, das Auswirkung auf Millionen Leben haben konnte. Um einer von den wenigen Menschen auf dieser Welt zu sein, die zwischen der Normalität und dem Wahnsinn standen. Sie war zu T-FLAC gegangen, weil Kane und sie etwas bewegen konnten, indem sie ihre Arbeit taten. Leben konnten gerettet, Bedrohungen abgewendet werden.

Und jetzt hatte sie endlich ihre Chance, etwas zu bewegen.

»Wir können Raazaq auf der Spur bleiben, unser Nachrichtendienst kann uns das mögliche Ziel - oder die Ziele - nennen, aber keiner von uns beiden hat die leiseste Ahnung, wie man gefährliche Chemikalien eindämmt oder unschädlich macht. Wir müssen Verstärkung anfordern«, sagte AJ wütend. »Das ist keine Zwei-Personen-Mission mehr. Wir brauchen eine Spezialeinheit für Gefahrenstoffe, eine Hazmat, und zwar sofort.«

»Darauf bin ich selber auch schon gekommen«, sagte er trocken. »Die Verstärkung ist schon unterwegs. Das Hauptquartier hat sofort, nachdem die Lage klar war, ein erfahrenes Hazmat-Team losgeschickt.«

Er bedachte sie mit einem gemessenen Blick, den sie nicht deuten konnte.

»Also warten wir?«

»Wir warten.«

»Warten ist nervtötend. Die Hazmat-Einheit kommt, aber kommt sie früh genug?« Sie lief wieder auf und ab und achtete nicht darauf, dass ihr kaum vorhandenes Kleid am Rücken weit offen war. Zur Hölle, es gab zu viele wichtige Fragen zu überlegen. *Bleib ruhig. Konzentriere dich.* Sie ging im Geist die Ausrüstung im Wagen durch. Waffen, Munition ...

Verdammt, ein Flug aus den USA dauerte mindestens zwanzig Stunden.

Bis das T-FLAC-Team in Kairo landete, konnten die Terroristen weiß Gott wo sein und weiß Gott was getan haben.

»Wir können nicht fast vierundzwanzig Stunden warten, bis das Team hier ist. Wir müssen sie noch in dieser Sekunde schnappen.«

Kane nickte zustimmend. »Werden wir. Kairo hat ein Sechs-Mann-Team in Marsch gesetzt, das innerhalb einer Stunde eintrifft. Die Hazmat-Einheit kommt aus Europa. Die sind morgen früh da.«

»Schon besser«, sagte sie, laut denkend und erfreut, dass Kane ihre Überlegungen abfederte. »Aber immer noch nicht gut genug. Raazaq sagte, er sei nur für ein paar Tage hier und eigentlich auf Geschäftsreise.«

»Wir sind hinter ihm«, sagte Kane knapp und entschlossen. Als er weitersprach, drehte sie sich zu ihm um. »Fangen kann jeder spielen. Wir beobachten ihn über GPS.«

»Lass uns anrufen und ein Update einholen ...« Sie umklammerte krampfhaft das Oberteil des Kleides, das ihr über die Schultern gerutscht war. Sie ignorierte die harten Brustwarzen und das immer noch heiß pumpende Blut und drehte sich nach ihm um, nur um festzustellen, dass er sich lautlos aus seiner entspannten Position erhoben hatte und nur ein paar Zentimeter entfernt stand. Sie waren fast Nase an Nase. Schon wieder.

AJ wankte und wich nicht.

Seine Augen glitzerten. Stellte er sie auf die Probe? Provozierte er sie? Spielte er Mutprobe?

Oder etwas weitaus Gefährlicheres?

Ihre Blicke trafen einander.

Sein Blick brannte noch, als seine Pupillen sich schon verengten. Er zuckte mit keiner Wimper. Seine Selbstbeherrschung machte sie noch rasend.

»Falls du mir Angst machen willst, es funktioniert nicht.«

»Angina, wenn ich dir Angst machen wollte, hätte ich dich im Aufzug nicht genommen.«

»Oder jetzt?«, fragte sie.

»Oder jetzt.«

Zur Hölle mit ihm. AJ packte ihn vorn am T-Shirt und kam zu ihm. Sie zog ihn an sich, stellte sich auf die Zehenspitzen und legte ihren Mund auf seinen. Es war ein Spiel für zwei.

Er legte die Arme wie einen Schraubstock um sie herum. Die heißen Tiefen ihres Mundes hießen ihn willkommen. Da war kein zögerliches Tasten. Der Kuss war tief und sinnlich. Ihre Zungen paarten sich, ihre Körper rieben sich und verströmten Hitze. Seine Hand glitt am Rücken in ihr offenes Kleid, wanderte das Rückgrat hinab und umfasste ihr Hinterteil, wärmte ihr Innerstes. Die andere Hand war irgendwie in ihr Haar geraten, wiegte ihren Kopf in der breiten Handfläche und schob sich ihr Gesicht zu seinem Vergnügen zurecht.

AJ griff fest in seine Haare und hielt ihn da, wo sie ihn haben wollte. Benommen vor Verlangen, kämpfte sie um ihr Gleichgewicht und wusste, das sie es nicht finden würde. Sie schob die Hand, immer zur Faust geballt, in seinen Nacken und zog ihn auf ihren Mund herab, während sie sich auf die Zehenspitzen hob. *Mehr. Mehr. Mehr.*

In ihrem Kopf drehte sich alles.

Sie war sich intensiv seines Duftes bewusst. Vollmundig, rätselhaft, erotisch. Sie hätte ihn allein an seinem Geruch erkannt. In einem dunklen Zimmer. Mit zwanzig anderen Kerlen. Mit verbundenen Augen.

Als seine leicht rauen Handflächen über ihr Hinterteil glitten, prickelten Schauder unter ihrer Haut. Warme

Hände, stark und selbstsicher, machten sich mit den Kurven ihrer Hüften und ihrer Taille vertraut, während er sie in die Wiege seiner Lenden zog. Eine Hand umschloss ihr nacktes Hinterteil. Die andere wanderte nach vorn und spielte an ihren feinfühligen Nippeln. Seine Erektion drückte eine Beule in seine Jeans, und AJ spürte, wie sie innerlich schmolz, während ihr Kuss tiefer wurde und sie noch einmal um die Kontrolle kämpfte, die die Überraschung ihr geraubt hatte.

Sie zitterte lustvoll, als seine Zunge tiefer glitt und sie verführte. *Komm auf die dunkle Seite der Macht, Luke.*

Die dunkle Seite hatte nie verlockender ausgesehen.

11

*N*ach zwanzig Minuten schweißtreibendem, wahnsinnigem Sex trennten sie sich und gingen jeder ins eigene Badezimmer duschen. Kane hatte einen Teppichbrand auf dem Hintern, der bewies, welch ein Gentleman er gewesen war, AJ nach oben zu lassen.

Zum ersten Mal seit Jahren kam er sich wirklich lebendig vor.

Dumm, aber lebendig. Mit einer T-FLAC-Kollegin geschlafen zu haben würde ihm nichts als Schwierigkeiten einbringen. Das war ihm nie zuvor passiert, und er wusste verdammt genau, dass es auch nie passiert wäre, wäre die Frau, die man auf diese Mission entsandt hatte, nicht ausgerechnet AJ Cooper gewesen. AJ war ... anders. Sie drang sogar dann noch zu ihm durch, wenn er es nicht wollte. Sie machte ihn fuchsteufelswild, verärgerte ihn und verstörte ihn ganz allgemein. Außerdem brachte sie ihn zum Lachen, zum Nachdenken und, verflucht, jedes Mal, wenn sie den Raum betrat, brachte sie ihn dazu, sie zu wollen. Er rieb die Hand über das Gesicht. Was, zur Hölle, hatte er sich dabei gedacht, Cooper zu lieben?

Die Frau hatte eine ziemliche Narbe auf der Schulter und etwas zu beweisen. Sie war zielstrebig und entschlossen. Es spielte keine Rolle, dass die Anziehung gegenseitig war. Und machtvoll.

Warum jetzt, Herr? Warum, zur Hölle, jetzt?

Seine Brüder würden sich wegwerfen vor Lachen. Falls er es ihnen jemals erzählte. Was er mit Sicherheit niemals tun würde.

Aber verdammt, die Frau setzte Waffen gegen ihn ein, gegen die er sich nicht zu verteidigen wusste. Humor.

Schneid. Integrität. Aufrichtigkeit. Hölle. Kane grub ächzend das Gesicht in die Hände.

Er war in Schwierigkeiten. In großen, verfluchten Schwierigkeiten.

Ein Gefühl pochte in seiner Brust. Er brauchte eine Weile, bis er begriff, dass er kicherte.

Oh, verflucht.

Genau als AJ ins Zimmer zurückkam, klopfte es dreimal heftig an der Tür. Das Team aus Kairo.

AJ schaute durch den Spion, riss die Tür auf und hievte die Männer förmlich in das Zimmer. Der Sex hatte ihre Energien auf Touren gebracht. Sie war voll da und wollte nichts wie weg. Unter Strom und begierig. Sie hatte Auftrieb, wollte die Wände hoch, aktiv werden.

»Irgendwas Neues?«, wollte Apollo Hawkins wissen, nickte AJ kurz zu und durchquerte das Zimmer, um Kane die Hand zu schütteln. Sie hatten schon öfter zusammengearbeitet, und Kane hatte ihn im Team haben wollen. Kanes Wertschätzung für den Mann steigerte sich noch, weil Hawk AJ nur mit einem flüchtigem Blick streifte, als Kane sie einander vorstellte. Und falls AJ bemerkt hatte, dass der Bursche groß, dunkel und ziemlich gut anzusehen war, schien es sie nicht zu interessieren.

Sie stellte sich, was nicht nötig gewesen wäre, auch den anderen vor. Killian, McBride, Tariq, Christof und Wondwesen.

»Habt ihr Jungs schon was gegessen, oder wollt ihr noch was bestellen, bevor wir loslegen?«, fragte AJ, als sich die Männer auf den mit einem Mal unerhört kleinen Raum verteilten.

Kane verkniff sich ein zufriedenes Lächeln. Die sechs internationalen T-FLAC-Männer belagerten die golden und weiße Suite wie ein Rudel hungriger schwarzer Panther und zerrten, genau wie er und AJ, an den Leinen, damit es endlich losging. Sie waren erfahrene, routinierte Einsatzkräfte.

Die Männer setzten sich, um ihre Optionen zu erörtern und Erkenntnisse auszutauschen. AJ gab eine Sammelbestellung beim Zimmerservice auf, dann setzte sie sich mit gekreuzten Beinen neben dem großen, rechteckigen Couchtisch auf den Boden. Sie wartete, bis sie dran war und erläuterte einen Plan. Kane stellte mit einiger Überraschung fest, dass AJ Cooper wusste, wovon sie sprach. Sie mochte vielleicht noch ein Kätzchen sein, aber sie war ein Tigerkätzchen.

Er lehnte sich in seine Ecke der Couch zurück und hörte AJ zu, wie sie Raazaqs mögliche Route umriss. Sie wusste über Ägypten genauso gut Bescheid wie er, wenn nicht sogar besser. Und er war während der letzten Jahre mehrere Male da gewesen. Ihr Kartenstudium auf dem Flug hierher verschaffte ihr einen guten Stand. Sie wusste von abgelegenen, ungepflasterten Straßen und hatte die Variablen von tausenden von Meilen im Kopf. Erstaunlich.

»Ich bin wirklich beeindruckt«, sagte Roman Killian leise, als AJ in ihr Zimmer ging, um nach einer Karte zu suchen, die den Sudan mit einschloss. »Wie macht sie sich?«

»Gut«, antwortete Kane aufrichtig, griff nach seinem Soda und trank. »Ich bin positiv beeindruckt.« Von dem kleinen Ausrutscher abgesehen, war sie gut. »Sie nimmt die Sache hier todernst und jammert nicht rum, Gott sei Dank. Ja, ich bin mit ihr so weit zufrieden.«

»Ihr Gedächtnis und ihre Detailkenntnisse sind absolute Aktivposten, so viel ist sicher, Rekrutin oder nicht. Das können sie einem in keinem Klassenzimmer beibringen«, ergänzte Killian.

»Und im Gegensatz zu dir, Wright, scheint Cooper mit Menschen umgehen zu können«, warf Hawk mit einem boshaften Lächeln ein. »Sie lässt dich schon fast freundlich werden.«

»Du Idiot«, sagte Kane milde.

Die anderen Männer johlten vor Belustigung.

AJs Umgang mit den anderen Teammitgliedern sprach für Hawks These. AJs Schönheit war anziehend, aber nicht so ausschlaggebend wie ihre Fähigkeit, fremden Menschen die Befangenheit zu nehmen. Die Frau verstand die Menschen und wusste auf sie einzugehen. Sie reagierte unkompliziert auf Fragen und Kommentare und verschaffte sich Respekt, ohne es darauf anzulegen.

Im Moment war eine höllische Menge Testosteron im Raum, und Kane war nicht sicher, ob ihm die Art gefiel, wie Ari Tariq AJ auf den Hintern starrte, als sie den Raum verließ. Der schläfrige, umschattete Blick dieses Burschen konnte einen in die Irre führen. Der Türke hatte einen Verstand, der wie eine stählerne Falle zuschnappte, und Reflexe wie eine Kobra. Kane zog ein finsteres Gesicht und wandte sich an Killian.

»Ich habe noch nie mit einer weiblichen Einsatzkraft gearbeitet«, sagte Tes Wondwesen mürrisch. Sein großer kahler Kopf glänzte im Licht, während er zur Schlafzimmertür schaute. Der riesenhafte Äthiopier hatte ein Gesicht wie ein Basset. Die Tränensäcke und die nicht vorhandenen Augenbrauen ließen ihn täuschend träge wirken. Eine Haut von der Farbe frisch gerösteten Bohnenkaffees erschwerte es zusätzlich, in seinem Gesicht zu lesen. Seine Stärke war die Taktik. Er war auch ein ziemlicher Frauenheld. Sogar ein träger Kerl hatte manchmal hungrige Raubtieraugen.

»Ist auch nicht anders als mit männlichen Einsatzkräften«, sagte McBride ironisch und mit einem Lachen im Blick. Es gab nur wenige weibliche Agenten, und die, die im Feld tätig waren, sahen nicht im Entferntesten wie Cooper aus. Nur Savage kam in etwa hin. Aber wer sich auf Savage einließ, konnte es genauso gut mit einer schwarzen Witwe versuchen.

»Ich arbeite gern mit Angehörigen der weiblichen Spezies«, sagte Tariq, einen gestiefelten Fuß auf das Knie legend und sich in die seidenen Sofakissen fläzend wie ein

Pascha. »Sie bringen eine andere Perspektive in die Operation ein.«

»Konzentriere du dich lieber auf deinen Einsatzplan«, sagte Kane kurz angebunden. »Cooper ist der wichtigste Teil dieser Operation. Dass mir da keiner von euch Sand ins Getriebe bringt.«

»Da ist sie«, sagte AJ, kehrte an den Tisch zurück und faltete die Karte auf. Sie schaute sich um. »Habe ich irgendwas versäumt?«

»Nein, nichts«, antwortete Kane knapp. Er sah Conrad Christof an. »Setzt dich, in Gottes Namen, hin.«

Christof türmte sich über sie alle auf. Als AJ hereingekommen war, war er aufgesprungen, und wartete jetzt, dass sie sich setzte, damit er sich wieder setzten konnte. Verdammt gute Manieren für einen blonden Riesen ohne Hals und viel zu weißen, viel zu vielen Zähnen. Kane beschloss, auch den Österreicher gut im Auge zu behalten.

AJ schien für all das blind zu sein - weswegen Kane sich etwas besser fühlte. Bis er sah, wie Hawk ihn angrinste. Kane winkte ab. Hawk lachte.

AJ war einer von den Jungs. Trotz Busen, wohl geformtem Hintern und strahlend grünen Augen. Keine Spur aufgesetztes Getue. Sie war munter, ernsthaft, kenntnisreich und verantwortungsbewusst. Doch während sie gemeinsam einen ganzen Berg Sandwiches verdrückten und dazu literweise starken, süßen Kaffee tranken, hatten sechs männliche Augenpaare ständig AJ im Blick. Sie beobachteten sie, wenn sie auf und ab lief, gestikulierte, sich Notizen auf ihrem Schreibblock machte, sich kompetent und überzeugend äu ßerte.

Sie machte ihre Sache verdammt gut. Und Kane zollte den anderen Männern Respekt, weil sie ihr zuhörten und ihre Ausführungen ernst nahmen.

Natürlich, das musste Kane zugeben, war es hilfreich, dass AJs Ideen wirklich gut waren.

Sie waren sich alle darüber im Klaren, dass sie zusammenarbeiten mussten. Raazaq zu stellen, hatte jetzt

oberste Priorität. AJ hatte in ihrem fotografischen
Gedächtnis die Karte der Libyschen Wüste gespeichert.
Das, ihre Heckenschützen-Qualitäten und Raazaqs Faible
für sie machten sie unentbehrlich.

Und die Männer wusste das. Sie würden AJ beschützen
und an die Zielperson heranführen und dabei, falls nötig,
das eigene Leben riskieren.

»... in vier Teams«, sagte AJ, kehrte zum Couchtisch
zurück und setzte sich im Schneidersitz auf den Boden.
Kane dachte an die Vorkommnisse vor ein paar Stunden
zurück. Doch statt sie zu packen, über die Schulter zu
werfen und mit einem großen Satz ins Schlafzimmer zu
hechten, nahm er einen tiefen Schluck von seiner Coke und
kniff die Augen zusammen, bis AJ nur noch ein
verschwommener Schatten war.

Besser.

Nicht wirklich gut.

Nur besser.

Das Satellitentelefon klingelte. AJ war vor allen anderen
auf den Beinen und hatte den Hörer bereits in der Hand.
»Ja?«

Sie runzelte die Stirn. »Wann? Wie viele Fahrzeuge?
Verstanden. « Sie legte auf. Ihre hellen Augen leuchteten
wie Sterne, ihre Wangen röteten sich vor Aufregung.

»Tut mir Leid, Jungs, das Böse schläft nie. Raazaq ist
gerade raus, in südliche Richtung. Los, fahren wir! Wir
müssen den Hurensohn kriegen, bevor er uns noch
entwischt.«

AJ fuhr, während Kane mit den beiden Fahrzeugen
hinter ihnen Kontakt hielt. NOAA, die amerikanische
Bundesbehörde zur Beobachtung der Erdatmosphäre, und
das Blinkzeichen auf dem tragbaren GPS teilten ihnen mit,
dass Raazaq weiter in südliche Richtung fuhr. Sie waren
weit von den Lichtern einer Stadt oder eines Dorfs entfernt,

und die jagenden Wolken verdeckten den Mond. Es war unheimlich dunkel.

Der Wind rüttelte den Humvee durch, und von den Dünen auf beiden Seiten der gepflasterten Straße wehte der Sand in immer dichter werdenden Wolken ins Licht der Scheinwerfer. Wie hell das Licht auch sein mochte, es durchdrang kaum noch die gelben Sandschwaden, die wie in wahnsinniger Raserei über die verlassene Straße peitschten.

AJ hatte die Karte der Umgebung im Kopf. Straßenschilder gab es nur selten und in großen Abständen. Glücklicherweise waren sie arabisch und englisch beschriftet, aber so wie es aussah, war Raazaq zu unkartiertem Gelände unterwegs. Je weiter sie nach Süden kamen, desto schlechter wurde die Sicht. Für zehntausende von Sklaven war die Nord-Süd-Route schon vor tausenden von Jahren ein Pfad des Schreckens gewesen. Sie bildete den letzten und schlimmsten Abschnitt der *Darb-al-Abrain* oder Vierzig-Tage-Straße, wie man sie auch nannte. Je weiter sie fuhren, desto weiter entfernten sie sich von der Zivilisation.

Sie spekulierten, wohin Raazaq unterwegs sein könnte und woraus die Ladung bestand. Aber Spekulationen waren zu diesem Zeitpunkt müßig, da keiner von ihnen die Antwort kannte. Sie wussten nur, dass, was immer Raazaq in Händen hatte, schlimm war. Sehr schlimm.

Eine radiologische Bombe? Ein Nervengift? Pockenviren? Eine Atombombe?

Jesus, es konnte alles sein.

Hinter ihnen rollten im Abstand von fünf Meilen zwei weitere Wagen durch die Dunkelheit. Ihre Scheinwerfer blitzen auf und verschwanden wieder, wenn sie hinter Dünen oder Kurven oder in eine Sandwolke gerieten. In einem der Fahrzeuge saßen Christof und Wondwesen; im anderen Hawk und Tariq. Die anderen beiden waren im Hotel geblieben, um auf die Ankunft der Spezialeinheit aus Europa zu warten, deren Flug sich verzögert hatte, weil

NOAA eine Khamsin-Warnung abgesetzt hatte. Sandsturm-Saison.

»Khamsin« war arabisch und bedeutete fünfzig, die Anzahl der Tage, die diese Wetterperiode normalerweise andauerte. So gesehen hatten sie genau Saisonmitte. Und Raazaq fuhr direkt ins Zentrum des Sturms. AJ war sicher, dass es sich um einen bewussten Schachzug handelte. Wo, zur Hölle, wollte der Mann hin? Und warum?

Je weiter südlich, umso spärlicher war die Gegend besiedelt. Es ergab keinen Sinn. Raazaq war immer auf den gro ßen Knall aus. Die größtmögliche Opferzahl. Falls es sich um eine Bombe handelte, dann fuhr er in die falsche Richtung. Falls es irgendwelche Viren waren, auch.

»Vielleicht will er einen Staudamm sprengen? Die Trinkwasserversorgung vergiften?« Sie klammerte die Finger um das Lenkrad. Das Fahrzeug holperte und schüttelte sie durch, und AJs Muskeln schmerzten schon von der Kraftanstrengung, während der Humvee im stürmischen Wind wankte und ausbrach.

»Wir kriegen ihn, bevor er tut, was immer er tun will.«

»Wenn du das sagst ...« Ihre Augen waren von der Anstrengung, den wirbelnden Sand zu durchdringen, schon ganz trocken. AJ hielt sich in der Mitte der Pflasterstraße, umklammerte das Lenkrad mit weißen Fingerknöcheln und spürte es bis in die Schultern zerren und ziehen. »Es wird immer schlimmer. Ich ...«

»Zieh runter und bleib stehen«, sagte Kane im selben Moment.

»Verdammt. Ich wollte eigentlich bis zur nächsten Oase, bevor wir anhalten, hundert Meilen von hier. Aber du hast Recht. Das wäre Selbstmord. Gib den anderen Bescheid.« Sie fuhr von der Straße und kämpfte mit all ihrer Kraft gegen die Windgeschwindigkeit von einhundertzehn Stundenkilometern, um den Wagen auf höher gelegenes Gelände zu steuern. In Bodennähe war der Wind meistens am heftigsten. Die Reifen rutschten über den weichen Sand, bevor sie endlich griffen und es aufwärts ging.

»Gut zu wissen, dass Raazaq jetzt vermutlich dasselbe tut. Bei diesem Wetter fährt fürs Erste keiner mehr.« Kanes gelassene Art verärgerte sie zunehmend. Diesen Mann schien nichts aus der Fassung bringen zu können.

Spektakulärer Sex nicht. Dass Raazaq unbekannte Chemikalien transportierte nicht. Und ein Sandsturm auch nicht.

Was, zur Hölle, konnte diesen Mann erschüttern?

Kanes Hand schoss vor und packte das Lenkrad, das sich ihr aus den Händen drehte. »Gib etwas mehr Gas. Das ist alles.« Seine Hand lag zwischen ihren Händen und hielt das Lenkrad relativ ruhig, während der Humvee hüpfte und wankte. Gott sei Dank war der Wagen breit und tief gelagert. Gebaut für genau diese Art von Terrain.

Sie hatten eine kleine Düne erklommen. AJ drehte die Scheinwerfer ab und schaltete die Zündung aus. Kanes Arm streifte den ihren, als er die kräftige Hand vom Lenkrad nahm.

Die Dunkelheit war laut, fast lebendig. Sand und Wind brandeten in immer stärker werdenden Wellen an das Vehikel. Der Sand prasselte gegen die Windschutzscheibe, und AJ wusste, dass sie von Glück sagen konnten, wenn sie bei Morgendämmerung noch durch das verdammte Ding sehen konnten. Der Humvee erbebte, während die grollende Bestie des Sturms auf ihn einschlug. Sand drang durch die Belüftungsschlitze und fiel zu Boden. Ein paar Stunden wie diese, und sie waren unter ihrer eigenen Düne begraben. Aber es gab nichts, was sie dagegen hätten tun können.

»Jetzt warten wir also«, sagte sie mehr zu sich selbst als zu Kane. Der Mann hatte ein erstaunliches Talent zur Tatenlosigkeit. Inaktivität machte sie wahnsinnig. Sie richtete ihren Sitz ein, um im Cockpit mehr Platz zu haben, und lehnte den Kopf an die Nackenstütze.

Sie konnte ihn nicht sehen - sie konnte ihn nicht einmal atmen hören. Aber, verdammt, sie *fühlte* ihn. »Das kann jetzt bis zu acht Stunden so weitergehen, weißt du.«

»M-hm.«

»Hunger?«, fragte sie, die Stimme über den Wind erhebend.

»Wir haben gerade eine Wagenladung Sandwiches gegessen, und du warst vorher bei einem Dinner.« Die leise tiefe Stimme, die aus tiefster Dunkelheit zu ihr drang, klang sonderbar innig.

»Das ist schon Stunden her«, sagte sie und rieb sich abwesend die schmerzenden Oberarme. »Abgesehen davon«, erklärte sie und redete nur, um nicht denken zu müssen, während sie in ihrer Hosentasche nach einer kleinen Rolle Pfefferminz fingerte, »macht Herumsitzen und Nichtstun mich hungrig.« Kribbelig. Ungeduldig. Nervös.

Ein paar Sekunden vergingen, und sie gestand sich im Geiste ein, dass es verschiedene Arten von Hunger gab. Und neben Kane in der sturmgepeitschten Dunkelheit im Wagen zu sitzen, erweckte bei weitem zu viele davon. Sie dachte an all das, was sie tun konnten, während sie darauf warteten, dass der Sturm sich legte.

»Stimmt mit deinem Arm etwas nicht?«

AJ starrte in die Richtung, aus der die Stimme kam. Sie konnte ihn nicht sehen - er war lediglich eine tiefe Stimme in der Dunkelheit. Aber sie spürte, dass er sie ansah. »Nichts.« Sie rutschte auf ihrem Sitz herum. »Du musst Augen wie eine Katze haben.«

»Umso schöner, wenn ich dich damit sehen kann, Annabelle. Der Arm?«

»Meinem Arm geht es gut. Er ist nur verspannt vom Kampf mit dem Wind.« AJ lächelte in die Dunkelheit. »Annabelle?«

»Warum nicht? AJ muss doch für irgendwas stehen.«

Sie drehte sich in seine ungefähre Richtung. »Möchtest du ein Pfefferminz?«

»Mm-mm.«

Sie nahm sich ein paar, schob sie in den Mund und zerbiss sie. »Sehe ich für dich nach einer Annabelle aus?«

»Nein. Für mich siehst du eher nach einer Angina aus, aber diesen Namen magst du auch nicht. Sag mir den Richtigen, und ich nenne dich, wie immer du willst.«

»AJ wäre gut«, gähnte sie.

»Fein. Warum kletterst du nicht nach hinten und ruhst dich etwas aus? Wenn wir hier schon warten, können wir auch das Beste draus machen.«

»Und was ist mit dir? Da hinten ist Platz genug für uns beide.« Die Idee, sich auf engsten Raum der Länge nach und horizontal neben Kane Wright auszustrecken, war vermutlich nicht so gut. Dabei nicht an Sex zu denken, war ein verlorener Kampf.

Sex oder nicht Sex, es wäre nett gewesen, menschliche Gesellschaft zu haben. Die Nacht da draußen hörte sich wild und ungezähmt an, und AJ zitterte trotz der Hitze. »Das soll keine Einladung zu einem Techtelmechtel sein oder so«, betonte sie in die gähnende Dunkelheit hinein.

»Kein Techtelmechtel?«

»Keine Einladung.« Was zwei völlig verschiedene Aussagen waren. AJ nahm die Taschenlampe von der Mittelkonsole und kletterte, ohne die Lampe einzuschalten, zwischen den Sitzen durch nach hinten auf die Ladefläche. Wind und Sand schlugen gegen den Wagen und brachten ihn zum Schaukeln. »Elendes Schminkzeug«, wechselte sie absichtlich das Thema.

Sie räumte Kanes Fotoausrüstung, den Schminkkoffer und verschiedene andere Behältnisse aus dem Weg, dann streckte sie sich auf dem Teppichboden aus, legte den Kopf auf ihren angewinkelten Arm und machte die Augen zu.

Es war ein langer Tag. Die Adrenalinschübe waren gekommen und gegangen, gekommen und gegangen, was sie schwindlig und überdreht gemacht hatte. Sie war erschöpft, zum Schlafen aber zu rastlos.

»Du leidest nicht etwa unter Klaustrophobie, oder«, fragte sie Kane. Es war eng hier hinten. Eng und heiß und stickig. Sie mochte es irgendwie. Hätte es noch mehr gemocht, wenn er bei ihr gewesen wäre.

»Nein«, antwortete er aufrichtig. »Wir haben jede Menge Wasser und Essen für mehrere Tage. Uns kann nichts passieren.«

Tage?

Es war möglich. Nicht wahrscheinlich, aber möglich.

Tage - alleine mit Kane, auf einer horizontalen Unterlage. Ohne irgendwelche Unterbrechungen ... Es konnte einem schwindlig werden. »Natürlich kann uns nichts passieren«, sagte AJ munter. »Was kann einem schon passieren, wenn der Wind bläst, als gäbe es kein Morgen?«

Sie fragte sich, ob er zu ihr nach hinten kommen und sie wieder lieben würde. Langsam. Denn dieses Mal konnten sie es langsam angehen. Ihre Brüste lechzten nach seiner Berührung. »Hat sich eigentlich schon mal irgendwer zu Tode geschwitzt?«, fragte sie einigermaßen verzweifelt. Oh Gott, sie hatte während der letzten vierundzwanzig Stunden mehr Sex gehabt als im ganzen letzten Jahr. Wie konnte sie ihn schon wieder wollen?

»Nicht, dass ich wüsste. Du solltest reichlich Wasser trinken.«

Sie trug ein absolut züchtiges T-Shirt und darunter einen prosaischen, unromantischen Sport-BH. Nicht, dass Kane Wright ihren BH zu sehen bekommen würde - AJ lachte erstickt und setzte im Geiste hinzu: *jedenfalls nicht bei dieser Dunkelheit.*

Er hatte zudem schon alles gesehen, was es zu sehen gab, und schien nicht sonderlich beeindruckt.

»Sicher.« Sie zog das Shirt über den Kopf. »Ich weiß ja nicht, was du gerade machst, ich ziehe mich jedenfalls aus.« *Oh, Ka-aaaane.*

»Tu dir keinen Zwang an. Wir haben eine lange Nacht vor uns.«

Eine lange, *langsame* Nacht, wie AJ hoffte.

Sie hatten die Verfolgung Raazaqs schließlich nicht aus freien Stücken aufgegeben. Also, wenn sie schon hier warten mussten, warum dann Zeit verschwenden? Sie grinste in die Dunkelheit und zog den BH aus.

Der Wagen war groß und geräumig und war für zwei Menschen, denen bereits heiß war, dennoch sehr eng.

Sie streifte die schweren Stiefel und die Socken ab, um es sich bequemer zu machen. »Kennst du eigentlich meinen Bruder?« Sie wackelte mit den Zehen. Sie dachte eine halbe Sekunde daran, Hose und Slip gleichfalls auszuziehen - und tat es auch.

Der Teppich kratzte an ihrem Hintern, aber nackt zu sein, ohne dass Kane davon wusste, turnte sie an.

»Gehört habe ich von ihm«, antwortete er aus der Dunkelheit. »Er arbeitet seit drei, vier Jahren als Undercoveragent, richtig? Steht ihr euch nahe?«

AJ rollte auf den Bauch und stützte das Kinn in die Hände. Die Dunkelheit ließ dieses Gespräch bei weitem intimer werden, als das in einem hell erleuchteten Raum möglich gewesen wäre. Kane hätte in einem hellen Zimmer jedenfalls kein solches Gespräch mit ihr geführt. Nackt oder nicht.

»Nicht so nah, wie ich das möchte.« AJ schlug die Unterschenkel hoch und kreuzte die Knöchel. »Erstens ist er acht Jahre älter als ich. Zweitens haben sich unsere Eltern getrennt, als ich gerade mal fünf war. Ich habe ihn nur gesehen, wenn ich über das Wochenende bei meinem Vater war. Der Altersunterschied, und dass wir uns nur sporadisch getroffen haben, hat dafür gesorgt, dass wir uns nicht allzu nahe stehen. Und du? Hast du engen Kontakt zu deinen Brüdern? Du hast drei oder vier, richtig? Ich habe ihre Namen im Hauptquartier aufgeschnappt.«

»Drei Brüder, einer älter, einer jünger und eine Schwester, Marnie.«

»Das macht zwei Brüder.«

»Und mein Zwillingsbruder, Derek.«

»Ein Zwillingsbruder, uh? Eineiig oder zweieiig?«

»Er ist hübscher.«

»Sag bloß, ach. Und steht ihr euch alle nah?«

»Ja, tun wir. Wir sehen uns nicht so oft, wie wir gerne möchten. Wir sind alle ziemlich beschäftigt. Marnie und Jake leben oben in Nordkalifornien. Sie haben ein paar tolle Kinder und einen ziemlich coolen Hund, der den ganzen Hühnerstall regiert.«

»Sind deine anderen Brüder auch alle verheiratet?«

Kyle und Michael, ja. Derek und ich sind die letzten zwei Standhaften.«

»Fünf Kinder? Deine Mutter muss eine Heilige sein.«

»Sie ist gestorben, als wir alle noch ziemlich klein waren.«

»Das muss sehr hart gewesen sein.«

»Ja, war es. Aber unsere Großmutter ist bei uns eingezogen, und es hat uns nicht an weiblichem Einfluss gemangelt.«

»Und ich hatte ein bisschen zu viel weiblichen Einfluss«, sagte AJ und rutschte herum, um es sich bequemer zu machen. »Meine Mutter war völlig davon besessen, dass ich jeden irgendwie erreichbaren Titel gewinne. Sie hat den Schönheitszirkus geliebt, genauso leidenschaftlich, wie ich ihn gehasst habe.«

»Du hast tatsächlich fast jeden Titel gewonnen, oder?«

»Ich hab ein paar gewonnen, ja«, sagte AJ verächtlich. Sie hatte mehr als nur ein paar gewonnen. Jeder Titel eine weitere Feder an Mutters Hut und eine weitere Demütigung für AJ. Sie hatte es gehasst, herumzustolzieren und *alles* nur mit Hilfe ihres Aussehens zu schaffen. Es war, als existierte sie als Person gar nicht. Nur ein Gesicht und ein Körper.

»Mein Mutter hat alles geliebt, alles angebetet und alles beachtet ... was mit meinem Äußeren zu tun hatte. Ihre Tochter, die Schönheitskönigin.« Ihr Inneres, ihr weicher, zärtlicher, sehnsuchtsvoller Kern, war verhungert, während AJs Mutter das eigene Ego an den Trophäen der Tochter aufgerichtet hatte. Bis AJ mit dem Fuß aufgestampft und begriffen hatte, dass sie das, was sie tat, mehr hasste, als sie ihre Mutter liebte.

»Du hast kurz vor deinem achtzehnten Geburtstag damit aufgehört, richtig?«, fragte Kane.

Warum kommst du nicht zu mir nach hinten und redest da mit mir? »Ich habe kurz vor den Miss-America-Wahlen aufgehört.« Die Erinnerung an die Konfrontation machte AJ immer noch nervös. »Ich bin direkt aufs College, um dann endlich zur Polizei zu gehen. Nachdem ich das Leben meiner Mutter ruiniert hatte, bin ich von zu Hause weg und ins Studentenwohnheim gezogen.«

»Ziemlicher Schnitt.«

»Ein absoluter Kulturschock.« AJ lächelte. »Gott, ich habe es geliebt. Nicht nur das College. Oh, Mann, in dem Moment, als ich zum ersten Mal auf der Schießanlage der Akademie stand, war ich zu Hause.«

»Wie hat deine Familie das aufgenommen?«, fragte Kane, mit einer Stimme, die den Lärm von draußen leicht übertönte. Perfekt ausgesteuert. Natürlich.

»Meine Mutter war, wie zu erwarten, außer sich. Unsere Beziehung leidet bis heute darunter. Wir bemühen uns, aber wir waren ohnehin nie wirklich Mutter und Tochter. Es waren die Miss-Wahlen, die uns verbunden haben. Als es die nicht mehr gab ...« AJ zuckte im Dunkeln die Achseln. »Gabriel und mein Vater auf der anderen Seite - also, *diese* Reaktion war ein wirklicher Schock. Ich dachte, sie würden stolz auf mich sein. Weil Dad schließlich ein ehemaliger Navy SEAL war und Gabriel zu der Zeit gerade bei T-FLAC angefangen hatte. Ich hatte gedacht, wenn irgendwer mich versteht, dann die beiden. Aber sie waren fuchsteufelswild und wollten mich überreden, den Dienst zu quittieren.«

»Das hast du aber nicht.«

»Nein.« Es hatte ihr wehgetan, dass keiner der Männer in ihrem Leben sich die Mühe gemacht hatte, unter die Oberfläche zu sehen. »Ich schätze, die Leute sehen immer das, was sie sehen wollen.«

»Manchmal ist das der sicherere Weg«, sagte Kane unumwunden.

Der Wind rieb den Humvee mit Sandpapier ab, die Sandkörner prickelten wie tausende kleiner Geschosse auf die Stahlhaut und schüttelten das Vehikel und alles darin durch.

Die enorme Dunkelheit, die sich um sie schloss wie ein dicker, schwarzer, lärmender Kokon, schottete sie von der Welt ab. Sie waren buchstäblich die Insel im Sturm.

»Rutsch rüber, ich komm nach hinten.«

Wurde auch Zeit. AJs Herzschlag beschleunigte sich, als Kane sich auf die Ladefläche schob. Er setzte sich, lehnte den Rücken an die Rückseite des Vordersitzes, und seine Knie streiften ihren Arm. Er streckte die Beine an ihrem Körper entlang. *So* groß war die Ladefläche nun einmal nicht. Als er sich neben ihr auf den Boden legte, spürte sie seine Hitze an ihrer ganzen rechten Seite.

Sie stützte das Kinn in die Hand. Seinen Duft aus nächster Nähe zu riechen - Schweiß und Kane Wright - ließ ihr das Wasser im Munde zusammenlaufen. Der Mann war der Deckel auf ihrem Topf. Wie lange würde es noch dauern, bis *Mr. Perfect* begriff, dass er neben einer nackten, willigen Frau lag?

Nachdem er ein paar schweigsame Augenblicke lang nicht über sie hergefallen war, setzte AJ sich auf, streckte die Hand aus und berührte sein Gesicht. »Was geht in deinem Kopf vor, Kane Wright, Sir?«, fragte sie sanft.

Er nahm ihre Hand und küsste die Handfläche. »Ich frage mich, Anaglypta Joy, warum wir hier im Dunklen liegen und *reden*, wenn wir uns die Zeit auch besser vertreiben könnten?«

»Und wie lautet die Antwort?« »So.« Er zog sie zu sich, bis sie beide flach auf dem Boden lagen. »He«, flüsterte er an ihren Mund. »Du hast ja deine Kleider verloren. Ich bin schockiert.«

12

*A*h, verdammt. Er roch so gut. Sein Körper verströmte eine Hitze, die ihr die Haut versengte, trotz der Schicht seiner Kleider, die sie noch voneinander trennte. Halb auf ihm liegend, drückte AJ sich dichter an ihn. Sie liebte es, seine harte Brust an ihrem empfindsamen Busen zu spüren. Sie rieb sich wie eine Katze an ihm, senkte den Kopf und war bereits so erregt, dass sie kaum noch denken konnte. Mit offenem Mund streifte sie ihre Lippen über seine. In ihrem Unterleib entzündete sich ein Feuer. Sie grub die Finger in die kühle Seide seines Haars und hielt ihn fest, obwohl er sich gar nicht bewegte. Sie leckte das Salz von seinen Lippen. Hungrig. Gierig. Heiß.

Teilnahmslos.

Der Mann unter ihr lag reglos und still. *Völlig* teilnahmslos konnte man nicht sagen, denn seine Erektion war hart wie ein Fels und bereit. Und unter ihrem rechten Busen spürte sie das schwere Pochen seines Herzens.

Sie küsste ihn wieder und hob den Kopf, als er immer noch nicht reagierte. Die Dunkelheit war drückend und unerbittlich, der Wind heulte mit seinem tiefen, traurigen Bass. »Küss mich, verdammt nochmal«, verlangte sie.

»Ich spiele da nicht mit, AJ.«

»Wer spielt hier?« Sie griff mit der Faust in sein Haar und küsste ihn wieder, drückte die Zunge zwischen seine Lippen, um in die warmen nassen Tiefen seines Mundes zu tauchen. Er öffnete den Mund für sie. Das war alles.

Alle früheren Liebhaber von AJ - alle drei - hatten es schnell und oft gewollt. Solange sie geblieben waren. Kane war da auch nicht anders - das hatte er ihr heute im Hotel bewiesen. Fünfmal in zwanzig Minuten.

Fein. Sie würde es auf jede Art nehmen, in der er geben wollte. AJ versuchte, den hitzigen Nebel aus dem Hirn zu bekommen, um zu begreifen, warum das hier nicht funktionierte. Sie glaubte keinen Moment daran, dass ihre Gefühle einseitig waren. Sie spürte, dass sein ganzer Körper unter Spannung stand, er sendete förmlich knisternden elektrischen Strom aus. Nein, zur Hölle, das hier war nicht einseitig.

Hatte er die Regeln geändert?

Perverser Bastard.

Der harte Griff, mit dem er sie am Oberarm packte, strafte seinen gelassenen Ton und seinen Mangel an Tatkraft Lügen. Doch im Gegensatz zu seiner mächtigen Erektion, die gegen ihren Schenkel pochte und pulsierte, hielt er unnatürlich still.

Sie schnaubte frustriert. »Verdammt, Kane. Ich bitte dich doch nicht, mich zu heiraten. Ich bitte dich um ein wenig körperliche Wärme. Ein wenig ...«

»Ablenkung?«, fragte er kalt.

»Soweit ich mich erinnere, hattest du im Aufzug nichts gegen ein wenig Ablenkung einzuwenden.«

»Das war etwas anderes.«

»Warum, weil du damit angefangen hast?«

Sein Schweigen dröhnte laut und klar in ihren Ohren.

»Was soll daran schon verkehrt sein, wenn wir beide es doch wollen?« *Und mein Herz wird auch nicht in Stücke brechen, wenn ich nicht mehr die passende Trophäe für dich bin. Es wird nicht so wehtun, dich einfach weggehen zu sehen.* Sie spürte verärgert, dass ihr die Tränen kamen. Warum war sie niemals gut genug?

»Das ist nicht nur lächerlich unprofessionell mitten in einem Einsatz«, erklärte er mit dankenswerterweise bebender Stimme, »dein Bruder würde mich zudem kastrieren, falls er es je herausfände.«

Tut mir Leid, dass dein Herz einen Sprung abbekommen hat, meine Kleine. Aber nicht jeder Kerl ist so oberflächlich wie dieses Arschloch. Eines Tages wirst du einen Mann treffen, der hinter die Fassade sehen kann und begreift, wie schön deine Seele ist.

Wann?, gestand sie. *Wann wird ein Mann hinter dieses verfluchte Gesicht sehen und erkennen, dass ich eine richtige Frau bin und keine fleischgewordene Männerphantasie? Die Liebe kotzt mich an! Ich werde mich nie, nie, nie mehr verlieben. Ich brauche und ich will auch keinen Mann, um zu wissen, wer ich bin.*

Erinnerungen. Erinnerungen brachen über sie herein, zerrten an den wirren Nerven und ließen sie, verdammt, an sich selber zweifeln. *Nicht jetzt*, schrie sie. *Nicht jetzt, wo mein Körper pocht, und der Mann, der mir Vergessen bringt, nur eine Erektion weit entfernt ist.*

Was sollte daran falsch sein, wenn zwei Erwachsene einvernehmlichen Sex hatten? Es handelte sich um einen biologisch bedingten Drang, der nichts mit Gefühlen zu tun hatte. Gute, altmodische Lust. Musste man dazu noch viel sagen? Wenn Kane sich nur endlich hätte gehen lassen. Um Himmels willen, da tat sie zum ersten Mal überhaupt selbst den ersten Schritt, und der Kerl entdeckte plötzlich seinen Stolz.

Glücklicherweise war es so dunkel, dass sie sein spöttisches Gesicht nicht sehen musste. »Ob du es glaubst oder nicht, mein Bruder bestimmt nicht über mein Sexleben.« Sie hielt inne und presste die Faust auf die Brust, wo sich gerade ein altbekannter Schmerz meldete. Verdammt. Verdammt. »Woher der plötzliche Sinneswandel, Wright?«, fragte sie mit belegter Stimme.

»Wolltest du einfach nur wissen, ob ich dich ranlasse? Bin ich nur die nächste Kerbe auf deinem Gürtel?«

»Das ist nicht -«

»Nein? Dann erkläre mir deine Zurückhaltung, bitte. Was ist los? Erst kannst du nicht genug von mir kriegen, dann willst du mich plötzlich nicht mehr in der Nähe haben. Was ist los?«

»Ich habe einen verfluchten Fehler gemacht«, sagte er mit zusammengebissenen Zähnen.

Ein bitteres Lachen drang aus ihrer Kehle. »Oh, ja. Du hast diesen *verfluchten* Fehler aber mehr als einmal gemacht. Du fährst sowieso zur Hölle, warum nicht für ein paarmal mehr?«

»Wir sollten diesen Fehler nicht auch noch schlimmer machen.«

»Gott«, sagte AJ und machte sich nicht die Mühe, ihre Wut zu verbergen. »Da fühlt ein Mädchen sich so richtig gut, wenn sie hört, dass sie ein Fehler war.«

»Ich will mich nicht meiner Verantwortung -«

»Gut!« Sie schaute in seine ungefähre Richtung. »Denn ich will auch nicht in irgendjemandes Verantwortung stehen. Dann sind wir quitt.«

»Nein, verdammt. Das ist nicht das, was ich - verdammt nochmal, Frau!«

»Findest du mich attraktiv?«

»Himmel, Cooper -«

»Ja oder nein?«

»Ja«, schrie er. »Gott verdamm dich, ja!«

Sie schob die Hand zwischen ihre beiden Körper und streichelte seine harte, steife Länge. Er holte keuchend Luft.

»Dann lass es uns tun. Ich sag es keinem, wenn du es auch keinem sagst.« Sie nibbelte an seinem Kinn, zog den Rand ihrer Zähne über seine Haut. Als Kane immer noch nicht reagierte, sich nicht im Mindesten regte, durchlief ein kalter Schauder ihren Körper.

Was brauchte sie eigentlich noch? Einen Schlag auf den Kopf? Er wollte sie nicht? Er reagierte, wie ein Mann auf einen weiblichen Körper reagierte, aber er wollte sie nicht. Nicht *sie*. Dies war ihr nie zuvor passiert. Nicht, dass sie je zuvor einen derart aufdringlichen Verführungsversuch gewagt hätte.

Um keinen Preis der Welt würde sie mit intaktem Stolz hier rauskommen. Was konnte sie sagen? *Lass mich noch schnell von dir runterrutschen, du armes kleines sexuell belästigtes Ding, du?* Ihr Stolz war verletzt. Ihr Ego verbeult. Ihr Körper brannte. Und nirgendwo ein Feuerwehrmann in Sicht, der zu ihrer Rettung eilte.

»Hey, ich stecke das weg.« Sie zog mit heißem Gesicht die Hand weg und versuchte, sich von ihm herunterzurollen. »Kein Grund, Mitleid mit mir zu haben.« Tränen der sexuellen Frustration und der Erniedrigung brannten in ihren Augen. Verdammt. »Die Quickies waren dir wohl genug. Cool. Ich kann mit der Enttäuschung leben.«

Seine Finger gruben sich in ihren Oberarm und hielten sie am Platz. »Kalte Füße, Antarctica Joy?«

»Kalte Füße? Du bist der, der im Kühlschrank hockt, Burschi. »Sie hörte auf, sich wegrollen zu wollen. Er würde sie loslassen, sobald ihm danach war. Aber sie sollte verdammt sein, wenn sie auf ihn reagierte, sogar dann, wenn er sie wollte. »Weißt du«, sagte sie kalt und hielt mit Mühe die Stimme unter Kontrolle, »wenn du auf die Tour weitermachst, errätst du noch meinen richtigen Namen.«

»Und?«

»Eine Zigeunerin hat mir einmal geweissagt, dass der erste Mann, der meinen richtigen Namen errät, mein Ehemann werden würde.«

»Wirklich?«

»Keine Panik.« Diesmal sprach *sie* durch zusammengebissene Zähne. »Ich habe noch keine Hochzeitseinladungen verschickt. Die Chancen, dass einer errät, stehen eins zu einer Million.«

»Du meinst, keiner hat es je ernsthaft versucht?«

Jetzt hatte sie wirklich zu kämpfen. Kane pickte immer die eine verdammte Sache heraus, die er nicht herauspicken sollte. »Erstens«, zischte AJ, »geht dich das nichts an, und zweitens will ich, dass du mich jetzt endlich loslässt, *pronto.* Ich entschuldige mich dafür, etwas angefangen zu haben, das du nicht zu Ende bringen wolltest, aber im Augenblick hältst du mich gegen meinen Willen fest. Drittens, eine falsche Bewegung, und mein Knie macht dich zum perfekten Türsteher des örtlichen Harems.« Als er sie immer noch nicht losließ, sagte sie nur: »Verdammt nochmal, Kane.« Ihr Atem verfing sich in einem Schluchzer, der sie zu Tode erschreckte. »Bitte.« Die Brust eng vor Wut, versuchte sie, den Arm aus seinem Griff zu winden.

»Ich habe nicht gesagt, dass ich keinen Sex mehr mit dir haben will. Du hast vorschnelle Schlüsse gezogen, wie üblich.«

»Wie bitte?« Sie fühlte ihn immer noch steinhart an sich. »Für mich hat es sich ziemlich so angefühlt, als wolltest du welchen, aber du hast nein gesagt.« Sie war außer sich vor Wut. »Jetzt habe *ich* genug. Lass mich los. Ich muss jetzt ein bisschen schlafen.«

Seine Hand hatte, ohne dass AJ es bemerkt hatte, ihren Oberarm längst losgelassen und war über die Schultern an ihren Hals geglitten und zur Schläfe, wo seine Finger jetzt durch ihr Haar strichen. Er hielt sie nicht mehr fest, aber jetzt schien *sie* sich nicht von ihm lösen zu können. Wofür sie sich wirklich hasste.

In einer Minute oder so würde sie sich von ihm herunterrollen, ihm den Rücken zudrehen und sich schlafen legen. In einer Minute. »Was willst du eigentlich von mir, du Hurensohn?«

Sein Penis reagierte zwischen ihnen.

Ihr Unterleib zog sich zur Antwort zusammen, und ihre Brustwarzen schmerzten. »Hör auf damit!«

Seine Daumen strichen zum Verrücktwerden sanft über ihre Schläfen, die Wangenknochen, die Ohrmuschel. »Was bist du zu geben bereit?« Seine Stimme war belegt und heiser.

»Ein blaues Auge?«

»Leeres Geschwätz.«

Lass mich los, und wir werden schon sehen.«

»Und warum sollte ich das tun?«

»Entscheide dich, Wright. Oder soll ich es für uns beide machen.« Sie versuchte einen Kniestoß. Er blockierte mit einer blitzschnellen Bewegung ihr Bein und hielt ihre Beine mit seinen Unterschenkeln fest.

»Du gehst nirgendwohin.«

Sie blies sich die Haare aus den Augen. Versuchte, ruhig zu bleiben, während ihr Temperament wie ein Olympionike raste. »Schau«, sagte sie, und ihre Verlegenheit wandelte sich in Zorn, »ich hab dir ein Angebot gemacht. Du hast abgelehnt. Ende der Geschichte.« Sie blieb reglos liegen, keuchend vor überschäumenden Emotionen. »Verdammt, in der Zeit, die du gebraucht hast, mir diese Lektion zu verpassen, diesen Warnschuss oder was immer es war, hätten wir fünfmal Sex haben und uns schlafen legen können. Ich habe jedenfalls nicht vor, auf ein totes Pferd einzuprügeln.« Sie schaffte es, sich zur Seite zu drehen, herunter von seiner Hitze.

»Das Pferd ist weit davon entfernt, tot zu sein.« Er zog sie dahin zurück, wo er sie haben wollte. In die Wiege seiner Oberschenkel. »Wir hatten es bereits hart, schnell und fünfmal hintereinander. Absolute Höchstleistung, übrigens. Aber noch nicht genug.«

Es fiel ihr schwer, ihren Zorn aufrechtzuerhalten, wo sie doch am liebsten dahingeschmolzen wäre und zu ihm gesagt hätte: »Vergiss, was immer du mir *nicht* zu sagen versuchst, und *mach* es mir einfach.« Das Problem war, dass Adrenalin, Wut, Verlegenheit und sexueller Frust sich in ihr mischten und nirgendwohin konnten. Und der Mann gab ihr derma ßen komplizierte, wirre Signale, dass sie überhaupt nicht mehr wusste, was vor sich ging.

Sie boxte gegen seine Schulter. Hart.

Sie wollte Sex - *jetzt* - oder einen ordentlichen Kampf.

Im Moment ging beides nicht. »Du sendest widersprüchliche Signale, Wright. Sag jetzt endlich geradeheraus, was, zur Hölle, du eigentlich willst.«

Seine Hände lösten sich aus ihrem Haar, glitten den Rücken hinab und umfassten ihr Hinterteil. Er hielt sie ruhig an sich gepresst. »Das ist es, was ich von dir will. Aber keine Verpflichtungen. Keine Beziehung.«

»Perfekt«, giftete sie, und der Frust gewann die Oberhand. »Bring es direkt auf den Tisch, wo wir beide es sehen können. Keine Verpflichtungen. Keine Beziehung. Keine dummen Gefühle - exzellent. Das ist genau das, was *ich* will. Ich -«

Er brachte sie mit einem Kuss zum Schweigen, der sie bis ins Mark traf und ihre Körpertemperatur nach oben ausschlagen ließ. Sie öffnete den Mund, um ihn zu kosten. Heiß. Berauschend. Süchtig machend. Der Kuss war sinnlich und lüstern genug, um all ihre weiblichen Körperteile auf einmal zum Schmelzen zu bringen. Oh, Gott. Sie war ihr ganzes Leben lang mit keiner solchen Kunstfertigkeit geküsst worden. Noch nicht einmal von ihm.

Die laute Schwärze um sie herum erreichte neue Dimensionen, während er sie küsste. Er verwöhnte ihren Mund mit hungrigen, tiefen Küssen, die ihr den Atem und den Verstand raubten.

Sie beide trieb eine verzweifelte Gier, die hell und heiß einen Bogen zwischen sie spannte und die Enge des Wageninneren mit einer Hitze erfüllte, die schier unerträglich war.

AJ klammerte sich an ihn, grub die Finger in sein Haar, hielt ihn fest. Ihr Körper schien sich in seinem aufzulösen. Ihr Herz raste im Takt mit seinem. Ihre Hüften trommelten an seine, holten seine Erektion näher, härter an das schmerzende Zentrum ihrer Lust.

Sie hob den Kopf gerade weit genug, um an seinen Mund knurren zu können: »Ich will dich in mir. *Jetzt.*«

Die Kakophonie ihres pochenden Bluts übertönte den Sturm, der draußen wütete. AJ war blind und sich messerscharf seiner Berührungen bewusst. Seines Geruchs.

Seines keuchenden Atems. Des Geschmacks seines Mundes.

»Bald.« Seine Stimme war rau, sexy und heiß. »Bald.« Er kehrte auf ihren Mund zurück wie eine heimkehrende Taube.

Dieser Hurensohn schaltete ihre Lust an wie eine elektrische Lampe.

Draußen heulte der Wind lang gezogen und tief. Das Prasseln des Sandes auf den Humvee war zu AJs Herzschlag geworden, einem Teil von ihr. Die Natur zürnte draußen genauso wie drinnen im Wagen.

»Beeil dich.« Die Gier wütete in ihr. Sie grub die Zähne in seine Brust, fand seinen Nippel, saugte daran, wie sie es sich von ihm wünschte. Er japste und stöhnte, packte ihren Kopf. Beide atemlos, rollten sie auf der Ladefläche des Wagens umher, stießen Schachteln und Koffer um, ohne es zu bemerken. Seine Hände waren rau, erweckten ihre Haut zum Leben, brennend heiß und fiebrig.

Sie zerrte mit einer Hand an seinem Hemd, wollte, *brauchte* seine nackte Haut. Knöpfe sprangen davon. Das Geräusch des reißenden Stoffs war so befriedigend, dass sie die Vorderseite mit beiden Händen packte und mit aller Kraft daran riss, um es noch einmal zu hören.

Gut.

Und noch einmal.

Besser.

»Gott. Beeil dich.« Ihre Hände glitten fiebrig über seine warme behaarte Brust, über die glatte Haut seiner breiten Schultern, wieder hinab, über den stoffbedeckten mächtigen Bizeps, die sehnigen Unterarme entlang und auf die Brust zurück, wo sie die Finger in sein Brusthaar grub.

»Nein, Cooper, nein. Wir werden das hier *nicht* schnell machen. Nicht schon wieder. Wir haben Zeit. Lass sie uns nutzen.« Er streifte die Lippen über ihren Mund. Einmal. Zweimal. »Lass uns die Zeit nutzen und es diesmal langsam angehen.«

Sie wollte nicht mehr langsam machen. Sie wollte es heiß und schnell. Sie hatten noch Zeit genug, es langsam zu tun … später irgendwann! Etwas Rohes, Primitives durchzuckte sie, und sie erschauderte vor Lust. Oh, Gott, er fühlte sich so verdammt gut an unter ihren Händen, heiß, glatt und haarig. Sie verglühte fast. Während ihr eigenes Herz fast durchdrehte, schlug seines laut und schwer. Und gleichmäßig.

Der Wagen schwankte heftig im Sturm. Sie zerrte und zog am Rest seines Hemdes, wollte es ihm ganz ausziehen. Doch weil seine Arme überall um sie waren, konnte das Hemd nirgendwohin. Die Münder verschmelzend, ihrer beider Atem sich mischend, zog sie das Hemd so weit es ging weg. Dann ließ sie die Hände an seinen Seiten hinabgleiten, zum Bund seiner Hose.

»Warum beeilst du dich nicht?«, wollte sie wissen und schluchzte fast, während sie die Hand zwischen sie beide zu schieben versuchte, um an seinen Hosenschlitz zu gelangen. Obwohl seine Körperteile und ihre sich verzweifelt paaren wollten, passierte einfach nichts!

»Nicht so schnell.« Er legte die Hände an ihr Hinterteil, streichelte und knetete es, bis sie jammerte: »Ka-aaane!« Sie wollte ihn. Jetzt. In diesem Augenblick. Mehr als sie je einen Mann gewollt hatte. Sie klebten quasi aneinander. Sie wollte es. Verzweifelt. Aber zuerst musste sie diesen Mann aus seinen Hosen heraus- und in sie hineinbekommen.

»Zurück, zurück, zurück«, murmelte sie mit belegter Stimme. »Das ist ein Befehl.«

»Ja, Madam.«

Sie lachte, das Lachen gurgelte tief aus ihrem Inneren nach oben. Und in ihr Lachen mischte sich die sehnsuchtsvolle Gier, diesen Mann in sich zu spüren. Sie war eigenartig und unglaublich, diese Mixtur aus Freude und rot glühender Begierde. »Lass uns die Zeit nicht verschwenden.«

Ihre Finger griffen an den vorgewölbten Reißverschluss, tastete mit den Fingern nach dem Zipper. Sein Körper reagierte sofort auf die Berührung. Sie zog und zog. »Verdammt, Wright, gibt es da ein Vorhängeschloss, von dem ich nichts weiß?«

Er lachte kurz. »Zum Schutze der Kronjuwelen.«

»Oh«, sagte sie trocken, »wirklich witzig von dir.« Sie zerrte erfolglos an dem dummen Reißverschluss. »Diese Hosen haben das letzte Mal gar nicht so eng ausgesehen. Was hast du angestellt, sie im Trockner geschrumpft, als ich gerade nicht hingesehen habe?«

»Stell dir vor, wie es ist, ein Weihnachtspaket auszupacken.«

»Ach?«, sagte sie drohend und lehnte sich dicht an seinen Mund. »Wenn ich ein Geschenk wirklich will, dann reiße ich es auf. Manchmal mache ich dabei die kleineren, beweglichen Teile meines Spielzeugs kaputt. Hast du etwa das im Sinn?«

»Wenn ich es mir recht überlege ...«, sagte er mit heiserem Lachen. »Warum lässt du es dir nicht von mir auspacken?« Er drehte sie herum, und sie hörte, wie sich der Reißverschluss öffnete.

Sie konnte ihn gar nicht schnell genug aus seinen Kleidern bekommen. Wie sie so auf ihm lag, während seine Erektion sich aus dem offenen Reißverschluss drückte, erschien ihr das alles plötzlich so absurd, und sie fing an zu lachen. Atemlos und fast schon hysterisch, aber dennoch Lachen.

»Du findest das also amüsant?«, fragte Kane. Das sagte sich so leicht. Sie war nackt, während er irgendwie immer noch voll bekleidet war.

»Zur Hölle, ja«, sagte sie. »Es ist nicht gerade das, was man einen würdevollen Augenblick nennt.« Sie ließ die Hand in seine Hose gleiten. Kane stöhnte auf, als ihre Finger sich um ihn schlossen. Sein dicker Penis war glatt wie Seide und zuckte im warmen Griff ihrer Finger. »Gib es mir.«

»Gut Ding will Weile haben, Angelica Japonica.« Er rollte sie auf den Rücken, sein Körper schwer und heiß ersehnt auf ihrem. Die Kamerataschen und Schachteln gerieten ins Rutschen, während sie sich in dem engen Laderaum bewegten. Sie hörte, wie er die Sachen aus dem Weg schob. Sie zog ein Knie hoch, um seinen Körper zu umfangen, und er wiegte sie an sich, während sein Mund sich an ihrem ergötzte. Sie spürte Flammen in ihren Adern züngeln und konnte hinter den geschlossenen Lidern ein Feuerwerk sehen.

Sie ächzte und bog den Körper durch, als seine große Hand an ihrer Seite entlangglitt und sich auf ihren Busen legte. Das Gefühl war so schmerzlich süß. »Ah ...«

Kanes große schöne Hände glitten ihre Arme hinauf und jagten ihr eine Gänsehaut über den Körper.

Und er küsste sie. Auf den Mund. Auf den Hals. Seine Finger verweilten minutenlang auf ihren Brüsten, während er die Brustwarzen mit der heißen, nassen Zunge verwöhnte. Sein Kinn streifte ihr Brustbein entlang, über ihren Bauch ... und weiter nach unten.

Er spreizte mit den breiten Schultern ihre Knie, dann grub er das Gesicht in die feuchten Löckchen.

AJ versuchte, die Hände frei zu bekommen und seinen Kopf zu packen. »Kane! Warte - Halt - Das kannst du nicht -«

Er konnte doch. Und er tat es. Sein leidenschaftlicher Mund presste sich auf sie, ließ sie die Hüften anheben, während seine heiße, kundige Zunge sie liebkoste.

Er gab ihre Arme frei, um ihre Hüften weiter anzuheben und sie fest an seinen Mund zu ziehen, um sie mit der hei ßen Berührung seiner wissenden Zunge in den Wahnsinn zu treiben.

AJ konnte nicht denken, sie konnte nur fühlen. Und was für ein Gefühl das war! Sie schob die Hände nach unten, griff in sein Haar, bog hilflos weiter den Rücken durch und konnte nicht verhindern, dass wimmernde kleine Laute aus ihrer Kehle drangen.

Seine muskulösen Arme pumpten und streckten sich unter ihren Schenkeln, bewegten ihre Hüften und hielten sie, als ihr Körper zuckte und durch einen Sturm der Gefühle rollte.

Das hier war mehr als nur Sex, begriff AJ, während ihr Körper unter dem Ansturm bebte und zitterte. Oh, Gott, das war mehr als nur unkomplizierter Sex. Sie versuchte, die Hüften von seinem Mund wegzubewegen. Es war zu viel, Mehr als nur zu viel. »Kane. Ich ... ich ...«

Sie kam in einer Woge aus Lust, ihr Körper erschauderte und bebte. Ihr Hirn war absolut und völlig leer.

Dann kehrte sie leicht wie eine Feder auf die Erde zurück. Und kraftlos wie zu lange gekochte Spaghetti. Kane war immer noch zwischen ihren Beinen.

»Ah ...«

Er hob den Kopf, dann zog er einen brennenden, feuchten Pfad ihren Körper hinauf. Mit strategischen Pausen an ihren Brüsten und Nippeln.

Dann nahm er ihren Mund, und während er es tat, glitt sein Körper so schnell und so komplett in sie hinein, dass das überwältigende Gefühl des Ausgefülltseins ihr keuchende Laute entlockte. Bevor AJ wieder zu Atem kommen konnte, bewegte er sich schon in ihr, stieß in sie und dehnte sie weit, um sie alles aufnehmen zu lassen. Ihre Nägel gruben sich in seinen Rücken. Das berauschende Gefühl, von ihm erfüllt zu sein, ließ sie erschaudern. Sie versank in Lust, während sie sich an ihn stieß, bis er zu keuchen begann.

Ihr Orgasmus kam heftig und schnell. Ihr Körper presste sich um ihn. Sie grub die Nägel in seine Schultern und klammerte sich an ihn, während die schiere Perfektion des Gefühls sie zum Schluchzen brachte.

»Manchmal ist hart und schnell ja gut«, sagte er leise in ihr Ohr. »Aber manchmal ... - schläfst du schon?«

Ihr Kopf lag schwer an seiner Schulter, die langen Haare klebten wie heiße Seidenbänder auf seiner feuchten Haut. Sie hatte ein Bein um ihn geschlungen. Kane strich mit der Hand zart über ihren Arm und ließ die Finger über den

Schwung ihrer Hüfte gleiten. Ihre Haut war unerhört glatt und weich und vor Anstrengung feucht.

Wenn sie sich das nächste Mal liebten, wollte er sie sehen. Wollte ihr ins Gesicht schauen und sehen, wie ihre Augen sich verdunkelten und vor Begierde neblig wurden. Er wollte ihre Nippel hart werden sehen, wenn er daran sog. Er wollte sie erröten sehen, wenn er den Kopf zwischen ihre Schenkel grub.

So, wie sie während des Liebesaktes reagiert hatte, konnte Kane nur vermuten, dass ihre früheren Liebhaber selbstsüchtige Ratten gewesen waren. Es gab eine Menge, worüber sie reden mussten, dachte er wohlig, während er das Gewicht ihres Kopfes spürte und den Moment genoss.

～ 13 ～

ie erwachten vom Schrillen des Satellitentelefons. Sie hatten es geschafft, sich vier Stunden Schlaf abzuringen. Besser als nichts. Kane kletterte nackt über die Sitze, um das Gespräch anzunehmen.

AJ suchte in tiefer Dunkelheit ihre Kleider zusammen. Während sie sich anzog, hörte sie seinen knappen Fragen zu und reimte sich die Antworten zusammen. Mein Gott. Ihr Herzschlag dröhnte in den Ohren. Die Dinge schienen in Zeitlupe zu passieren, während sie sich eilig anzog.

Sie lauschte konzentriert auf Kanes Tonfall, packte eine Hand voll von seinen Sachen und schob sich zwischen den Sitzen ins Cockpit vor, wo sie das Oberlicht einschaltete.

Kanes Gesicht war furchteinflößend grimmig, als er die Verbindung kappte. »Es ist ein Virus«, sagte er geradeheraus, nahm seine Kleider entgegen und begann, sich anzuziehen. »Raazaq hat genug von dem Zeug, um eine Kleinstadt auszulöschen und unzählige andere zu infizieren. Offenkundig stirbt jeder, der infiziert ist. Manche sterben innerhalb von Tagen, während es anderen gut geht und sie reine Überträger sind. Es ist hochansteckend.«

»Heilige Scheiße.«

Kane war mit Anziehen fertig, startete den Motor und fuhr los. Das Fahren war immer noch gefährlich. Zu viel Sand in der Luft und die Sicht praktisch null. Es war tiefdunkel, der Wind fegte mit über einhundertzwanzig Stundenkilometern über sie hinweg. Aber sie hatten keine andere Wahl.

Sie schloss den Sicherheitsgurt, griff quer über Kanes Brust nach seinem Gurt und klickte ihn zu.

Der scharfe, metallische Geschmack der Angst erfüllte ihren Mund, und ihr Herz klopfte unregelmäßig. Dass ein Psychopath wie Raazaq etwas derartig Gefährliches in Händen hatte, reichte aus, um Mutter Teresa, so tot sie auch war, einen Herzinfarkt zu verpassen.

AJ kniff einen Moment lang die Augen zu. Sie brauchten Verstärkung, verdammt, und zwar sofort. So mussten sie einfach tun, was irgendwie ging.

»Zwei Grad weiter südlich.« AJ prüfte das GPS auf dem Armaturenbrett und korrigierte geistesabwesend Kanes Kurs. »So weit südlich ist absolut nichts«, sann sie vor sich hin und stemmte sich mit beiden Händen gegen das Armaturenbrett, weil der Wind den Humvee umzuwerfen drohte.

Sie ging im Geiste die Karten der Gegend durch, versuchte herauszufinden, wohin Raazaq möglicherweise unterwegs war. »Vielleicht will er nach Bawiti«, dachte sie laut nach. »Aber ich bezweifle es. Zu dünn besiedelt. Warum sollte er etwas, das Tausende töten kann, an ein paar hundert ›Bauern‹ verschwenden, wie er sie nennt? Vielleicht weiter südlich? Der Sudan?« Sie schüttelte den Kopf und verwarf die Idee. »Warum hatte er dann kein Flugzeug genommen? Oder den Fluss?«

Sie schlitterten und rutschten den Abhang hinab, während schwere Böen sie zurückzwingen wollten. Sogar die Natur arbeitete gegen sie. Kane presste die Lippen zusammen und runzelte die Stirn. AJ studierte im trüben Schein des Armaturenbretts seinen Gesichtsausdruck und war dankbar, nicht der Grund seines Zorns zu sein.

Sie würden nur langsam, entsetzlich langsam vorankommen, was bei der Dringlichkeit der Lage nur noch schlimmer war. Es war wie in einem Albtraum, in dem man zu laufen versucht und die Beine sich nicht bewegen wollen. *Beschäftige dich*, sagte sie sich. *Rede. Hör auf, so viel nachzudenken.* »Es gibt nur wenige Ansiedelungen. Ein paar kleinere Oasen. Sonst praktisch nichts.« Der Humvee schwankte plötzlich, weil ihn eine Breitseite aus

Wind getroffen hatte. AJs Blick wanderte vom Sand, der über die Windschutzscheibe fegte, zu dem Mann hinter dem Lenkrad. »Wir brauchen das Team. Hier, bei uns. Damit sie das Zeug unschädlich machen, während wir diesen Bastard erledigen.«

»Bitte, keine Panik jetzt. Glaube mir, ich lasse dich wissen, wenn es Zeit ist, in Panik zu verfallen.« Kane warf ihr schnell einen Blick zu, dann konzentrierte er sich wieder auf die Außenwelt, die sich mit Zähnen und Klauen einen Weg hereinbahnen wollte. »Das Team wird da sein, wenn wir es brauchen. Bei diesem Wetter kann keiner viel tun. Sogar Raazaq kommt gegen diesen Sturm nicht an. Im Moment sind wir beide von allen am dichtesten an ihm dran.«

Er rang sich jedes einzelne Wort ab und setzte hinzu: »In dem Augenblick, wo der Sturm abzieht, wird der Himmel voller Flugzeuge sein, und wir bekommen Verstärkung, bis wir nicht mehr wissen, wohin damit. In der Zwischenzeit fahren wir so weit und so schnell wir können und machen ihm die Hölle heiß.«

»Ich gebe den anderen Bescheid.« Sie schaltete eine Verbindung zu Hawk und sagte den Männern, sie sollten ihnen hinterherfahren und wenn möglich aufholen. AJ benutzte einen simplen T-FLAC-Code, um die anderen in aller Kürze über die Gefahrenlage zu informieren, und innerhalb von Sekunden setzte sich der Konvoi in Bewegung. Sie konnte sie nicht sehen, aber sie wusste, das Team war da, gab ihnen Rückendeckung und beeilte sich in typischer T-FLAC-Solidarität, sie einzuholen. Sie und Kane waren nicht alleine, so isoliert sie sich auf der Fahrt durch den Sturm auch vorkommen mochten.

Zur Hölle, das Fahren allein war ein tödliches Geschäft, so wie der Wind tobte und den Sand zu einer blind machenden, beigen Wand aufwirbelte. Die Straße, die sowieso schon ziemlich klein war, verschwand unter dem bewegten Sand. Sie hätten durch eine Oase voller fröhlicher

Menschen fahren können und es erst bemerkt, wenn sie einen davon überfahren hätten. Jesus.

AJ betrachtete Kane im Schein des Armaturenbretts. Seine Armmuskeln traten heraus, während er versuchte, das Lenkrad unter Kontrolle zu halten. Die Anstrengung verzerrte seinen Mund, während er den Humvee zu gefährlicher Geschwindigkeit trieb. Sie redeten nicht, weil Kane sich darauf konzentrieren musste, den Wagen auf der Straße zu halten.

Manchmal schienen sie fast im tosenden Wind zu schweben. AJ biss sich auf die Zunge, fluchte und drückte die Hand auf den Salto schlagenden Magen. Der Wind versuchte tatsächlich, sie wieder zurückzuschieben. Wollte das Schicksal ihnen irgendetwas mitteilen?

Nein.

Das einzige Schicksal war das, das man sich selber schuf, dachte AJ. Und sie wollte verflucht sein, wenn sie zuließ, dass Raazaq, dieser Wahnsinnige, weiterhin die ganze Welt als Geisel hielt.

Sie griff nach dem schrillenden Satellitentelefon - dankbar für die Unterbrechung. »Es ist Hawk«, schrie sie über den tosenden Sturm. »Er will dich sprechen.«

»Schalt ihn auf Lautsprecher.«

AJ legte den Schalter um und drehte an den Knöpfen, um Hawk klarer reinzubringen. Sie drehte die Lautstärke hoch, so weit es ging, weil Hawks Stimme den Sturm sonst nicht übertönt hätte. Das Satellitentelefon knisterte wie ein altes Radio. »Vorsicht!«, schrie sie, als irgendein fliegendes Pflanzending - war das eine Palme? - direkt auf sie zuraste. »Pass auf!«

Das Auto schleuderte über die nicht existierende Straße und holperte widerspenstig, während Kane mit dem Lenkrad rang, um den Wagen wieder in die richtige Richtung zu bekommen.

»Der ... funktioniert nicht ...« Hawks Stimme brach ab.

»Sag das nochmal«, verlangte Kane.

»… Wagen zwei … Sand … Getriebe und …« Das Getriebe des anderen Fahrzeugs hatte im Sandsturm aufgegeben. Verdammt. Es entstand eine Pause, während sie die Neuigkeiten verarbeiteten. »Denke, du musst … zurück.«

»Nein«, sagte Kane kategorisch. »Ich kann Raazaq schon riechen. Sie werden warten müssen. Stell eine Verbindung her. Die anderen sollen sie abholen, sobald ein Durchkommen ist.«

Es gab eine lange Pause. »Kön … ei Tag … oder länger.«

»Könnte sein, ja«, sagte Kane schroff. »Aber ich brauche euch mehr als die. Setzt euren Arsch in Beweg -« Dann fluchte er: »Die Leitung ist tot.«

»Ich versuch es nochmal.« AJ versuchte es mit der Satellitenverbindung, dem Funk und der Landverbindung, dann mit beiden Handys.

Nichts.

Alle Kommunikationsverbindungen über Satellit oder auf anderen Wegen waren unerklärlicherweise tot.

Sie waren allein.

»Raazaq befindet sich schätzungsweise achtzehn Meilen vor uns. Kane warf einen grimmigen Blick auf das zum Glück funktionierende GPS. »Dann wäre er … wo?«

»Die Oase«, sagte AJ triumphierend. »Wenn wir schnell machen, können wir in zwanzig Minuten da sein. Super.«

»Bist du sicher?«

»Ja.«

»Fahrtrichtung?«

»Stimmt so. Fahr einfach weiter. Wir schaffen das.«

Fünfundvierzig Minuten später realisierte Kane, dass sie angekommen waren. Das Fanggitter an der Front ihres Fahrzeugs und eine sehr große Palme kamen plötzlich in Sicht. Er trat voll auf die Bremse. Der Humvee vibrierte, das Heck schwang weit durch den Sand, aber der Wagen kam schlagartig vor dem Stamm zum Stehen.

»Gut gemacht, Junge.« AJ ließ den Atem, den sie scheinbar meilenweit angehalten hatte, heraus und fing an, sich das lange Haar zum Zopf zu flechten. Haar, das weich wie feinste Seide war und nach Rosen und Zimt duftete.

»Raazaq wäre besser hier.« AJ ließ die Hände sinken. »Denn, wenn nicht hier, wo dann?«

»Wünschte, zur Hölle, ich wüsste es.« Kane linste durch einen Vorhang aus wirbelndem Sand und betrachtete die schwarzen Zelte und das angebundene Vieh der Beduinen.

Sie durchsuchte die Tasche zu ihren Füßen. »Was wollen wir mitnehmen?«

»Ich nehme die SIG, danke, und mein Messer.« AJ reichte ihm beides. Nicht gerade viel, wenn die Sache schief lief. Aber sie konnten nicht bis an die Zähne bewaffnet da reingehen und dazu noch friedlich aussehen wollen. Er befestigte das Messer an seinem Unterschenkel und zog die Hose darüber. Dann lehnte er sich vor und ließ die Pistole im Rücken unter seinem Hemd verschwinden. Einem forschenden Blick hielt es nicht stand, aber im Dunkel des Sandsturms würde es keinem auffallen. »Nimm was Kleines, Diskretes mit. Fertig?«

»Ich bin fertig bewaffnet, falls du das meinst. Steigen wir aus, oder bleiben wir hier drin, bis der Wind uns wegbläst?«

»Raus, du Klugscheißerin. Aber gib mir erst die Feldflasche.«

Sie feuchteten zwei große Stofftücher an, drückten das überschüssige Wasser aus und wickelten sich jeder ein Tuch um Nase und Mund, um den Sand fernzuhalten. Sie sahen wie Banditen aus.

Er streckte die Hand aus. »Nimm den Beutel, der hinter deinem Sitz liegt, und gib ihn mir. Den nehme ich. Komm.« Er schob den kleinen Ledersack unter sein Hemd.

AJ nahm seine Hand, rutschte über die Mittelkonsole und stieg auf der Fahrerseite aus. Der nicht enden wollende Wind schlug augenblicklich auf sie ein. Kane stellte sich zwischen sie und die Böen, aber man hätte genauso gut versuchen können, einen Tornado mit Hilfe eines Fliegengitters aufzuhalten. Der Sand war überall. Lebendig, atmend, ein Wesen eigener Art. Er umhüllte sie, prickelte in tausend Nadelstichen auf ihrer Haut. Kratzend, stechend, schlagend.

Der Wind riss Kane den Türgriff aus der Hand und schlug die Tür so heftig zu, dass der Wagen erbebte. Die Tür verfehlte AJ um einen Wimpernschlag. Kane packte sie an der Hand und gab ihr Halt. Dann zog er sie in Richtung des gro ßen Zelts in der Mitte des Lagers. Drinnen war ein schwacher Lichtschein zu sehen, der sie wie ein Leuchtfeuer durch den Sturm geleitete. Der Rest der Welt war Dunkelheit und sturmgepeitschter Sand.

Trotz der feuchten Tücher um Nase und Mund schluckten sie hustend puderfeine Sandpartikel, während sie sich gegen den Wind lehnten und mit unsicherem Schritt wie Betrunkene vorantaumelten. Der Sand knirschte zwischen ihren Zähnen.

Die eng zusammengekniffenen Augen machten das Gehen zu einem Glücksspiel, und die feuchten Tücher vor ihren Gesichtern waren schnell sandverklebt, was das Atmen fast unmöglich machte. Kane hielt AJ so fest bei der Hand, dass die zarten Knochen knackten. Und sie war froh über dieses Gefühl der Sicherheit. Er war der eine feste Orientierungspunkt in einer Nacht, die von Schall und Wahn erfüllt war. Jeder Schritt war eine Qual. Jeder Atemzug schmerzhaft. Sie hing an Kane, und ein Teil von ihr hatte Angst, dass es sie seinem Griff entriss und auf einer Woge aus Sand davontrug.

Himmel, Kane hatte nie zuvor etwas Derartiges erlebt. Sandpartikel stachen in seine Haut wie mikroskopisch kleine Glasscherben. Ihm war, als werde er von Feinden in Stücke geschnitten, die viel zu klein waren und viel zu viele, als dass er sie hätte bekämpfen können. So viel zum Thema, der Sturm sei in acht Stunden vorbei. Es waren jetzt sieben, und es sah nicht so aus, als sei es bald vorbei.

Von Raazaq und seinem Gefolge war nichts zu sehen. Er war mit mindestens vier Fahrzeugen unterwegs. Aber dass Kane keines davon sah, hatte nichts zu bedeuten. Die

Wagen konnten hinter den Zelten versteckt sein oder irgendwo zwischen den kleinen Lehmhütten, die über die Oase verteilt standen. Und wenn sie direkt vor seiner Nase gestanden hätten, er wäre nicht fähig gewesen, sie zu sehen. Unmöglich, in dieser Dunkelheit etwas zu erkennen, wo der Sand eine Wand errichtete, die alles verdeckte, es sei denn, man stolperte darüber.

Es bestand auch die Möglichkeit, dass Raazaq nicht hier war. Dass es ihm irgendwie gelungen war, die Peilsender zu manipulieren. Falls das der Fall war, wäre er die Nadel im Heuhaufen gewesen, hätten sie ihn jetzt gefunden. Oder, in diesem speziellen Fall, das eine besondere Sandkorn inmitten des Khamsin.

Der heiße Wind trieb AJ in ihn hinein. Mit Wucht. Sie geriet ins Stolpern, bis Kane sie mit starkem Arm um die Taille erwischte und an sich lehnte. Ihrer beider Stiefel steckten knöcheltief im Sand, der sich um sie herum bewegte wie Treibsand.

Die Ansammlung aus Zelten, die so nah erschienen war, als sie den Humvee verlassen hatten, schien jetzt viel weiter entfernt zu sein. Fast so, als wiche das Lager vor ihnen zurück. Himmel, sie wären nicht die ersten Menschen gewesen, die sich verirrten und starben, während die Rettung nur ein paar Meter entfernt gewartet hatte. Die Wüste lebte, und sie war boshaft. Ein Killer ohne Erbarmen. Dem Monster, das sie verfolgten, sehr ähnlich. Der einzige Weg, am Leben zu bleiben war, das nie zu vergessen.

Als sie auf wenige Meter an die Zelte herangekommen waren, schrie Kane einen Gruß auf Arabisch - glücklicherweise hatten sie die Eingangsseite des Zeltes erwischt. Mehr durch Zufall als gezielt. Kane schob sich in das Zelt und zog AJ mit.

Ein Mann, der in einem Nest aus Decken am Boden lag, schaute verblüfft von dem Buch auf, in dem er las. »*Salm Aleikum.*«

»*Aleikum es Salam*«, erwiderte Kane. Er stützte AJ immer noch mit einem Arm. Mit der freien Hand zog er das Tuch vom Gesicht und ließ es um den Hals herum liegen. Gott, es fühlte sich so gut an, Luft zu atmen, die nicht voller Sand war und nicht im Hals kratzte.

»*Assef. Mat-batkallamsh àrabi.*« Man hätte zwar erwartet, dass er kein Arabisch sprach, aber ein kluger Mann gab sich nie zu unwissend. Jeder Tourist pickte auf seinen Reisen ein paar Worte der Landessprache auf.

»Ich spreche Ihr Amerikanisch«, sagte der Mann holprig und mit starkem Akzent. Er winkte sie heran. »*Marhaba*, willkommen, Reisende.«

Es folgten viele *Salams* und Begrüßungsreden, und der Mann bot ihnen Essen und eine Unterkunft an. Schließlich fanden sich Kane und AJ auf dem mit Sitzkissen bedeckten Boden wieder, und der Mann weckte seine Bediensteten, damit sie Essen brachten.

AJ lehnte sich an Kane an, zog das Tuch vom Gesicht und schob sich mit einer Hand das sandverkrustete Haar aus dem Gesicht. Sie sah atemberaubend aus.

Kane war so froh, dem Wind und dem Sand entronnen zu sein, dass er sie breit angrinste, bevor er sich in der neuen Umgebung umsah.

Das mit Ziegen- und Kamelhaar isolierte Zelt war riesig und gut gegen den Sturm gerüstet. Etwa zwei Meter zwanzig hoch und auf neun Stangen ruhend, war es in eine Frauen und eine Männerseite unterteilt. Auf dem Boden lagen Teppiche. Draußen schrie der tosende Sand, und sie mussten die Stimmen erheben, um sich Gehör zu verschaffen, doch vor dem Schlimmsten waren sie gut geschützt.

Kane stellte sich und AJ vor, stellte fest, dass ihr Gastgeber Jafar Shaaeawi hieß, und lehnte höflich, so wie es der Brauch war, das erste Essensangebot ab. Ihr Gastgeber insistierte, was gleichfalls üblich war. Kane erklärte, dass er Fotograf sei und AJ sein Modell. Sie seien auf dem Weg zur Siwa-Oase. Natürlich hatten sie nicht vor, dorthin zu fahren, doch die Oase lag einigermaßen in südlicher Richtung, was erklärte, wie sie hierher gekommen waren.

Jafar, ein kleiner Mann mittleren Alters mit grauem Bart und großen, fleischigen Händen, setzte Kane mit ausgesuchter Höflichkeit davon in Kenntnis, dass sie vom Weg nach Siwa abgekommen waren. Er bot an, am nächsten Morgen einen seiner vielen starken Söhne mitzuschicken, der sie zur richtigen Straße begleiten würde.

Eine Frau erhob sich in der Ecke des Zeltes von einem Stapel Decken, um Feuer zu machen. AJ richtete sich auf und lächelte sie an. Kane überreichte der Frau den kleinen Beutel, den er aus dem Wagen mitgenommen hatte. Er enthielt einen großen Zuckerquader und ein Säckchen Tabak - die Gastgeschenke, die ihre Gastgeber zu schätzen wissen würden, zumal beides schwer zu bekommen war. Sowohl die Männer als auch die Frauen der Nomadenstämme kauten Tabak, und die Frau nahm die Geschenke mit offensichtlicher Freude entgegen.

Dann drehte sie sich mit wirbelndem schwarzen Gewand, ging in die Hocke und stocherte das Feuer an. Die Flammen tanzten und flackerten golden am Dach des Zeltes wider. Jafars Ehefrau servierte in kleinen, schmutzigen Tassen geronnene Milch. Die Nomaden der Sahara verwendeten das kostbare Wasser nur zum Trinken, nicht um ihr Geschirr zu waschen. Eine Sandschicht bedeckte die geronnene Milch, und Kane konnte sogar im trüben Licht erkennen, dass in der grauen Masse Schmutz und kleine Insekten schwammen.

Ihre Gastgeber tranken, AJ und Kane gleichfalls. Kane hoffte, dass AJ es ihm gleichtat, und die Flüssigkeit durch die zusammengebissenen Zähne filterte. Aber dann sah er keinen Weg, das Zeug auf höfliche Weise auszuspucken, und schluckte es doch noch. Er verbiss sich ein Grinsen, als er AJ neben sich lautstark schlucken hörte. Das Zeug war faulig. Braves Mädchen, sie schaffte es, ohne zu würgen. Seine Hochachtung vor ihr wuchs um ein weiteres Stück.

Die Frau, die ihnen nicht vorgestellt wurde und die von den Augen bis zu den Zehen in schwarze Schleier und Gewänder gehüllt war, füllte eine kleine emaillierte Kanne mit grünen Teeblättern. Sie brach ein großes Stück von dem steinharten Zuckerquader ab, den Kane ihr überreicht hatte, indem sie mit dem Boden eines Teeglases einen präzisen Schlag führte. Dann reihte sie drei Gläser vor sich auf dem Teppich auf. Alles im Zelt schwieg, während die Frau die Zeremonie vollzog. Von draußen schlugen Wind und Sand an die Zeltbahnen, aber drinnen war es ruhig und warm.

Nachdem der Tee aufgebrüht war, schüttete sie ihn aus einer Höhe, die ihn aufschäumen ließ, in ein Glas und dann wieder in die Kanne zurück. Sie schüttete den Tee drei- oder viermal hin und her, dann ließ sie ihn erneut aufkochen und reichte schließlich jedem von ihnen mit großer Geste ein Glas.

Kane wusste, dass der zuckrige Tee eine der wenigen Süßigkeiten war, die die Nomaden zu sich nahmen. Alle tranken schweigend, und ihr Gastgeber genoss den Tee mit lauten, schlürfenden Schlucken. Wie es der Brauch war, wurde der Tee dreimal gebrüht.

»Das erste Glas schmeckt bitter, das zweite genau richtig und das dritte ein wenig schwach«, erklärte ihr Gastgeber mit einem Lächeln.

Kane lehnte das Essen ab. Es sei spät und sie seien ihrem Gastgeber schon mehr als genug zur Last gefallen. Aber der Mann insistierte. Kane fühlte, wie AJ neben ihm zusammensank. Er schaute einmal kurz zu ihr hinüber. Sie kämpfte gegen den Schlaf, aber egal, sollte es erforderlich sein, würde sie hellwach sein und nichts wie los wollen.

Seine Bewunderung für sie wuchs weiter, und er gab ihr die volle Punktezahl. Wie immer dieser Einsatz auch begonnen hatte, sie war ihr Geld mehr als wert.

Es gab getrocknete Brotbohnen, die weich gekocht und dann mit Gemüsen, zerstampften Zwiebeln, Tomaten und vielen scharfen Gewürzen schmackhaft gemacht wurden. Die Frauen hatten das Gericht aufgewärmt und trugen es in einer großen Schüssel, aus der sie gemeinsam essen würden, auf. Dazu gab es für jeden ein Stück Brot, das in kleine Stücke gerissen und dann mit den Fingern in die Schüssel getunkt wurde. Das Bohnengericht war köstlich, trotz des fehlenden Kühlschranks. AJ und Kane langten kräftig zu. Kane war hungriger, als ihm klar gewesen war, und AJ schien es ebenso zu gehen. Ein Wunder, dass sie die Glasur der Schüssel nicht mitaß. Sie sah schon wieder etwas munterer aus.

Viel zu munter.

Die Müdigkeit zerrte an Kanes sandverklebten Lidern, aber er kämpfte darum, wachsam zu bleiben. Ihr Gastgeber war nett und höflich, aber soweit Kane wusste, war Jafar zu Raazaq ebenso gastfreundlich gewesen. Er konnte es sich nicht leisten, sich allzu sehr zu entspannen.

Eine *Nargileh*, eine Wasserpfeife, sollte die Runde machen, doch diesmal lehnte Kane mit äußerster Entschiedenheit ab. Er und sein Zwillingsbruder Derek hatten, als sie vierzehn Jahre alt gewesen waren, an einem langweiligen Nachmittag hinter der Garage eine halbe Schachtel Luckys geraucht. Es ging ihnen entsetzlich elend danach. Es war keine Erfahrung, die Kane je wiederholen wollte. Seit jenem Tag reichte bereits der Geruch aus, ihn an den würdelosen Moment zu erinnern, als sie sich auf Mutters Petunienbeet übergeben hatten. Ganz zu schweigen von der Standpauke, die ihr Vater ihnen gehalten hatte, nachdem er sie, beide nach Rauch und Erbrochenem stinkend, ins Haus gezerrt hatte.

Jafars *ma'assul*-Tabak wurde auf glühenden Kohlen abgebrannt, dann durch Wasser gefiltert und schließlich den einen Meter langen, schlangenartigen Schlauch hochgezogen. Das gurgelnde Geräusch des Wassers mischte sich mit dem Heulen des Windes zu einer sonderbaren befremdlichen Melodie, die fast hypnotisch wirkte.

Kane sah AJ an und nahm ihr sachte das Glas aus den kraftlosen Fingern in ihrem Schoß. Den Kopf auf die Schulter gelegt, war sie eingeschlafen, während er und Jafar sich unterhalten hatten.

»Sie ist sehr schön, Ihre Frau!«

»Sie hat eine schöne Seele«, sagte Kane leichthin. Er lehnte sich in die Kissen und machte es AJ an seiner Schulter bequem. Sie war eine schwere Last. Erschöpft bis über das Limit, war sie ausgegangen wie ein Licht. Kane schlürfte seinen Tee. »Es ist wirklich gut, dass Sie hier waren, Jafar. Wir hätten heute kein Stück mehr weiterfahren können.«

»Allah sei gepriesen.« Jafar berührte Lippen und Stirn und verbeugte sich halb. »Wir freuen uns immer, müde Reisende willkommen zu heißen.«

»Sind es in diesem Sturm viele gewesen?«

»Wir haben ein paar Reisenden Zuflucht gewährt, ja. Sie werden unsere anderen Gäste morgen früh kennen lernen.«

Kane sah sich entspannt um. Sie saßen in einem kleinen Rund aus flackerndem bernsteinfarbigen Licht. Der Rest des Zeltes und seiner Bewohner befanden sich im Schatten. Die Haare in seinem Nacken prickelten, während er die dunklen, in Decken gehüllten Umrisse am anderen Ende des Zelts studierte. Raazaq? Lag dieser Bastard dort drüben, lauschte, plante?

»Sosehr ich Ihre Gesellschaft schätze, möchte ich Sie jetzt doch bitten, uns zu zeigen, wo wir uns schlafen legen können. Es war ein langer Tag.«

Jafar klatschte in die Hände. Ein Diener, ein Junge von vielleicht zehn oder elf Jahren, materialisierte sich aus den Schatten. »Zeig unseren Gästen ihre Betten.« Er wandte sich an Kane und verbeugte sich. »Ich freue mich schon darauf, morgen früh mehr mit Ihnen zu reden.«

»Danke für Ihre Gastfreundschaft.« Kane stützte AJ ab, während er aufstand, bückte sich und hob sie auf seine

Arme. Er folgte dem Kind, das eine kleine Laterne trug,
über den teppichbelegten Boden in ein anderes Zelt und ins
nächste Zelt. Sie waren allesamt miteinander verbunden,
über mit Tuch verhängte Durchgänge. Katakomben aus
Stoff, wohin sie ihn wohl brachten? Zur Hölle, sie hätten
überall hinführen können.

Der Junge schickte Kane schließlich in ein Zelt, das wie
ein Vorratszelt aussah, welches hastig mit einer Schlafstatt
versehen worden war.

Kane legte AJ auf die Decken, dann griff er in seine
Tasche und reichte dem Jungen ein paar Münzen,
Bakschisch. Das Kind stellte die Laterne auf einem Stapel
Körbe ab, die man rasch in der Ecke aufgetürmt hatte, dann
ließ es die Zeltplanen hinter sich zufallen.

Kane wusste, dass er Schlaf brauchte. Viel Schlaf. Er
hatte während der letzten siebenundzwanzig Stunden nur
wenig kostbare Ruhe abbekommen. Sein Verstand konnte
das kompensieren, aber sein Körper protestierte. Schon ein
paar Stunden wären ihm jetzt sehr recht. Er hatte einen
leichten Schlaf. Ihr Zelt war das letzte in der Reihe. Er
würde es hören, wenn jemand hereinkam.

Er zog die SIG aus dem Gürtel und legte sich neben AJ,
die Waffe griffbereit. AJ seufzte im Schlaf, drehte sich zu
ihm. Sie legte den Arm auf seine Brust und grub den Kopf
in die Biegung seines Halses. Kane umarmte sie und zog sie
an seine Seite, an die sie perfekt passte. Er streichelte die
zarte Haut ihrer Schläfe und flüsterte: »Was ist es, wovor
du dich so fürchtest, Aphrodite Jacintha?«

$$14$$

Früher Morgen

*E*s gab keinen Horizont. Nur einen senfgelben Dunst, eine trübe Mischung aus Sand und Himmel, so weit das Auge reichte. Der Wind hatte sich zu einer verspielten Brise gelegt. Kane nahm einen Schluck aus der Feldflasche und betrachtete die Sanddüne, die einst der Humvee gewesen war. Ein halbes Dutzend lachender, kreischender Kinder hatte einen Riesenspaß daran, das Fahrzeug aus der Düne zu graben. Staub wirbelte auf, als sie den Hügel herunterrutschten und sich gegenseitig mit Sand bewarfen. Es erinnerte ihn an die Winterwochenenden, die er mit seiner Schwester und den Brüdern oben in der Sierra in der Hütte seiner Großeltern verbrachte hatte. Schneeballschlachten und heißer Apfelwein, Gelächter, Liebe, Wärme. Er lächelte.

Es war schon sehr lang her, dass er solche schlichten Freuden erlebt hatte.

Die Luft war angenehm kühl. Aber es war auch noch früh am Tag. Es würde schnell genug heiß werden. Er warf einen Blick auf die schicke Alleskönner-Uhr an seinem Handgelenk. Klopfte dagegen. Verdammtes Ding, schien letzte Nacht den Dienst quittiert zu haben. Er schätzte, dass es so kurz vor sieben war.

»Das sieht ja nach einem Mordsspaß aus.« AJ kam auf ihn zu. Sie hatte es geschafft, ihren Gastgeber dazu zu überreden, ihr zum Waschen Wasser zu geben, ihre Haut sah erholt und taufrisch aus und extrem einladend. Sie hatte die Haare zu einem langen Zopf geflochten - die Frau schien niemals einen Kamm zu benutzen - den sie mit einem Lederstreifen zusammengebunden hatte. Sie trug immer noch die Khaki-Hosen, aber sie hatte ihr

Baumwollhemd ausgeklopft und die unteren Enden lose um die Taille geknotet, was einen lächelnden Streifen gebräunten Bauchs sehen ließ. Sie hatte es irgendwie geschafft, nicht salopp, sondern schick auszusehen und außerordentlich kussbereit. Er hätte eigentlich völlig ausgelaugt sein müssen. Doch sie anzusehen, war belebender als alle Pillen.

Zur Hölle mit Viagra.

Füllt AJ in Flaschen ab, und die ganze Welt kriegt einen Ständer.

»Uhrzeit?«, fragte er. Er lachte über die Späße der Kinder, war sich aber AJs Nähe, und dass ihr Ärmel seinen Arm streifte, genau bewusst.

AJ schaute auf die zweckmäßige Uhr an ihrem Handgelenk und runzelte die Stirn. »Verdammt, da muss Sand reingekommen sein.«

Ein Schauder lief ihm über den Rücken. »Wann ist sie stehen geblieben?«

»Zwei Uhr achtzehn. Warum?«

Er drehte das Handgelenk, damit sie das Display sehen konnte. Zwei Uhr achtzehn.

»Das ist ja seltsam.«

»Nicht wahr?«

Ein paar Frauen kamen hinter ihnen aus den Zelten, plapperten wie Schulkinder, die in die Sommerferien entlassen waren, und winkten den Kindern zu, während sie zum Wasserloch gingen, das ein paar hundert Meter entfernt lag. Kane betrachtete sie ein paar Sekunden lang. Alle anderen waren noch in den Zelten. Und obwohl die meisten von ihnen kein Englisch sprachen, wollte er es nicht riskieren. »Ich will ihnen nicht den Spaß verderben, aber wir sollten den Kindern behilflich sein. Wir sollten Zeit gut machen und so schnell wie möglich nach Siwa fahren.«

Es war nicht wahrscheinlich, dass Raazaq nach Siwa wollte. Aber falls irgendwer sie belauschte, mussten sie nach*irgendwohin* unterwegs sein. Niemand fuhr ziellos in die Libysche Wüste. Niemand. Ihre Augen trafen einander. »Sklaventreiber«, neckte sie ihn.

»Zu dumm, dass die Kameras im Sand begraben liegen. Ich würde vor diesem Himmel gern ein paar Aufnahmen machen.«

»Ja.« AJ betrachtete den sonderbar gelben Himmel und rümpfte die Nase. »Zu dumm. Du und Andy Warhol.«

Er wischte ihr einen imaginären Schmutzfleck von der Wange, einfach nur, weil er sie anfassen musste. »Lass uns ein Stück gehen, bevor wir fahren.«

»Und wohin?«

»Zu den drei Bäumen da drüben.«

Sie setzte die Sonnenbrille auf, die sie in der Hand gehalten hatte, und verbarg die schönen, hellen Augen. »Gut.« Kane entdeckte sein Spiegelbild in den Gläsern. Obwohl er es leicht zu nehmen versuchte, sah er genauso grimmig aus, wie ihm zumute war. Und AJ spürte den Druck genauso.

Sie gingen Seite an Seite, berührten einander nicht. Er verspürte plötzlich den Wunsch, mit ihr Händchen zu halten. Mit genau dieser Frau. Er verdrängte es und grub im Gehen die Fäuste in die Hosentaschen.

»Raazaqs Fahrzeugkolonne steht da drüben hinter den Lehmhütten«, sagte er, als sie außer Hörweite der Zelte waren. Er nickte in Richtung der kleinen Ansiedlung. »Er selber ist schon lange weg.«

»Verdammt!« AJs lange Beine passten sich seiner Schrittfrequenz an. Er konnte ihre Energie förmlich vibrieren fühlen, während sie neben ihm ging, neben ihm *schritt*. Wie ein sehniges Dschungeltier, schien sie immer kurz vorm Weglaufen zu sein. »Der schleimige Scheißkerl war *da*, als wir angekommen sind?«

»Nein. Jafar sagte, er sei ungefähr eine Stunde vor uns aufgetaucht, hätte seine Fahrzeuge gegen Kamele getauscht und sei gleich wieder weg.«

»Mein Gott. Bei diesem Sturm? Ich schätze, wir dürfen nicht hoffen, dass der Khamsin ihn erledigt und direkt in die Hölle geblasen hat?«

Ihre Hüte lagen im Humvee begraben, und die Morgensonne verwandelte ihr hellrotes Haar in poliertes Kupfer. »Es heißt, nur die Guten sterben jung.«

»Ich werde das Gegenteil beweisen«, sagte AJ zornig und schob die Sonnenbrille hoch. »In seinem Fall - wie alt ist er? Achtunddreißig? - ist achtunddreißig schon viel zu *alt* zum Sterben.«

»Erst müssen wir ihn finden.«

»Und das werden wir.« Sie trat in den Schatten der hohen Dattelpalmen, die am Rande des schlammigen Wasserlochs standen. Auf der anderen Seite hatten sich die Frauen versammelt, um im Schatten zu plaudern und Kleider zu waschen. Ein paar Frauen und eine Hand voll Kinder trieben eine Ziegenherde zu einem langen Streifen aus Unkraut und Gras. Es roch nach Lagerfeuer, nasser Wolle und dem dumpfen, brackigen Wasser. Und über allem schwebte der zarte, kaum wahrnehmbare Duft von Rosenknospen.

»Er ist direkt in einen der schlimmsten Sandstürme des Jahres geritten«, erinnerte Kane. »Er hat es eilig. Mein Magen sagt mir, er weiß, dass wir hinter ihm her sind.« Sein Magen hatte ihm schon viele Male den Hintern gerettet, er würde die Warnung auch jetzt nicht ignorieren. Raazaq war in Besitz eines tödlichen Gifts. Und sie spielten Katz und Maus mit einem Mann, dem ein Menschenleben egal war.

Kane hatte ein schlechtes Gefühl. Ein Gefühl von drohendem Unheil, das nicht zu ihm passte. Er rühmte sich seines Pragmatismus. Sie hatten einen simplen Auftrag. Aber simpel war hierbei nichts mehr.

»Vielleicht auch nicht unbedingt wir. Aber dass ihn *irgendwer* verfolgt, ahnt er vermutlich. Ein Mann wie Raazaq verbringt sein Leben damit, sich über die Schulter zu schauen.« AJ nahm die Sonnenbrille ab und hängte sie vorne in den Ausschnitt ihres Hemdes.

Jesus. Die Welt hing an einem Faden in der Hand eines Psychopathen, und er, Kane Wright, konnte nur daran denken, wie AJ es geschafft hatte, sich in sein Leben zu schleichen.

»Das wäre aber so«, sagte AJ stirnrunzelnd, »als gestehe man dem Bastard einen menschlichen Charakterzug zu. Vielleicht sind größenwahnsinnige Psychopathen aber gar nicht paranoid. Was meinst du?«

»Ich weiß nicht, aber wenn du meinst. Ich muss allerdings sagen, dass sein Dossier wirklich nicht danach aussieht, als sei er paranoid. Größenwahnsinnig und psychopathisch schon.«

»Südlich von hier gibt es kaum irgendwelche Ziele von Bedeutung.« Kane löste den Blick von AJ, starrte in die Wüste um sie herum und versuchte, die Überlegungen dieses Schurken nachzuvollziehen. »Und absolut keine, die irgendwelchen Sinn ergeben«, kam er verärgert zum Ende.

»Vielleicht will er doch zur Bawiti-Oase.«

»Oder gleich in den Sudan.«

AJ blickte auf. »Aber überzeugt bist du nicht.«

»Verdammt nochmal, nein. Wenn es jemand anders wäre, könnte man glauben, er ginge auf eine traditionelle Wanderung, wie die Aborigines in Australien. Aber ein Raazaq geht nicht in die Libysche Wüste, um zu sich selbst zu finden oder in einen Dialog mit der Natur zu treten.«

»Dann hat er etwas *Bestimmtes* vor. Wir müssen nur herausfinden, was und wo, und wir haben ihn.«

Über ihnen klackten die Palmwedel leise im heißen Wind. Die Stimmen der Frauen verschmolzen mit dem Lachen der Kinder, dem Meckern der Ziegen und dem weichen Rauschen des Sandes, der in endlosen Mustern über die Wüste trieb. Kleine Wirbel aus leichteren Körnern tanzten in Wellen über der Oberfläche des Wüstenbodens und erinnerten an eine unruhige See.

»Es muss da irgendetwas geben, das wir übersehen haben«, sagte Kane grimmig. »Was kann einen Mann wie Raazaq reizen? Es gibt in dieser Richtung keine großen, dicht bevölkerten Städte. Keine Flüsse oder Seen, die er vergiften könnte. Er hat zwölf Mann dabei. Was in Gottes Namen haben sie vor?«

»Eine Person?« AJ dachte konzentriert nach und legte die Stirn in Falten. »Ein Ort? Verdammt, ich weiß es nicht. Das Einzige, was mir einfällt, aber das kann eigentlich nicht sein, ist diese neue Grabungsstätte, südlich von hier.«

»Was für eine Grabungsstätte?« Kanes Instinkt schlug an.

»Kane.« Sie schniefte entrüstet. »Raazaq ist es doch völlig egal, ob sie ein weiteres Königsgrab entdecken oder nicht.«

»Erzähl es mir trotzdem.«

»Also gut. Einer der Nomadenstämme ist letztes Jahr förmlich über diese Pyramide gefallen. Sie war komplett von Sand und Vegetation bedeckt, und die Oase, in der sie sich befindet, liegt weitab von allen ausgetretenen Pfaden.« Sie lief auf und ab wie ein im Käfig gefangener Löwe.

»Dass man sie gefunden hat, war keine große Sache. Sie finden ständig neue Gräber. Aber dieses ist völlig intakt. Innen und außen. Das ist *einzigartig*. Es stand ein langer Artikel darüber in der *New York Times*. Einen Monat lang oder so, waren alle völlig aus dem Häuschen wegen der Entdeckung. Keine Grabräuber oder Randalierer! Dann hörte das alles plötzlich auf. Nichts mehr. Keiner hat mehr darüber berichtet.«

Sie runzelte die Stirn und blinzelte in den längst wieder strahlenden Himmel. »Damals ist mir das sonderbar erschienen, aber dann habe ich das Ganze vergessen. Das war gleich nachdem ich von T-FLAC rekrutiert worden bin. Erst habe ich noch nach Berichten gesucht, dann habe ich nicht mehr daran gedacht.«

»Weißt du, wo es ist?«, fragte Kane.

»Südwestlich von hier. Dreihundert Meilen ungefähr.«

»Kannst du dich an Einzelheiten erinnern?«

AJ lächelte. »Du meinst, an Koordinaten oder so etwas? Ja, kann ich tatsächlich. Ich habe es auf der Karte nachgeschaut, weil ich - du glaubst doch nicht wirklich, dass er da hin will? Was hätte er davon?«

Kane zuckte die Achseln. »Er hat sechs Stunden Vorsprung. Lass uns in die Richtung fahren - etwas Besseres haben wir nicht -, und auf der Fahrt rufen wir im Hauptquartier an. Unser Nachrichtendienst muss inzwischen neue Informationen haben und kennt eventuell das Zielgebiet. Jedenfalls fahren wir erstmal in die Richtung. Aber vorher müssen wir den Kindern helfen, den Humvee auszugraben.«

Sie gingen zu dem halb abgetragenen Hügel und fingen an zu graben. Als die Kinder erst einmal begriffen hatten, dass es kein Spiel mehr war, dauerte es nicht mehr lange, das Auto auszugraben.

Sobald die Tür freigelegt war, kletterte Kane hinein und versuchte, den Wagen zu starten. Der Motor rührte sich nicht. Er stieg aus und machte die Motorhaube auf. Der Motorblock war versiegelt, und es war kaum Sand zu sehen. Jedenfalls nicht genug, um die Einzelteile lahm zu legen. Er säuberte alles, so gut er konnte, und setzte sich wieder hinters Lenkrad. »Kontaktiere die anderen und frag nach der geschätzten Ankunftszeit.«

AJ griff nach dem Satellitentelefon.

Kane schaute zu ihr hinüber, während er den Motor zu starten versuchte. »Schütteln macht es auch nicht besser«, sagte er trocken.

Sie schüttelte es stirnrunzelnd nochmal. »Vielleicht sollte ich dagegen treten?«

»Nein. Das bringt auch nichts. Der Wagen springt nicht an.« Er zog den Schlüssel ab.

»Ist Sand im Getriebe?«

»Nein.«

Sie schob sich auf den Beifahrersitz und fragte ihn per Handzeichen: »*Unsere Gastgeber? Sabotage?*«

»Keine Chance«, sagte er mit ganz normaler, ruhiger Stimme. »Überleg doch, es ist einfach zu vieles nicht in Ordnung. Die Uhren, der Wagen, die Kommunikation. Alles außer Betrieb.«

»Der Sandsturm hat irgendwas zerstört.«

»Sieht ganz so aus«, sagte Kane stirnrunzelnd. »Kommunikationssysteme, das begreife ich noch. Aber Uhren? Und Autobatterien?«

»Vielleicht hat der Sturm das Satellitensignal gestört?«

Er zog eine Augenbraue hoch.

»Tut mir Leid, aber Elektronik ist nicht meine Sache.«

»Eigentlich spielt es doch keine Rolle, wer oder was das verursacht hat. Es ist, wie es ist. Also sehen wir zu, dass wir damit klarkommen. Wir suchen die Ursache und finden einen Ausweg. Sieh nach, was wir an Vorräten und Ausrüstung mitnehmen können.«

Jafars Leute, die besser auf den Sandsturm vorbereitet waren, würden ihnen Essen anbieten und eventuell -

»Beförderungsmittel«, rief AJ, während Kane gleichzeitig sagte: »Vielleicht verkaufen sie uns ja ein paar schnelle Kamele.«

»Offen gestanden«, AJ rieb sich den Nacken, »gefällt mir die Vorstellung gar nicht, den Elementen ausgesetzt zu sein, und zwar auf dem Rücken von etwas, das atmet.«

Sie drehte sich auf dem Sitz zu ihm herum. »Vielleicht ist diese Blackout-Sache in ein, zwei Stunden wieder vorbei. Dann wäre es Selbstmord, jetzt auf ein paar Kamelen in die Libysche Wüste aufzubrechen.« Es war ein Statement, kein Protest.

»Die Leute, die hier leben, machen das die ganze Zeit. Hast du eine bessere Idee?« Er hielt inne. »Kannst du reiten?«

»Als Kind bin ich ein bisschen geritten. Pferde, keine Kamele. Ich bin nicht besonders gut, aber ich bleibe oben. Ich bin dabei. Und was ist mit dir? Kannst du reiten?«

»Ja. Mein Zwillingsbruder hat eine Ranch.«

»Aber Kamele hat er keine.« Sie strich sich ein paar Haare aus dem Gesicht.

Kane lächelte halb. »Schätze, da hast du Recht. Ich rede mit Jafar und heuere uns einen Führer an.«

Sie sah zum Fenster hinaus. Die Wüste dehnte sich unendlich aus. Meilenweit war in alle Richtungen nur Sand zu sehen, auf dem sich das Licht der höher steigenden Sonne spiegelte. Abgesehen von der Oase, gab es hier draußen gar nichts. Es war wie auf dem Mond. »Lass uns hoffen, dass er uns etwas geben kann, das Räder hat und keine Beine.«

»Das wird so oder so kein Spaß. Wie nah kann uns deine Erinnerung an die Pyramide ranbringen, von der du erzählt hast?«

»In Sichtweite.«

»Das reicht.« Er verzog einen Mundwinkel zu einem Lächeln. »Pack unsere Ausrüstung zusammen, checke die Karten, und zwar doppelt. Du hast zehn Minuten. Und verdopple den Wasservorrat, den du für ausreichend hältst.«

»Aye, aye, Captain.«

Er lächelte ein wenig. »Jetzt mach.«

Der Beduine besaß ein Dutzend Fahrzeuge mit Allradantrieb. Doch sobald irgendwer versuchte, eines davon zu starten, passierte das gleiche wie beim Humvee. Nichts. Ihr Gastgeber bot ihnen Kamele an, die sowohl als Reittiere als auch zur Feldarbeit eingesetzt wurden. Sie wollten einem geschenkten Kamel nicht ins Maul schauen, also nahmen sie das Angebot einfach an. Kane versicherte dem Mann, dass er die Tiere bald zurückbringen würde.

Jafar gab ihnen sechs Kamele mit und als Führer drei von seinen mittleren Söhnen - Anum, Yusuf und Ziyad.

Umgeben von den Frauen und Kindern auf der einen, den Männern des Stamms auf der anderen Seite, machten sie sich zum Losreiten fertig. Alle waren sie gekommen, um Lebewohl zu sagen und ihnen fröhlich und auf Arabisch letzte Instruktionen zu erteilen.

Die Kamele, starrsinnige Tiere, wurden auf die Knie gezwungen und routiniert beladen. Dann erklomm Kane sein Kamel, ebenso die drei jungen Männer. AJ beobachtete jede ihrer Bewegungen. Sie betrachtete ihr kniendes Kamel vom Boden aus.

Sie waren Auge in Auge. Kika hatte wahnsinnig lange schwarze Wimpern und schläfrige dunkle Augen. »Hallo, meine Hübsche«, gurrte AJ. Das Kamel reagierte mit absolutem Desinteresse und blasiertem Hochmut auf das neue menschliche Wesen.

»Tätschle ihr die Nase, das gefällt ihr«, sagte Kane, während er sich auf seinem mit einer Decke gepolsterten Ledersattel zurechtsetzte und dem Kamel namens Roopsi Befehl zum Aufstehen gab. Das Manöver sah gefährlich aus und zudem ziemlich unangenehm. Kane schwankte wie ein ungesicherter Getreidesack im Sattel, während das riesige Tier sich erhob.

AJ wartete lieber ab, ob er noch herunterfiel, bevor sie selbst versuchte, Kika zu besteigen. Kika sah sie reglos an. AJ tätschelte ihr die Nase, die sich wie behaartes Leder anfühlte. Kika schnaubte. Sie hatte schrecklichen Mundgeruch. »Sobald wir unterwegs sind, unterhalten wir uns über Mundhygiene«, sagte AJ ernst. »Also Mädchen. Los geht's.«

Auf das Kamel zu steigen, war gar nicht so schwierig, da es sich in Hockstellung relativ nah am Boden befand. AJ ließ sich von einem von Jafars »vielen großen, gesunden Söhnen« helfen, die allesamt wie Kopien ihres Vaters aussahen. Mit scharfen Gesichtszügen, ein bisschen frettchenhaft und zu Übergewicht neigend.

AJ brachte einen koordinierten Sprung mit Drehung zustande und saß auf ihrem Kamel. Komisch, in den alten Filmen hatte Kamelreiten immer so romantisch ausgesehen. Aus nächster Nähe war nichts daran romantisch. Sie rutschte mit dem Hintern auf dem Sattel herum - der sich ziemlich bequem anfühlte - und schob die

Füße in die Steigbügel, die der junge Mann, ihrer langen Beine wegen, länger gestellt hatte.

Er befahl dem Kamel aufzustehen. Kika drehte den Kopf in seine Richtung, zog die Lippe hoch und zeigte große gelbe Zähne. Der junge Mann versetzte ihr einen scharfen Tritt. AJ machte sich bereit. Der junge Mann trat nochmal zu und wedelte mit den Händen.

»Festhalten«, rief Kane mit einem Lachen in der Stimme.

Guter Tipp. Sie packte den Sattelknauf. Das Tier stellte die knorrigen Hinterbeine auf und schleuderte AJ mit einem Ruck nach vorn, der sie fast kopfüber in den Dreck befördert hätte.

Als Kika die Vorderbeine ausklappte, klammerte AJ sich fest, als stünde ihr Leben auf dem Spiel und schleuderte mit einem Ruck nach hinten, während Kika majestätisch auf alle vier Beine kam. Die schnelle Rückwärtsbewegung ließ AJs Magen bis zum Hals hüpfen. Das Gefühl war mit einer Achterbahnfahrt vergleichbar. AJ lachte.

Als Anum den Führungszügel packte und die Kamele in Bewegung setzte, überkam sie eine Woge der Aufregung. Anum schnalzte mit der Zunge. »*Har-eeb, Har-eeb, Har-eeb!*« Los! Los! Los!

Anum führte die Karawane an, gefolgt von AJ und Kane, dann kamen die zwei anderen Brüder und das Lastkamel.

Kika bewegte sich mit gelassenem Schritt und einem recht angenehmen Schaukeln, und AJ genoss die neue Erfahrung. Jafars Frau hatte ihr vorgeschlagen, ein loses kaftanartiges Gewand anzuziehen, das sei bequemer und auf jeden Fall kühler. Zweifelnd hatte AJ eingewilligt, weil sie die Gefühle der Frau nicht hatte verletzen wollen. Sie war hastig in das geborgte, alles bedeckende Baumwollgewand geschlüpft, dann hatte sie dick Sunblocker aufgetragen und den Cowboyhut aus Stroh aufgesetzt, den Kane aus seiner unerschöpflichen Trickkiste gezogen hatte. Sie musste einigerma ßen lachhaft aussehen. Aber das war ihr egal.

AJ befand sich auf einem ernsten, bedeutsamen Einsatz. Sie hatte die Chance erhalten, den elenden Fehler vom ersten Abend wieder gutzumachen. Sie spürte Kanes Augen auf ihrem Rücken. Irgendwo zwischen Heldenverehrung und Hirnschaden hatte sie es geschafft, sich einer emotionalen Klippe zu nähern, die sie nicht einmal theoretisch in Erwägung gezogen hatte, als sie T-FLAC zu ihrem Leben gemacht hatte.

Kane genoss den Sex mit ihr. Sehr gut. Er wollte keine Verpflichtungen? Sogar noch besser. Sie verspürte nicht die geringste Absicht, ihr Glück von anderen abhängig zu machen.

Sie würde nie mehr den Fehler begehen, an echte Gefühle zu glauben, wenn ein Mann sie als Trophäe betrachtete. Sie hatte Besseres verdient. Bei T-FLAC erfuhr sie Anerkennung und Wertschätzung. Es war gut zu wissen, dass man sie dort nach ihren Fähigkeiten beurteilte, nicht nach ihrem Aussehen.

»Sieh dir das hier an«, sagte Kane, der zu ihr aufgeschlossen hatte. Er wies mit dem Kinn nach rechts, wo der aufgewühlte Sand auf Kamele schließen ließ, die hier in südwestliche Richtung gewendet hatten.

AJ legte die Stirn in Falten und ärgerte sich über sich selbst, weil sie etwas so Offensichtliches nicht von sich aus bemerkt hatte. *Das ist es,* dachte sie. *Hör auf, ständig über Kane nachzudenken und konzentriere dich auf die Operation.* Sie hatte etwas zu beweisen - nicht nur Kane, sondern auch sich selbst. Sie hätte die Spuren bemerkt, wäre sie in Gedanken bei dem teuflischen Verrückten gewesen und nicht bei Kane. Aber sie hatte über ihre Beziehung - war es eine Beziehung? - mit Kane nachgedacht. Es war keine Beziehung. Aber es fühlte sich auch nicht wie bedeutungsloser Sex an. AJ wusste, dass sie nicht mehr das Heldenbildnis anbetete, das sie aus der Akademie mitgebracht hatte. Nein, sie empfand um vieles mehr. Vielleicht verliebte sie sich? Die Vorstellung war fast genau so furchteinflößend wie die Bedrohung, der sie gegenüberstanden.

»Wir folgen den Spuren«, rief Kane Anum auf Arabisch zu.

»Wie hast du die entdeckt?«, fragte AJ und versuchte zu verbergen, wie peinlich ihr ihre eigene Unachtsamkeit war.

»Setz deine Sonnenbrille wieder auf. Siehst du sie jetzt?«

Die Brille filterte das scharfe Licht heraus und zeichnete tiefere Schatten auf die Oberfläche, was den aufgewühlten Sand deutlicher hervortreten ließ. Ja, sie sah sie und würde sich das merken. Das würde ihr nicht mehr passieren. »Das müssen Raazaq und seine Handlanger gewesen sein.«

»Ja.«

Der Sand leuchtete wie Diamanten. Die Sonne stand hoch am Himmel und brannte auf ihre bedeckten Schultern. Eine leichte, verspielte Brise machte die Hitze erträglich.

AJ war fasziniert vom Taumeln und Schwanken des Kamels vor ihr. Sie bewunderte die Konstruktion der dünnen Beine, die dem Tier auf den Wüsten der Welt perfekte Balance verschafften. »Hast du die weichen, weißen Polster unter den Hufen gesehen?«, fragte sie Kane, der neben ihr ritt. »Schau, wie sie sich bei jedem Schritt breitdrücken, genau wie Teig. Toll, oder? Verhindert, dass sie in den Sand einsinken und verschafft Bodenhaftung.«

»Merkst du dir alles, was du einmal in einem Buch gelesen hast?«, fragte Kane neugierig. Er sah wie eine Art exotischer Cowboy aus mit seinem Strohhut, der schwarzen Galabija und dem dunklen Bartwuchs mehrerer Tage am Kinn. Er hatte sie gestern Nacht mit seinem Gesicht gestreichelt, und die bloße Erinnerung an das Kitzeln und Kratzen seiner Bartstoppeln auf ihrer empfindlichen Haut reichte aus, ihre Knie weich werden zu lassen. Nur gut, dass sie saß.

Sie schluckte schwer und konzentrierte sich auf die Kamele. »Ziemlich viel. Hast du beispielsweise gewusst, dass ein*Camelus dromedarius* von Kopf bis Fuß perfekt an das harte Leben in der Wüste angepasst ist? Die langen Wimpern wehren den Sand ab, die Nasenlöcher sind schließbar. Sie inhalieren die Feuchtigkeit, die beim Ausatmen entsteht, in die Lunge zurück. Oh, und der Höcker, der ein Fettspeicher ist, hilft ihnen, die Körpertemperatur zu regulieren und kann sie wochenlang mit Feuchtigkeit versorgen.« Sie rutschte auf dem Sattel herum. »Was ich allerdings nicht aus erster Hand miterleben möchte.«

»Schmerzt der Hintern? Versuch das Bein vorn über den Sattel zu legen.«

»Später. Es geht mir gut. Spektakulär, nicht wahr?« Sie wies auf die unendliche karamellfarbige Sandfläche. Es war so still, sie hätte am liebsten geflüstert, wie in einer Kirche.

»Ja«, sagte er, ohne wegzusehen. »Das ist es.«

Sie machten keine Mittagspause. Es gab nirgendwo auch nur einen Fetzen Schatten. Nur ebenen karamellfarbigen Sand. Hin und wieder störten ein paar Felsbrocken die Monotonie. Sie verfielen über weite Strecken in Schweigen.

»Ich bin nicht sicher, ob ich je wieder gehen kann«, sagte AJ, als sie am späten Nachmittag endlich Rast machten, um etwas zu essen. Raazaqs Spuren führten direkt durch ein trockenes Flussbett. »Oh, schau, Schatten!«, rief AJ erfreut.

Kane lächelte. »Nur ein Optimist kann diese erbärmlichen paar Zentimeter Schatten nennen.«

Ein Gruppe aus fünf traurigen Palmen wachte über einen kleinen Flecken Gras. Eine trübe Pfütze deutete auf eine Wasserquelle hin. Der Schatten war so mickrig wie die Wedel der Palmen. »Schatten ist Schatten.«

»Sie haben ein Feuer gemacht.« Kane stieß mit der Fußspitze gegen die Kohlen. Kalt.

Yusuf brachte Kika dazu, sich hinzuknien. Ein interessantes, schaukelndes Gefühl, das AJ durchaus genoss, trotz des schmerzenden Hinterns.

Mit seinen etwa zwanzig Jahren hatte der junge Mann eine schlechte Haut, die scharfen Gesichtszüge eines kleinen Nagetiers und den verschlafenen Blick, der in der Familie lag. Er sah nicht glücklich aus. »Ich bin kein Dienstbote. Ziyad macht den Tee und das Essen«, sagte er kurz angebunden in recht gutem Englisch. Er ging weg und setzte sich zu Anum.

AJ warf Kane einen fragenden Blick zu. »Was sollte das jetzt?«

Er reichte ihr die Hand und half ihr hinunter. »Ziyad ist offenbar ein unehelicher Bruder.«

AJ schwang das Bein über Kikas Rücken. »Au.«

»Sattelwund?«

»Muss du das erst fragen? Erzähl mir jetzt nicht, deine Beine und dein Hintern täten nicht weh, sonst erschieße ich dich.« AJs Haut spannte unangenehm, und sie hätte für einen Liter Cola mit Eis ihre Seele verkauft.

Kane stützte sie. Ihre Knie gaben nach. »Soll ich dich tragen?«

Sie war für seine Hilfe dankbar, und ihre Knie schlotterten beim Stehen. »Ja«, sagte sie affektiert. »Aber mit meinen verkümmerten Beinen hat das nichts zu tun.«

»Und womit dann?«

»Denkst du, es stört sie, dass du mich im Arm hältst?«, fragte sie und nickte in Richtung der Brüder.

Kane ließ die Hände über ihre Arme gleiten. »Soll ich sie fragen?«

»Nein. Lass uns herumtollen, ohne nach einer Erlaubnis zu fragen.«

»Oh, ja«, flüsterte er heiser und fing ihren Mund ein.

Sie öffnete die Lippen und hieß ihn willkommen.

Kane stöhnte. Gott, sie schmeckte so gut.

Sie legte die Arme um seinen Hals und ließ sich an ihn fallen. Dann packte sie mit beiden Händen den Rücken

seiner Galabija und versank in seinen Kuss. Auf
Zehenspitzen stehend drückte sie sich an ihn und erwiderte
seinen Kuss wie eine Verdurstende. Er legte die Hände auf
die festen Rundungen ihres Hinterteils und zog sie an sich.
Sie stöhnte leise an seinem Mund.

Hitze und Lust stiegen in ihm auf, bis er völlig benebelt
war.

Aber hier war dazu weder die Zeit noch der Ort.
Verdammt.

Er löste sich mit Bedauern von ihr. »Regenabbruch?«

Ihre hellgrünen Augen waren neblig vor Lust, groß vor
Begehren, doch sie trat einen Schritt zurück und nickte,
während sie ihn unverwandt ansah. »Lass es schütten.«

Er streichelte mit den Fingern ihre Wangen. Ihre Haut
war warm und feucht. Verdammt. Er wusste, was Lust war.
Zur Hölle, er war kein Mönch. Er hatte ein paar längere
Beziehungen hinter sich, und ein paar kurze, aber das hier
war ... anders. Seine Begierde reichte über das rein
Körperliche hinaus. Was ihn erstaunte, da die körperliche
Anziehung, die AJ auf ihn ausübte, alles übertraf, was er je
erlebt hatte. Sein ganzer Körper schien nicht mehr
funktionieren zu wollen ohne ihren Geschmack und das
Gefühl ihrer Haut. Doch es ging um mehr als fleischliche
Gelüste.

Zur Hölle, verdammt. Er wollte da nicht hin. Sich
emotional auf Cooper einzulassen, war das Letzte, was er
wollte oder brauchen konnte.

AJ ahnte nicht, was in seinem Kopf vor sich ging, und
rieb sich mit beiden Händen den Hintern. Sie war von Kopf
bis Fuß in meterweise Stoff gehüllt, doch als sie die Hände
nach hinten legte, spannte sich das weiche Material über
ihrem flachen Bauch und den spektakulären Brüsten. Zu
sehen, was der Kuss mit ihren Nippeln gemacht hatte, ließ
ihn heißer als je zuvor werden. »Ich hoffe auf einen
Monsun«, murmelte er und berührte ihre feuchte
Unterlippe kurz mit dem Daumen. Ihr Zunge schoss vor

und kostete ihn hastig, dann trat sie aus seiner Reichweite. »Sturzbäche«, stimmte sie zu, und ihre Augen leuchteten.

15

Die Kamele waren schon am Wasserloch und bückten sich, mit komisch schräg gestellten Beinen, zum Trinken. Yusuf und Anum saßen am Rand des Grasfleckens und schauten Ziyad beim Teekochen zu.

»Ich bin so durstig, ich könnte diese schlammige Pfütze auslecken«, sagte AJ, während sie in den Schatten gingen.

»Darf ich eine Alternative vorschlagen?«

»Nein, darfst du nicht.« Den Mund noch feucht von seinem Kuss, lächelte sie jenes infernalische Lächeln, das ihn so verrückt machte. »Wie lange können wir hier rasten?«

»So lange die Kamele trinken wollen.«

»Gott sei Dank haben sie getrunken, bevor wir aufgebrochen sind. Andernfalls könnte das Stunden dauern.« Sie stakste steifbeinig über das spärliche Gras, warf den Hut auf den Boden und ließ sich danebenfallen, ohne die Knie zu beugen. Flach auf dem Rücken liegend, machte sie die Augen zu. »Könnten Sie die Piña Colada für mich halten, bis ich von meinem Nickerchen aufwache, Raul?«

Kane ließ sich neben sie fallen. »Wäre das vor oder nach der Massage, Madam?«

Sie machte ein Auge auf. »Oh, mein Gott. Eine Massage?« Sie rollte sich schnell auf den Bauch und bettete den Kopf auf die Arme. »Ich glaube, ich liebe dich.«

Kane beäugte sie fragend. Was für ein interessanter Gedanke. »Mach die Beine breit.«

»Schätze, das ist das erste Mal, dass ein Masseur so etwas zu mir sagt.« Sie machte wieder ein Auge auf. »Der Geist ist willig, aber das Fleisch ist schwach.« Sie schenkte ihm mit tanzenden Augen ein halbes Lächeln. »Ganz zu schweigen davon, dass uns die drei Jungs zuschauen.«

»Von da drüben aus sehen sie aber kaum was. Und ich rede von einer Massage, nicht von wildem animalischem Sex.«

»Verflucht.«

»Ja«, sagte er lakonisch und kniete sich zwischen ihre gespreizten Beine.

Er schob den Saum des Baumwollgewandes hoch und ließ die Hände über ihre glatten Waden gleiten. Ihre Haut fühlte sich warm, seidig und fest an. Er legte die Hände auf die süße Kurve über ihren Kniekehlen und konnte spüren, wie ihr Puls sich unter der Berührung beschleunigte. Er genoss es, sie zu berühren, so wie sie es genoss, berührt zu werden. Er ließ die Hände ihre Oberschenkel hinaufgleiten, massierte die verspannten Muskeln mit routiniertem, leichtem Griff. Sie seufzte leise. Es hörte sich verflucht sexy an, und er erwachte sofort zum Leben. *Runter mit dir, Junge.*

Sie gab einen erotischen Anblick ab. Der Körper, bis zu den Schultern enthüllt und seinem hungrigem Blick preisgegeben. Er fand es sogar sexy, dass ihre Füße in schweren Militärstiefeln steckten. Der schmale schwarze Tanga ließ ihre Pobacken frei, die unter seiner Berührung zusammenzuckten. So empfänglich. *Jetzt passiert hier gar nichts*, redete er sich ins Gewissen.

Er schaute sich über die Schulter um. Die drei Brüder hatten sich hingelegt und machten ein Nickerchen. Gut.

Er konzentrierte sich wieder darauf, AJ eine ordnungsgemäße Massage zu verabreichen. Ihre Muskeln waren übersäuert und verhärtet. Er knetete die verspannten Stellen durch, bis sie förmlich schnurrte.

Er umspannte die schmale Taille mit den Handflächen und grub die Daumen in die Muskulatur auf beiden Seiten des Rückgrats. Er fand einen Knoten und bearbeitete ihn derart, dass AJ fast schon ins Gras schmolz. »Hm, tut das gut.«

Das Sonnenlicht fiel durch die Palmwedel hoch über ihnen und zeichnete ein Streifenmuster auf ihren gebräunten Rücken. Kane streichelte, anstatt zu kneten, einfach nur, um ihre Haut unter den Händen zu spüren. Sie fühlte sich so lebendig an und reagierte sofort auf die Berührung. Er lächelte. »Warst du im früheren Leben Katze?«

»Die von Pharao Tutanchamun.« Ihre Stimme war belegt. »Angebetet und verwöhnt. Und ich warne dich, ich habe mich damals schon schnell daran gewöhnt.«

»Aber Kleopatra warst du nicht.«

Sie schnaubte. »Dann schon eher Cäsar.«

»Ah. Du ziehst es also vor, mit eiserner Faust zu regieren.« Diesmal lächelte er breit. Typisch AJ. Sie hielt einfach nichts von weiblicher Finesse. Sie war keine Frau, die Ränkespiele und Winkelzüge liebte. Sie war direkt, kam geradeheraus auf den Punkt und hielt sich nicht damit auf, politisch korrekt sein zu wollen. »Als Königin von Ägypten hatte Kleo durchaus Macht«, erwiderte er.

»Oh, bitte. Sie hat sich viel zu lange damit aufgehalten, zerstoßene Perlen zu trinken und Politik zu spielen. Sie hätte selbst mit ihren Truppen rausgehen und ein paar Kerlen in die Ärsche treten sollen, anstatt darauf zu warten, dass die Männer es für sie richten.«

Kane lachte. »Du bist wirklich einzigartig, Agatha Jethro.«

»Ah-hm. Eine von einer Million wiedergeborener Katzen. Ein bisschen weiter links ... Ja. Oh, gut. Das fühlt sich so gut an.«

Kane beugte sich vor, schob ihr Haar zur Seite und küsste sie auf den Nacken. Er streifte die Lippen sachte über die weiche Haut und trank die Mischung aus Rosenduft und AJ, nach der er immer süchtiger wurde. Er verwöhnte sie mit seiner Zunge und blies kühl auf die feuchte, heiße Stelle, was AJ einen Schauder über den Rücken jagte. Er ließ den Mund seitlich ihren Hals hinaufgleiten und einen Kuss auf ihren Mundwinkel fallen.

»Mehr«, verlangte sie, ohne die Augen zu öffnen.

»Später, kleine Katze.« Kane löste sich widerwillig von ihr. »Die Kamele sind bereit weiterzuschaukeln.« Er zog den Kaftan über die verführerischen Kurven ihres atemberaubenden Hinterteils und gab ihr einen kleinen Klaps. »Lass uns aufbrechen, Amy Jean.«

Sie machte die Augen auf, rollte herum und streckte sich. »Ich schulde dir was.«

»Ich schätze, ich sollte noch einen Teller Brotbohnen essen, bevor wir aufbrechen.«

»Gib mir eine Minute.« Sie streckte die Hand aus, und er zog sie hoch. Himmel, er war versucht, sie gleich wieder zu Boden zu ziehen, ihr die Kleider vom Leib zu reißen und sich in den heißen, nassen Himmel ihres Körpers zu versenken. Um sich daran zu hindern, trat er einen Schritt zurück und rief den Brüdern etwas zu.

AJ ging zur anderen Seite des kleinen Flussbettes, was nicht unbedingt so intim war, wie eine Tür hinter sich zu schließen, aber privater würde es nicht werden.

Als sie zurückkehrte, waren die Kamele bereit, Kane saß auf Roopsi und Yusuf wartete darauf, ihr auf Kika zu helfen.

»Rauf und weiter«, grinste AJ. Die zehnminütige Pause und die Massage hatten ihr sehr gut getan. Sie war erholt und brannte darauf weiterzuziehen.

Sie folgten Raazaqs aufgewühlten Spuren aus dem Flussbett. Er war weiter in südliche Richtung geritten. Hätte er ein Neonschild aufgestellt - *Hier geht's lang* -, die Spuren hätten nicht deutlicher sein können. Entweder er war arrogant genug zu glauben, niemand könne ihm folgen oder er war dumm genug zu denken, ihr Fahrzeug und ihre Kommunikationssysteme zu zerstören reiche aus, sie aufzuhalten.

»Glaubst du, dass unsere Jungs uns folgen?«, fragte AJ, als Kane zu ihr aufschloss. Sie gewöhnte sich langsam an die Gangart des Kamels, dieses fast schon hypnotische Vor- und Zurückschwingen. Sie winkelte ihr Knie vorn auf dem

Sattel ab, um ihrem schmerzenden Hintern Erleichterung zu verschaffen. Der Fuß schlief relativ schnell ein, und sie musste das Bein wechseln, aber es half ein wenig, die Sitzposition zu verändern.

In der heißen Nachmittagssonne war es wie in einem Backofen. Die trockene Hitze brannte in ihren Nasenflügeln und ließ ihre Tränenflüssigkeit verdunsten. Sie war für den Schatten dankbar, den der Cowboyhut aus Stroh ihr spendete. Er war so flexibel, dass er in die Hintertasche ihrer Hosen gepasst hätte, hätte sie eine gehabt, und er gewährleistete einen Rundumschutz, den ihre Baseballkappe nie geliefert hätte.

»Ich hoffe, sie waren außer Reichweite von dem, was immer uns lahm gelegt hat. Sie werden eins und eins zusammenzählen, wenn sie uns nicht lokalisieren können, dann nach Kairo zurückkehren und per Flugzeug nach uns suchen.«

»Wenn wir schon über Flugzeuge reden - ich habe noch keines gesehen, das uns überflogen hätte, du?«

»Vermutlich keine kommerzielle Route.«

»Vermutlich nicht.« AJ trank gierig aus ihrer Feldflasche. In diesem Klima wartete man nicht erst ab, bis man durstig war, was bereits Dehydration bedeutet hätte. Sie steckte die Flasche neben sich in den Lastkorb zurück. Sie runzelte die Stirn. »Es sei denn, das, was uns am Boden aufgehalten hat, hindert auch die Flugzeuge am Fliegen. Wäre das möglich?«

Kane zuckte die Achseln, die Gesichtszüge streng. »Sicher kann man die Instrumente blockieren, aber unsere Piloten fliegen auch blind - solange die Motoren nicht streiken. Ich weiß, sie finden einen Weg, Raazaq zu lokalisieren. Das Problem könnte sein, die Information an uns weiterzuleiten.«

Die Wüste dehnte sich meilenweit um sie herum aus, klar und majestätisch in ihrer endlosen, ungestörten Schönheit. Der Wind hatte den Sand in goldenen Wellen an die Dünen und über die weiten gleichartigen Ebenen getrieben. Das Einzige, was die unberührte Landschaft störte, waren die dunklen, aufgewühlten Spuren der Männer, denen sie folgten. Und die Bedrohung, die Raazaq mit sich durch die Wüste schleppte.

Als es dämmerte, hielten die Brüder an, um ihre Gebete zu verrichten, und AJ und Kane stiegen ab, um die Beine zu strecken. Die untergehende Sonne ließ die Luft kühler werden, aber in der Ferne glitzerten Luftspiegelungen, die die Hitze über der Wüste eingefangen hatte. Ein Stück entfernt zeigte sich eine Fata Morgana, eine ganze Bergkette und schimmerndes Wasser. Sie fragte sich, wie viele Menschen wohl bei dem Versuch gestorben waren, das Trugbild zu erreichen, das ständig weiter in die Ferne rückte.

»Du genießt das hier wirklich, nicht wahr?«, murmelte Kane im Gehen.

»Die Wüste? Ja, ich mag sie.« Sie wühlte mit der Fußspitze etwas Sand auf und betrachtete das Sonnenlicht, das zwischen den wirbelnden Körnern hindurchfiel. »Obwohl ich nicht hier leben möchte - zu still für mich -, aber es ist faszinierend, das zu sehen.«

»Das auch. Aber ich meinte eigentlich, du genießt es wirklich, für T-FLAC zu arbeiten.«

»Ah, das ist die große Liebe meines Lebens.«

Er sah sie an. »Tatsächlich?«

»Du weiß doch, dass mein Vater ein SEAL war? Mein Bruder hat gegen ihn rebelliert und ist von den Marines direkt zu T-FLAC gegangen. Ich habe erst relativ spät kapiert, was Gabriel eigentlich macht.« Sie nahm den Cowboyhut ab, schüttelte den Kopf und ließ die sanfte Brise durch die schweißnassen Locken an ihrer Stirn streichen. »Die acht Jahre zwischen uns haben uns praktisch zu Fremden gemacht, und dass wir jeder bei einem anderen Elternteil gelebt haben, hat die Sache natürlich auch nicht verbessert. Aber ich habe es immer geliebt, Dad zuzuhören, wenn er von seiner Zeit bei der Armee erzählt hat. Ich

wollte diese Art von Engagement. Ich wollte etwas bewegen
können.«

Sie schaute auf und stellte fest, dass er sie unverwandt
ansah. Ein Hitzeschub prickelte wie elektrischer Strom
ihren Rücken hinab. »Schon als kleines Kind wollte ich
Polizistin werden. Ich habe aber eine Weile gebraucht, um
den ganzen anderen Unsinn in meinem Leben
abzuschütteln. Aber ich habe es geschafft. Dann hat T-
FLAC mich rekrutiert, und *Peng*, hat sich mein ganzes
Leben geändert.«

»Es ist ein verflucht weiter Weg, von der
Schönheitskönigin zur T-FLAC-Agentin.«

»Darauf ein dreifaches Hoch!« AJ schüttelte sich
dramatisch. Dann nahm sie die Sonnenbrille ab, die sie
nicht mehr brauchte, und hängte sie vorn am
Halsausschnitt ein.

Seine Lippen zuckten. »Dein altes Leben hat dir nicht
sehr gefallen, hm?«

»Sogar die Schussverletzung auf der Trainingsexkursion
war besser, als halb nackt herumzustolzieren und meine
körperlichen Vorzüge zu zeigen, und das, obwohl sie
wirklich schrecklich war und mir eine Heidenangst
gemacht hat.« Sie atmete keuchend aus. »Vielleicht wäre es
nicht so schlimm gewesen, hätten wir etwas für unser
Aussehen gekonnt - aber da hat die Natur einfach eine
Münze geworfen. Alles nur Gene.«

»Gene, die dir im Leben sicher auch behilflich waren?«

»Also, es ist sicher hilfreich, nicht potthässlich zu sein«,
sagte sie aufrichtig. »Aber mich hat mein Aussehen eher
gebremst. Eine Art umgekehrte Diskriminierung, verstehst
du? Ich hatte für keinen meiner High-School-Bälle eine
Verabredung. Die Jungs dachten immer, es hätte mich
sicher schon jemand gefragt. Und bei dem, was ich getan
habe - all dieser Schönheits-Quatsch -, haben sich die Leute
Gedanken über meinen IQ gemacht. Und warum auch
nicht? Die Menschen neigen dazu, nicht über die
Oberfläche hinauszusehen. Es war ihnen auch egal, ob ich

Verstand hatte oder nicht. Bis ich zu T-FLAC gegangen bin.«

»Und dann?«

»Und dann?«, lächelte sie wehmütig. »Ich bin nicht sicher, ob es ihnen dann nicht mehr egal war. Aber mir geht es um zwei Dinge: mein fotografisches Gedächtnis und mein Schießtalent. Für Ersteres kann ich nichts, aber während der Schießausbildung habe ich wie eine Verrückte geschuftet, und es hat sich bezahlt gemacht. Ich habe vor, die beste Scharfschützin bei T-FLAC zu werden. *Darauf* will ich meinen Ruf gründen.«

Sie hielt inne, das Gesicht gerötet. Sie erinnerten sich beide nur zu genau daran, was am ersten Tag passiert war.

»AJ -«

»Ich habe es vermasselt. Das weiß ich. Aber ich werde es nicht nochmal vermasseln. *Das* kann ich dir versprechen.«

»Das glaube ich dir.«

Sie sah langsam zu ihm auf. »Wirklich?«

»Absolut.«

Sie blieb stehen, schloss die Augen. »Mein Gott, Kane. Du hast ja keine Ahnung, was mir das bedeutet.« Sie drehte sich um, warf sich in seine Arme und drückte ihm einen schmatzenden Kuss auf den Mund. »Danke.«

Die Shaaeawi-Brüder kamen auf sie zu, und die Sonne zeichnete einen mandarinenroten Streifen über den Horizont. Raazaqs Spuren wiesen über den windverwehten Wüstenboden nach Süden. Kane legte die Arme um AJs schlanke Taille und nahm sich begierig ihren Mund.

Sein Kuss war langsam und sinnlich. Als hätten sie alle Zeit der Welt. Als läge ein ganzes Leben voller Küsse vor ihnen. Er kannte sie inzwischen schon so gut, und ein kleiner Teil von ihr rebellierte, weil er wusste, dass er nur an ihrer Unterlippe zu saugen oder langsam über ihren geöffneten Mund zu lecken brauchte, um all ihre weiblichen Stellen zum Pochen zu bringen. Er musste ihre Brüste nicht einmal berühren, um sie spannen zu lassen. Er musste nicht in ihr sein, um sie an den Rand der Klimax zu bringen.

Ihr Körper summte vor Vergnügen, als seine Zunge zwischen ihre Zähne glitt. Sie antwortete ihm kühn mit der eigenen Zunge, gleitend und liebkosend, den Liebesakt imitierend, bis sie vor Sehnsucht erschauderte. Sie packte mit den Fäusten den Rücken seines Hemds. Er zog sie hart an sich, bewegte ihre Hüften mit erotischem Schwung an seinen, wie ein Virtuose den Geigenbogen.

Lippen. Zunge. Zähne.

AJ sehnte sich nach ihm, und ihr Herzschlag war so laut, dass sie ihn hören konnte. Sie lösten sich voneinander. Beide leise keuchend. AJ musste mehrmals wie ein Schlafwandler zwinkern, um wieder klare Sicht zu bekommen.

»Ich habe dich nicht beim Hauptquartier angeschwärzt«, teilte Kane ihr mit und hielt sie reglos an sich gedrückt. Sie konnte jeden einzelnen Pulspunkt an ihrem Körper pochen spüren.

»Ich weiß, du wirst alles tun, um Raazaq zu töten. Was an diesem Tag passiert ist, war nur Lampenfieber. Anfängeraufregung.« Er schob ihr eine lange Strähne aus dem Gesicht und ließ die Finger auf ihrer Haut verweilen.

»Und die erste Schussverletzung ist eine traumatische Erfahrung. Da erkennen wir zum ersten Mal, wie verletzlich wir eigentlich sind.« Sein Mund verzog sich zu einem Lächeln. »Eine Schussverletzung tut höllisch weh. Unser Hirn lässt uns davor zurückschrecken, nochmal eine zu riskieren.«

»Aber manches im Leben schreit einfach danach, riskiert zu werden, nicht wahr?«

Er lächelte. »Richtig.« Dann, als könne er sie nicht *nicht* berühren, streifte er mit dem Rand des Daumens über ihre Unterlippe. Er schaute sich über die Schulter um. »Unser Wagen ist da.«

»Mein Hintern weigert sich zwar, aber lass uns aufsteigen.«

»Wir müssen uns ausruhen«, sagte Kane und folgte ihr zu Kika. »Lass mich ein paar Stunden lang schlafen, dann weck mich, und ich lasse dich schlafen.«

»Kein Problem.« AJ kletterte lachend auf Kika. »Ich rufe schon mal im Motel an und reserviere uns ein Zimmer.«

Er schwang sein Bein über Kika und rutschte hinter AJ im Sattel zurecht. »Wir machen ein Kamel-Nickerchen.«

»Aha, ein Kamel-Nickerchen.«

Mit Kane auf einem langsam schaukelnden Kamel zu reiten, war ein echtes Erlebnis. Nachdem die Sonne gesunken war und der schwarze Himmel sich in einen sternenbesetzten Baldachin verwandelt hatte, wusste sie die Wärme seiner harten Brust an ihrem Rücken zu schätzen. Er hatte die Arme lose um ihre Taille gelegt, nicht der Balance wegen - der Sattel war so tief wie ein Sessel - aber vielleicht, überlegte sich AJ, um die Verbindung zu halten, weil auch er sich nicht von ihr trennen konnte. Es war ein hübscher Gedanke, aber nicht sehr wahrscheinlich, wenn man Kane kannte.

Sie nahmen die Hüte ab und stopften sie in AJs Packtasche. Kane legte das Kinn auf ihren Scheitel. »Wie wird man von der Schönheitskönigin zur Königin der Scharfschützen?«

»Das habe ich dir doch gesagt. Ich will etwas bewegen.« Sie lächelte und lehnte den Kopf nach hinten an seine Schulter. »Es ist ja ganz nett, auf einer Bühne zu stehen und zu *sagen*, dass man sich den Weltfrieden wünscht, und dazu wie ein Tambourmajor einen Stock herumzuwirbeln - «

»War das Stockwirbeln dein besonderes Talent?«

»Oh, Gott, nein«, lachte AJ gurgelnd. »Zu der Zeit war ich besonders gut im Murmelspielen. Aber die Preisrichter schienen das nicht sehen zu wollen. Ich schätze, es hat etwas damit zu tun, dass es relativ unattraktiv wirkt, wenn eine junge Dame im Badeanzug nur ihren Hintern in die Luft reckt und dabei ständig ein Auge zukneift.«

Kane lachte. »Ich weiß nicht, für mich hört sich das verdammt anziehend an.«

»Weil du ständig an Sex und sehr eingleisig denkst.«

»Sieht ganz so aus. Okay, Murmeln hast du also nicht gespielt. Was dann?«

»Ich habe eine Gymnastiknummer mit ziemlich ausgefallener Beinarbeit vorgeführt und -«

»Kannst du Spagat? Ich habe einmal ein Mädchen gesehen -«

AJ versetzte ihm einen Klaps auf den muskulösen Oberschenkel. »Können wir mit diesen langweiligen Geschichten aufhören?«

»Ich langweile mich überhaupt nicht.«

»Wir reiten zusammen, weil wir jeder ein paar Stunden schlafen wollten, erinnerst du dich?«

»Du übernimmst die erste Wache. Also bring deine Autobiographie zu Ende, das wird meine Gutenachtgeschichte. Also ... der Weltfrieden?«

AJ kuschelte den Hintern in das V seiner Schenkel und rieb wie eine Katze den Scheitel an seinem Kinn. »Nicht lachen. Ich wollte, ich *will* den Weltfrieden, aber ich wollte nicht darüber reden. Ich wollte zu den Leuten gehören, die ihn schaffen können.«

»Sicher«, sagte Kane trocken. »Warum hast du den ganzen Zirkus mitgemacht, wenn du ihn so gehasst hast?«

»Meine Mutter sieht fabelhaft aus. Sie wollte Miss America werden, mehr als alles andere auf der Welt. Sie war davon besessen. Nicht nur ein bisschen, sondern fanatisch. Sie konnte an nichts anderes denken. Sie hat damit ihre Ehe zerstört, hat all ihre Freunde verloren, sich sogar Feinde gemacht. Aber so verzweifelt sie die Krone auch haben wollte, sie ist nie über Miss Junior Illinois hinausgekommen. Also musste ich es für sie versuchen. Anfangs war ich einfach nur froh, so viel Aufmerksamkeit von ihr zu bekommen. Dann habe ich begriffen, dass sie gar nicht mich sieht, ihre Tochter, sondern nur die Eintrittskarte in die Welt, zu der sie gehören wollte.« Als er nichts erwiderte, hielt AJ inne. »Du bist vor lauter Langeweile ins Koma gefallen, oder?«

»Erzähl weiter.«

»Okay. Aber es wird dich stumpfsinnig machen, sag hinterher nicht, ich hätte dich nicht gewarnt. Wo war ich stehen geblieben?«

»Eiskunstlaufmutter«, sagte er.

»Habe ich das gesagt?«

»Nicht mit diesen Worten.«

»Sie hat mich in vielerlei Hinsicht abgerichtet. Mein Leben war völlig durchorganisiert. Was ich zu essen hatte, wann ich zu schlafen, wann zu trainieren hatte -«

»Hört sich an wie ein Rekruten-Camp.«

»Hundertmal schlimmer. Ich wurde aufgeputzt, gebürstet und geschminkt bis zum Erbrechen. Ich hatte den ganzen Tag lang kratzende Mädchenkleider an, von morgens bis abends. Mein Haar musste glatt gebügelt werden - zu lockig. Aber das war nur eine von vielen Torturen. Ich habe eine ganze Zeit lang gebraucht, bis ich dieses Leben so sehr gehasst hatte, dass ich Mutter wehtun und ›nein‹ sagen konnte. Mann, war das ein anderer Lebensstil. Soweit ich zurückdenken kann, war ich immer ein Lausebengel. Versteh das nicht falsch, ich wollte nie ein Junge sein, aber -«

Er schnaubte, was ihr tatsächlich ein gutes Gefühl gab.

»Unglücklicherweise«, fuhr sie fort, »ließ sich das irgendwann nicht mehr vor meiner Mutter verbergen. Ich kam ständig mit aufgeschlagenen Knien oder Ellenbogen nach Hause oder einem farbenprächtigen Bluterguss. Es hat sie wahnsinnig gemacht. Ich war auf den Schönheitswettbewerben das einzige Kind, das Make-up auf den Knien hatte.« Sie lachte.

»Ich hätte sie dir heil geküsst.«

»Oh, wie süß von dir«, sagte AJ mit einem bissigen Unterton, der ihn zum Lachen brachte. »Ich wusste einfach, dass ich das, was die Jungen auf dem Spielplatz machten, auch konnte. Meine Mutter allerdings hätte jede

Eiskunstlaufmutter in den Schatten gestellt. Sie hatte nur ein einziges Ziel, und nichts, noch nicht einmal ich, konnte sie davon abhalten. Sie hat alles, was sie hatte, in meine Karriere gesteckt, hat jede wache Sekunde durchorganisiert. Und jede Sekunde meines Schlafs auch, mit Motivationskassetten.«

»Du lieber Gott.«

AJ zuckte die Schultern. »Sie ist mit der Trennung nicht zurechtgekommen. Sie gehört zu den Frauen, die einen Mann brauchen, der ihnen sagt, was sie tun sollen. Sie und mein Vater haben sich nie scheiden lassen. Aber als sie sich getrennt haben, war ich ungefähr fünf. Dad zahlt immer noch ihre Rechnungen und gleicht ihr Konto aus. Unser Haus bestand nur aus Rüschen und Blumen. Im Haus meines Vaters gab es Cordsofas und Papierteller. Mir waren die Papierteller lieber. Hat meine Mutter in den Wahnsinn getrieben, wenn ich zu ihm gefahren bin, weil ich jedes Mal ein Stück rebellischer nach Hause kam.«

»Gut für dich.«

»Eigentlich haben Dad und Gabriel mich wie ein Porzellanpüppchen behandelt, wenn ich zu Besuch war. Aber ich habe sie ›spielen‹ sehen, und ich wollte so sein wie sie. Dad wollte, dass mein Bruder ein Navy SEAL wird. Aber noch als Gabriel im College war, hat T-FLAC sich bei ihm gemeldet. Er ist schließlich dort hingegangen und hat es geliebt. Ich war einmal im Monat übers Wochenende da, und er hat mir ein bisschen von dem erzählt, was er bei T-FLAC tat. Nichts, was geheim gewesen wäre, aber genug, um mir Appetit zu machen. Je mehr ich zu hören bekam und je mehr Geschichten mein Vater erzählte, desto sinnloser erschien mir mein Leben und desto frustrierter und erdrückter kam ich mir vor.«

»Nicht gerade erstaunlich.«

»Ich wollte ein SEAL werden wie Dad. Aber er und mein Bruder haben mir klar gemacht, dass sie dies nur über ihre Leichen zulassen würden. Ich habe gesagt, also gut. Wenn ich kein SEAL werden kann, dann gehe ich auf die

Polizeiakademie. Meine Mutter war wütend, und die beiden Männer, die ich auf der Welt am meisten bewundert habe, hatten Angst, dass ich draußen auf der Straße abgeknallt werde, bevor ich mit der Ausbildung fertig bin.«

»Und dann hat T-FLAC dich abgeworben.«

»Der beste Tag meines Lebens.« Sie grinste.

»Ich bin sicher, dass dein Bruder und dein Vater inzwischen sehr stolz auf dich sind.«

»Ich glaube kaum, dass Gabriel es weiß. Und mein Vater sagt, ein Kriegsschauplatz ist kein Ort für eine Frau. Meine Mutter hat nicht mehr richtig mit mir gesprochen, seit ich letztes Jahr auf die Akademie gegangen bin. Ich habe ihren Traum von der Krone zerstört, und das vergibt sie mir nie.«

Er fischte eine Decke aus der Satteltasche hinter sich und legte sie um sie beide, hüllte sie in die Wärme der Wolle. Seine Finger streiften ihren Busen, als er die Decke vorne zusammenzog. »Sie liebt dich«, sagte er. »Sie kommt drüber weg.«

AJ lachte halbherzig. »Du kennst meine Mutter nicht.«

»Schlimm, was?«

»Stell dir die böse Königin aus Schneewittchen vor«, sagte AJ trocken, »samt Spiegel und allem.«

»Wird sie darüber hinwegkommen?«

AJ zuckte die Schultern. »Ich hoffe es.« Eine Welt aus Schmerz lag in ihrer Stimme. »Sie ist sehr nachtragend. Es ist hart, wenn man etwas so sehr will, und jemand stiehlt es einem.«

»Du hast nichts gestohlen.« Kane schob ihr Haar zur Seite und küsste sie auf den Nacken. »Es war ihr Traum, nicht deiner.«

»Das spielt keine Rolle. Soweit es sie angeht, hätte ich ihr die Krone geben können, und das habe ich nicht.«

»Aber, was immer du auch sagst, dein Vater muss stolz auf dich sein. Ein A-1-Scharfschütze? Klassenbeste in der Akademie. Von einer der weltweit anerkanntesten privaten Anti-Terror-Elitetruppe angeworben?«

AJ lächelte traurig. »Ironischerweise wollte er diese Krone auch haben. Er ist ein Macho und hat jede Menge altmodischer Ideale. Er denkt immer noch, dass Frauen an den Herd gehören. Vorzugsweise mit hohen Absätzen, Perlenkette und Chiffon-Schürze.

»Und sonst nichts? Die Vorstellung bereitet ja sogar mir Freude.«

AJ drehte sich um und streckte ihm die Zunge heraus.

Er lachte.

»Die da auch.«

»Mach endlich dein Nickerchen«, gab AJ ihm bissig zurück, zog die Dragunov quer über den Schoß und lockerte den Rücken.

»Zwei Stunden«, instruierte Kane sie.

Abgesehen vom gedämpften Tritt der Kamele, war die Stille absolut. AJ hatte nie zuvor so viele Sterne gesehen. Der Himmel schien unendlich und unglaublich weit. Wenn man mit Gott sprechen wollte, war das hier der richtige Ort.

Aber irgendwie schien es nicht angemessen, Gott darum zu bitten, ihr dabei behilflich zu sein, Raazaq zu töten.

Sie hatte keine Ahnung, wie das alles ausgehen würde. Ein Adrenalinschub schoss in ihr System und fühlte sich gut an. Das gehörte zu den Dingen, die sie an ihrem Job am meisten schätzte. Das Unerwartete. Die Tatsache, dass eine Einsatzkraft immer wachsam und zu allem bereit sein musste.

Und sie war überzeugt, sie *war* bereit.

Aber nichts hatte sie auf den Mann vorbereiten können, der hinter ihr im Sattel schlief. Sie kannte alle seine Einsätze in- und auswendig, hatte sie lange studiert. Aber den Mann hatte sie nicht gekannt. Er liebte Kinder - das war ihr jedoch erst klar geworden, als sie ihn mit den Kindern, die den Humvee mit ausgegraben hatten, gesehen hatte. Sie hatte nicht gewusst, dass er einen Sinn für Humor hatte, der weit über bloßen Sarkasmus hinausreichte. Sie hatte ihn für eine Kampfmaschine gehalten. Jetzt löste dieses Bild sich auf. Da war noch viel mehr an Kane Wright, zuzüglich all der Geheimnisse, die sie noch nicht entdeckt hatte.

AJ glaubte, dass sie langsam einen Weg durch die Risse der harten Schale fand. Er war eine harte Nuss.

Für sie würde nichts je wieder sein wie zuvor. AJ hatte nicht die leiseste Ahnung, was die Zukunft bringen würde. Sie hielt es nicht einmal für klug, über die Zukunft nachzudenken. Sie mussten erst Raazaq finden und es überleben.

Kane Wright war weitaus komplexer als alle Männer, mit denen sie früher zusammen gewesen war. Er war wie ein Eisberg, neun Zehntel unter der Wasseroberfläche. Sie war eine wirklich gute Taucherin, aber sie war nicht sicher, ob sie fertig wurde mit dem, worauf sie in diesen Tiefen stoßen würde. Und warum, sagte sie sich, hätte sie es auch versuchen sollen? Er würde sowieso wieder gehen.

Sie gingen alle wieder.

Sie hatten irgendwann genug davon, dass die anderen Männer AJ ständig anstarrten, sie aufs Kreuz legen wollten. Und dann war da immer noch eine hübschere Frau, berühmter oder salonfähiger.

Sie hatte sich daran gewöhnt, wie die Männer sie ansahen. Sie einschätzten, bevor sie sie kennen lernten. Manchmal war das hilfreich, um diesen Einsatz zu bekommen zum Beispiel. Manchmal war es nur ärgerlich.

Oh, ja. Sie gingen alle wieder fort. Es sei denn, AJ ging schneller.

Ihr Bruder versuchte ihr einzureden, sie hätte keinem Mann je eine Chance gegeben. Sich gleich wieder abgenabelt. Aber das war ein Männer-Ding. AJ nannte es Selbstschutz.

Es hatte sie vorher nie gestört. Sie neigte dazu, den Wert der Männer nach ihrem Durchhaltevermögen zu beurteilen. Aber sie bezweifelte langsam, dass sie so gelassen reagieren würde, wenn *Kane* in den Sonnenuntergang ritt. Und während sie über sich selbst schon fast alles ausgeplaudert hatte, wusste sie über Kane kaum mehr als zuvor. Kluger Kane.

Agentin bei T-FLAC zu sein war alles, was sie sich je erträumt hatte. Es war ein realistischer Traum. Sie war Agentin bei T-FLAC, und Raazaqs Tod würde ihre Stellung festigen.

Eines Tages würden die Rekruten *ihre* Berichte lesen, Geschichten von *ihren* Einsätzen hören und so wie sie sein wollen. Sie würde ein fabelhaftes Vorbild für die neuen weiblichen Rekruten abgeben.

Wie eine Frau aussah, sagte nichts darüber aus, wie sie ihren Job erledigte. Es machte sie als Einsatzkraft weder besser noch schlechter. Das tat nur ihre Leistung.

Sie hatte eine Arbeit, die sie liebte, und sie tat sie an der Seite ihres Helden. Und im Augenblick war ihr Held auch ihr Liebhaber. Was konnte es Besseres geben?

Als Kane sie auf den Nacken küsste, wusste AJ, dass exakt zwei Stunden vergangen waren. Seine innere Uhr war unglaublich.

»Guten Morgen.« Sie hielt die Stimme gedämpft. Er lachte warm an ihrem Hals. »Jetzt bist du dran. Ich wecke dich.« Er fasste um sie herum und zog ihr das Scharfschützengewehr aus dem losen Griff.

AJ machte auf der Stelle die Augen zu und lehnte sich etwas mehr an ihn. »Gibt's für mich keine Gutenachtgeschichte?« Aus irgendeinem dummen, dummen Grund war ihr zum Heulen.

»Sicher.« In seiner Stimme schwang ein Lächeln. »Es war einmal vor langer Zeit ... «Sie schlief ein und träumte, sie sähe Kane, wie er ihr den Rücken zuwandte und auf einen sandfarbigen Himmel zulief. Regen fiel auf ihr Gesicht.

16

AJ hatte einen Orgasmus, bevor sie noch richtig wach war. Ihr Körper zuckte um Kanes Finger, sie erbebte vor kleinen Explosionen, während sie aus tiefstem Schlaf ins Bewusstsein zurückkehrte. Der wiegende Gang des Kamels verstärkte das Gefühl nur noch. Sie blinzelte mit verschlafenem Blick in einen sternenübersähten Himmel und eine kahle, in Mondlicht getauchte Wüstenlandschaft, während ihr Körper jubilierte.

»Wow.« Sie wandte sich um und küsste lasziv die stoppelige Unterseite seines Kinns. »Das schlägt jeden Wecker um Längen.«

»Warte ab, was passiert, wenn du die Snooze-Taste drückst.«

Sie zitterte ein wenig und umfasste seinen Arm, der wie ein Patronengurt um ihre Hüften drapiert lag. Während sie geschlafen hatte, hatte Kane den alles umhüllenden Kaftan hochgeschoben und ihre nackten Beine der kühlen Nachtluft enthüllt. Aber ihre Haut dampfte, doch es war nicht die Kälte, die sie zum Zittern brachte, es war der Blick seiner hitzigen Augen, der ihr Schauder der Erregung über den Rücken jagte.

Eine Meile weiter vorn warfen die drei Brüder lange Schatten auf den mondbleichen Sand. Aber hier gab es nur sie beide. Und die Nacht.

»Du hast tief geschlafen, das sage ich dir«, murmelte Kane.

»Hätte ich gewusst, wie interessant der Weckruf wird, dann hätte ich nicht so lange geschlafen.« Sie sah zum

Himmel auf. »Du hast mich doch nicht nach zwei Stunden geweckt, oder?«

Er schüttelte den Kopf. »War nicht nötig. Ich bin fit.«

»Oh«, sagte sie sanft, »du bist mehr als nur fit.«

Hungrig und begierig ihn zu spüren, wandte sie ihm das Gesicht zu, während ihr Körper immer noch bebte und erschauderte.

Er fing ihren Mund mit einem köstlichen, sinnlichen Kuss ein. Seine Finger tauchten in ihre glatte Nässe, bis ihr Körper die lustvolle Reise wiederholte.

AJs bog den Rücken durch und presste seinen Handballen in ihre Senke, damit er sie besser erreichte. Seine andere Hand umfing ihre linke Brust und verwandelte die Brustwarze in einen harten Gipfel, der sich schmerzend an ihren Sport-BH und das dünne Tuch des Kaftans drückte. Sie schob sich an die harte Länge seines Penis und rieb ihren Hintern an ihm. Er ächzte tief und kehlig.

AJ fasste hinter sich zwischen sie beide und arbeitete entschlossen an seinem Reißverschluss. Begierig, ihn zu berühren, umfasste und streichelte sie ihn durch den Stoff seiner Hose.

»So hart, wie ich bin, bekommst du den Reißverschluss nie auf, Agile Jamboree«, sagte Kane mit ersticktem Lachen. »Wenn Wünsche wahr würden ...«

Der Reißverschluss öffnete sich mit einem befriedigenden *Ratsch*.

»Ich liebe die Herausforderung«, sagte sie leise lachend, während Kane hinter ihr ächzte.

Sie kuschelte ihren Hintern dichter an ihn. »Ist das nicht schön?«

Kane würgte ein kurzes Lachen heraus. »Du hast den Verstand verloren, Frau.«

»He, du hast damit angefangen, weißt du noch?«

Er lachte, ein sündhaftes Glitzern im Blick. »Du weißt doch, dass das unmöglich ist?«

Sie warf ihm über die Schulter einen frechen Blick zu. »Nichts ist unmöglich, wenn man es nur wirklich will.«

»Oh, natürlich«, sagte Kane, »aber das hier ist Wahnsinn.«

»Beweg dein Bein.« Sie tätschelte sein rechtes Knie.

»Und wohin?«, wollte Kane wissen. »Auf einem Kamel gibt es nicht besonders viele Möglichkeiten.«

»Okay, pass auf.« AJ lüpfte ihr Hinterteil und stellte sich in die Steigbügel.

Kane packte sie an den Hüften, als sie ins Wanken geriet, dann schaute er nach dem weit entfernten Trio. »Fall nicht runter. Können wir nicht warten, bis wir Halt machen?«

»Hast du es je auf einem Kamel getan?«

»*Niemand* tut es auf einem Kamel.«

»Kamele vermutlich schon.«

»Aber *Menschen* nicht.«

AJ lachte, als sie das amüsierte Blitzen in seinen Augen sah.

»Klasse, dann sind wir die Ersten.«

»Sie werden unsere Leichen ungefähr nächstes Weihnachten finden, nackt und ausgedörrt wie Backpflaumen.«

»Dein Penis wird ihnen zeigen, dass wir glücklich gestorben sind«, sagte sie mit einem durchtriebenen Grinsen und glucksendem Lachen. »Ein kleiner rosaroter Stab, der im Winde weht.«

»He, was soll das heißen, *klein*?«

»Verschieb dein Bein.«

»Ich habe es so weit verschoben, wie ich kann. Ich bin schließlich kein Schlangenmensch.«

AJ bekam einen Lachkrampf, während sie versuchte, den Kaftan über ihren Hintern zu lüpfen. Sie stellte sich wieder in die Steigbügel. »Hilf mir doch, den -«

Er packte sie um die Hüften und hob sie mühelos hoch. »Siehst du«, krähte sie und zog die Stoffmassen hoch. Die

Satteldecke lag warm und glatt unter ihren nackten Schenkeln. Ein Schauder der Erregung überkam sie.

»Ich sehe einen entzückenden Hintern«, versicherte Kane, ließ die Hände ihre Taille hinabgleiten und umfasste das zuvor erwähnte Hinterteil. »Weltklasse«, sagte er trocken. »Jetzt lass den Saum los, bevor wir noch von diesem Ding fallen.«

AJ überkreuzte die Arme und zog den Kaftan geschwind nach oben über den Kopf. Kühle Luft wehte über ihre Haut und verursachte ihr einen köstlichen Anflug von Gänsehaut. Ihre Brustwarzen spitzten sich in der Kälte, als sie den BH öffnete. Sie stopfte beide Kleidungsstücke vor sich in die Packtasche, dann griff sie nach hinten und machte ihr Haar auf. Der Zopf löste sich in lange Strähnen auf, die ihr kitzelnd über den Rücken fielen.

»Himmel, Lady Godiva«, sagte Kane ehrfürchtig und legte die Hände um ihren schmalen Brustkorb. Sie atmete keuchend ein, als er mit den Daumen zart die festen Nippel streifte. Das Gefühl schoss ihr scharf und süß direkt ins Herz.

Ihn zu fühlen, so nah hinter sich, die Oberkörper kurz vor der Berührung, schickte ihr das Begehren vom Kopf bis in die Zehenspitzen. Seine Hände lagen warm auf ihren Brüsten, und er liebkoste ihren Nacken, sein Atem warm und feucht. Sein Penis bewegte sich rastlos gegen ihr Hinterteil. »Habe ich dir in letzter Zeit eigentlich gesagt, dass du einen spektakulären Po hast?«

»Nein ... in letzter Zeit ... nicht.« Sie wühlte sich weiter nach hinten.

Verdammt wollte er sein, eine derartige Einladung auszuschlagen. Er hielt lange Zeit inne, genoss das Gewicht ihrer schweren Brüste in seinen Händen und wie empfänglich ihre Nippel reagierten, bevor er die Hände hinab gleiten ließ und ihre Hüften umfing, was sie mit einem freudigen Seufzer quittierte.

Er wiegte ihre Pobacken in seinen Händen, liebkoste die seidig glatte Haut und streichelte ihre kühlen Senken, bis sie zitterte und ihre Hüften bewegte.

Sie lehnte sich an ihn, den Kopf rastlos an seine Schulter gelegt. »Kane ...«

»Ich bin hier.« Er fächerte eine Hand über den sanften Schwung ihrer Hüften und folgte der warmen feuchten Falte in ihren Schritt. Sie ließ einen leisen begehrlichen Seufzer hören, als seine Finger unter das schmale schwarze Band glitten und die nasse Hitze ihrer Lust fanden.

Er berührte sie, und sie spreizte die Beine weiter, um ihm leichteren Zugang zu verschaffen, worauf er zwei Finger tief in sie schob. Sie stieß ihn noch tiefer, drückte fest seine Handfläche auf sich und seine Erektion an ihr Hinterteil. Sie jammerte leise.

Sie zitterte und dehnte sich an seiner Hand. Eine primitive Befriedigung erfasste ihn, weil sie jammerte und ächzte, als die Klimax kam und ihr Körper sich um seine Finger krampfte.

Allein ihre Freude zu sehen, ließ ihn fast kommen. Während sein Hirn sich leerte und sein Körper die Regie übernahm, befreite er sich mit der anderen Hand. Hart und sehnsuchtsvoll brauchte er ihre feuchte Hitze so wie die Luft zum Atmen. Er musste die süße Wiege ihres Fleisches um sich fühlen, ihn umklammern fühlen. Er wollte sich in ihre Tiefen ergießen und ihr weiches, süßes Stöhnen hören, wenn sie kam.

Und er wollte es - brauchte es - *jetzt*.

Das Gefühl, ihn so nah bei sich zu haben und doch durch einen Millimeter Stoff von ihm getrennt zu sein, trieb ihr Verlangen in neue Höhen. Sie drehte sich um und versuchte, etwas zu sehen. »Kannst du ihn rausholen?«

»Oh, er ist schon zum Spielen rausgekommen, Süße. Das ist nicht das Problem«, sagte Kane und lachte über die Verrücktheit dessen, was sie da vorhatten. »Ihn *rein*zukriegen ist das Problem.«

AJ beugte sich vor, lehnte sich an den Hals des Kamels. Das raue grobe Haar rieb über ihre Haut, während sie Kane ihren Hintern entblößte. »Und?«

Er schob sie mit beiden Händen zurecht, und sie lehnte sich, an Kika gestreckt, nach vorn.

Er nahm die Hand weg, zog die Finger über ihre Hüften, tastete nach dem Weg und führte sich mit der Hand in sie ein. Sie keuchte, als er sie erfüllte, ein Gefühl, das sie nie zuvor erlebt hatte. Unter ihnen marschierte Kika stoisch weiter und trieb Kane mit schaukelnder Bewegung weiter in AJs Tiefen.

AJ rutschte herum, hob langsam die Hüften, senkte sie wieder. Dann setzte sie sich Zentimeter für Zentimeter aufrecht hin, bis sie an seinen Körper gepinnt war, wie der Schmetterling in den Schaukasten.

»Kika beobachtet uns«, sagte AJ unvermittelt.

»Kika«, sagte Kane streng, »schau nach vorn. Pass auf, wo du hinläufst.« Die neugierige Kika zog die Lippe hoch und entblößte die großen gelben Zähne. Sie und Kane hatten Blickkontakt. Kika klapperte mit den langen Wimpern und schaute, ohne aus dem Takt zu geraten, wieder nach vorn.

»Danke«, sagte AJ. »Also, wo waren wir stehen geblieben?«

»Einer von uns beiden ist nackt, der andere steckt in dem Nackten drin«, sagte er mit wüstentrockener Stimme, während er sie hart an sich riss.

»Oh, du bist wirklich neugierig.« AJ gab dem Kamel einen Klaps. Kika zog die Lippe hoch und rollte die Augen. AJ drehte sich missmutig nach Kane um. »Ich glaube, ich kann keinen wilden Kamel-Sex haben, solange Kika zuschaut.«

»Bist du übergeschnappt?, wollte Kane wissen. »Erst all diese Verrenkungen, und dann sagst du *nein*?«

»Ich sage nicht nein ... nicht direkt. Ich sage, ich kann keinen Sex haben, wenn mir ein Kamel dabei zusieht, wie ich komme.«

»Kika«, sagte Kane bestimmt. »Lauf, lauf, lauf.«

AJ griff nach Kanes Händen, die sich wie von ungefähr um ihren Busen gelegt hatten, als Kika beschleunigte und in Trab fiel. Ihre schnellste Gangart bislang.

»Oh ... Hilfe!«, schrie AJ. Mit jedem bebenden Schritt auf den Sand, den Kika tat, stieß sich Kanes Penis weit in sie hinauf. Es fühlte sich unglaublich an. Wundervoll. Erfüllt.

Zu viel ... Ah. *Perfekt.*

»Oh, Gott, das ist unbeschreiblich. Ist das nicht unbeschreiblich?« Die Sterne über ihren Köpfen verabschiedeten sich langsam, und am Rand des Horizonts schimmerte das erste Licht. Aber AJ sah nur die Funken hinter den geschlossenen Augenlidern. Kanes Körper trieb sich in sie, rieb, stieß. Die kühle Luft auf ihrer Haut, die warmen Hände auf ihren Brüsten, die schaukelnde Bewegung des Kamels, alles vereinte sich zu einem überdrehten Gefühl.

»Unbeschreiblich, ja«, stimmte Kane ihr zu, grub lachend das Gesicht in ihren Nacken und biss sie zärtlich hinters Ohr. Er ließ eine Hand an ihr Zentrum sinken, streichelte mit dem Daumen die kleine Knospe im Mittelpunkt ihrer Hitze. Sie erbebte unter der Berührung. »Okay?«, fragte er gepresst.

»Mehr als das«, keuchte AJ, bog den Rücken durch, nahm ihn tiefer in sich auf und krallte die Finger in Kikas muskulösen Hals.

»Lauf, Kika«, sagte er, und das Kamel beschleunigte seinen Trab und nahm Kane die ganze Arbeit ab. Er musste sich nur noch festhalten und den Sturm ausreiten, während AJs Körper sich um seinen schloss und sie gemeinsam zum Höhepunkt kamen.

Ihre Körper zitterten von der Gewalt der Lust, und es dauerte einige Minuten, bevor AJ wieder einen zusammenhängenden Satz herausbrachte. »Das gibt dem Wort ›bumsen‹ einen völlig neuen Sinn, oder nicht?« Sie lachte und sank nach hinten an ihn, ihre beiden Körper immer noch vereint.

Der Himmel über ihnen sah wie verwaschener schwarzer Jeansstoff aus, der mit Glitzersteinen besetzt war. In der Ferne schlich die Dämmerung wie ein Dieb über den Horizont und zeigte ein farbenprächtiges Spiel aus grellem Pink und strahlendem Kürbisorange. AJ ruhte bequem an Kanes breiter Brust, die Decke um sie beide gelegt. Kanes Körper verströmte eine angenehme Wärme, aber die Wüstenluft strich kühl und frisch über AJs Wangen.

Stunden zuvor hatte sie die Kleider wieder angezogen. Es war eine Sache, Kane sehen zu lassen, wie sie nackt auf einem Kamel ritt, es war eine ganz andere Sache, sich den Brüdern so zu zeigen.

Kane fuhr plötzlich hinter ihr zusammen. Er war seit einer Stunde oder sogar länger hyperwachsam. AJ vertraute seinem Instinkt, aber sie hatte die ganze Nacht über nichts anderes gesehen und gehört als Sand und das weiche hypnotisierende *Plop-plop-plop* von Kikas Schritten.

»Was ist?«, fragte sie alarmiert.

Er zog die Decke weg. »Wir haben Gesellschaft.«

Er zog die Waffe. Das Klicken der Sicherung hallte laut durch die frühmorgendliche Stille. Geladen und entsichert.

Die kühle Luft hüllte sie ein, als die Decke wegrutschte - sie bemerkte selber kaum, dass sie die Dragunov, die quer auf ihrem Schoß gelegen hatte, zur Hand nahm. Sie folgte seinem Blick.

»Da.« Sie konnte sie sehen. Ungefähr eine Meile weiter östlich, vor einem spektakulären Sonnenaufgang, kam eine Gruppe von Männern auf Kamelen direkt auf sie zugeritten. Eine dicke Staubwolke folgte ihnen. Sie ritten schnell und zielgerichtet.

»Ich wage zu behaupten, dass das nicht das Begrüßungskommando ist«, sagte AJ trocken. Ihr Herz pochte aufgeregt, als die Männer sich mit im Wind fliegenden Galabijas näherten. Aus der Ferne waren sie nicht mehr als große, wogende schwarze Punkte mit langen dünnen Beinen.

Kane rutschte ein Stück weg, um Platz für seinen Ellenbogen zu haben. »Warte mit dem Feuern, bis wir wissen, was -«

Aber die Absichten der Männer wurden schnell klar, als eine Kugel über AJs Kopf pfiff. Dann noch eine und noch eine. Erstklassige Waffen, dem Geräusch nach zu urteilen. Russische. Neu. Hohe Durchschlagskraft. Sogar in den ungeschicktesten Händen tödlich.

Das Adrenalin schaltete sich ein und sagte ihr, *ja das ist es*.

Sie wartete, stellte sich darauf ein, dass diese lähmende Angst sie erfasste ...

Ihr Herz raste, ihr Verstand war klar und scharf, ihre Hände ruhig wie ein Fels ...

Keine Angst.

Keine Angst?

Sie verspürte eine Woge der Erleichterung. Keine Angst.

Sie war eben doch eine echte T-FLAC-Agentin.

Keine Zeit für Stolz.

Sie hob die Dragunov, stemmte den Schaft an die Schulter und spürte den intensiven Augenblick kommen, wo alle Konzentration in den Lauf der Waffe wanderte. Der Zeigefinger ruhte locker auf dem Abzug, sie beobachtete die bösen Jungs durch das Zielfernrohr. Kikas wiegender Gang machte es ihr nicht leicht, aber AJ passte sich dem Rhythmus an. Der vorderste Mann erhob sich im Sattel und kam auf AJs Zielzone zu. Sie erkannte den Leberfleck neben seiner Hakennase wieder, so deutlich sah sie ihn, trotz des trüben Lichts.

»Sie gehören zu Raazaq«, teilte sie Kane mit. Sie erkannte den Mann von der Verfolgungsjagd in Kairo wieder. Definitiv einer von Raazaqs Männern. »Ein bisschen näher noch ...«, sagte sie leise.

Siebenhundert Meter.

Sechshundertfünfzig.

Sechshundert...

»Danke.« Sie feuerte und traf den Leberfleck. Ein guter, sauberer Schuss war immer unappetitlich. Ein Dermatologe hätte da besser gearbeitet, ohne die Lebenserwartung des Mannes zu beeinträchtigen. Unglücklicherweise war sie kein Dermatologe. Wenn *sie* einen bösartigen Fleck entfernte, war das tödlich.

Sie feuerte wieder, ein Sperrfeuer diesmal. Das Kamel des Mannes löste sich von den anderen und stob in die Richtung davon, aus der es gekommen war. Ein paar der Männer verteilten sich im Zehn-Meter-Abstand. Als ob sie damit schwieriger zu treffen gewesen wären, als in der Gruppe. Anstatt es AJ schwerer zu machen, hatten sie es ihr leichter gemacht.

Hinter ihr feuerte Kane weiter mit der AK-47, was ohne Platz zum Manövrieren schwierig war. Aber es gelang ihnen, ein paar von den Männern in perfekt abgestimmtem, gut choreographiertem Takt zu eliminieren.

Hundertfünfzig Meter.

Während die Angreifer die Lücken schlossen, zählte AJ mindestens fünfzehn Männer. Verdammt, achtzehn. Sie und Kane waren erbärmlich in der Unterzahl und brauchten einen strategischen Vorteil. Sie schaute sich um. Deckung. Sie brauchten Deckung. Und zwar schnell.

Hundertzwanzig Meter. »Heiliges Dromedar! Die Kamele müssen unter Drogen stehen. Kika ist noch nie so schnell gelaufen.«

»Vor allem nicht, wenn sie zwei trägt.« Kane schien nicht sonderlich beunruhigt. »Da drüben ist eine Felsengruppe«, schrie er, immer noch feuernd.

In AJs Ärmel erschien wie von Zauberhand ein Loch, das sie um einen Baumwollfaden verfehlte. Sie spürte die kalte Hitze der Kugel über die Haut pfeifen. Das Herz schlug ihr bis zur Kehle hinauf, der Schweiß stand ihr auf der Stirn, aber sie ignorierte es. Sie feuerte wieder. Und wieder.

»Die Brüder sind über die Felskuppe geflohen«, schrie Kane. »Kika gib Gas. Har-eeb! Har-eeb! Har-eeb!«

Kika, gesegnet sei ihr kleines Kamelherz, schien das Pfeifen der Kugeln nicht zu mögen, und beschleunigte in einen schwerfälligen, schwankenden Galopp, was das Zielen nur noch unmöglicher machte. Trotzdem erwischte AJ in kurzer Abfolge drei, Kane zwei von den Kerlen.

»Verdammt, sind wir gut«, schrie sie, im Rausch, ihre Arbeit zu tun und sie gut zu tun.

»Zähl die Schurken nicht, bevor sie fallen«, schrie Kane, feuerte eine beeindruckende Salve und schaffte es dabei noch, AJ mit den Schenkeln abzustützen, damit sie nicht von dem rasenden Kamel fiel.

Die Männer kamen trotzdem wieder näher.

Vierhundert Meter und abnehmend.

AJ zielte auf das vorderste Kamel, das ein größeres Ziel abgab und hoffte auf einen sauberen Treffer. Sie liebte Tiere, es war ein harter, aber notwendiger Schuss. Der Schuss saß. Kamel und Reiter stürzten und wurden prompt von einem der hinteren Reiter überrannt. AJ zuckte zusammen und feuerte die nächste Salve. Noch einer. Diesmal zielte sie auf den menschlichen Abschaum.

Die Luft roch nach Schießpulver, Gewehröl und heißem Metall. *Besser als Chanel*, dachte AJ befriedigt, während der nächste Bösewicht wie eine Fliege vom Kamel fiel. Das Kamel lief weiter.

Kika stieß einen schrecklichen, gellenden Schrei aus, als eine Kugel ihre rechte Flanke streifte. Das arme Tier, das schon zwei Reiter zu tragen hatte, rannte sogar noch schneller. Diesmal in schierer Panik.

Plop-plop-plop-plop-plopplopplopplopplop, schneller und schneller.

AJ wurde nach hinten gegen Kane geschleudert, als Kika die Anhöhe hinaufrannte. Kane stieß sie mit dem Schaft der

AK-47 zurück und hielt sie fest, bis sie wieder richtig im Sattel saß.

»Ich bin gut«, sagte sie, als sie das Gleichgewicht wiedergefunden hatte. Sie feuerte weiter. Sie spürte wieder den Schaft an der Schulter, als Kane pausierte und sich versicherte, dass sie nicht auf den felsigen Boden fiel. »Ich bin gut«, wiederholte sie. Kane grunzte nur, bevor er sich wieder wegdrehte und selbst ein paar Schüsse feuerte.

Der kleine Hügel war eine Insel in einem Meer aus Sand. Der trockene Fels barst unter Kikas Hufen, während sie wie verrückt hinaufstolperte, um sich in Sicherheit zu bringen.

Ein Stück entfernt kauerten die Brüder in einer Senke, und von den Kamelen waren nur die Köpfe zu sehen.

Sie erreichten ein schmales Flachstück. »Runter, Mädchen«, befahl Kane Kika und half mit dem Fuß nach. Sie schwankte sofort vorwärts und rückwärts, faltete die Beine unter sich.

AJ und Kane schwangen die Beine über den Rücken des Tiers, und warfen sich flach auf den Boden. Aus dem Augenwinkel sah Kane einen Kopf hochkommen.

»Köpfe unten halten«, schrie er auf Arabisch. Er musste es den Brüdern nicht zweimal sagen - sie duckten sich und blieben außer Sicht. »Ruft Kika zu euch«, setzte Kane noch hinzu.

Einer der Jungen stieß einen langen gellenden Pfiff aus. Kika kam auf die Füße und lief über die Felsen hinab in Sicherheit.

Kane lud nach und schaute nach AJ. Auch wenn sich ihr Erscheinungsbild beim bestem Willen nicht als korrekt bezeichnen ließ, Kane konnte sich nichts Verführerischeres vorstellen als AJ mit ihren roten Haaren, die ihr wild um die Schultern hingen, und ihren Augen, die vor Aufregung glänzten, während sie flach auf dem Bauch lag, den Kaftan um die Hüften hochgerafft, die nackten Beine, des besseren Halts wegen, gespreizt.

Er grinste. Mein Gott, sie war großartig. Und er hatte ein Problem. »Links. Drei Uhr«, schrie er. Sie riss die

Dragunov herum und holte den Kerl auf der Stelle herunter. Es sah nicht so aus, als hätte sie jemals Angst gehabt. Es war, als seien die Frau, die vor ein paar Tagen in Kairo gelandet war, und die Frau, die jetzt neben ihm lag, zwei verschiedene Personen.

Ihre Treffsicherheit war unglaublich.

Er hatte nie etwas Vergleichbares gesehen.

Sie schoss einfach nicht daneben.

Die Kerle hatten keine Möglichkeit, sich irgendwo zu verstecken. Er vermutete, dass sie die Felsenkuppe vor ihnen erreichen wollten und sich verschätzt hatten. Die Morgensonne stieg höher in den Himmel, und die verbliebenen Männer feuerten ein paar Schüsse. Sie verschwendeten ihre Munition. Sie konnten an der Stelle, wo Kane und AJ sich verschanzt hatten, nicht durchbrechen. Und falls die Angreifer nicht vorhatten, sie auszuhungern, waren sie erledigt.

»Hol sie runter«, sagte Kane, wischte sich den Schweiß von der Stirn und spürte die unerbittliche Sonne auf den ungeschützten Scheitel brennen. Ihre Hüte steckten, zusammen mit den Sonnenbrillen und dem Sonnenschutzmittel, in Kikas Packtaschen. Er wollte, dass es ein Ende hatte.

»Lass den Großen auf der rechten Seite übrig. Vielleicht bekommen wir etwas aus ihm heraus.«

AJ nickte. Der Schweiß glänzte auf ihrer Haut, das honigrote Haar klebte auf ihren Wangen und lag als leuchtender See neben ihrem Kopf auf dem Schmutz, während sie die Wange auf ihre Waffe drückte wie eine Mutter ihr Kind.

»Der fette Hässliche oder der große Hässliche?«

»Wer von den beiden sieht intelligenter aus?«, fragte Kane scherzhaft. Die Männer waren von den Nasen bis zu den Zehenspitzen in Schwarz gehüllt.

»Der fette Hässliche.« AJ knallte die anderen drei mit einer Leichtigkeit ab, als schösse sie auf Blechbüchsen, und das, obwohl sie hundert Meter entfernt standen und sie die Sonne in den Augen hatte.

»Saubere Arbeit«, sagte er leichthin.

Sie drehte sich um und schenkte ihm ein strahlendes Lächeln, das ihn mitten ins Herz traf. Dann drehte sie sich wieder um und richtete die Dragunov auf den letzten Mann, der etwa fünfzig Meter entfernt war.

»Runter vom Kamel«, schrie Kane auf Arabisch. »Hände hoch!«

Er und AJ erhoben sich, die Waffen immer noch auf den letzten Mann gerichtet. Sein Kamel tänzelte auf der Stelle, während er mit den Zügeln herummachte.

»Der Hurensohn will es durchgehen lassen.« Sie feuerte einen Warnschuss. Ohne Wirkung. Der Mann riss sein Kamel herum und raste, in eine Staubwolke gehüllt, in die Wüste. Sie zögerte.

»Hol ihn runter«, sagte Kane grimmig.

»Wir brauchen ihn«, schrie AJ und zielte auf das Gesäß des Kamels. Sie drückte ab. Die Beine des Kamels schlugen aus. Verdammt. Verdammt. Sie hasste, hasste, *hasste* es, einem Tier wehzutun. Der Mann sprang herunter, verfing sich im Fallen mit den Beinen in seiner Galabija und überschlug sich. Sein Kamel bockte.

AJ richtete die Waffe auf den Mann, hielt sein Gesicht im Fadenkreuz. In den Fünfzigern. Kleine, eng stehende Augen. »Erzähl uns, was Raazaq vorhat, du Bastard«, schrie sie und realisierte nicht, dass der Kerl vermutlich kein Wort verstand. Die Waffe in ihren Händen zuckte nicht ein bisschen.

»Nimm die Hände hoch und komm zu uns«, schrie Kane auf Arabisch.

Der Mann ignorierte es und blieb, wo er war.

Den einen Moment stand er noch ganz still, die Hände an die Seiten gelegt, im nächsten hatte er eine Pistole in der Hand.

»Nein. Nein. Nein!«, schrie AJ, als sich der Mann selbst den Kopf wegpustete. »Verdammt und zur Hölle. Warum hast du das *getan*?«

»Offenbar«, sagte Kane gepresst, »ist Raazaq zu verraten die schlimmere Alternative.«

»Verdammt.«

Sie hatten nicht mehr an Informationen als eine Stunde zuvor. »Ach«, sagte Kane lakonisch, während er die AK-47 und AJ die Dragunov zur Seite legten. »Sicher, dass die zu Raazaq gehört haben?«

»Hundertprozentig. Ich habe ein paar von denen wiedererkannt.«

Er glaubte ihr. Ihr Sehvermögen war bemerkenswert. »Dann sind wir nah genug an ihm dran, um ihn nervös zu machen. Komm, sehen wir zu, dass wir vorwärts kommen und Raazaq den Tag verderben.«

Es konnte nicht später als sieben Uhr morgens sein, aber es war bereits ein heißer Tag, und die Sonne stieg in einen wolkenlosen Himmel. Sie brauchten Hüte, Sonnenschutzmittel und Wasser. Jetzt.

Kane rief nach den Brüdern. Nichts. »Die armen Jungs müssen sich zu Tode gefürchtet haben.«

»Ich hoffe, es ist keiner verletzt.« AJ lief schneller die kleine Felskuppe hinauf. Kane erwischte sie gerade noch am Arm, als ihr gestiefelter Fuß auf dem Gestein ausglitt.

»Ich würde sagen, sie haben die ganze Zeit nicht die Köpfe gehoben«, sagte er trocken und ließ sie los. »Denen fehlt nichts.«

Sie erreichten die Kuppe und blickten in die kleine Senke hinab, wo die Brüder und die Kamele gewesen waren.

»*Gewesen waren*« waren die Worte, auf die es ankam.

Kane fluchte. Die Shaaeawi-Brüder waren fort.

Kein großer Verlust. Sie hatten alle Kamele mitgenommen. Oh, verflucht. Also *das* war ein *enormer* Verlust.

in paar hastig abgeworfene Satteltaschen und ein Haufen Kameldung waren alles, was die Brüder zurückgelassen hatten. Aus den Spuren im Geröll und auf dem Sand zu schlie ßen, waren sie überstürzt aufgebrochen, dahin zurück, woher sie gekommen waren.

Kane versuchte, die Entfernung abzuschätzen. Während er und AJ den Angriff abgewehrt hatten, hatten die Brüder die Flucht ergriffen, kaum dass die ersten Kugeln über die Kuppe geflogen kamen. Sie waren nur noch bloße Punkte am Horizont.

Und in einer weit besseren Lage als AJ und er.

Jesus. Zwei Leute allein im Großen Sandmeer, mitten in der Libyschen Wüste. Keine Transportmöglichkeit, keine Navigation, kein Kommunikationssystem.

Keiner wusste, wo zum Teufel sie waren. Keiner suchte nach ihnen. Und das Schlimmste von allem, keiner war mehr hinter Raazaq her.

Sie waren alle erledigt.

»Endlich allein«, sagte AJ sarkastisch, die die bedrohliche Situation anscheinend gelassen nahm, sah man vom beschleunigten Pulsschlag an ihrer schweißnassen Kehle ab und dem angespannten Unterton ihrer fröhlichen Stimme.

Gut für dich, dachte Kane erleichtert. Die beängstigende Vorstellung, die unwirtliche Wüste in der Hitze des Tages durchqueren zu müssen, versetzte sie nicht in Panik. Es gab wohl kaum *Männer,* die dem kühl und ohne in Panik zu verfallen, ins Auge gesehen hätten. Aber sie tat es. Und er bewunderte sie dafür. AJ Cooper war weit mehr, als er je erwartet hatte. Und er würde hoffentlich bald die Gelegenheit haben, ihr das auch zu sagen.

Im Augenblick- trainiert oder nicht - machte *ihm* die Lage jedenfalls eine Heidenangst.

AJ bückte sich und wühlte ihre Satteltasche durch. »Wenigstens haben sie ein paar von unseren Sachen dagelassen. Wir brauchen die Hüte. Es wird ein höllisch langer Marsch.«

»Nimm nur das Nötigste«, sagte er ruhig. »Sonst nichts.«

Hier konnten sie nicht bleiben, und der Marsch würde lang, heiß und gefährlich werden. Und auf dem bevorstehenden Weg durch die flache, öde Wüstenlandschaft hätten sie nicht ungeschützter sein können. Die Hölle.

Sie waren über Meilen hinweg die reinsten Zielscheiben.

AJ salutierte mit gesenktem Kopf und ohne aufzusehen. Kane nahm sich seine eigene Satteltasche vor und zog als Erstes den Hut heraus. Nachdem er ihn aufgesetzt hatte, holte er den Sunblocker heraus, die Magazine der SIG und AK-47 sowie sämtliche Wasserbehälter, die sie mitgenommen hatten. Er nahm ein paar Schluck von dem warmen Wasser und packte die Proteinriegel aus der Satteltasche in den Rucksack um. Je weniger sie aßen, desto weniger Wasser würden sie brauchen. Und sie mussten alles tun, damit das Wasser reichte. Andererseits brauchten ihre Körper den Kraftstoff, der Marsch würde mörderisch werden.

In der Wüste bewahrte man Wasser nicht auf. Man trank es und betete, dass es reichte.

»Fertig?«, rief er und schaute auf seine Armbanduhr. Immer noch außer Betrieb. Er hatte nichts anderes erwartet. Auf welche Gegend erstreckte sich die Blockierung der technischen Geräte? Wie lange würde sie andauern? Und, was zum Teufel hatte sie zu bedeuten?

Unter normalen Umständen wären Flugzeuge am Himmel gewesen, Fahrzeuge hätten die Verfolgung aufgenommen, das Satellitentelefon hätte geknistert und gerauscht. Action. Bewegung. Lärm.

Stattdessen herrschte eine unheimliche, surreale Stille.

AJ stand auf. »So fertig wie man es nur sein kann.«

Kane studierte sie kurz. Sie hatte das Haar geflochten und den Zopf unter den Hut gesteckt. Ihre Haut glänzte vor Sonnenschutzmittel, sie stand in die Hüfte gelehnt da und schüttete Wasser die Kehle hinab. Sie hatte gleichfalls einen kleinen, leichten Rucksack gepackt. Genau genommen von derselben Größe, Machart und Farbe wie seiner.

Er verbarg sein Lächeln. »Lass uns gehen.«

»Irgendwelche Witze?«, fragte AJ neben ihm trottend, die bequeme Schrittlänge der seinen angepasst, weder langsam noch schnell.

Die Sonne stand hoch am brillantblauen wolkenlosen Himmelszelt. Gott sei Dank hatten die Brüder die Packtaschen dagelassen - andernfalls wären sie jetzt doppelt aufgeschmissen gewesen, ohne Sonnenschutz und Wasservorrat.

Was der einzige Grund war, warum Kane die kleinen Bastarde nicht töten würde, sollte er ihnen je wieder begegnen. Eine ordentliche Tracht Prügel war genug.

Kane beobachtete AJ mit Argusaugen, auch wenn er vorgab, es nicht zu tun. Sie hielt sich gut. Der erste Schreck war einer gesunden Besorgnis gewichen. Sie hatte ihre Sache heute gut gemacht. Verdammt gut. Es würde sie wach halten. Obwohl die Hitze und die Monotonie des Marsches ihrer beider Reflexe beeinträchtigen würde. Sie hätten schon vor einer Stunde anhalten und eine Pause machen sollen. Aber sein Instinkt sagte ihm, dass Geschwindigkeit alles war.

Das intensive und häufig grausam und unmenschlich erscheinende Wüsten-Überlebenstraining, dem T-FLAC die Einsatzkräfte unterzog, gab ihnen jetzt eine Chance, es zu schaffen.

Falls die nächste Oase nicht allzu weit entfernt war.

Falls das Wasser reichte.

Falls sie keinen Hitzschlag erlitten.

»Nein«, sagte Kane und trank aus seiner Feldflasche. Er schüttelte die Flasche - halb voll - und hängte sie wieder an seinem Gürtel ein.

»Na, komm schon«, sagte sie. »Jeder kennt ein, zwei Witze.«

»Ich nicht. Hör auf, deine Atemluft zu verschwenden. Das lässt es dir auch nicht kühler werden. Und wir sind bis jetzt auf nichts gestoßen, das auch nur annähernd wie ein Hilton aussieht.«

»Siehst du?«, stichelte sie. »Das war doch schon ganz amüsant.«

»Es ist zu heiß, um amüsant zu sein. Erzähl mir was von diesen Miss-Wahlen.«

»Ich dachte an etwas Leichtes, Erfreuliches.« AJ hörte sich ein wenig verärgert an.

Kane lachte.

»Das war jetzt nicht lustig gemeint.« AJ starrte ihn aus dem Schatten unter dem Rand des Stroh-Cowboyhuts an. »Rede mit mir. Erzähl mir etwas von dir. Schließlich wird man nicht als T-FLAC-Agent geboren. Wie wäre es mit einer Episode aus ›Kane Wright - Die frühen Jahre‹?«

Seine Mundwinkel zuckten. Verdammt, sie war witzig. »Und was für eine?«

»Irgendeine«, sagte AJ entnervt. »Mann, wir hocken hier im totalen Nichts unter der brütenden Mittagssonne und ringen mit letzter Kraft um Atem. Fällt dir nicht irgendetwas ein, diese Monotonie aufzubrechen? Und falls es dir noch nicht aufgefallen sein sollte, du beantwortest mir nie irgendwelche Fragen. Warum, frage ich mich?«

»Sag mir eins«, sagte er, wieder einmal ohne die Frage zu beantworten, »laufen wir auch nur *annähernd* in die richtige Richtung? Oder laufen wir im Kreis?«

»Wir laufen im Kreis«, teilte sie ihm verstimmt mit. »Ich wollte uns beide ein wenig quälen und sehen, wie lange es dauert, bis wir schwarz werden und unsere Haut in Streifen abfällt.«

»Tolle Aussichten. Danke.«

Sie keuchte atemlos. »Oh, ein bisschen mehr Gottvertrauen, bitte.« Sie boxte ihn an den Arm, und er stellte sich vor, wie sie hinter den dunklen Brillengläsern die Augen verdrehte. »*Natürlich* laufen wir in die richtige Richtung. Schau dir die Sonne an.«

Hatte er längst. Sie waren in südwestliche Richtung unterwegs. Er hatte nur gefragt, um sie abzulenken. Meile auf Meile einen gestiefelten Fuß vor den anderen zu setzen, war zermürbend monoton. Und wären sie sich der Richtung nicht sicher gewesen, hätten sie nur Raazaqs Spuren folgen zu brauchen. Gott sei Dank hatte die letzten vierundzwanzig Stunden über nicht das leiseste Lüftchen geweht und die Spuren verblasen, auch wenn es den Marsch erträglicher gemacht hätte.

Er betete zu Gott, dass die Pyramide, die AJ erwähnt hatte, auch da war, wo AJ sie vermutete. Andernfalls wären sie ins Tal des Todes gelaufen, dachte Kane mit aufrichtigem Schrecken. Und auch, wenn die Pyramide da war, würden sie diese bei ihrer Marschgeschwindigkeit erst in sechs bis acht Stunden erreichen. Sie hatten nur wenig zu essen, aber das Wasser würde vermutlich in etwa so lange reichen.

Die Sandpartikel reflektierten das Licht so blitzend und stechend, dass es trotz der Spezialgläser ihrer Sonnenbrillen in den Augen schmerzte. Die Hitze hing in glasigen Wolken über dem umbrafarbenen Sand - von oben brannte sie unerbittlich, von unten strahlte sie gnadenlos ab. Kanes Füße brannten in den Stiefeln unerträglich. AJ ging es sicher genauso, aber sie sagte kein Wort.

»Es ist zu heiß, um weiterzulaufen«, sagte er. »Wir machen hier Halt und rasten bis zur Dämmerung.«

»Das wächst sich zu einer Art Rhythmus aus«, sagte AJ und wischte sich mit dem Ärmel die Stirn. »Lass uns noch eine Stunde laufen, bevor wir anhalten.«

Kane schüttelte den Kopf. Wäre er alleine gewesen, wäre er vermutlich eine Stunde oder zwei weitermarschiert. Und es wäre Selbstmord gewesen. Es war kurz nach Mittag, und die Sonne stand hoch und tödlich am Himmel.

»Wir verlieren pro Stunde ungefähr einen Liter Schweiß. Wir müssten mehr Wasser trinken, wenn wir bei dieser Hitze so viel Energie verbrauchen. Wir können es uns nicht leisten, auch nur einen Tropfen zu verschwenden. Komm, die Düne da sieht nach einem guten Platz aus.«

Die Düne warf bereits einen, wenn auch sehr kleinen Schatten. Ein paar Minuten später krabbelten sie unter ein behelfsmäßiges Dach und nutzten den Schutz der Düne. Es war zwar kaum kühler, aber wenigstens waren sie nicht mehr der direkten Strahlung ausgesetzt.

AJ nahm den Hut ab und kratzte sich mit kurzen Fingernägeln am Kopf. »Eine Dusche, eine Dusche, ein Königreich für eine Dusche.« Sie legte sich flach auf den Rücken und zog den Kaftan bis zu den Oberschenkeln hoch. Sie wackelte mit den schweren Stiefeln. »Wie lange müssen wir warten?«

Überhaupt nicht, hätte er am liebsten gesagt. Der Knoten in seinem Magen, der, der ihn vor Gefahr warnte, zog sich stündlich fester zusammen. Er legte seinen Rucksack neben ihren und fing an, sich die Stiefel aufzuschnüren.

»Mindestens vier Stunden.« Er zog die schweren Stiefel ab und legte die feuchten Socken zum Trocknen in die Sonne. So sehr sein Körper nach Ruhe verlangte, sich abkühlen musste - genau wie ihrer -, sein Instinkt drängte ihn, in Bewegung zu bleiben. Sich zu beeilen. Ans Ziel zu gelangen - an *welches*? *Jetzt*. Nicht erst in vier Stunden.

Er beugte sich hinüber und fing an, AJs Stiefel aufzuschnüren. Militärstiefel mit höherem Schaft, speziell für Wüstengelände. Sie ließen keinen Sand durch, sahen klobig aus, waren aber leicht. Ihre schlanken Fesseln sahen darin zart und unglaublich verführerisch aus. Er zog ihr den linken Stiefel ab, stellte ihn neben seine und griff nach dem rechten.

»Oh, du Wohltäter. Massierst du mir jetzt vielleicht meine wunden Füße?«

»Du *warst* im früheren Leben eine Katze, nicht wahr?«

»Lass es mich so sagen ...« Sie streckte sich. »Wenn mir jetzt jemand anböte, mir eine Ganzkörpermassage zu verpassen, und zwar in der Grand Central Station, dann würde ich mich mitten im Bahnhof splitternackt ausziehen und mich auf den kalten Marmorboden legen.«

Kane zog ihr die feuchten Socken aus und warf sie, zusammen mit seinen, auf den Baldachin. AJs Füße waren ein wenig rot. Er suchte ihre Fußsohlen nach Rissen oder Abschürfungen ab, und sie seufzte, als er mit dem Daumen ihren Ballen umkreiste. Sie war eine empfindsame Frau, und er hatte Freude daran, sie zu berühren. Genau wie sie es genoss, berührt zu werden.

»Wissen deine Ausbilder von deiner kleinen Macke?«, fragte er und bearbeitete ihre Zehen zwischen Daumen und Zeigefinger. »Weil das nämlich ein Problem sein könnte«, fuhr er fort, während sie hingerissen seufzte. »Wir kriegen für den Fall, dass wir gefangen genommen werden, all dieses intensive psychologische Training, was Folter angeht, und so. All das schlimme Zeug. Aber was, zur Hölle, wenn jemand von deiner Massage-Leidenschaft erfährt und wie einfach es ist, dir etwas zu entlocken. Du würdest für eine Fußmassage doch alles ausplaudern.«

»Nein, würde ich nicht - Ja, genauuu daa. Jedenfalls nicht für eine simple Fußmassage. Ganzkörper? Zum Teufel, ja, dafür würde ich alles erzählen.«

Er grub die Finger in ihren Spann. »Wie lautet dein richtiger Name?«

»A -« Sie schlug die Augen auf, ihre Lippen zuckten, und sie wackelte mit den Zehen in seinen Handflächen. »Netter Versuch.«

Er tätschelte ihre Füße und hörte auf. Bevor er sich hinlegte, zog er ein paar frische Socken aus seinem

Rucksack und legte die AK-47 samt Ersatzmagazin auf das Zeltdach.

AJ hatte ihm zugesehen und machte es ihm nach. Dann legte sie sich neben ihn, ohne ihn zu berühren, aber nah genug, um seine Hitze zu riechen.

»Hast du gewusst, dass die San, die Buschmänner der Kalahari, die tiefsten Stellen alter Wasserläufe nutzen, indem sie ein armtiefes Loch in den Sand graben? Dann nehmen sie ein Schilfrohr, das so lang ist, wie sie selbst - also nicht besonders lang, wenn ich so darüber nachdenke, schieben es in das Loch und packen Sand drum herum. Dann saugen sie zwei Minuten an dem Rohr, bis Wasser kommt.«

Kane rollte auf die Seite, den Kopf auf den Arm gestützt. »Hier gibt es nirgendwo Flüsse, auch keine ausgetrockneten.«

»Ich wollte damit nicht sagen, dass *wir* ver -«

»Mach die Augen zu, Abbreviate Jabberer.«

Sie runzelte die Brauen. »Lust zu spielen?«

»Schlaf jetzt«, befahl er.

Sie machte folgsam die Augen zu, lächelte aber. »Und danach?«

»Wenn du die Energie aufbringst«, sagte Kane trocken und wischte sich die schweißfeuchten Haare aus der Stirn. Sie öffnete ein klein wenig die Augen und linste ihn durch die Wimpern an. Er ließ den Daumen über ihre Unterlippe gleiten, und sie zog ihn in die feuchte Höhle ihres Mundes und saugte daran. Das Gefühl schoss ihm direkt in die Lenden. Er ächzte.

»Ist das ein ja oder ...«, gähnte AJ und streckte sich.

Er nahm den Daumen weg und lächelte. »Schlaf jetzt. Wenn du wieder aufwachst, ist es kühl genug für interessantes Zeug.«

»Okay, du übernimmst die erste Wache.« Ihre Stimme wurde undeutlich, sie machte die Augen zu und war innerhalb von Sekunden eingeschlafen.

Stunden später, als es nichts anderes zu tun gab als Laufen und Nachdenken, realisierte AJ, dass sie unersättlich war, was Kane anging. Das konnte nicht gut sein. Sie wollte bei T-FLAC Karriere machen. Sie brauchte sonst nichts. Was, wenn sie so darüber nachdachte, prima war, da sie bezweifelte, dass Kane etwas anderes als eine schnelle Nummer im Heu wollte - im Sand, besser gesagt.

Sie brütete finster vor sich hin. Was verbarg er? Etwas Interessantes, darauf hätte sie gewettet.

Raazaqs Spuren wiesen ihnen den Weg. Eine einfache Tour, die keinen Grips erforderte und ihr bei weitem zu viel Zeit zum Nachdenken ließ, verdammt.

Und bei so viel Zeit zum Denken befasste sie sich naturgemäß mit Kane.

Nicht, dass sie ein Bekenntnis von ihm erwartet hätte, dazu kannten sie einander viel zu kurz. Sie bekamen beide genau das, was sie wollten. Spektakulären Sex. *Sie* war damit absolut zufrieden. Sie stapfte stirnrunzelnd neben Kane durchs Mondlicht. Der Himmel wusste, dass sie beide nur eine unverbindliche Affäre wollten, also wo lag das Problem? Warum war ihr das nun doch nicht genug?

Wach auf und riech endlich den Braten, Cooper. Der Mann hat dir nichts anderes zu bieten als das Hier und Jetzt. Das hatte er unmissverständlich zum Ausdruck gebracht. Nimm es oder lass es bleiben, mehr war nicht.

Es passte ihr bestens, sagte sie sich, *allerbestens.* Sie bekamen beide genau, was sie wollten.

Oh, verdammt, ich trotte hier auf der Suche nach einem Psychopathen durch die Wüste und mache mir Sorgen um mein Liebesleben. Konzentrier dich auf deinen Job, Cooper.

Aber das Gehen war monoton, und sosehr sie sich auch bemühte, nicht an den Mann zu denken, der schweigend neben ihr herlief, es war unmöglich.

Kane sprach so liebevoll von seiner Familie. Etwas, worum sie ihn beneidete. Ihr Vater und ihr Bruder hatten in ihrem Leben nur am Rand stattgefunden, und die

Beziehung zu ihrer Mutter war, gelinde gesagt, belastet. Wenn AJ an ihre Mutter dachte, kam das Wort ›Liebe‹ nicht vor. ›Penetrant‹. ›Besessen‹. ›Getrieben‹, das waren die Stichworte.

Sie hatte siebenundzwanzig Jahre damit verbracht, Komplimente über ihre Erscheinung geflissentlich zu ignorieren. Dass ihr Aussehen Kane egal zu sein schien, war da schon erfrischend. Himmel, das allein reichte, sich in ihn zu verlieben.

Der Gedanke ließ sie stolpern.

Nein, sie war nicht verliebt. Zur Hölle, nein.

»Wie geht's, Alison Jumpup?«

Ich weiß überhaupt nichts von ihm, dachte sie wirr. Nichts. *Das ist doch irrsinnig ...* »Wie kannst du immer noch reden?«

»Stehvermögen, Mädchen, Stehvermögen. Sieh dir das an.« Er deutete auf den aufgewühlten Sand. »Sieht aus, als hätten seine Männer hier gewendet, um zu uns zurückzureiten.«

AJ nickte nur und verschwendete keine Luft mit Reden.

»Willst du kurz Pause machen?«

»Bloß nicht. Lass uns weitergehen. Bis zum Tagesanbruch.«

»Sag es mir, wenn du eine Pause brauchst.«

»Sicher.«

Kane lachte. »Lügnerin.«

»Ich bleibe stehen, wenn ich stehen bleibe.«

»Und wenn ich stehen bleiben will?«

»Dann nenn ich dich ein Weichei und laufe weiter.«

»Ein Weichei?«

Sie grinste ihn an. Das Lachen war angestrengt und erschöpft, traf ihn aber immer noch mitten in den Solarplexus. »Ja.«

»Dann laufen wir weiter, koste es, was es wolle.« Er erwiderte ihr tapferes Grinsen. »Ich hab einen Ruf zu wahren. Wie wär's, wenn wir noch bis zur dritten Düne da vorne laufen, und dann Halt machen?«

»Okay.« Es folgte eine lange, bedeutungsschwere Pause. »Apropos, willst du mir was von Libyen erzählen?«

Apropos was? »Jesus, warum?«

»Weil wir hier mitten im Nirgendwo stecken, allein im Dunkeln, und ich mich einfach freuen würde, wenn du mir einmal nur ein klein bisschen aus deinem Leben erzählen würdest, ganz zu schweigen davon, dass ich dir meine tiefsten, schwärzesten Geheimnisse zu Füßen gelegt habe, deshalb.«

Es war an der Zeit, dachte Kane - ja, vielleicht war es an der Zeit. »Ich bezweifle zwar, dass du an dieser Geschichte irgendeine Freude hast, aber ich erzähle sie dir.« Er stürzte sich mitten hinein. Es hatte keinen Sinn, irgendwas zu beschönigen.

»Sechs von uns haben sich undercover nach Al Jawf einschleusen lassen, um drei Missionarinnen zu befreien, die dort gefangen gehalten wurden.« Er schaute sie an. »Du hast den Bericht gelesen, oder?«

»Ja, hab ich. Aber so redselig wie du nun mal bist, hast du die meisten Details ausgelassen«, sagte sie trocken und schob die Hand in seine. Das Gefühl, ihre so viel kleinere Hand zu spüren, war erstaunlich tröstlich. Kane schaute eisern geradeaus, während er weitersprach.

»Dann weißt du, dass wir zwei von ihnen rausgeholt haben. Eine Frau hatten sie schon vor unserer Ankunft umgebracht«, sagte er, immer noch zornig, zwanzig Minuten zu spät gekommen zu sein, die unsagbare Qualen erspart hätten.

»Es war ein Blutbad, bis wir sie endlich raus hatten. Die beiden haben uns gebeten, die Leiche der Frau mitzunehmen. Aber die Kerle hatten sie weggebracht und in einem anderen Teil des Gefängnisses gefoltert. Es herrschte Chaos, wir mussten raus und haben uns geweigert, uns die Zeit zu nehmen.«

Zwanzig von denen gegen einen von ihnen. Jeder im Team hatte irgendein Loch im Körper - zumeist sogar mehrere. Sie haben alle wie die Schweine geblutet.

Bei seinem Adrenalinspiegel hatte Kane kaum etwas gespürt. Er und seine Männer waren für die Bitten der Frauen taub gewesen. Die dritte Frau war schließlich tot. Und wenn die acht nicht schleunigst da rauskamen, waren sie es auch. Die beiden Frauen konnten sich kaum auf den Beinen halten. Sie hatten drei Wochen in ihren Zellen gesessen, bevor man herausbekommen hatte, wo sie sich befanden. Man hatte sie geschlagen, hungern lassen und gefoltert.

»Wir haben uns die Kerle vom Hals halten können und sind um Haaresbreite entwischt. Das Evakuierungsteam hat mit laufenden Rotoren im Dschungel auf uns gewartet. Alle waren an Bord. Ich bin als Letzter in den Helikopter, da hat mir die eine Frau gesagt, dass die Dritte ihre Tochter sei - ein Kind ...«, Kane fuhr sich aufgebracht durchs Haar.

AJ drückte seine Hand. »Natürlich musstest du zurück«, sagte sie leise.

»Aber ich hätte nicht das ganze Team mitnehmen müssen! Um Gottes Willen, wir waren schon startklar!«

»Sie hätten dich doch auf jeden Fall begleitet«, versicherte ihm AJ aus tiefster Überzeugung.

»Nein, sie waren allesamt verletzt, und die Chancen, das Mädchen zu finden, waren fast gleich null. Und diese Verbrecher wussten, wo wir waren. Die Operation stand auf Messers Schneide. Wir hätten niemals umkehren dürfen.«

»Aber ihr seid es.«

Seine Männer waren alle aus dem Helikopter gesprungen - ein breites Grinsen auf den Gesichtern - und waren ihm zurück gefolgt. »Ja, sind sie. Weil sie genau wussten, ich erwarte, dass sie mir in die Schlacht folgen, obwohl ich ihnen befohlen hatte, an Bord zu bleiben und mit den Frauen abzufliegen.« Er machte eine Pause, um seinen Zorn hinunterzuschlucken. »Sie haben mir *vertraut*. Sie haben darauf vertraut, dass ich schon weiß, was ich tue. Dass ich sie in einem Stück nach Hause zurückbringe ... Hast du was dagegen, wenn ich die Einzelheiten auslasse?«

Sie drückte seine Hand. »Hab ich.«

»Wir haben das Mädchen nie gefunden. Aber diese Kerle haben uns gefunden. Sie haben uns in dieses rattenverseuchte Höllenloch zurückgezerrt, aus dem wir die Frauen rausgeholt hatten.«

Kane ließ AJs Hand los und stopfte beide Fäuste in die Hosentaschen. Er ertrug es jetzt nicht, berührt zu werden. Seine Haut kribbelte bei der Erinnerung. »Wir wurden wochenlang getrennt voneinander verhört. Ihre Methoden waren ... kreativ.« Ein Schauder überlief ihn. Jesus ...

Er sah, wie AJ ihn am Arm berühren wollte, es sich wieder anders überlegte und die Hand sinken ließ. Die Nacht war von den Schreien seiner Männer erfüllt, dem Bild des stinkenden, schlammigen Innenhofs, auf dem man sie nackt ausgepeitscht und geschlagen hatte und ... irgendwann erschossen. Einen nach dem anderen.

Und dann waren sie zu ihm gekommen. Mit Peitschen und Messern und kleinen glühenden Metallzangen ...

Er hatte sich nur noch gewünscht, mit seinen Männern gestorben zu sein, seinen eigenen Männern, die er selbst getötet hatte. Und nichts, was sie ihm angetan hatten, konnte so schlimm sein wie der Anblick, den er zwei Monate lang ertragen musste: die blutenden Körper seiner Männer auf diesem Hof.

Es gab keine Nacht, in der er sie nicht gesehen hätte, sobald er die Augen schloss. Er roch den Gestank ihrer verwesenden Leichen. Er spürte die Höllenqualen, die sie durchlitten hatten, weil sie auf ihn vertraut hatten. Ja, er hatte, verdammt, ganze Arbeit geleistet.

»Warum bestrafst du dich für etwas, dass du nicht hättest verhindern können?«, fragte AJ leise. »Ihr musstet *alle* da hinein, um das Kind zu holen. *Ihr musstet es versuchen.*«

»Ich hätte alleine gehen müssen.«

»Um dich umbringen zu lassen?«

»Falls nötig, ja.«

Sie zog die Augen zu Schlitzen und starrte ihn an. »Du musstest also deine Arbeit tun, während die Männer deines

Teams, die alle genauso erfahren und gut ausgebildet waren wie du, mit den Frauen nach Hause fliegen?«

AJ blieb stehen, packte ihn am Ärmel und schlug ihm hart an den Arm. »Du arroganter, elitärer Hurensohn. Bist du vielleicht Gott? Ihr wart zu sechst da, um den Job zu machen. Und alle sechs kanntet ihr die Risiken. Alle sechs hattet ihr Verstand und Routine, um Himmels willen. Wie kannst du nur glauben, sie seien wegen *dir* gestorben? Sie sind für das gestorben, wofür alle T-FLAC-Leute sterben. Für Freiheit. Für Demokratie - und all das.« Sie schlug wieder zu. »Du bist eine solcher ... Arsch!«

Kane schoss herum und starrte sie an. Sie drehte buchstäblich durch. »Es war mein -«

Sie boxte ihn in den Magen. »Denk nicht immer nur an dich!« Sie packte ihn an den Ohren.

Himmel, hatte sie vor, ihm einen Kopfstoß zu versetzen?

AJs Augen glitzerten wütend im Mondlicht. »Du hast deinen Job gemacht. Und sie haben ihren gemacht.« Sie ließ seine Ohren los, Gott sei Dank, grub die Finger in sein Haar und sah zu ihm auf. »Lass es gut sein. Lass es einfach gut sein. Damit sie in Frieden ruhen können.« Sie streifte ihren Mund über seinen.

»Du bist immer noch mein Held, Kane Wright.« Sie küsste ihn, bis er nicht mehr wusste, wie dieses Gespräch eigentlich angefangen hatte.

Entfernungen waren in der Wüste trügerisch. Die klare Luft ließ die Dinge näher erscheinen, als sie es tatsächlich waren. Und es gab hier draußen ohnehin reichlich wenig zu sehen. Nur Dünen in verschiedenen Formen und Größen. Die scheinbare Entfernung mal drei nehmend, verschaffte sich Kane ein einigermaßen genaues Bild der tatsächlichen Distanz. Vier Meilen in etwa. Sie waren wieder eine Stunde gelaufen.

Was gut war. Er war immer noch dünnhäutig, nachdem er sich AJ offenbart hatte. Er fühlte sich, als sei er gerade einen Marathon gelaufen und bemerke erst jetzt, dass die Ziellinie schon eine Meile hinter ihm lag. Emotional ausgepumpt rieb er den Daumen über AJs Handrücken.

Sie sah auf. »Okay?«

»Ja.« Er war es tatsächlich fast, dank der aggressiven Therapie, die sie ihrem Patienten hatte angedeihen lassen. Die Psychiater hatten auch nicht viel anderes gesagt, als AJ gerade. Aber sie hatten es ihm nicht ganz so ... knallhart vermittelt. Er verkniff sich ein Lächeln. »Wollen wir eine Pause einlegen?«

Sie stolperte und richtete sich gleich wieder auf. »Erst noch zur Düne.«

Er würde auf einer Rast bestehen, sobald sie ihr Ziel erreicht hatten. AJ war empfindsam, aber sie war noch so neu in diesem Geschäft, dass sie aus allem einen verdammten Wettkampf machte. Sie würde nicht stehen bleiben, bevor er es nicht befahl.

Seine Wadenmuskeln zogen und schmerzten vom Gehen auf dem weichen Sand. Die Luft war mittlerweile kalt, was sich auf der schweißnassen Haut gut anfühlte. Der Mond schien hell wie Tageslicht auf den Sand um sie herum. Die Stille war absolut. Kein Windhauch, keine Tiere, keine Insekten, nur das leise Atemgeräusch und ein gelegentliches Knarren der Stiefel.

»Halt durch, Abominable Jabberwocky«, sagte er leise und fast unwillig, die Stille zu stören. »Wir sind fast da.«

»Ja, Boss.«

Als sie die erste der drei eng beieinanderstehenden Dünen erreichten, war AJ reif für die Rast. Alles tat weh. »Wir haben es geschafft.« AJ war nicht ganz sicher gewesen, ob sie es schaffen würde, und das, obwohl sie auf dem Bauch gekrabbelt wäre, um mit Kane mitzuhalten.

Sie war so müde, jeder Muskel schmerzte, sie wollte zusammenbrechen. Das Einzige, was sie daran hinderte, sich auf den mondhellen, einladenden Sand fallen zu lassen, war die Tatsache, dass Kane Wright neben ihr immer noch aufrecht stand und einen federnden Schritt hatte. Verdammt sollte er sein.

War er ein Androide oder - was, zum Teufel, war das für ein Geruch?

»Riechst du das?«, fragte sie überflüssigerweise.

»Ja.« Sie hielt sich die Hand vor die Nase. Der Gestank war unverwechselbar. Und umso auffälliger, nachdem sie stundenlang nur frische Luft und Sand gerochen hatten. »Oh.«

Hinter der größten Düne ragten zwei menschliche Beine hervor. Vom Mond beschienen, aber der Tod ließ sich nicht beschönigen. Sie gingen weiter. Der Geruch wurde stärker.

AJ blinzelte, um im Mondschein Einzelheiten auszumachen.

Oh, Gott. Es war ein Blutbad.

Es ließ sich kaum sagen, wo der eine verstümmelte Körper aufhörte und der nächste anfing. Die Leichen waren im blutgetränkten Sand wie vom Tode vereint.

»Also, das bricht die Monotonie doch auf«, sagte Kane. Trat näher und sondierte die Umgebung.

»Ja«, sagte AJ knapp, und ihre Nase zuckte vom süßen ranzigen Geruch verwesenden Fleisches. Die Wüstensonne hatte die Körper förmlich gebacken. »Ein Klumpen aus Leichen tut das, ja.«

Sie atmete durch den Mund, während sie sich den toten Männern näherten, die verrenkt im blutigen Sand lagen. Die Galle kam ihr hoch. Es hatte gar keinen Sinn nachzusehen, ob noch jemand am Leben war. Dem war nicht so.

»Sie waren zu Fuß unterwegs«, stellte sie fest und schaute in die Richtung der Fußspuren. Von rechts näherten sich Kamelspuren. »Die Angreifer kamen aus dieser Richtung. Direkt hinter ihnen her.«

»Vermutlich die, die sich auch mit uns angelegt haben.« Kane ging in die Hocke und durchsuchte die Taschen eines Mannes. »Sieht so aus, als sei das ein paar Stunden, nachdem Raazaq hier durchgekommen ist, passiert. Siehst du, wie ihre Fußspuren sich in die Spuren der Kamele drücken?«

»Sie haben genau das getan, was wir auch tun. Sie sind ihm gefolgt.«

»Ja. Arme Kerle, es hat sie erwischt, bevor sie ihn - oh. Mann.« Er schnappte nach Luft. »Sieh dir das an.«

AJ griff nach dem kleinen Lederbuch. Ihre Augenbrauen schossen nach oben. »Geheimdienst Ihrer Majestät?«

Kane ging zum nächsten Mann und schloss ihm die Augen, bevor er in seine Hemdtasche griff. »Der hier auch.«

AJs Nackenhaare standen zu Berge. Ein Mitglied der Königsfamilie musste sich in der Nähe befinden. Auch wenn es unwahrscheinlich erschien.

»Auf Urlaub?«, dachte sie laut. »Hier?« Es erschien keinen Sinn zu ergeben, dass diese Männer hier draußen waren. Absolut keinen. »Sieh dir das an«, sagte sie. Ihr Nacken prickelte, und ihr Magen überschlug sich langsam vor Angst.

»Der hier ist vom amerikanischen Geheimdienst.«

»Jesus«, murmelte Kane. »Der hier ist vom Diplomatischen Secret Service. Sieh bei dem da nach.«

Sie sah ihn mit großen Augen an. »DSS?« Sie durchsuchte schnell den Nächsten, klappte seine Brieftasche auf. Eine Frau und zwei blonde Kinder lachten in die Kamera. Oh, Gott. Sie suchte nach einem Ausweis.

»*Französischer* Geheimdienst.« AJs Handflächen waren feucht, als sie den Ausweis zu den anderen in Kanes Hand steckte. »Britisches Königshaus, amerikanischer ... was? ... Senator? Präsident? Französische Diplomaten, französischer Präsident? Gott, Kane.«

»Ja, die Kacke ist ziemlich am Dampfen«, sagte Kane und ließ den Blick über die Männer schweifen, die in Ausübung ihrer Pflicht gestorben waren. »Und jetzt wissen wir auch, warum Raazaq hier ist, im Nirgendwo.«

»Aber was hat er vor? *Was?*« AJ richtete sich langsam auf. »Und kommen wir vielleicht zu spät, um ihn aufzuhalten?«

18

Sie hatten keine Chance - und erst recht nicht die Zeit -, die Toten zu begraben. Kane steckte die Ausweise der Männer ein und salutierte im Geiste. Er ließ sie nur ungern im Freien zurück, aber er hatte keine Wahl. Man würde sie später bergen müssen. Wenn die Wüste sie bis dann nicht ohnehin schon begraben hatte. Die Wahrscheinlichkeit war groß, dass der sich konstant in Bewegung befindende Sand sie innerhalb weniger Tage begraben und keine Spur von ihnen hinterlassen würde. Und vielleicht, dachte Kane, war das nur richtig so. Zu liegen, wo man gefallen war. Ein professioneller Krieger konnte sich nicht mehr erhoffen.

AJ und Kane verließen den Schauplatz des Gemetzels mit Traurigkeit und machten sich wieder auf den Weg durch die Wüste.

»Sie müssen es gleichfalls zu Fuß riskiert haben. Ohne Kommunikationsmöglichkeit hatten sie keine andere Wahl«, spekulierte AJ.

»Und sie sind gestorben, bevor sie helfen konnten.«

»Eines gewaltsamen Todes.« Der Anblick der ausgeweideten Körper im bleichen Mondlicht hatte sich ihr ins Gedächtnis gebrannt und ließ sie erschaudern. »Wer immer das getan hat, hatte Spaß daran. Eine Menge Spaß.«

»Raazaqs Leute, ganz sicher«, sagte Kane mit zusammengebissenen Zähnen. »Und du hattest Recht, was diese Pyramide betrifft. Sie liegt in der Richtung, und sie ist das einzige Bauwerk im Umkreis von dreihundert Meilen. Es muss die Pyramide sein.«

»Wen haben diese Männer beschützt? Das ist die Frage.«

»Jemand sehr Wichtigen. Mehrere sehr wichtige Persönlichkeiten.« Kane beschleunigte seinen Schritt, um nur schnell wegzukommen. Er verspürte offenkundig den selben, einem die Haare zu Berge stehen lassenden Druck wie AJ. Es war gut zu wissen, dass ihr Instinkt sie nicht trog, aber dass es Kane genauso erging wie ihr, machte ihr eine Heidenangst.

Alles Training der Welt hatte sie darauf nicht vorbereiten können. Und alle Intuition, erlernt oder angeboren, befahl ihr, sich zu beeilen. Beeil dich. *Beeil dich!*

»Vielleicht veranstalten sie bei der neu entdeckten Pyramide einen Geheimdienst-Kongress«, schlug AJ mehr im Scherz vor. Während ihre Füße nur eine gewisse Geschwindigkeit schafften, wollte ihr Inneres rasen. Ihr Magen rumorte, und ihr Hirn lief auf Hochtouren. Sie wollte dahin, wo die Action war. Raazaq ausschalten. Etwas *tun*, verdammt nochmal.

»Unwahrscheinlich. Lass uns das systematisch angehen.« Kane nahm im Gehen einen Schluck aus der Flasche. »Was haben wir?«

»Einen anerkannten Top-Terroristen, der einen hoch ansteckenden viralen Wirkstoff besitzt.«

»Und nach Süden unterwegs ist.«

»Nach Süden«, ergänzte AJ, »auf eine neue Grabungsstätte zu.«

»Die plötzlich wieder aus dem Blickfeld der Öffentlichkeit verschwunden ist.«

»Richtig.« AJ schraubte den Deckel von der Flasche und nahm einen Schluck. Das Wasser schmeckte wie der Nektar der Götter, sogar lauwarm und mit Plastiknote.

»Nehmen wir an, Würdenträger aus der ganzen Welt wurden eingeladen, die Entdeckung zu besichtigen, begleitet von ihren Leibwächtern und Mitgliedern der verschiedensten Geheimdienste«, sann AJ vor sich hin. »Und wo wohnen sie? Abgesehen von der Pyramide und der Grabungsstätte, wo sich vermutlich Zelte oder so etwas befinden, gibt es dort nichts.« Sie überlegte. »Ich kann mir nicht vorstellen, dass die Königin von England im Zelt schläft oder in einem Sarkophag, du?«

Kane lachte schnaubend. »Es ist eine kaum bekannte Tatsache, dass Liz nichts lieber mag als eine nette Runde am Lagerfeuer.«

AJ hielt kurz inne und schenkte ihm ein kleines Lächeln. »Ja, wenn ich es mir recht überlege, kann ich mir das vorstellen. Queen Lizzie. Mit ihrem leeren netten Damentäschchen vorm Bauch und einem hübschen Hut mit blauen Blumen, der zu ihrem entzückenden blauen Kostüm passt, sitzt sie da und hält an einem Kleiderbügel ein Marshmallow übers Feuer. Möglich.« Sie lächelte. »Aber nicht wahrscheinlich.«

»Nein.« Kane lachte nicht. »Nicht wahrscheinlich. Lass uns annehmen, wir haben ein halbes Dutzend Würdenträger aus der ganzen Welt. Die irgendwo in der Nähe übernachten. Um die Pyramide zu sehen. Um Urlaub zu machen. Um was auch immer zu tun. Die Kommunikationssysteme sind mysteriöserweise außer Betrieb. Was ist das Erste, das drinnen passieren würde?«

»Sie hätten verdammt schnell festgestellt, dass die Kommunikationssysteme ausgefallen sind. Und dass es vielleicht nicht mit dem Sandsturm zu tun hat?«

Kane nickte. »Sie verfügen über viel zu viele High-Tech-Systeme mit ausgefeilter Kommunikationstechnik. Irgendetwas würde funktionieren, sogar ohne Satellit. Hölle, ja. Sie wissen, dass irgendetwas vor sich geht. Sie werden versuchen, Kontakt nach draußen zu bekommen. Falls sie tatsächlich keine Kommunikationsmöglichkeit haben, gehen sie raus.«

Er schaute sie an. Wie ein Lehrer die Schülerin. »Was würde von außen passieren?«

»Wenn die Außenseite nicht in regelmäßigen Intervallen von ihnen hört, schicken sie Flugzeuge her.« AJ kaute auf der Unterlippe. Und wenn das nicht funktioniert, schicken sie Teams rein. SEALs, Ranger, Recon - ganz zu schweigen von den Spezialeinheiten der anderen Länder.« Sie sah ihn aus Schlitzaugen an. »Sie würden sofort mobilmachen. Alle würden die entsprechenden Notstandspläne in Kraft setzen. Glaubst du, sie kriegen auch keine Satellitenbilder mehr?«

»Himmel, das weiß ich nicht.« Er blinzelte in die Ferne, als könne er schon das Ziel erkennen. »In Anbetracht aller Umstände, vermutlich nicht.«

»Oh, Gott«, murmelte sie. »Das ist riesig. Während wir hier reden, müssten überall auf der Welt Flugzeuge abheben ...«

»T-FLAC, der Secret Service, der Mossad plus die Eliteeinheiten verschiedener anderer Länder müssten, seit der Kontakt abgebrochen ist, roten Alarm haben.« Kane pflichtete ihr grimmig bei, was AJ ein leises Gefühl der Sicherheit gab, weil hunderte, tausende Einsatzkräfte bereitstanden. »Sie können den Standort aus der blockierten Zone ableiten.«

Sie waren vermutlich längst in Marsch, tauchten aus allen Winkeln der Wüste bei der Pyramide auf.

Kane wischte sich mit seinem Tuch den Sand aus dem Gesicht. »Sie haben sofort gewusst, dass ein so flächendeckender Blackout nicht von einem Sturm verursacht worden ist. Sie tun seit mindestens zwölf Stunden alles, um dort hinzugelangen. Zu diesem Zeitpunkt wird sich keiner darum scheren, wer als Erster dort ist. Alle haben dasselbe Ziel.«

»Nur dass hier nichts fliegen kann.« AJ blickte zum Nachthimmel auf, als hoffe sie auf ein Geschwader aus Blackhawk-Helikoptern. »Nicht im Umkreis von mehreren hundert Meilen. Und kein Fahrzeug kann die Blockade durchbrechen. Zur Hölle, sogar unsere Armbanduhren sind außer Betrieb. Es spielt keine Rolle, wie verzweifelt sie ihre Leute zu erreichen versuchen. Sie schaffen es nicht. ... Sie müssen laufen. Genau wie wir. Es sei denn, es gelingt ihnen, so viele Kamele zu beschlagnahmen.«

»Richtig.«

AJ warf einen Blick über die Schulter zurück und erwartete fast, die Truppen über die letzte Anhöhe kommen zu sehen. Die Kavallerie zu ihrer Rettung. Sie wartete einen Augenblick und noch einen. Sie wünschte es sich *wirklich*, Hilfe über die Anhöhe nahen zu sehen. Aber sie hatte kein Glück. Ihre und Kanes Fußspuren streckten sich einsam und zerbrechlich meilenweit in die Ferne.

»Wir kommen gut voran«, sagte Kane. »An die drei bis dreieinhalb Meilen pro Stunde. Sagen wir, sie schaffen in voller Kampfmontur etwa genauso viel ... Dann sind sie mindestens sechs bis acht Stunden hinter uns.«

AJ zog eine Grimasse. »Ich schätze, dann warten wir besser nicht auf sie, hm?«

»Was, wenn wir nicht rechtzeitig ankommen?«, wollte AJ wissen. Ihre Stimme klang kratzig und belegt. Ihrer beider Kräfte ließen rapide nach. Die Sonne war wieder da und brannte unerbittlich. Die Hitze ließ weiße Punkte vor ihren Augen schweben, und sie musste zwinkern, um sie loszuwerden. Sie hatten zum Glück noch ausreichend Wasser, aber das Sonnenschutzmittel ging zur Neige. Die schlechte Nachricht war, dass der Schweiß das Zeug abwusch, allen Behauptungen auf der Tube zum Trotz. Die gute Nachricht war, dass sie immer noch schwitzen konnten. Kein Schweiß bedeutete Hitzschlag. Wenn der Körper austrocknete, wurde das Blut dicker und zirkulierte nicht mehr richtig. Ein Hitzschlag konnte tödlich sein. Es war ein qualvoller Tod.

Kane würde das nicht zulassen.

»Werden wir aber.« Kanes Stimme klang düster. Er suchte AJs Gesicht beständig nach irgendwelchen Anzeichen akuter Erschöpfung oder Schmerzen ab. Ihr tat alles weh, sicher. Aber sie machte weiter. Mehr konnte er nicht erwarten. Verdammt, er musste selber zusehen, dass er durchhielt.

»Nicht einmal dein starker Wille bringt uns schneller da hin«, sagte AJ. Sie sah ihn verärgert an. »Hör auf, mich so anzuschauen, bitte, ja? Falls ich eine Pause brauche oder sonst irgendwelche Hilfe, glaube mir, dann lasse ich es dich wissen. Wir sind beide erschöpft, beide überhitzt, beide fußkrank und beide unleidig. Du musst nicht alle acht Sekunden nach mir schauen, okay?«

»Dreißig.«

»Alle dreißig Sekunden, meinetwegen.«

»Ja, Madam.«

»Wir werden nicht ewig so weiterlaufen«, grummelte AJ. »Es fühlt sich nur so an.«

»Auf Sand zu laufen soll schöne Beine machen«, frotzelte Kane in der Hoffnung auf ein Lächeln.

»Du hast doch schöne Beine«, schnappte AJ.

»Ich nicht, aber du«, sagte er und erntete endlich ein Lächeln.

»Oh, habe ich eigentlich erwähnt, dass Hitze mich mürrisch macht?«, fragte sie.

»Hättest du bloß was gesagt«, antwortete Kane. »Dann hätte ich die Klimaanlage eingeschaltet.«

»Oh, Gott. Keine Witze bitte.«

Seine Lippen zuckten, und seine Augen leuchteten, als er sie ansah. »Du hältst dich fabelhaft, Abernathy Jawonda.«

»Ja, toll. Aber ich fühle mich so verdammt *nutzlos*«, sagte sie frustriert.

»Wir tun unser Bestes. Und im Moment sind wir die Einzigen hier.«

»Oh, bitte kein Stress.«

»Entspann dich.«

»Entspannen? Schlimmstes vorstellbares Szenario: Die Führer der Welt versammeln sich allesamt an einem Ort. Es gibt für einen Terroristen nichts Besseres. Insbesondere für einen wie Raazaq. Oh, Gott, Kane. Was, wenn wir nicht rechtzeitig kommen?«

»Wenn wir nicht rechtzeitig dort sind, dann sind wir nicht rechtzeitig dort. Dann gehen wir damit auch irgendwie um. Der schleimige Hurensohn vertraut darauf, dass nirgendwer irgendwohin geht«, sagte er kategorisch. »Das wird er ausnutzen. Die Politiker terrorisieren. Die

Sicherheitsleute in den Wahnsinn treiben. Erst *dann* macht er seinen Zug. Raazaq ist ein Kontrollfanatiker. Er plant. Er wartet.«

AJ nickte und dachte an alles, was sie über den Mann gelesen hatte. »Er spielt gern Katz und Maus.«

»Richtig«; sagte Kane knapp. »Mach die Katze riesengroß, und der Maus bindest du die Augen zu. Das ist Raazaq. Und keiner hat die leiseste Ahnung, was er jetzt wieder vorhat. Aber, was immer es ist, er wird sich aus der Schusslinie und in Sicherheit bringen.«

»Was heißen würde, dass er den Spaß aus der Ferne beobachtet und jemanden reingeschickt hat, der die Drecksarbeit macht«, spekulierte AJ.

»Nein, Raazaq ist da.« Kane war sich sicher. »Genau da. In Sichtweite des Geschehens. Als die Mädchenschule in die Luft geflogen ist, war er in einem Nebengebäude«, sagte Kane mit grimmiger Stimme.

»Er hat sich die Explosion angeschaut.« AJs Stimme wurde weich. »Er hat zugeschaut, wie die Feuerwehr und die Notärzte kamen. Er hat zugeschaut, wie die hysterischen weinenden Familien sich versammelt haben. Und er hat zugesehen, wie man die Leichen der Kinder in kleinen schwarzen Säcken hinausgetragen hat. Raazaq ist ein Sadist. Und das macht ihn so schrecklich gefährlich. Er hat Spaß an seiner Arbeit, insbesondere an den Nahaufnahmen vom Leid und Schmerz seiner Opfer. Das hier ist jetzt Raazaqs feuchter Traum. Präsidenten, Könige und Königinnen auslöschen. Nein, das will er selber machen. Angemessen geschützt, natürlich, und mit der Möglichkeit, sofort zu fliehen.

»Er könnte vorhaben, jeden zu töten und die ganze Welt ins Chaos zu stürzen«, spekulierte sie und zog einen Eiweißriegel aus dem Rucksack. Dann überlegte sie es sich anders und warf ihn zurück. Sie war nicht hungrig genug, etwas derart Unappetitliches zu essen. Irgendwie konnte sie sich nicht vorstellen, dass auch nur annähernd echte Schokolade in dem Riegel steckte.

»Oder«, fuhr sie fort, »er erpresst sie mit diesem Virus.«

»Was heißen könnte, dass er doch über eine Möglichkeit verfügt, mit der Außenwelt zu kommunizieren.«

Die nächsten drei Stunden über behielten sie ihre Überlegungen für sich. AJ marschierte jetzt völlig mechanisch, setzte einen schweren heißen Fuß vor den anderen. Versuchte, sich keine Szenarien zu überlegen, auch wenn ihr Verstand ziemlich kreativ war, wenn es nichts anderes zu sehen gab als Sand, Sand und ...

Bäume?

Da unten standen kühle, grüne, Schatten spendende ... Bäume.

Sie zwinkerte. »Nun, die Fata Morgana da sieht ziemlich echt aus, was?«

»Keine Fata Morgana. Das ist echt.«

»Oh, Gott«, sagte sie mit einem Ächzen. »Mach jetzt keine Scherze.«

»Wasser, Cooper. Echtes Wasser. Und Bäume.«

»Ist es T-FLAC-Agenten gestattet, vor Freude zu weinen?«

»In bestimmten Fällen, ja«, versicherte er.

Eine enorme Sanddüne stand noch zwischen ihnen und diesen Baumwipfeln, aber nun hatten sie ein Ziel vor Augen, das ihre Schritte beschleunigte. Sie erreichten den Kamm der Düne, und da war es, ausgebreitet unter ihnen: ein See aus Grün. Tausend Schattierungen wundervollen, saftigen Grüns. AJs Augen seufzten förmlich vor Erleichterung. Eine Oase. Großartig, grün, überwältigend. Schön nach der Endlosigkeit der Sandwüste, schimmerte sie wie in einem Traum im morgendlichen Licht. Hoch aufragende Dattelpalmen, Akazien und Johannisbrotbäume lagen über Meilen vor ihnen ausgebreitet. Aber fast noch wundervoller als das kräftige Grün war das Wasser, das die üppige Vegetation fütterte.

Zwei große Wasserquellen glitzerten blau und ließen AJs Körper um einen langen, tiefen Schluck flehen.

»Und sieh dir das an.« AJ streckte den Arm aus. Als hätte Kane die beiden enormen Bauwerke übersehen können, die über die Baumwipfel ragten. Beleuchtet vom strahlenden Sonnenlicht und kristallblauem Himmel.

Auf der rechten Seite ragte eine blassere Steinkopie der Pyramide über die Baumreihen. Auf der linken Seite war die Echte zu sehen. In weißem Marmor, glänzend, wie am Tag ihrer Fertigstellung vor zweitausend Jahren.

Hallelujah. Sie waren da.

AJ holte tief Luft. Zum ersten Mal seit Ewigkeiten brannte ihre Nase nicht beim Luftholen. Und dieser Geruch. Dieser großartige Geruch. Wasser, Vegetation, das entfernte Aroma von Essbarem.

Die Luft duftete grün, frisch und lebensspendend.

Sie widerstand dem Drang, wie ein Kind am Strand die Düne hinabzutollen. Sie zeigte auf eine träge Wolke. »Sieh dir das an, Rauch.«

»Nein, ich denke, das ist Dampf. Muss sich um eine heiße Quelle handeln. Das da drüben sieht interessant aus.« Er deutete auf ein lang gezogenes Rechteck, wo man sämtliche Bäume gerodet hatte.

Von hier oben auf der Anhöhe konnten sie nicht genau sehen, was sich auf der Lichtung befand, aber es war ziemlich offensichtlich, worum es sich handeln musste. »Wollen wir wetten, dass das ein Flugplatz ist?«

»Offenbar der einzige Zugang.«

Kane suchte mit zusammengezogenen Augen die Baumreihen ab. Es schienen keine Straßen zu der riesigen Oase zu führen.

Unglücklicherweise waren auch keine Truppen zu sehen. Kein Lebenszeichen. Kein Geräusch menschlicher Bewohner. Trotzdem ...

»Er ist hier.« Nur ein Gefühl, aber so stark, dass sich die Haare in ihrem Nacken aufstellten.

»Hölle, ja, er ist hier«, stimmte Kane zu. »Und du kannst darauf wetten, dass verdammt viele wichtige Leute da unten sind.« Er zeigte auf den Pyramiden-Nachbau. »Das sieht aus, als könnte es ein Hotel sein.«

»Würde ich auch sagen.« AJ wischte mit ihrem Arm über ihr verschwitztes Gesicht. »Sie erwarten anscheinend jede Menge Touristen.«

»Los jetzt. Wir werden uns einfach vor die Vordertür stellen und überrascht tun, wenn plötzlich Razaaq vor uns steht. Auto liegen geblieben. Dachten, es wäre nicht so weit zum nächsten Dorf. Sind gelaufen - und so weiter und so fort.«

AJ hob eine Augenbraue. »Er wird denken, dass wir Verrückte sind oder sehr misstrauisch sein.«

»Und ... spielt das eine Rolle?«

»Nein.«

Schon allein die verschiedenen Grünschattierungen zu sehen, ließ AJ sich kühler fühlen. Ihre Beine fühlten sich leichter an, als sie in einer Wolke aus rotgefärbtem Sand die Düne hinunterstolperten und rutschten. Sie versuchten nicht, sich zu verstecken, was es wesentlich leichter machte, sich vorwärts zu bewegen.

Als sie die Anhöhe hinter sich gelassen und den Boden erreicht hatten, stürzten sie sofort wie Zombies auf die von Bäumen umstandene Wasserquelle zu.

»Unglaublich, dass hier draußen etwas wächst, nicht wahr«, sagte AJ ehrfürchtig, als sie sich den Baumreihen näherten.

»Solange Wasser da ist, wachsen Pflanzen überall. Hast du bemerkt, dass es hier keine Felder gibt, keine Nutzpflanzen?«

»Das da drüben sieht nach Olivenbäumen aus.«

»Ja, und sieh dir an, wie alt sie sind. Vermutlich schon vor tausenden von Jahren gepflanzt, von welchem Pharao auch - Gesellschaft«, keuchte er.

AJ hatte sie gleichfalls gesehen. Drei Männer traten aus dem Schatten, westlich gekleidet, gut ausgerüstet, schwer bewaffnet. Geladen und entsichert.

»Ich hoffe nur, das sind die guten Jungs«, sagte AJ gedämpft.

Kane blieb stehen, AJ auch. Sie senkten die Waffen, als die Männer sich näherten. Von den Seiten tauchten weitere Männer auf und flankierten sie. Insgesamt an die fünfzig schwer bewaffnete Kerle. Perfekt. Einfach perfekt.

»Hände hoch«, sagte der Vorderste einfach nur und wedelte mit dem geschäftlichen Ende einer M16. Er hatte militärisch kurze, weißblonde Haare, ein sonnenverbranntes, zerklüftetes Gesicht und einen Nacken wie ein Preisboxer. »Lasst die Hände so oben, dass wir sie die ganze Zeit sehen können.« Der Kerl sah grimmig aus. »Also, wer zum Teufel seid ihr, und was habt ihr mit unserem Kommunikationssystem gemacht?«

Kane ließ die Hände sinken, hielt sie aber offen in Sicht. Er identifizierte sich und AJ schnell als T-FLAC-Agenten. Der andere Mann identifizierte sich als Barry Walsh, Chef des Secret Service. Nachdem er ihre Erkennungsmarken eine Ewigkeit lang studiert hatte, reichte er sie zurück.

Sie schüttelten einander die Hände. Nett und höflich. Kane sah sich um, als erwarte er jeden Moment den Präsidenten der Vereinigten Staaten zwischen den Dattelpalmen auftauchen zu sehen. »Der Präsident ist hier?«, fragte er.

»Und die First Lady«, sagte Walsh grimmig. Er bedeutete seinen Männern zurückzubleiben. »Wir haben hier einen Notfall. Hoffe sehr, Sie beide haben ein Fahrzeug. Hier funktioniert nämlich nichts.«

»Wir sind zu Fuß unterwegs«, teilte Kane ihm mit. »Können wir, bevor wir reden, erst in den Schatten gehen?«

»Ja. Hier entlang.«

Walshs Männer scharten sich um sie, und sie begaben sich in den Schatten der Palmen.

»Die UN veranstaltet einen geheimen Friedensgipfel in diesem neuen Urlaubsressort«, sagte Walsh von hinten.

»Es ist das erste Mal, dass sie so viele Spitzenpolitiker zur gleichen Zeit am selben Ort versammelt haben. Offen gesagt, waren alle Sicherheitsleute strikt dagegen. Zu vieles kann in solch einer Isolation schief gehen, und dann die Tatsache, dass er nur auf dem Luftweg zu erreichen ist. Jetzt sitzen sie alle wie die Eier in einem einzigen praktischen Korb. Wer immer sich das ausgedacht hat, muss Crack geraucht haben.«

Kane nickte mitfühlend. Er hatte schon früher mit den ganzen Großen zu tun gehabt und war nicht überrascht. »Und keiner hat auf Sie gehört.«

»Doch«, sagte Walsh, »aber aus dem selben Grund, aus dem wir *nein* gesagt haben, haben sie *ja* gesagt.« Er zog eine Grimasse. »Unsere Leute haben hier monatelang alles gecheckt. Das Hotel ist sauber. Sämtliche Staatsoberhäupter haben ihre eigenen Leute dabei. Nur die Besten. Alles war in Ordnung. Bis in die Haarspitzen koordiniert. Nichts hätte schief laufen dürfen.« Er fuhr sich mit der Hand durch die Haare und fluchte leise.

»Alles lief wie geschmiert. Bis der Sandsturm kam. Alle elektrischen und mechanischen Geräte, alles mit irgendwelchen beweglichen Teilen hat sich abgeschaltet. Blackout. Wir wissen nicht warum, aber das Zeug geht immer noch nicht wieder.« Er fixierte Kane. »Also, jetzt sind Sie dran. Was wissen Sie? Warum sind Sie hier?«

»Fazur Raazaq«, sagte Kane zu Walsh und dessen Männern.

Einer von Barrys Jungs fuhr zusammen, als hätte ihn ein Schuss getroffen. Er beugte sich vor und flüsterte etwas, das Kane nicht verstand, aber Walsh sah noch finsterer drein. Als die Neuigkeit die Runde machte, rückten die Männer um Kane zusammen, um alles hören zu können.

»Verdammt.« Ein Mann setzte sich zu Walsh. »Ian Graham, M15«, sagte er und nickte Kane und AJ zu. »Wie konnte Raazaq sich hier Zugang verschaffen. Er muss seine

Maulwürfe auf der ganzen verdammten Welt haben, um von diesem Treffen erfahren zu können.«

»Das ist im Moment nicht das Problem«, erklärte Kane den Männern. »Raazaq zu deaktivieren ist das Problem.«

»Er ist in Besitz eines Virus, der letzte Woche den Russen gestohlen worden ist«, sagte AJ gepresst. »Und dieser Virus ist hier. Raazaq hat vor, ihn im Hotel freizusetzen. Entweder er erpresst die Staatsoberhäupter dieser Welt, oder er will sie alle auf einmal umbringen.«

»Verdammt!«, schrie Walsh. »Er wird den Präsidenten nicht anrühren!«

»Oder den Premierminister«, sagte Graham. »Wir schützen unsere Leute, koste es, was es wolle. Aber bis jetzt hat es keine offenen Drohungen gegeben, wir sitzen hier einfach nur fest.«

Walsh machte ein finsteres Gesicht. »Wir haben ein paar Teams zu Fuß losgeschickt. Wenigstens eines müsste Ihnen eigentlich begegnet sein.«

»Sie haben es nicht geschafft«, informierte ihn Kane. Er erläuterte, worauf sie gestoßen waren.

»Verflucht - entschuldigen Sie, Madam. Was zur Hölle geht hier vor?«

»Das Wichtigste zuerst«, übernahm Kane das Kommando. »Wie viele von Ihren Leuten haben das Überleben in der Wüste trainiert?«

»Nicht genug«, gab Ian zu.

»Dann müssen wir einer Gruppe von Männern einen Crash-Kurs verpassen und zwar sofort«, sagte Kane. »Irgendwer muss den Truppen entgegengehen und sie auf den neuesten Stand bringen. Der im Moment präzise aus nichts besteht. Allerdings bewegt sich im Augenblick jeder SEAL, jeder Ranger und jede Spezialeinheit der freien Welt auf uns zu, darauf wette ich. Sie können nicht mehr weit weg sein.«

»Zweifelsohne«, sagte Walsh mit einer gewissen Befriedigung. »Aber so lange wird Raazaq nicht mehr abwarten. Er wird tun, was immer er vorhat, bevor wir ihn noch aufhalten können. Er ist ein fieser kleiner Bastard. Er muss das hier in allen Einzelheiten geplant haben.«

Kane nickte. »Aber auch ein Bastard macht Fehler. Wir heben ihn aus. Nur würde ich mich besser fühlen, wenn wir medizinische Versorgung und Transportmittel et cetera hier hätten.«

»Das würden wir wohl alle«, sagte Barry trocken. »Gutes Stichwort, ich lasse uns etwas zu essen bringen, während wir das hier besprechen.«

»Ich gehe mit dem Team, das in die Wüste zurückkehrt«, preschte AJ vor.

Dass sie eine Frau war, schien Walsh nicht zu irritieren. »Gut, ich -«

»Nein«, sagte Kane. »Du bleibst hier. Raazaq wird auf deine Anwesenheit irgendwie reagieren.«

»Dann musst du ge -«

»Ich bleibe hier bei dir.« Dann fragte er Walsh: »Wem trauen Sie das zu?«

»Brody, Todd, Dixon.«

Ian meldete sich. »Ich schicke Doyle, Smythe und Tennyson mit.«

AJ lächelte. »Den Dichter?«

Ian lächelte zurück. »Er ist ein Dichter, ja. Und seine Muse ist eine M16.«

»Ist er auf die Wüste vorbereitet?«, wollte Kane wissen.

»Niemand ist auf die Wüste vorbereitet, Kumpel.«

Walsh erhob sich. »Offene oder verdeckte Aktion, um Sie beide da reinzubringen?«

»Wir haben Raazaq schon persönlich kennen gelernt. Wir gehen ganz offen da rein und locken ihn raus.«

Sie gingen auf das Hotel zu. Unter dem Blätterdach der Dattelpalmen war es angenehm kühl, Gras und Büsche gediehen prächtig.

»Sagen Sie uns noch, wer alles hier ist.«

»Der Präsident und die First Lady. Der britische Premier, die Queen. Einer der saudischen Prinzen. Königin Sofia von Spanien -«

»Jesus.«

»Genau.«

Raazaq war definitiv hier. Kane beschrieb ihn, aber Graham teilte ihm mit, dass an die fünfhundert Leute im Hotel wohnten. Nachdem klar geworden war, dass nichts mehr funktionierte, hatten sich alle Anwesenden in ihre Quartiere zurückgezogen. Da sie nicht wussten, woher die Gefahr kam, hatten die Sicherheitsleute die höchste Alarmstufe ausgelöst.

Walsh und seine Männer waren die einzigen Bewaffneten. Sobald Raazaq und seine Leute angekommen waren, schickte er eine ganze Armee ins Hotel, die jeden Raum, jedes Gepäckstück durchsuchte und jeden, der sich im Hotel befand, entwaffnete. Ohne Ausnahme. Er hatte sogar die Messer aus der Küche und dem Restaurant einsammeln lassen. Der leiseste Widerstand war Grund genug, sofort erschossen zu werden. Es hatte viele Opfer gegeben. Über zweihundert Sicherheitskräfte. Schließlich hatten alle ihre Waffen abgegeben. Sie waren hoffnungslos in der Unterzahl. Als Kane und AJ ihm erzählten, wer dahinter steckte, kamen Walsh und seine Männer zu dem Schluss, dass es sich um eine Geiselnahme handelte. Nun hatten sie alle dasselbe Ziel.

Kane verteilte schnell die Waffen, die AJ und er mitgenommen hatten. Nicht genug für alle, aber besser als nichts. Sie hatte ein fast schmerzverzerrtes Gesicht, als ein Mann ihre Dragunov griff.

»Sie zieht etwas nach links«, sagte sie ihm und gab ihm die dazugehörigen Magazine.

»Ich werde gut auf sie aufpassen, Madam. Und Sie werden sie ganz bestimmt zurückbekommen, wenn das hier vorbei ist.«

»Danke.« Sie schenkte ihm ein Lächeln, das den Mann erröten und seine Augen glänzen ließ.

»Gehen wir noch mal den Plan durch«, forderte Kane auf.

Sie würden dort eintreffen und so tun, als ob alles in Ordnung wäre. Ihr Auto wäre kaputt, sie wären gelaufen - alles wahr. Razaaq würde vielleicht versuchen, mit AJ in Kontakt zu treten. Wenn nicht, wüsste er von ihrer Anwesenheit und bliebe trotzdem versteckt, würde das die Sache verkomplizieren.

Laut Walsh waren die meisten Leute, die sich jetzt noch im Hotel befanden, die persönlichen Bediensteten und Sicherheitsbeamten der Staatsoberhäupter.

»Wir haben hier draußen zweihundertsechzehn Spezialkräfte. In verschiedene Teams unterteilt. Vier Teams mit je sechs Mann sind in dreißig-Minuten-Intervallen in die Wüste aufgebrochen. Eine andere Gruppe doktert an Fahrzeugen und Flugzeugen herum. Himmel, ich würde meine Leute auf einem verdammten Esel hier rausholen, wenn ich nur einen auftreiben könnte.«

»Würden Ihre Leute Raazaq erkennen?«, fragte Kane.

Walsh runzelte die Stirn. »Ich habe während der letzten Jahre ein Dutzend grobkörniger Fotos von ihm gesehen, aber ich glaube, ich würde ihn nicht erkennen. Es könnte jeder da drin sein.«

»AJ und ich kennen ihn. Wir gehen durch den Vordereingang rein. AJ erledigt ihn. Sie ist unsere absolute Trumpfkarte. Scharfschützin erster Klasse.«

»Tatsächlich?« Walsh sah sie prüfend an.

Kane griff nach ein paar Sandwiches, die einer von Grahams Leuten in der Zwischenzeit gebracht hatte, reichte AJ geistesabwesend eines und biss in sein eigenes. »Wir müssen lediglich den Kontakt herstellen. In der Zwischenzeit möchte ich, dass alle über die Gefahrensituation informiert werden. Dann bringen wir sie aus dem Hotel raus und -«

»Da rein?« Ian unterbrach ihn und zeigte mit dem Arm auf die Wüste, die so gnadenlos töten konnte. »Bist du verrückt, Mann? Ich werde Ihre Majestät jedenfalls nicht durch die verdammte Libysche Wüste zerren. Kann man sich das vorstellen? Ich kann sie nicht hier lassen, und rausbringen kann ich sie auch nicht. Kein verdammtes Ding bewegt sich noch. Zwei von den Herrschaften sind schon tot, weil ihre Herzschrittmacher den Dienst versagt haben.«

Kane schluckte sein trockenes Sandwich hinunter und spülte mit zwei Schluck Wasser nach. »Wie sieht es mit dem Hotelpersonal aus?«

»Werden im Untergeschoss festgehalten, die Ärmsten. Verflucht heiß da unten.«

»Der Sicherheitschef des Hotels kooperiert jedenfalls voll und verhindert, so gut er kann, jede Panik.«

»Wo können wir uns später treffen?«, fragte Kane die beiden Männer.

»Ich werde dich schon finden.«

»Okay.« Wer wusste schon, wo sie beide später sein würden.

Sie trennten sich - die Männer verschwanden in Zweier-Teams zwischen den Bäumen.

Raazaq konnte mit einem Freikauf ein Vermögen verdienen. Ein paar von den Ländern würden zahlen. Aber keiner der Staaten - vor allem die USA nicht - würde hinnehmen, was der Bastard dann vorhatte, was immer es war.

»Irgendwer hat hier ein Vermögen reingesteckt«, stellte AJ fest. »Sieh dir das an.«

Sie liefen die palmengesäumte Auffahrt hinauf. Das Hotel war die exakte Replik der Pyramide. Blendender weißer Stein, Blattgold auf den Säulen und Kapitellen. Brunnen und üppige Gärten.

Vogelgezwitscher erfüllte die Luft, Wasserspiele plätscherten. Eine kleine Schafherde graste träge auf dem smaragdgrünen Rasen rund vor dem Hotel.

Nirgendwo war eine Menschenseele zu sehen.

»Das ist unheimlich.« AJ schaute sich um. »Erinnert mich an eine Folge aus *Twilight Zone.*«

»Solange du nicht die Titelmelodie singst. Da sind wir. Sieh zu, dass du durstig und erschöpft aussiehst.«

»Kein Problem. Dazu muss ich nicht einmal meine schauspielerischen Talente bemühen - Oh, zum Teufel ...« Vier Männer kamen aus den Bäumen auf sie zu und richteten ein interessantes Sortiment an Waffen auf sie.

$\mathcal{E}$s war ziemlich einfach, die guten von den bösen Jungs zu unterscheiden. Die bösen Jungs waren die mit den vielen Waffen.

Einer trug einen Anzug, sah heiß aus, verärgert und nicht im Mindesten erfreut, sie zu sehen. Die übrigen Männer sahen auch nicht glücklicher aus und trugen dunkle Hosen und zerknitterte weiße Hemden.

Alle bis auf einen hatten finstere Gesichter und dunkle Haut. Sie hätten alles sein können, von Arabern bis zu Italienern. Wo immer sie herkamen und wo immer sie hingehörten, sie hatten etwas an sich, das AJ nicht gefiel. Das war ihr genug. Sie und Kane würden kein Risiko eingehen.

Walsh und seine Männer hatten mit niemandem im Hotel irgendeine Kommunikationsmöglichkeit. Treffen beriefen sie mündlich ein. Per Buschtrommel, wie in den guten alten Zeiten. Und diese Kerle, wer immer sie waren, waren nicht von Kanes und ihrer Ankunft unterrichtet worden, geschweige denn von ihrer Identität, so viel war klar. Bis sie nicht alle Spieler in diesem kleinen Spiel kannten, würden sie die Karten dicht vor der Brust halten müssen.

»Ich mag es gar nicht, wenn du so schweigsam bist«, flüsterte Kane aus dem Mundwinkel. »Es heißt, dass du nachdenkst. Und das bedeutet im allgemeinen Schwierigkeiten.«

Sie lächelte, ignorierte ihn und ging auf die Männer zu, wobei sie die Hüften schwingen ließ und versuchte, Blickkontakt zu dem Kerl im Anzug aufzunehmen. Was schwierig war, weil er ihr nicht in die Augen schaute.

»Sie bleiben, wo Sie sind, bis wir Sie überprüft haben«, sagte er grimmig, den Blick auf ihren Busen gerichtet.

Leichter Akzent. Französisch. Was alles bedeuten konnte. AJ taxierte ihn. Klein und gedrungen, etwas zu dick, fleischige Lippen und kleine Augen. Sein Anzug musste ein Vermögen gekostet haben, er passte wie maßgeschneidert über den Bauch. Italienische Schuhe. Krawatte aus Frankreich. Kein Laufbursche.

»Uns überprüfen?« AJ riss die Augen weit auf. »Sind Sie verrückt? Wir haben hier draußen dreihundert Grad, und wir sind Hunderte von Meilen gelaufen!« Sie beugte sich vor und legte eine zierliche Hand auf den Anzugärmel. »Süßer, wenn ich nicht bald etwas zu trinken bekomme - vorzugsweise mit einer Menge Eis -, dann falle ich in Ohnmacht.«

»*Fünfzig* Meilen«, berichtigte Kane mit gequälter Stimme, was AJ in etwa zeigte, wie er das hier spielen wollte.

»Worum geht es?«, fragte Kane die Männer sachlich. Er wirkte dabei so aggressiv wie ein Bassett. Wie er es schaffte, sein ganzes Auftreten zu verändern, indem er den Körper verdrehte und die Stimme heller klingen ließ, musste AJ unbedingt noch herausfinden. Er machte den Eindruck, der Schwächling zu sein, den am Strand immer alle mit Sand bewarfen.

Einer von den Männern wedelte mit der Waffe und bedeutete ihnen, dass man sie durchsuchen würde. Ein anderer spähte die Auffahrt hinunter. »Wie sind Sie hergekommen?« Europäischer Akzent. Wusste, wie man mit der Ruger umging, die er im Arm hatte. Tote Augen. Boshafter Mund. Aus den Flecken auf seinem Hemd zu schließen, schwitzte er schon eine Weile vor sich hin.

»Unser Wagen hatte eine Panne«, sagte Kane lakonisch. »Wir sind den ganzen Weg zu Fuß gelaufen, und ich sage Ihnen, das ist ein heißer, mühsamer Spaziergang. Können wir uns hier ausruhen? Ich sage Ihnen, das war ein langer Weg und wir sind völlig erschöpft.«

AJ behielt argwöhnisch einen unterernährten, rothaarigen Burschen im Auge, der hinter ihnen herumschlich. Kane ließ sich nicht anmerken, dass irgendetwas nicht stimmte. Genau genommen wirkte er ziemlich daneben und hatte glasige Augen, nachdem man an seinem Blick kurz zuvor noch einen Bleistift hatte spitzen können. Verdammt, war er gut.

Der dürre Rothaarige, mit einem schmerzhaft aussehenden Sonnenbrand, ließ von hinten die Hände über AJs Oberkörper gleiten, und zwar mit weit mehr Enthusiasmus, als erforderlich war. »Pass auf deine Hände auf!« Sie wirbelte herum und stieß ihn dabei »aus Versehen« den Ellbogen gegen die Nase.

Er rieb seine Nase und schenkte ihr einen leidenden Blick. »Ich such Sie nur nach Waffen ab, Madam.« Dem Akzent nach Mittlerer Westen. Höchstens neunzehn. Er war einer von denen, die immer falsch lagen, wenn sie Zahlenreihen vervollständigen mussten.

Er würde an ihr keine Waffe finden. Und an Kane auch nicht. Zumindest keine, die er als solche erkannt hätte. »Und du denkst, du findest in meinem BH welche?« AJ drehte sich um und schaute den Mann im Anzug durchdringend an. »Sehen Sie, ich habe nicht die geringste Ahnung, was hier vor sich geht. Aber wir sind völlig fertig, hungrig, durstig, überhitzt, und was mich angeht, ich hätte längst schon umfallen müssen. Also, falls es Ihnen nichts ausmacht, dann sparen wir uns den Zirkus, checken ein und besprechen das Ganze bei einem Drink.«

Der Anzug ging die breite Treppe hinunter. »Haben Sie eine Reservierung?«

»Natürlich. Muss im Wagen sein.« AJ starrte ihn an. »Haben Sie nicht gehört, was wir gerade gesagt haben? Wir sind *fünfzig* Meilen weit gelaufen. Wir wussten nicht einmal, dass dieser Ort überhaupt existiert. Wir haben eine Oase entdeckt und, sieh mal an, ein Pyramiden-Hotel. Woher sollten wir eine Re -«

»Beruhige dich, Liebes.« Kane tätschelte ihren Arm, als sei sie ein kleiner Terrier.

AJ zog den Arm weg. »Nein, ich beruhige mich nicht! Du
... du ... *Betrüger!* Du hast mir erzählt, dass dieses Foto-
Shooting in *allem* top sein würde. Make-up, Haare, Kleider.
Luxus-Unterbringung. Du. Hast. Mir. Nicht. Gesagt. Dass.
Ich. Laufen. Muss. Fünfzig verdammte Meilen! Das sage ich
meinem Agenten! Und meinem Rechtsanwalt! Und der ...
der Fotografen-Vereinigung sage ich es auch!«

»Jedermann in ganz Mesopotamien kann dich laut und
klar hören«, sagte Kane gepresst. »Sehen Sie«, sagte er zu
den Männern, die alle einen Schritt zurückgewichen waren,
als AJ zu ihrer hysterischen Ansprache angesetzt hatte, »sie
ist ein bisschen angespannt. Können wir aus dieser Hitze
raus und sie auf ein Zimmer bringen?«

»Angespannt? Du Trottel.« Sie wandte sich mit großen,
weit aufgerissenen Augen an den Anzugträger und spielte
für ein verzücktes Publikum. »Dieser Kerl hat uns da
rausgefahren. In dieses Niemandsland. Und jetzt will ich
die größte, schönste Suite am Ort«, sagte sie forsch und sah
einen großen dünnen Kerl an, der am Rande der Gruppe
stand, die ganze Zeit noch kein Wort gesagt hatte, AJ aber
anschaute, als sei sie seine letzte Mahlzeit. Sie schenkte ihm
ein süßes Lächeln und seufzte im Geiste, als der Mann
daraufhin fast die Treppe herunterfiel. Der Beinahe-Sturz
zwang ihn, den Mund wieder zuzumachen.

»Schicken Sie mir eine Flasche Champagner nach oben,
mein Lieber, bitte, ja?«

Sie wandte sich mit finsterem Gesicht an Kane. Ihr
Tonfall wurde schärfer. »Und *du* zahlst. Außerdem hast du
dich geweigert, meine Koffer mitzunehmen, also besorgst
du mir jetzt auch ein paar ordentliche Sachen.«

»Wo glaubst du, kann -«

»Tu es einfach.« AJ schob sich zwischen den Männern
durch und lief die breite, weiße Marmortreppe zu der offen
stehenden, sechs Meter hohen Flügeltür hinauf, Kane an
ihrer Seite. Die Tür war reich mit geschnitzten
Hieroglyphen bedeckt und dramatisch in Gold, Türkis und
Schwarz bemalt. Auf den Seiten wurde sie von zehn Meter

hohen Palmen in weißen Marmortrögen flankiert; die Tröge allein waren größer als AJ.

Drinnen war es kühler als draußen, aber nur marginal. Keine Klimaanlage bewegte die reglose Luft. Die drei Stockwerke hohe Lobby war exquisit ausgestattet, auch wenn die Farben gedämpft wirkten, da keine Lichter brannten. Doch durch die offene Tür strömte genug Sonnenlicht, um die türkis-schwarzen Teppiche zu illuminieren, die sich, wie es schien, meilenweit dahinzogen. Entlang der weißen Marmorwände standen in regelmäßigen Abständen an die zwölf Meter hohe, vergoldete und mit Edelsteinen besetzte Sarkophag-Repliken.

Bei der Ausstattung des Luxushotels schienen keine Kosten gescheut worden zu sein. Es war ganz offensichtlich für Präsidenten, Könige und Industriemagnaten erbaut worden.

Oder als Falle.

Sie durchquerten alle die gewaltige Eingangshalle und gingen auf die Rezeption zu. Es war keine Menschenseele zu sehen. »Wo sind die denn alle?«, fragte AJ, drehte sich langsam im Kreis herum und sah die Männer an, die ihnen ins Hotel gefolgt waren.

»Sie können nicht hier bleiben«, sagte der Anzugmann. »Das Hotel ist offiziell noch gar nicht eröffnet.«

»Oh, also gut«, sagte AJ süßlich. »Dann ziehen wie eben nach nebenan ins Holiday Inn.«

»Miss ...«

»Stehen schon Betten in den Zimmern?«, wollte AJ wissen.

»Ja -«

»Und die Duschen funktionieren alle?«

»Ja -«

»Und der Zimmerservice?«

Er sah sie verärgert an. »In einem gewissen Maße -«

»Dann hat das Hotel geöffnet, mein Lieber, und wir bleiben.«

»Wir haben hier eine Krisensituation, Madam.«

»Wir mit Sicherheit auch.« Sie zeigte mit wedelnden Händen auf ihre Aufmachung. »Und sie wird sich noch zuspitzen, wenn ich nicht innerhalb der nächsten zehn Sekunden ein Zimmer bekomme.«

Der Anzug seufzte und schien zu begreifen, dass dies der einfachste Weg war, sie aus der Lobby zu entfernen. »Die einzig verfügbaren Räume befinden sich im fünften Stock«, sagte er angewidert.

»Bringen Sie uns hin.«

»Der Aufzug ist nicht in Betrieb.«

Kane ächzte schicksalsergeben. »Das passt.«

Auf jedem Stockwerk waren an den Türen des Treppenhauses zwei Männer postiert. Keine der Türen ließ sich ohne Stromzufuhr versperren. Die Wachen schienen zu den jeweiligen Würdenträgern zu gehören. die das betreffende Stockwerk bewohnten. Kane wollte die Männer nicht zur Rede stellen. Sie machten nur ihren Job. Und waren vermutlich genauso verwirrt wie jeder andere im Hotel.

Sollte Walsh sich mit der Frage herumschlagen, wer sich wo befand. Er und AJ hatten Raazaq zu finden und zu neutralisieren.

Nach dem zwölfstündigen Marsch war AJ nicht mehr ganz so spritzig, als sie oben im fünften Stockwerk ankamen.

Er öffnete die Tür zu 506 und ließ AJ mit galanter Geste den Vortritt. »Entrez, Mademoiselle.«

Wanzen? fragte sie in Zeichensprache und sah sich um. Kane zuckte die Achseln und signalisierte: *Vermutlich nicht. Aber darauf wetten würde ich nicht.*

»Ich gehe duschen.« AJ wackelte mit den Augenbrauen. »Besorg mir ein paar Kleider und etwas zu essen.«

»Sicher, Euer Hoheit.« Er bedeutete ihr, dass er zuerst die Suite absuchen würde.

Sie signalisierte: *Soll ich dir helfen?*

Der große Raum war leicht zu überblicken, und Kane bezweifelte ernstlich, dass er verwanzt war. Er schüttelte den Kopf.

Nach kurzem Zögern ging sie ins Badezimmer. Ein paar Sekunden später hörte er das Wasser laufen. Kane ging an eines der drei Meter hohen Fenster, die die Rückseite des Hotels überblickten, wo sich ein Swimmingpool von olympischen Dimensionen befand, umgeben von leeren Liegestühlen und üppiger Vegetation.

Bewaffnete Männer patrouillierten in unregelmäßigen Intervallen das Areal.

Raazaq machte sich offenkundig keine Sorgen, dass irgendwer Schwierigkeiten machen könnte, anderenfalls hätten seine Männer Kane und AJ nicht ohne Eskorte nach oben gehen lassen. Der arrogante Bastard war sich seiner Sache zu sicher.

Es befanden sich über zweihundert ausgebildete Sicherheitskräfte im Hotel. Die Besten der Welt auf ihrem Spezialgebiet. Doch Raazaq hatte sie neutralisiert.

Wie Kane es vermutet hatte, war der Raum anscheinend nicht verwanzt. Kein Bedarf. Es war offensichtlich, dass Raazaq die Gäste effektiv in Angst und Schrecken versetzt hatte und sie in ihren Suiten gefangen hielt, wo sie nicht mitbekamen, was draußen vor sich ging.

Für die Zeit ihres Aufenthalts würden sie nirgendwohin gehen. Nachdem er den Fernseher entfernt hatte, zerrte und schob Kane den unglaublich schweren Louis-quatorze-Wandschrank vor die Tür - kein wirkliches Hemmnis, aber besser als nichts.

Als Nächstes durchwühlte er die Rucksäcke, die sie auf dem Couchtisch abgestellt hatten, und holte die nicht als solche zu erkennenden Bestandteile zweier Waffen heraus. Er baute sie rasch zu zwei Handfeuerwaffen von ordentlicher Größe zusammen und deponierte sie an einer schnell zu erreichenden Stelle.

Raazaq wartete auf irgendetwas. Worauf? Kane hatte keine Ahnung, aber solange alle auf ihren Suiten blieben, da war er einigermaßen sicher, blieb ihnen noch etwas Zeit, Erkundungen anzustellen.

Raazaq musste weiterhin glauben, dass er am Zug war. Inzwischen wussten die Terroristen, dass AJ im Hotel wohnte. Vielleicht ließ er sie zu sich rufen. Vielleicht.

Kane gefiel die Vorstellung, dass AJ sich mit Raazaq traf, überhaupt nicht, allein der Gedanke widerte ihn an.

Aber AJ war eine Einsatzkraft. Sie war hier, um in Raazaqs Nähe zu kommen. Doch jetzt, da Kane sie kannte - sich um sie *sorgte*, verdammt -, war die Vorstellung, sie könne in Gefahr geraten, unerträglich. Ein machtvoller Beschützerinstinkt überkam ihn. Er runzelte die Stirn, während er auf dem Weg ins Badezimmer seine stinkenden Kleider auszog.

Sie würden das klären müssen. Nach dem Einsatz.

Er ging nackt ins Badezimmer und sah an der Art, wie AJ dem Wasserstrahl aus dem goldenen Duschkopf auswich, während sie sich einseifte, dass das Wasser kalt war. Zu kalt. Er zog die Duschwand auf. Er würde sie schon aufwärmen.

Ihr Lächeln traf ihn mitten in den Magen.

»Damit musst du leben«, grollte er und durchquerte den kalten Vorhang aus Wasser, um zu ihr zu gelangen.

»Womit leben?« Sie sah auf und zwinkerte sich das Wasser aus den Wimpern.

»Brauchst du Hilfe?«

Ihre zart gebräunte Haut schimmerte nass, ihr feuriges Haar war dunkel und klebte wie gemalt auf ihren Schultern und ihrem Rücken. Sie streckte die Hand aus und zog ihn heran. »Ein bisschen warmes Wasser wäre mir lieber. Womit leben?«

Er fasste mit der anderen Hand nach ihr, schwang ihren Körper an sich. Ihre Haut war kalt und nass. »Lass uns sehen, ob ich dich das warme Wasser und die Fragen vergessen machen kann.«

Er senkte seinen Mund auf ihren. Sie schmeckte nach
Seife. Heiß. Überhaupt nicht kalt. Er fasste ihr Haar mit der
Hand zusammen, zog ihren Kopf zurück und küsste den
Bogen ihres Halses. Die Rundung zwischen Schulter und
Hals. Er nippte mit den Zähnen an ihrem Ohrläppchen, bis
sie stöhnte und sich wand, während seine Zunge ihr Ohr
liebkoste.

Er wollte sie verschlingen. Sie absorbieren. Ihr Körper
gehörte an seinen wie ein fehlendes Puzzleteil. Sie schlang
ein langes seidiges Bein um seine Hüften und rieb sich an
seiner schmerzhaft pochenden Erektion, während sie die
Arme um seinen Hals legte und den Aufruhr seiner
Leidenschaft mit ihrer eigenen beantwortete.

Lorelei. Venus auf der Muschel. Ein Tizian-Meisterwerk,
zum Leben erwacht. Kane grub die Hände in ihr nasses
Haar.

Ihr Fuß rieb ein erotisches Muster auf seine Hinterseite,
das ihn zum Wahnsinn trieb, während sie versuchte, ihn in
ihre nasse Hitze zu ziehen. Sie war entschlossen, und sie
hatte Kraft. Aber er hatte mehr. Mochte die Zeit, die ihnen
blieb, auch kurz sein, er wollte dem Liebesakt eine
Bedeutung geben. Er wollte sich ihr einbrennen. Sie für
sich allein beanspruchen und beansprucht werden. Zur
Hölle, er wollte seinen Besitzanspruch besiegelt haben.

Himmel, seit wann war er so mittelalterlich?

Ihre langen schlanken Finger gruben sich absichtsvoll in
sein Haar, er schändete sie mit seinem Mund und drückte
sie gegen die Wand.

»Gott«, sagte Kane, hob den Kopf, um nach Luft zu
schnappen und atmete ihren Duft. »Du fühlst dich
verdammt

... gut an.« Sein Mund fing wieder den ihren ein.
Verhungernd. Zur Hölle damit. Luft wurde weit
überschätzt.

Die Lippen immer noch auf ihren, fuhr er mit den
Händen durch ihr langes Haar, die nackte Kurve ihres

Halses entlang. Dort verweilte er, die Fingerspitzen auf ihren rasenden Puls gelegt - vor Leben sprühend.

Seines.

Er streifte die Hände über die weichen Rundungen ihrer Brüste, legte einen Arm um ihre Taille. Nasse Haut glitt auf nasser Haut. Sie wimmerte vor Verlangen, als er mit den Fingern fest in ihre Brustwarze kniff, während sein Mund sich hungrig an ihrem labte, bis sie beide keuchten und außer Atem waren.

Sie zog ihn mit starken Beinmuskeln fest an sich und ließ die Hände über seine Brust gleiten. Ein wenig Nageleinsatz, und er schoss fast aus der Haut. Sie biss auf seine Unterlippe und schob die Hand zwischen sie beide, um seine Eier zu umfassen.

AJ nahm ihn in die Hand. Das Haar an seiner Leiste war dunkel und widerspenstig, als ihre Hand es berührte. Er lag hart wie Marmor und riesengroß in ihrer Hand.

Kane lächelte. Ein seltenes, laszives Lächeln, das seine schmalen Wangen mit den Bartstoppeln einer Woche in Falten legte und seine Augen dunkel und gefährlich aussehen ließ. »Das kleine Ding da mag dich, Liebling«, schnurrte er mit glaubhaft texanischem Akzent. »Glaubst du, du kannst es aufnehmen?«

Sie verlagerte das Gewicht, brachte mit einem kleinen Sprung beide Beine um seine Hüften und verschränkte auf seinem Hintern die Knöchel. »Versuch's doch«, flüsterte sie, die Stimme vor Begehren belegt.

Er drückte sie gegen die Wand, schob die Hände unter ihr Hinterteil und glitt nach Hause. »Gefällt dir das?«

»Hm.« Sie hatte nie zuvor einen Liebhaber gehabt, der beim Sex redete. Es machte sie nur noch heißer, dass er wissen wollte, was ihr gefiel und was nicht, zumindest im Augenblick. »Fester.«

»So etwa?«

»Fester ... Mehr ... Ja. Ja. *Ja!*«

Er quetschte sie gegen die Wand, seine Brust fast so hart wie das Mosaik hinter ihrem Rücken. Sie war kurz davor, so kurz vor dem Abgrund ... sie war erhitzt, fiebrig, zittrig. Bis in die Haarwurzeln.

Seine Stöße waren tief und schnell, im Takt mit ihrem Herzschlag.

Schneller.

Schneller.

»Okay?«, fragte er mit tiefer, gepresster Stimme.

Sie machte die Augen zu, konzentrierte sich auf den langsamen unaufhaltsamen Aufstieg. »Ziemlich. Fabelhaft. Verdammt. Du?«

Er lachte, und sein Vergnügen erfasste auch sie, verband sich mit all den anderen Gefühlen zu einem überwältigenden Ganzen.

Er küsste sie wieder. Tief, fleischlich, ein Spiegelbild dessen, was ihre Körper taten. Ihre Muskeln spannten, ihr Rücken schmerzte, und sie schrie von Freude überwältigt seinen Namen heraus. Ihr Höhepunkt kam wie eine Supernova.

Als die Wellen nach ein paar Minuten schließlich abflachten, war sie erstaunt, sie beide noch aufrecht vorzufinden, während das Wasser sich noch weiter über sie ergoss. Kane war noch immer hart in ihr.

Er verwöhnte ihren Hals mit offenem Mund, und die Haut dort schien für seine Berührung noch empfänglicher zu sein als zuvor. Sie hätte am liebsten geschnurrt.

»Wie hat es Madam gefallen«, fragte er und nibbelte an ihrem Kinn.

»Zufriedenstellend«, sagte sie hochmütig, während sie mit den Wirbeln seines Brusthaars spielte. »Ein klein wenig Übung noch, und Madam wird das sehr gut -«

»Verdammt!« Kane packte AJ am Oberarm, löste sich von ihr, drehte sie um und warf sie heftig gegen die Rückwand der Dusche.

Nicht nur heftig, brutal.

Ihr Füße gerieten ins Rutschen und sie taumelte über den nassen Boden, während ihr Verstand sich den blitzschnellen Wechsel vom Geliebten zum Angreifer zu erklären suchte. Immer noch berauscht vom Sex, blinzelte sie in seine Richtung, während ihre Füße auf dem rutschigen Boden Halt suchten. »Du meine Güte, Kane. Was, zur Hölle, sollte -«

Die halb geschlossene Badezimmertür flog auf und prallte an die marmorne Wand. Einmal. Zweimal.

Diesmal brauchte AJ das Kreischen nicht zu spielen. Es brach unwillkürlich aus ihr heraus, als die vier Männer ins Badezimmer stürmten.

Sie versuchte, die Gestalten zwischen den Rinnsalen auf der Glaswand zu erkennen, sich aus ihrer Position, halb verdeckt hinter Kanes großem Körper, ein komplettes Bild zu machen. Der Schattenmann ganz vorne wankte, während er in Zeitlupe die Waffe erhob.

»Neiiiiiin -«

Die Glaswände der Duschkabine zerbarsten in einem Schauer aus Glas, Wasser und hellem roten Blut.

20

Zwei der Männer zerrten AJ den Gang hinunter. Die anderen beiden folgten dichtauf. AJ war splitterfasernackt und triefnass, trat um sich und schrie wie am Spieß.

Die Sache mit dem Nacktsein störte AJ nicht die Bohne. Die vier Gorillas, die sie den prachtvollen Gang entlang »eskortierten«, störten sie ebenso wenig. Wie hätte sie das auch kümmern sollen, wenn alles, was sie sah, immer und immer und *immer wieder,* Blut war.

Kanes Blut.

Sie machte die Augen zu und sah es schon wieder, wie ein grotesker roter Fächer wuchs es in die Luft. Und - oh, Gott - trotz ihres heftigen Widerstands spürte sie die heiße Eiseskälte des Bluts ihre Arme und ihre nackten Beine hinuntertriefen. Sie spürte es schmierig auf den Handflächen. Und zwischen den Zehen. Auf ihrer Haut.

Oh, Gott, *Kane.*

AJ versetzte sich im Geiste einen Schlag. Ihr war bewusst, dass sie unter Schock stand. Dass sie verängstigt war. Richtig verängstigt. Und wütend. Aber sie schaltete all das besser aus. Alles. *Jetzt.*

Es spielte keine Rolle, dass sie nackt war wie am Tag ihrer Geburt, mit einem bewaffneten Schurken auf jeder Seite und zweien hinter sich, die bis nach China in ihren Hintern sehen konnten, während sie strampelte und sich in der Umklammerung wand.

Klar denken, sagte sie sich entschlossen. *Du. Musst. Jetzt. Verdammt. Klar. Denken. Denk ruhig und vernünftig nach.*

Sich hysterisch aufzuführen war eine Sache, hysterisch zu *sein,* eine andere.

Was hätte Kane getan?

Seine Augen hätten sich nicht mit Zornestränen gefüllt, so viel war sicher. Er hätte sich längst einen Plan überlegt, wie er sie da rausholte. Er hätte nicht zurückgedacht, er hätte nachgedacht. Schön. Sie würde denken. Sie würde planen. Dann würde sie die verdammten Bastarde umbringen und Kane finden.

Sie versuchte, sich das Gesicht an der nackten Schulter abzuwischen. Einer der Männer riss so heftig an ihr, dass sie sich beinahe selbst gebissen hätte. Sie kreischte wütend und trat in alle Richtungen. Erfolglos, mit nackten Füßen. Ganz zu schweigen davon, dass es sie aus dem Gleichgewicht brachte und sie gefallen wäre, hätten die Kerle sie nicht festgehalten.

Die Männer lachten, was sie aber nicht noch mehr aufbrachte, sondern wie eine Ohrfeige zur Ruhe brachte.

Der Gang war schlecht beleuchtet. Nur Notbeleuchtung. Es war brütend heiß, doch sie zitterte, nachdem sie den Widerstand aufgegeben hatte. Der einzige Effekt auf ihre Häscher war, dass sie fester zupackten - weil sie vermutlich mit einem plötzlichen Sprung rechneten.

Aber sie machte keinen Mucks. Nicht der richtige Zeitpunkt. Wenn der erst da war, musste es auch klappen. Möglicherweise würden die Kerle sie wirklich loslassen, und dann musste sie konzentriert sein und wissen, was sie zu tun hatte.

War Kane am Leben? Würde sie selbst noch lang genug leben, um es herauszufinden?

Wenn sie nicht zu dem Treffen mit Walsh erschienen, würde Walsh dann nach ihnen suchen? Rechtzeitig? Sie wagte nicht einmal, daran zu denken, dass die Einsatztruppe auftauchte und sie rettete. Wenn sie nur daran dachte, brachte die Ironie sie schon zum Lachen.

Sie war die Einsatztruppe.

Falls Kane nicht tot war - bitte, lieber Gott, Kane durfte nicht tot sein -, dann war er zumindest ernsthaft verwundet. Walsh und seine Leute waren draußen. Verstärkung würde nicht kommen. Nicht jetzt, jedenfalls.

AJ suchte den Gang im Vorbeigehen nach möglichen Verstecken, Ausgängen und irgendetwas ab, das sich als Waffe benutzen ließ.

Auf einem halbrunden Tisch stand eine riesige Vase mit leicht verwelkten Blumen und Palmwedeln. Die Vase war aus Metall, über einen Meter hoch und vielleicht einen Zentner schwer.

Wenn sie nicht einen der Männer dazu bekam, sich reglos direkt darunter zu stellen, würde sie ihr kaum etwas nutzen. Ein diskret an der Wand platzierter Feuerlöscher war entfernt worden. Aber der hochbeinige Aschenbecher sah recht solide aus ...

Sie überquerten ein Stück nackten Marmorboden, den Vorplatz des Lifts. Zwei Sessel, ein Sarkophag, noch mehr schwere Vasen, noch mehr verwelkte Blumen. Ihre nackten Füße stießen wieder auf Teppich. Sie waren, weiß der Teufel wohin, ans andere Ende des Gebäudes unterwegs. Wer wohnte sonst noch auf diesem Gang? Nur sie beide und Raazaqs Leute?

Obwohl sie absichtlich Radau geschlagen und wie eine Verrückte gekreischt und geschlagen hatte, hatte niemand den Kopf zur Tür herausgestreckt, um zu sehen, was los war.

So viel zum Thema Einsatztruppe.

Zur Hölle mit ihrer Wissbegierde.

Sie war auf sich selbst gestellt.

Am Ende des endlos langen Gangs angekommen, stießen die Gorillas die Doppeltür zu einer opulent eingerichteten Suite auf und schoben sie hinein.

Fazur Raazaq.

Keine Überraschung.

Ihre Häscher zerrten sie mit starkem Griff über den kühn gemusterten Teppich und stellten sie vor ihren Boss, der wie ein Sultan auf einem der Ledersofas lagerte. Es befanden sich fünf weitere Männer im Raum, inklusive des rothaarigen Burschen, die sie allesamt anstarrten, als hätten sie noch nie eine nackte, blutverschmierte Frau gesehen, was in der Summe neun von *denen* machte.

Raazaq mitgerechnet, stand es also zehn gegen eins.

Nicht leicht, aber machbar, dachte AJ, deren Verstand förmlich raste. Sie hatte im Training eine vergleichbare Übung mit fünfzehn Kerlen absolviert. Neun hatte sie gekillt, bevor sie gekillt worden war. Und das hier würde sie sehr viel ernster nehmen.

Die Männer trugen, was der Modehit des Tages zu sein schien: schwarze Hosen, weiße Hemden, Schweiß und eine Ruger in einem braunen Schulterhalfter.

AJ war *reichlich* underdressed.

Sie reckte das Kinn, sah Raazaq mit zusammengezogenen Augen an und ignorierte seine Männer. »Hallo, Fazur«, sagte sie kalt. »Was für eine Überraschung. Aber ich glaube wirklich nicht, dass wir einander schon so gut kennen, dass ich mich hier nackt vor Sie hinstellen sollte.«

Sie tat nichts, um sich zu bedecken. Es war sinnlos. Sie hatten alle längst alles gesehen, was es zu sehen gab. Nicht, dass sie nicht mehr hingesehen hätten. Den Feind nackt in einen Raum zu zerren, war ein ziemlich effektives Mittel, um ihn zu verwirren. Sie mussten es ins T-FLAC-Handbuch aufnehmen.

Sie stand entspannt da, die Hände an den Seiten. AJ machte es wie der Kaiser aus dem Märchen und bildete sich ein, sie sei voll bekleidet - und bewaffnet. Sie brauchte all ihre Einbildungskraft.

Zwar rührte sich keiner der Männer - ihr Boss war schließlich da -, aber sechs der neun sahen sie an, als sei sie das letzte Steak auf einem verhungernden Planeten. Der Gedanke jagte ihr einen angewiderten Schauder über den Rücken.

Sie hätte nicht verletzlicher sein können, sogar wenn sie es versucht hätte. Der rothaarige Bursche, der sie vorhin abgetastet hatte, hockte mit einer Arschbacke auf Raazaqs

Sofalehne. Rotgesichtig, aber unfähig, den Blick von AJs Busen zu lösen, stellte er sich hinter das Sofa. Als er sah, wie sie ihn ansah, errötete er noch tiefer. AJ machte sich nicht die Mühe, Blickkontakt mit den anderen Männern zu suchen, aber sie behielt sie im Augenwinkel.

Das Wohnzimmer der Suite maß um die zweihundert Quadratmeter und war mit schönen Möbelstücken und authentisch wirkendem Schnickschnack angefüllt. Hinter einer Gruppe aus drei weißen Ledersofas und mehreren Beistelltischen stand ein Esstisch aus Teakholz mit mindestens zwölf Plätzen. Dahinter erhob sich die Fensterfront, die die Vorderseite des Hotels überblickte.

Es gab Dutzende von Gegenständen, die sie als Waffe benutzen konnte, falls sie die Gelegenheit bekam. Doch die Waffen, die Raazaqs Männer trugen, interessierten sie weit mehr.

Raazaq schnippte zweimal mit den Fingern, um ihre Aufmerksamkeit zu erregen. Als AJ den Blick auf ihn richtete, hatte er beide Arme über die Sofalehne gebreitet und betrachtete sie mit schwarzen, undurchdringlichen Augen. Er trug, trotz der erdrückenden Hitze im Raum, einen schwarzen Anzug mit weißem Hemd und eine Krawatte der alten Schule.

Er war der einzige Mann im Raum, der nicht schwitzte.

»Was machen Sie hier, Miss Cooper?« Raazaqs Tonfall war hart und unnachgiebig. Er versuchte noch nicht einmal, sie zu becircen.

»Warum fragen Sie das nicht Ihre Gorillas? *Die* haben mich doch hierher gezerrt«, geiferte sie. »Wie können Sie es wagen, mir diese Neandertaler aufs Zimmer zu schicken? Sie haben Kane *umgebracht*! Wussten Sie das? Sie haben ihn kaltblütig umgebracht.« *Angst in Wut. Angst in Wut.* »Sie haben ihn direkt vor meinen Augen erschossen! Und um dem Ganzen die Krone aufzusetzen, haben sie mich *verschleppt*!« Ihre Stimme wurde lauter. »Wie *können* Sie es wagen!«

Raazaq erhob sich aus der entspannten Position auf dem Sofa und nickte den beiden Männern zu, die AJ festhielten. Sie ließen sie auf der Stelle los. Sie wich keinen Schritt zurück, bei Gott, sie hätte es gern getan. Sie schaute dem Unhold unverwandt ins Auge, während er den Couchtisch umrundete und vor ihr zum Stehen kam. Der beißend süßliche Geruch seines Eau de Toilette ließ ihre Augen brennen. Und das leere Glitzern seiner Augen ließ ihr die Knie weich werden. Es bedurfte all ihrer Kraft, stillzustehen und sich nicht zu bedecken.

»Ich wiederhole«, sagte Raazaq tonlos, »was machen Sie und Ihr Boss hier, Miss Cooper?«

AJ rieb sich die Oberarme, wo sich die Finger der Kerle ins Fleisch gegraben hatten, und schenkte Raazaq einen kalten, hochmütigen Blick. »Ich weigere mich, eine Unterhaltung mit Ihnen zu führen, solange ich hier unbekleidet herumstehen muss.«

»Ich wiederhole -«

»Und *ich* wiederhole -«

Raazaq schlug ihr mit dem Handrücken ins Gesicht. AJ japste unwillkürlich, als ihr Kopf zur Seite flog. Ein Schmerz durchzuckte ihren Kopf und vor ihren Augen tanzten Sterne. Sie hatte Glück, dass er nicht die Faust benutzt hatte. Die Hand an die stechende Wange gelegt, geriet AJ unter der Wucht des Schlages ins Stolpern.

Hurensohn.

Der Zorn überrollte sie, und AJ stand einen Herzschlag davor, dem kleinen Bastard einen Kopfstoß zu versetzen und ihn dann windelweich zu prügeln. *Bleib bei deiner Rolle, jetzt die Beherrschung zu verlieren, könnte bedeuten, den Krieg zu verlieren.* Verdammt, wenn Kane noch am Leben war, musste sie alles tun, um zu ihm zu kommen.

Aber erst musste sie den Job erledigen, um dessentwillen man sie nach Ägypten abkommandiert hatte.

Sie hob den Kopf und berührte die heiße Wange. »Haben Sie irgendeine Vorstellung, wie viel dieses Gesicht wert ist?«

»Beantworten Sie die Frage.«

»Wir hatten eine Panne mit dem Auto«, erklärte sie und hielt Blickkontakt. »Wir mussten laufen.«

»Sind Sie mir hierher gefolgt?«

AJ verdrehte die Augen und lachte spöttisch. »Mein Gott, sind Sie eingebildet! Wir haben doch nur zusammen zu Abend gegessen, Fazur. Ich riskiere doch nicht mein Leben, um einen Mann zu sehen. Das habe ich gar nicht nötig. Die Männer durchqueren die glühende Wüste für *mich*, Süßer. Nicht andersherum. Also vergessen Sie das und besorgen Sie mir etwas zum Anziehen.«

Seine schwarzen Augen wanderten langsam ihren Körper hinunter. Die feinen Haare in AJs Nacken prickelten, und ihr Herz pochte langsam und schwer, als könne jeder Schlag der letzte sein.

»Ist irgendwas hiervon Ihr Blut?«, fragte er mit kalter Stimme. Er stand unangenehm nah vor ihr. AJ konnte die Wärme seines Körpers spüren und seinen Atem riechen. Sen-Sen-Pastillen, um den Tabakgeruch zu überdecken. Seine dunklen Augen glänzten fast schon fiebrig.

AJ dachte an die kleinen Mädchen, die Raazaq letzten Monat getötet hatte. Seine Terrorakte hatten in all den Jahren die Leben von hunderten und tausenden von Menschen zerstört. Und jetzt plante der Hurensohn etwas noch Größeres, noch Schrecklicheres.

Diesmal nicht. Sie war hier, um ihn zu stoppen, und sie würde ihn stoppen. Ihn umzubringen würde ihr ein Vergnügen sein.

»Nein, wie ich Ihnen gerade erklärt habe, ist es Kanes«, sagte sie kühl. »Ihre Männer haben ihn erschossen, wissen Sie noch? Mein Gott, als ich diesen Auftrag angenommen habe, wusste ich, dass er mich in einen etwas gewalttätigeren Teil der Welt führt. Aber ich hätte nie gedacht, dass ich Zeugin eines Mordes würde.«

Sie studierte ihn eingehend und bemerkte eine kleine Pockennarbe, genau zwischen den dicken schwarzen Brauen. Ein guter Zielpunkt, stellte sie fest.

»Ja, sie haben ihn erschossen. Möchten Sie wissen, warum?«

»Ich schätze, weil Sie es ihnen befohlen haben.«

»Das habe ich. Glauben Sie wirklich, dass der Mann für den Sie gearbeitet haben, Fotograf war?«

»Natürlich ist er das. Ich stehe schon seit Wochen vor seiner Kamera. Seine Bilder erscheinen ständig in irgendwelchen Magazinen. Sicher haben sogar Sie schon welche gesehen. Ich kann nicht glauben, dass Sie ihn haben umbringen lassen.« Sie zwinkerte und hoffte, wie unter Schock zu wirken. In Wirklichkeit kämpfte sie gegen die aufsteigenden Tränen. »Was glauben Sie denn, was er ist?«

»Undercover-Einsatz.«

»Undercover? ... Sie meinen, so was wie ein Spion?« Sie verdrehte die Augen. »Oh, bitte, Sie brauchen nur einen*National Geographic* aufzuschlagen, dann wissen Sie es. Mein Gott, Sie sind paranoid, oder? Wollen Sie die neuesten Nachrichten hören, Romeo? Ich melde das den örtlichen Behörden, sobald ich kann, und dann sperren die Sie ins Gefängnis, wo Sie hingehören.«

Er lachte leichthin. Es war ein charmantes Lachen. Für einen Psychopathen. »Meine liebe Miss Cooper, ich *bin* die örtliche Behörde. Und in weniger als vier Stunden regiere ich die Welt. Ich stecke mich selber dahin, wo ich hingehöre.«

Ein Psychopath mit einer Mission. »Wa-was soll das heißen?«

»Wissen Sie, wer sich gegenwärtig hier im Hotel befindet?«

Abgesehen von meinem Präsidenten und der Königin von England?

»Wer?«

Raazaq ratterte eine furchteinflößend lange Liste herunter. »Sie sind zu einem geheimen Friedensgipfel hierher gekommen.« Er zuckte die Achseln. »Oder glauben das zumindest. Im Moment halte ich ihr Schicksal in meinen Händen.« Er verschränkte die langfingrigen Hände und lächelte.

Sein Lächeln ließ AJ das Mark in den Knochen gefrieren. »Psychopath« beschrieb diesen Kerl nicht einmal annähernd.

Sie zwang sich zu einem kurzen Lachen. »Wenn Sie die Welt regieren, könnten Sie mir dann ein Handtuch auftreiben?«

Sie wünschte, er wäre wenigstens einen Schritt zurückgewichen. Er stand mitten in ihrer Intimsphäre. Nackt zur Schau gestellt zu werden, fing langsam an, an ihren Nerven zu zehren. »Es sei denn, Sie haben vor, den Präsidenten und die Queen hier gleichfalls nackt vorführen zu lassen? Irgendwie kann ich mir Ihre Majestät so nicht vorstellen.«

Raazaq studierte sie mit zusammengezogenen Augen. Er war offenkundig verflucht stolz auf seinen Plan und wollte sie angemessen beeindruckt sehen. »Mein Hotel ist spektakulär genug, Präsidenten und Könige zu beherbergen, nicht wahr? Sie haben die Einladung allesamt hocherfreut angenommen. Meine spektakuläre Pyramide zu sehen zu bekommen und gleichzeitig den Weltfrieden zu schaffen. Diese Idioten.« Er lachte verschlagen. »Ich bin ein Meister des Marionettenspiels. Ich manipuliere die Menschen mit einem Fingerschnipsen. Haben Sie sich nicht gefragt, warum Ihr Wagen nicht mehr funktioniert hat?«

Sie zuckte die Achseln. »Das ist mir egal.«

»Ah, aber das sollte es nicht. Weil es nur ein kleines Beispiel für meine Möglichkeiten ist.« Raazaq lächelte wieder dieses nichts sagende Lächeln. »Ich habe die Region mit Niedrigenergie-Stößen beschicken lassen, die alles zum Stillstand gebracht haben, auf Knopfdruck.«

Als sie nicht mit ehrfürchtiger Scheu reagierte, seufzte er: »Wir sind jetzt auf einem Stand wie vor Hunderten von

Jahren. Und nur ich kann die moderne Welt zurückholen. Ich habe Elektroingenieure, Wissenschaftler und Technologie-Spezialisten in meiner Gewalt. Ich habe ihnen befohlen, ein Gerät mit durchschlagender Wirkung zu konstruieren. Einer hat gesagt, das ließe sich nicht machen. Ich habe ihm die Zunge herausschneiden lassen und sie ihm in großen Stücken gefüttert, bis er daran erstickt ist.« Raazaq legte eine lange Pause ein, um verächtlich zu schnauben.

»Die anderen haben daraufhin gewissenhaft an dem Gerät gearbeitet. Ich verfüge jetzt über die Möglichkeit, alles, was elektrisch betrieben wird, abzuschalten; alles, was bewegliche Teile hat. Und genau das habe ich Sonntagnacht um präzise zwei Uhr achtzehn getan.«

»Sie wollen also die Welt regieren, indem sie mit Ihren kleinen Gefrierstrahlen die Zeit anhalten? Wie bezaubernd von Ihnen.« Sie legte den Kopf schief und tappte mit den nackten Zehen ungeduldig auf den Teppich. »Ein neues Spielzeug. Hat Ihnen jemals jemand nahe gelegt, sich einen Therapeuten zu suchen? Sagen Sie ehrlich, warum sollte irgendwer Autos am Fahren hindern wollen? *Laufen* Sie gerne durch die Wüste? Ich möchte mich jetzt waschen und mir etwas anziehen. Dann gehe ich zur Polizei. Ich bin amerikanische Staatsbürgerin. Sie können mich hier nicht festhalten.«

Er runzelte die Stirn. Leicht. Sie zuckte nur ein klein wenig. Der eitle Hurensohn hatte sich Botox spritzen lassen.

»Wollen Sie nicht wissen, warum ich derartige Macht haben wollte?«, fragte er arrogant.

»Wenn ich ja sage, komme ich dann, verdammt nochmal, hier raus?« *Zur Hölle, ja, ich will es wissen. Prahl drauflos. Erzähl es mir, damit ich eine Strategie entwickeln kann, dich aufzuhalten.* »Ich bin sicher, Sie brennen darauf, es mir zu sagen.«

»Ist Ihnen eigentlich klar, dass Russland Ihren armseligen Vereinigten Staaten um Jahre voraus ist, was

Chemiewaffen betrifft? Nein, ich sehe, das ist es nicht. Die Rüstungskontrollabkommen sind nichts als ein Witz. Fünfundzwanzig Jahre lang haben dreißigtausend Wissenschaftler, Techniker und Ingenieure - die Spitzenkräfte der damaligen Sowjetunion und des Ostblocks - daran gearbeitet, ganz neue Arten von chemischen und biologischen Reagenzien zu entwickeln. Stoffe, die ganz anders und deutlich raffinierter wirken, als reine Nervengifte.«

»Wenn Sie das sagen ... Schwer zu glauben, dass ein Land, dessen Bevölkerung kaum Arbeit oder genug zu essen hat, Zeit und Geld darauf verschwendet, derartige Chemikalien zu erfinden.«

»Die an den Höchstbietenden verkauft werden. Diese Art von Geld muss einen langen Weg gehen, irgendwelchen Hunger zu lindern. Ich konnte nicht zulassen, dass fünfundzwanzig Jahre an exzellenter Forschungsarbeit umsonst gewesen sein sollten.« Er lächelte, und AJ bemerkte, dass der Pulsschlag an seiner Kehle sich beschleunigte.

Er wurde zunehmend aufgeregter. Auch achtloser?

»Meine Leute haben letzte Woche eine Lieferung in den Irak abgefangen, die ein paar der innovativsten, kreativsten chemischen Stoffe enthielt. Es war ganz einfach. Und leicht zu transportieren.« Er summte vergnügt. Genau wie AJ, wenn sie sich ein ganz besonderes Stück Schokolade auf der Zunge zergehen ließ.

»So ein winziges Ding«, murmelte er befriedigt. »Mit einer so riesigen Wirkung.«

»W -« AJ musste feststellen, dass ihr Mund knochentrocken war und sie erst die Zunge anfeuchten musste. Aber ihre Spucke war wie weggetrocknet. Sie hatten genau das vermutet, sicher. Aber diesen Wahnsinnigen zu *sehen* und zu *hören*, wie er darüber sprach, etwas freizusetzen, das -

»Und was haben Sie damit vor? Den Präsidenten zu töten und alle anderen dazu, wird Ihnen keine politische

Macht verschaffen. Jedes Land, das hier vertreten ist, hat Stellvertreter, die sofort die Nachfolge antreten werden. Ehrlich gesagt, würde es mich überraschen, wenn der Vizepräsident nicht bereits das Ruder übernommen und Leute hergeschickt hätte, die Ihnen ordentlich in den Hintern treten.«

»Oh, die sind schon unterwegs«, sagte er unbesorgt. »Damit habe ich gerechnet und freue mich schon darauf. Aber bis die Truppen hier sind, habe ich meine Arbeit längst erledigt und genieße weit, weit weg von hier meinen Gewinn.«

Was bedeutete, dass dieses seltsame Gerät irgendwo ganz in der Nähe sein musste. Aber Raazaq würde hier nicht *zu Fuß* rausgehen. »Sie haben also all diese Staaten mit dem Leben ihrer jeweiligen Anführer um Geld erpresst? Sie brauchen wirklich eine Therapie.«

»Aber nein, meine liebe Miss Cooper. Ich habe ihnen für eine sehr hohe Summe das Gegenmittel angeboten. Aber es spielt keine Rolle, wann die Hilfe kommt. Die Hälfte der Infizierten wird ohnehin sterben. Ein Viertel der Leute wird derartige körperliche und geistige Schäden davontragen, dass sie wünschen werden, sie wären gestorben, und das verbleibende Viertel wird gesund und munter nach Hause fahren. Natürlich ohne zu wissen, dass sie Überträger sind. Sie werden den Wirkstoff auf immer über ihre Körperflüssigkeiten weitergeben.«

AJ fühlte das Blut aus ihrem Kopf weichen. »Ist das Mittel bereits freigesetzt?« Sie realisierte, dass sie sich wie ein T-FLAC-Agent anhörte, nicht wie ein Fotomodell. »Ich meine, ich bin doch nicht irgendwie in Gefahr, oder?«

Er lächelte. Ein beschwingtes offenes Lächeln, das AJ die Galle hochkommen ließ. »Möglicherweise ja, möglicherweise nein. Vielleicht genieße ich ja den Augenblick und verlängere mein Vergnügen? Das Gute kommt zu dem, der warten kann, heißt es immer. Fragen Sie sich jetzt, welcher Gruppe sie wohl angehören? Sie jetzt schon zu töten, würde die Überraschung verderben, nicht wahr? Nein, ich denke, Sie werden einfach abwarten müssen, wie die Lotterie für Sie ausgeht. Genau wie alle anderen auch.« Er begutachtete sie von oben bis unten. »Oder ich sorge für Ihre Sicherheit, meine Liebe.«

»Zu welchem Preis?«, fragte AJ kalt. »Nein, danke.«

Seine nichts sagenden schwarzen Augen zogen sich zusammen, und er hob ihr Kinn mit der offenen Handfläche an. »Wer sind Sie, Miss Cooper?«

»Für wen halten Sie mich?« Sie machte ein finsteres Gesicht und versuchte, seiner Hand zu entkommen. Er packte ihr Kinn und hielt es fest. »Ich bin AJ Cooper, amerikanische Staatsbürgerin, und Sie machen mir eine Heidenangst. Hören Sie auf.«

»Arbeiten Sie für die amerikanische Regierung, Miss Cooper?« Seine Hand schloss sich um ihr Kinn, und sie hörte ihr Kiefergelenk knacken.

»Nein«, sagte sie gepresst und spürte Panik aufsteigen. »Absolut nicht.«

Er ließ die Hand sinken, aber AJ fühlte noch jeden einzelnen Finger auf ihrer Haut. Er kehrte zurück an seinen Platz auf dem Sofa und setzte sich. »Bring sie ins Badezimmer, Halil«, instruierte er den rothaarigen Burschen, der immer noch so rot wie eine Mohrrübe war, was AJ wieder daran erinnerte, dass sie völlig nackt vor all diesen Männern stand.

Ihr war, trotz der tropischen Temperaturen im Raum, plötzlich so kalt, dass sie zu zittern anfing. »Ich brauche keine Begleitung. Und ich bestehe darauf, das amerikanische Konsulat anrufen zu dürfen.«

AJ hatte im Geiste die Distanz zu jedem der Männer ausgemessen und die Chancen abgewogen, einen von ihnen niederschlagen und seine Waffe aus dem Halfter ziehen zu können. Und sie abzufeuern, bevor einer der anderen sie daran hinderte.

Die Chancen standen nicht gut.

Raazaq wandte ein wenig den Kopf, als der rotköpfige Halil um das Sofa herumkam und sie am Arm packte. »Geh mit ihr, Umit«, sagte er zu einem der anderen Männer, »besorg Miss Cooper bei unseren weiblichen Gästen im ersten Stock ein paar passende Sachen.«

Er durchquerte den Raum und sah zum Fenster hinaus. »Duman, Husad, ihr geht nachsehen, ob Mister Wright wirklich tot ist, und berichtet mir dann ... an dem anderen Treffpunkt. Du, du und du, ihr bleibt hier. Lasst sie nicht aus der Suite hinaus, es sei denn, ich schicke nach ihr.«

»Ja, Kadir.« Es fehlte nicht viel, und die beiden Männer, die nach Kane sehen sollten, hätten sich noch verbeugt, während sie rückwärts den Raum verließen.

»Sie verlassen uns?«, fragte AJ, deren Gedanken rasten.

Raazaq schlenderte an ihr vorbei und zog einen Fingernagel schmerzhaft über ihre Brustwarze. Die kleine Grausamkeit war sinnlos und so typisch für diesen Mann. AJ biss sich auf die Zunge und starrte ihn eiskalt an.

»Ich werde jemanden schicken, der Sie abholt, meine Liebe. Ich denke, Sie haben einen Platz in der ersten Reihe verdient.« Er wandte sich an Halil, der wartend dastand. »Sieh zu, dass sie sich wäscht. Und pass gut auf sie auf. Falls ihr Boss nicht tot ist, benutzen wir sie als Köder und räuchern ihn aus.«

Er folgte seinen beiden Handlangern zur Suite hinaus.

»Madam?« Der Junge wies in Richtung des Schlafzimmers.

»Und wie heißt du wirklich«, fragte AJ den jungen Mann, während sie ihm in das geräumige Badezimmer folgte. Sie mussten durch ein Schlafzimmer und einen kurzen Gang mit Spiegelschränken, um ins Badezimmer zu gelangen, was ihren flatterigen Nerven ein wenig Zeit zur Erholung gab.

Das hier war der einzige Zugang. Sie hätte schon ein magersüchtiger Zwerg sein müssen, um durch das einzige Fenster im Raum zu passen.

Zur Hölle, war das unbequem.

Ein kurzer Blick in den Spiegel zeigte ihr eine Frau mit bleichem Gesicht, wilder, halbnasser Mähne, erschöpften

Augen und einem nackten, großzügig mit Blut
verschmiertem Körper.

Erstaunlicherweise war es nicht so viel Blut, wie sie
angenommen hatte. AJ griff nach einem großen, weichen
Handtuch und wickelte es sich um. Dann zog sie einen
Waschlappen aus dem von einem Band umschlungenen
Stapel auf dem hübschen blattvergoldeten Tablett und
drehte den goldenen Warmwasserhahn auf. Das gesamte
Badezimmer war verspiegelt.

Sie schaute über die Spiegelwand auf der
Waschbeckenseite nach dem Jungen, während sie den
Waschlappen anfeuchtete.

»Mein Name ist Halil.« Er lehnte die knochige Schulter
gegen den Rahmen der geschlossenen Tür und zog eine gro
ße, sehr, *sehr* hübsche Ruger aus einem Unterarmhalfter.
Er hielt die Waffe locker in der rechten Hand.

Er würde auf sie schießen, wenn sie nur einen Mucks
machte, dachte AJ, aber er würde es bereuen.

Natürlich, bei dieser Distanz und dieser Feuerkraft
würde sie sehr tot sein, egal wie schüchtern er war.

»Deine Mutter hat dich doch nicht Halil getauft. Was
soll das überhaupt sein? Ein ägyptischer Name?« AJ
drückte sich das glühend heiße Tuch ins Gesicht.

»Ein türkischer. Halil heißt ›lieber Freund‹«, sagte der
Junge stolz.

»Kadir hat mir den Namen gegeben.«

»Wer ist Kadir?«

»*Sie* nennen ihn Fazur Raazaq.«

»Was hat das zu bedeuten? Warum nennst du ihn so?«

»Es ist türkisch und sein Taufname. Es heißt ›kräftig,
mächtig‹, was er ja auch ist.« Aus dem Blick des Jungen
leuchtete Heldenverehrung.

»Und er nennt dich also ›lieber Freund‹, hm?«, sagte AJ
beiläufig. Türkisch? Hatten sie Fazur Raazaq all die Jahre
irrtümlich in Ägypten gesucht und besser woanders
nachgesehen? Kein Wunder, dass niemand je sein Versteck

gefunden hatte. Verdammt. Sie musste Ka - »Sind deine Eltern noch am Leben?«

AJ zog das Handtuch in der Mitte auseinander und wischte sich den Oberkörper. Sie rieb sich einen ganz besonders schlimmen Fleck vom Bauchnabel und war ganz krank, Kanes Blut an Stellen sehen zu müssen, die er gerade noch liebkost und geküsst hatte.

»Für mich sind sie tot. Ich glaube an Kadirs Sache. *Inschallah*, wir werden die Ungläubigen zermalmen.«

»Mh, hm.« Sie warf dem großen schlaksigen Jungen einen Blick zu. Er hätte besser seine Freundin auf einen Burger eingeladen und hinterher ins Kino, anstatt hier zu sein, inmitten einer weltumspannenden Krise von gigantischem Ausmaß. »Gott will nicht, dass du tötest, Bobby.«

»Ich heiße nicht Bobby.«

Großartig. Übergeh den Teil mit dem Töten einfach. »Dann Ricky.«

»Brian«, sagte er mit einem kleinen schiefen Lächeln. Oh, Gott, er war so jung. »Aber ich bin jetzt Halil.«

Vom Baseball und vom Mittleren Westen Amerikas zur Mitgliedschaft in einer der gefürchtetsten Terrororganisationen der Welt war es ein langer Weg. AJ versuchte, daran zu denken, dass sie wegen größerer Probleme hier war, als einen jungen Burschen zu retten und nach Hause zu Mama zu bringen.

»Könntest du nachsehen, ob sie schon irgendwelche Kleider aufgetrieben haben?« Sie hatte genug davon, nackt herumzulaufen. *Verdammt* genug. Sie hatte ein paar Dinge zu finden und einen Mann zu töten. Sie zog es vor, das voll bekleidet zu tun. *Und, tut mit Leid, Junge, aber ich muss deine hübsche große Kanone haben.*

»Entschuldigung, Madam. Aber ich habe Befehl, bei Ihnen zu bleiben.«

»Aber ich muss auf die Toilette«, protestierte AJ und sah überzeugend entsetzt und mädchenhaft aus.

Er wurde noch röter. »Ich mache die Augen zu«, bot er an.

»Aber du kannst mich hören.«

»Nein, Madam.« Er drehte sich zu der unverspiegelten Tür um. »Ich bleibe einfach so stehen und summe vor mich hin. Reicht Ihnen das?«

AJ seufzte. Dass er im Raum blieb, ihr den Rücken zudrehte und konzentriert summte, war sehr gentlemanlike und AJ nur recht. »Okay, aber nicht gucken. Versprich es mir.«

»Nein, Madam. Ja, Madam. Sie können jetzt.« Er fing zu summen an. Laut.

Wirklich, es war fast zu einfach, ihn k.o. zu schlagen. AJ schlich über den kalten Boden und hob beide Arme. Sie schlug ihm in den Nacken. Perfekt wie aus dem Lehrbuch. Halil/Brian fiel wie ein Stein zu Boden. »Tut mir Leid, Junge. Ein Mädchen muss tun, was ein Mädchen eben tun muss.«

Es war nicht ganz so leicht, ihn herumzurollen und zu entkleiden, aber unter Einsatz einiger Muskelkraft gelang es ihr, ihm Schuhe, Hosen und Hemd auszuziehen. Sie ließ ihn in der Unterwäsche auf dem Boden liegen und fesselte ihm mit seinen eigenen Socken Arme und Beine. Sie nahm einen der Waschlappen, zog das hübsche Schleifenband vom Stapel und knebelte ihn.

Ihr Herz pochte nicht vor Angst, sondern vor Vorfreude. Sie zog sich schnell an. Der Junge und sie waren etwa gleich groß. Hose und Hemd passten. Die halbhohen Stiefel waren ohne Socken ein wenig groß, aber mit festgezurrten Schnürsenkeln ging es.

Jetzt nichts wie raus hier. Durch den Gang und das Schlafzimmer. Und dann Raazaqs Männer verarzten. Eine Kleinigkeit.

21

*V*on seiner Position hoch oben auf dem Wandschrank sah Kane sie die Suite betreten.

Er war dazu bereit, sich auf sie zu stürzen. Im wahrsten Sinne des Wortes.

Er erkannte sie wieder. Die Waffen gezogen, die Mienen finster. Sie gingen ins Badezimmer, wo sie vermutlich nach seiner Leiche sehen sollten.

Das Leben war voller Enttäuschungen.

Er hatte gerade die Suite verlassen wollen, als er sie auf dem Gang entdeckt hatte. Weil er so viel Blut verloren und nicht genug Zeit hatte, um seine Wunden zu versorgen, war er von der Vorstellung, es mit bloßen Händen mit ihnen aufzunehmen, nicht gerade begeistert. Aber Schüsse im Flur würden die anderen alarmieren.

Ihm blieb keine Wahl. Er glitt zurück nach drinnen und stieg auf das größte und höchste Möbelstück. Was zufällig ausgerechnet jener Schrank war, den die Kerle zuvor zur Seite geschoben hatten.

Er hatte die Waffe in der linken Hand. Beidhändig zu sein, war jetzt ein Vorteil, da sie seinen rechten Oberarm erwischt hatten, als sie auf ihn geschossen hatten. Die Kugel hatte ganze Arbeit geleistet, Muskelmasse aus seinem Oberarm gerissen, einen Fetzen Fleisch aus seinem Rücken und von unterhalb der Achsel. Es schmerzte wie die Hölle. Er hatte sich angezogen und sich ein bisschen um die Wunden gekümmert, dann war ihm die Zeit davongelaufen.

Es blutete immer noch ziemlich, tränkte sein frisches wei ßes Hemd und behinderte die rechte Hand.

Er würde sich später darum kümmern.

Als sie unter ihm vorbeigingen, spannte er die Muskeln zum Sprung, wobei er die linke Hand, die mit der Waffe, auf die Wunde presste, damit das Blut nicht auf den weißen Teppich tropfte und ihn verriet. Zeit, nach unten zu fliegen und ein bisschen für Gerechtigkeit zu sorgen.

Er machte sich bereit, als einer unten zu flüstern anfing. Sie sprachen Türkisch.

Nun, denn.

Sie unterhielten sich über AJs Brüste. Was sie unendlich verzückt hätte, da war Kane sicher. Die gute Nachricht: AJ war am Leben. Die schlechte Nachricht: Sie war bei Raazaq. Was eigentlich ein gute Nachricht hätte sein müssen. Zur Hölle.

Die Kerle liefen ins Badezimmer. Kane konnte sie die blutbespritzte Duschkabine inspizieren sehen, während unter ihren Füßen das Glas knirschte.

Das Badezimmer war nicht allzu groß - innerhalb von Sekunden kamen sie wieder herausgeschossen, als stünden ihre Ärsche in Flammen, und rannten kreuz und quer durch das geräumige Wohnzimmer. Sie saßen zutiefst in der Scheiße, weil sie ihn vorhin einfach so hatten liegen lassen. Kadir, wer auch immer dieser *Kadir* war, würde sie in kleine Stücke rei ßen und sie sich von seiner Großmutter in einer Kasserolle servieren lassen.

Na, Dickerchen, dachte er leidenschaftslos, als er den Typen auf der linken Seite mit einer Kugel in den Kopf erledigte und ihm so den Kochtopf ersparte. Zur Hölle. Er saß hier oben, weil er eine lautstarke Kommt-und-holt-mich-Konfrontation hatte vermeiden wollen. Das Blut aus seinen unzähligen Wunden ließ den Griff der Waffe glitschig werden. Er bewegte sich ein Stück zu Seite, um den Kerl auf der anderen Seite abzuknallen. Die Waffe entglitt seinen blutbedeckten Fingern, als sei sie geölt, und segelte im hohen Bogen durch den Raum.

Den Bruchteil einer Sekunde später sprang er vom Wandschrank. Das Zielobjekt schaute sich immer noch verwirrt um, als Kane schon aus dem Himmel stürzte und ihm den Tag verdarb.

Die Wucht des Sturzes aus doch einiger Höhe riss sie beide auf den blutbefleckten Teppich. Aus der Waffe des Kerls löste sich ein Schuss, als sie ihm aufgrund des heftigen Schlags aus den Händen glitt.

Kane legte dem Mann von hinten seinen Arm um den Hals und verdrehte ihn. Der Mann brüllte. Die Muskeln in seinem breiten Nacken schienen aus Gummi zu sein, aber Kane arbeitete daran. Der Kerl bockte, Kane blieb dran und drosch eine Serie von Hakenschlägen an seinen Kopf, wobei er gleichzeitig die Beine um den Oberkörper des Kerls schlang und ihn ritt wie die Bullen seines Bruders.

Raazaqs Handlanger war groß, schnell und durchtrainiert. Aber Kane war größer, schneller, mit Wut und Adrenalin voll gepumpt und fühlte sich mittlerweile wie Superman auf Speed.

Er vergaß allen Schmerz, hakte den rechten Ellenbogen um den Hals des Mannes und blieb so dicht an ihm, dass der andere sich seinem Griff nicht entwinden konnte. Dann legte er beide Hände an den Hals seines Gegners, benutzte den Körper des Kerls als Gegengewicht und stieß mit der linken Hand die Handkante der nutzlosen Rechten nach oben.

Der Mann ächzte und wand sich wie ein Alligator in einem Sack.

Kane drückte die Handgelenke kräftig gegen die Kehle des Kerls. Der Mann gurgelte, buckelte und mühte sich freizukommen. Kane kontrollierte ihn mit den Beinen, die fest um seinen Rücken lagen und mit den Handgelenken an seiner Kehle. Der Kerl lag noch nicht im richtigen Winkel, um ihm das Genick zu brechen, aber Kane arbeitete daran.

Er zog mit der linken Hand den Kopf nach hinten, dann trieb er ihm die rechte Hand gegen die Kehle.

Der Mann würgte. Aber er starb nicht. In einem wüsten Kraftakt kam er wie ein sich aufbäumender Wal auf die Beine und nahm Kane mit sich.

Sie kämpften beide stolpernd um ihr Gleichgewicht, umkreisten einander, täuschten. Kanes Waffe lag unter dem Sofa auf der anderen Seite des Raums. Die des Dicken lag dicht bei der Leiche seines Partners, drei Meter entfernt.

Kane hatte nichts gegen einen kleinen Faustkampf, wenn er die Zeit dazu hatte. Aber im Augenblick musste es schnell gehen. »Los, du hässlicher Bastard«, provozierte er den Kerl auf Türkisch. »Nun mach schon. Ich habe noch was zu erledigen und eine Lady zu finden.«

Der Kerl setzte zu einem Kinnhaken an. Kane sah den Schlag kommen, nahm die Fäuste nach oben und folgte der Bewegung des Gegners mit einem linken Haken in dessen Gesicht, dann mit einem rechten. Der Kerl röhrte, das Gesicht rot. Den Kopf gesenkt, versuchte er einen ziemlich dummen Kopfstoß.

Kane nutzte seinen Schwung aus, um ihn hinten am Kopf zu packen, dann riss er schnell und mit aller Wucht das Knie nach oben und hörte die Nase des Mannes brechen. Er gab sein Opfer frei und ließ den Mann zu Boden fallen.

Seine eigenen Schmerzen hatten sich noch nicht wieder gemeldet. Adrenalin war ein fabelhaftes Schmerzmittel, aber er bandagierte besser seine Wunden, bevor er noch verblutete. Und dann musste er AJ retten.

Er hörte langsamen Applaus, schoss herum und sah sie am Türstock lehnen. »Sehr schön«, sagte sie, kam ins Zimmer geschlendert und stieg über Schurke Nummer eins. »Dreckig, aber ordentlich gemacht. Du musst mir diesen Reite ihn-Cowboy!-Trick irgendwann beibringen.«

Ihre Stimme war gleichmäßig, aber Kane sah den schnellen Pulsschlag an ihrer Kehle und die spezielle Art von Glitzern in ihren Augen. Sie trug Raazaqs Uniform - schwarze Hose, weißes Hemd - und irgendjemandes Schnürstiefel. Interessant.

Sie hob die Hand, als wolle sie nach ihm greifen, ließ sie nach einem winzigem Zögern aber wieder sinken und steckte sie in die Hosentasche.

Er fasste sie nicht an. Er wollte zu viel. »Alles in Ordnung?«

»Ich bin nicht die mit einem Loch im Körper.« Ihr Lächeln hatte ein wenig Schlagseite. »Du blutest auf den Teppich.«

Er suchte sie schnell mit den Augen ab, um sicherzugehen, dass sie in einem Stück war.

»Hatte Raazaq dich?«

»Nicht im biblischen Sinne, so viel ist schon mal sicher. Sie haben mich zu ihm gebracht, aber er hat die Suite verlassen, um unten irgendetwas für das Treffen mit den Gästen vorzubereiten. Es ist mir gelungen, den Burschen k.o. zu schlagen, den sie ins Badezimmer mitgeschickt haben und mir das hier zu besorgen.« Sie zupfte an Hosen und Hemd.

Kane zog eine Augenbraue hoch. »Er hat dich mit einem einzigen Typen alleine gelassen?«

»Nein, sie waren zu viert. Ich habe sie erledigt.«

»Aber Raazaq nicht.«

Sie fuhr hoch. »Nein«, sagte sie dann tonlos. »Raazaq habe ich nicht erledigt. Schon wieder nicht.«

»Das sollte keine Kritik sein.« Kane stieg über Schurke Nummer zwei und hob dessen Ruger auf. AJ machte den Mund auf, um etwas zu sagen, aber er hob die Hand. »Lass uns ins Treppenhaus gehen, bevor du mir alles erzählst. Sammle noch ihre restlichen Waffen ein, bevor wir gehen.«

Sie nickte, lief durch das Zimmer und suchte die Waffen zusammen, dann packte sie noch ihren Rucksack.« Nimm dir das Hemd von dem da.« Sie zeigte auf einen der Kerle. »Er riecht nicht ganz so furchtbar wie der andere. Bleib hier, ich bin gleich zurück.« Sie verschwand ins Schlafzimmer und kehrte mit einem Kissenbezug zurück. Sie nahm den Bezug zwischen die Zähne und riss mit

Händen und Zähnen daran. Offenkundig, um ihn in Verbandsstreifen zu rei ßen.

»Lass uns gehen.« Sie griff zu ihrer eigenen Waffe, die immer noch neben der Badezimmertür lag, wo Kane sie deponiert hatte. Dann schulterte sie den Rucksack, prüfte die anderen Waffen, steckte sie in den Hosenbund und durchquerte den Raum, um zum Fenster hinauszusehen. »Oh, verdammt, verdammt, verdammt. Sie gehen.«

Er konnte es sich in etwa vorstellen und fragte nicht, wer und wohin. Noch nicht. Nicht, bis sie hier raus waren.

Als sie zu ihm kam, war ihre Atmung normal und ihr Puls wieder gleichmäßig. »Fertig. Ich kümmere mich um deinen Arm, sobald wir in Sicherheit sind. Binde die Blutung ab, damit du keine Spur ziehst.«

»Ja, Madam«, sagte er ironisch. Sie hatte einen kühlen Kopf bewahrt, aber er hatte eine kurze Sekunde lang dieses entsetzte Flackern in ihren Augen gesehen, als sie all das Blut an ihm gesehen hatte. Sein Respekt vor ihrem Mumm wuchs ein weiteres Stück. Er selber war auch nicht gerade erpicht, Blut zu sehen.

Aber es hätte ihm noch weit weniger gefallen, wäre es AJs Blut gewesen. Er trat behutsam zur Tür hinaus. Der breite, nur schwach erleuchtete Korridor war leer. Im Moment.

Kane bedeutete AJ, hinter ihm zu bleiben. Sie hatten bis zum Treppenhaus den zweihundert Meter langen Gang hinter sich zu bringen. Zweihundert Meter mit nichts als schmalen Türrahmen, in denen sie Schutz suchen konnten, falls Raazaq und seine Wachen zurückkehrten.

Sie rasten auf das Treppenhaus zu, als sei der Teufel hinter ihnen her. »Lauf. Lauf. Lauf.«

Sie stießen die Tür auf und rasten drei Treppen hinunter, bevor Kane sie in einen Türrahmen zog, der von oben nicht einzusehen war. »Gib her.«

»Zieh das Hemd aus«, instruierte sie ihn knapp, während sie den Kissenbezug in weitere Streifen riss und im Reden gekonnt seinen Arm verband. »Laut eines

Geständnisses auf dem Sterbebett befindet sich der chemische Wirkstoff in einer schwarzen Aktentasche aus Leder. Das ist die einzige Information, die ich habe«, klärte sie Kane auf.

»Mein Gott, Kane, du läufst aus wie ein Sieb. Verdammt. Hier, halt das fest. Fester. Ja, genau so.«

Sie riss mit den Zähnen den nächsten Streifen ab, knüpfte ihn an das Ende des Stofffetzens in seiner Hand und schob die Arme um ihn, um seinen Oberkörper zu verbinden. Ihr immer noch feuchtes Haar roch nach Seife, als ihr Kopf seine Brust streifte.

»Was auch immer er vorhat«, sagte sie und kaute mit den Zähnen auf der Unterlippe, während sie die Wunde unter seinem Arm inspizierte, »passiert genau jetzt. Er wird alle zwingen, sich in der Pyramide zu versammeln. Er hat angedroht, Sprengsätze zu zünden und das Hotel in die Luft zu jagen, wenn es nicht innerhalb einer Stunde evakuiert ist.«

»Das gleiche Sterbebett-Geständnis?«

»Stammt von einem anderen Kerl. Ich lasse meine Informationen immer von mindestens einer Quelle bestätigen.« Sie grinste, dann lehnte sie sich nach hinten und begutachtete ihr Werk.

»Ja«, sagte sie trocken. »Das tut es fürs Erste, bis sie dich zur Notoperation einliefern. Der Vorhof des Hotels wimmelt schon von Leuten.«

»Die Sonne steht im Zenit, und sämtliche Uhren sind defekt. Das Zeitlimit ist also, gelinde gesagt, ziemlich boshaft«, sagte Kane grimmig.

»Niemand wird so dumm sein, in einen derart beengten Bau zu gehen.« Aber sie saßen in der Zwickmühle. »Sie werden das Hotel verlassen und zusehen, dass sie, für den Fall, dass er seine Drohung wahr macht, so weit wie möglich davon wegkommen«, spekulierte er. »Aber sie gehen ganz bestimmt nicht in diese Pyramide. Das wird nicht passieren.« Die andere Alternative war, dass Raazaq die Bio-Chemikalie draußen über die so praktisch versammelte Menge versprühte. »Dispersion aus dem Flugzeug?«

»Ja. Er hat das Zeug aus der russischen Ladung. Und das ist schlimm, Kane, wirklich schlimm.«

»Hat er gesagt, um was es sich handelt? Irgendeinen Hinweis? Verdammt, ich wünschte, wir hätten Kontakt zur Außenwelt. Inzwischen müssten sie wissen, was genau er hat und das Gegenmittel auf den Weg geschickt haben.«

AJ rieb sich zitternd die Oberarme. »Wenn er das durchzieht, wird er unbeschadet bleiben. Sie - verdammt, *wir* - werden entweder sterben, das Zeug übertragen oder mit weiß Gott was für welchen schrecklichen Symptomen geschlagen sein.« Sie stemmte sich von der Wand ab. »Komm, wir müssen diese Aktentasche finden.«

»Ich finde die Aktentasche«, sagte Kane zornig. »Du neutralisierst Raazaq.«

Raazaqs Plan war einfach. Er versammelte nur alle auf der Rasenfläche vor dem Hotel, wo sie von oben ungeschützt waren. Es war ganz früh am Nachmittag, und die heiße strahlende Sonne brannte unerbittlich aus dem wolkenlosen Himmel. Bewaffnete Soldaten hatten systematisch das Hotel durchkämmt und mit vorgehaltener Waffe jeden nach drau ßen gezwungen. Die, die sich geweigert hatten, waren auf der Stelle erschossen worden.

Jetzt, wo alle draußen waren, schien Raazaq keine Eile damit zu haben, sie die paar hundert Meter zur Pyramide zu scheuchen.

Was entweder bedeutete, dass er so arrogant war zu glauben, ihm bliebe genug Zeit, bevor die Truppen eintrafen, oder dass er plante, die Chemikalie direkt vor dem Hotel über die Menschen zu versprühen.

Und alle wussten es.

Das runde Areal war groß genug für alle, und es blieb noch ein fünfzig Meter breiter Grasstreifen frei, auf dem Raazaqs Männer patrouillierten. Ein paar hundert schwer bewaffnete Männer umkreisten die Menge und scheuten die Ausreißer wie Vieh zurück in den Pferch. Die Spannung, die in der Luft lag, ließ sich förmlich greifen. Jedes Mal, wenn eine Gruppe sich zur Seite unter die Bäume bewegen wollte - ein zweifelhafter Schutz, aber besser als nichts - trieben Raazaqs Elitesöldner sie auf den Platz zurück.

Mehr als zwei Dutzend Männer und Frauen, Sicherheitsbeamte, lagen tot auf dem Boden. Bei dem Versuch erschossen, eine der Wachen niederzuschlagen oder ihren Schützlingen die Flucht zu ermöglichen.

Die unbewaffneten Sicherheitsleute standen in kleinen Kreisen um ihre Auftraggeber herum, obwohl jeder wusste, wie nutzlos die Geste war.

Kane hatte Walsh aufgespürt und ihn auf den neuesten Stand gebracht. Walsh hatte bessere Neuigkeiten; einer seiner Männer war aus der Wüste zurückgekehrt und hatte berichtet, dass ein Bataillon von Männern noch ungefähr zehn Kilometer entfernt stand. Die Entfernung abzuschätzen war müßig, aber alles war besser als Cincinnati.

Der Rest von Walshs Männern war in Richtung der Truppen aufgebrochen, um sie über die Lage zu informieren.

Nachdem sie ein paar Minuten konferiert hatten, war Walsh wieder zwischen den Bäumen verschwunden, und Kane hatte sich nach Raazaq umgeschaut, von dem aber nichts zu sehen war. Aber er entdeckte AJ in Nähe der Menge. Sie hatte irgendwo eine Baseballkappe aufgetrieben und das Haar darunter geschoben. Sie streifte zusammen mit Raazaqs Leuten auf dem Grasstreifen um die wogende, schweigende Menge herum. Solange sie das Gesicht gesenkt hielt und keinen Blickkontakt suchte, ging sie als einer von denen durch. Solange ein Mann nicht jeden Zentimeter ihres prachtvollen Körpers kannte.

Von seinem strategischen Ausgangspunkt auf dem Treppenabsatz versuchte Kane, den Präsidenten und die First Lady auszumachen. Egal, wie es um seine Gefühle für AJ bestellt war, er musste sie den Job alleine erledigen lassen. Jeden ihrer Schritte zu beobachten, war kontraproduktiv.

Er suchte mit den Augen die Menge ab. Der Präsident und seine Familie waren den Blicken zwar genauso preisgegeben wie jeder andere in der Menge, aber die Sicherheitsbeamten hatten exzellente Arbeit geleistet und ihre Schützlinge gut getarnt. Falls Raazaq einen gezielten Schlag plante, würde er sich schwer tun, ein individuelles Ziel auszumachen. Es war unmöglich festzustellen, wer eine große Nummer und wer ein Leibwächter war.

Die weiße Marmorpyramide erhob sich über die Baumwipfel und glänzte milchweiß im Sonnenlicht. Der Befehl, das Hotel zu verlassen und sich in dem Bau dort drüben zu versammeln, war eindeutig eine Finte gewesen.

Raazaq wollte die Leute genau hier haben. Draußen. Auf freiem Gelände. Unter der sengenden Sonne. Schwitzend. Schweiß war ein exzellenter Leiter, der die Substanz rapide durch die Haut beförderte.

Kane erstarrte. »Mein Gott, die Pyramide!«

Er lief die Treppe hinunter und machte sich auf den Weg zum Rasenkreis, der die Menge umgab. Jetzt zu rennen, hätte eine Panik verursacht. Aber, Himmel, er musste rennen.

Er schloss am seitlichen Teil des Runds, nahe der Baumreihen, zu AJ auf und packte sie am Oberarm. »Komm mit.«

Sie schaute ihn mit großen Augen fassungslos an, während sie sich seinem Schritttempo anpasste. »Was ist passiert?«

»Nicht. Noch nicht.«

»Wohin gehen wir da -«

»Raazaq ist in der Pyramide. Das ist der einzige Ort, wo er und seine wichtigsten Leute vor dem Virus in Sicherheit sind. Sie kommen schließlich genauso wenig hier weg wie wir.«

Sie schlugen sich mit gezogenen Waffen auf das bewaldete Areal zwischen dem Hotel und der Pyramide.

»Warum wollte er dann, dass alle da reingehen?« AJ checkte die Magazine der beiden Rugers, während sie im Laufschritt unterwegs waren. Kane wusste, dass sie sie schon mehrere Male überprüft hatte. Aber jetzt war Showtime. Sie wollte nicht riskieren, dass irgendetwas schief lief.

Sobald sie nichts mehr von der Menge sehen konnten, fingen sie zu laufen an. Ein von Gras gesäumter Pfad wand sich zwischen den dicht stehenden, Schatten spendenden Bäumen eine leichte Anhöhe hinauf. Im Schatten war es ein wenig kühler, aber nur unwesentlich.

»Der Hurensohn *will* sie gar nicht in der Pyramide haben«, erklärte Kane und ließ auch beim Laufen ihre Hand nicht los. »Er wusste, dass niemand diesen Befehl befolgen würde. Er hat sogar darauf gezählt. Er will sie draußen im Freien haben. Schwitzend. Ungeschützt.«

Sie stehen da draußen wie die Lämmer auf der Schlachtbank - oh, Gott, Kane.« Ihr Schritt wurde zögerlich, aber Kane zerrte sie mit sich, hielt sie in Bewegung. »Wir müssen zurück. Wir müssen sie warnen -«

»Walsh arbeitet daran, falls sie es inzwischen nicht schon selbst ahnen. Wir haben unseren Job, er hat seinen.«

Sie rannten die weite Strecke schweigend weiter, bis sie schließlich im Schatten der Pyramide angekommen waren. Der Pfad wurde ein wenig breiter und führte sie jetzt abwärts. Zu einer niedrigen, schmalen Türöffnung, über die Gestrüpp und langes Gras hingen.

AJ sah auf. Die Pyramide war riesenhaft, mindestens fünf Stockwerke hoch. Die zwanzig Tonnen schweren weißen Steinblöcke waren glatt und fest miteinander verbunden. Sie erhoben sich in direkter Linie zum Himmel, in leuchtendem Cremeweiß auf Blau.

Die Pyramide selbst war ein Kunstwerk, unbezahlbar, nicht nur ihres Alters wegen, ein Zeugnis menschlichen Schaffensdrangs. Sie stand seit über zweitausend Jahren hier. Oder? Konnte es sein, dass sie Teil des teuflischen Plans war?

Wie auch immer, AJ fragte sich, ob sie den heutigen Tag überleben würde.

Sie umfasste ihre Waffe mit beiden Händen und trat durch die Türöffnung.

Die Temperatur sank schlagartig um zehn Grad. Von draußen fiel genug Licht herein, um ihnen den Weg nach unten zu zeigen. Ein Treppengang aus rau behauenen Stufen führte in einem Winkel von circa fünfundzwanzig Grad abwärts. Die Decke war annähernd zehn Meter hoch und neigte sich ebenfalls nach unten. Schweigend liefen sie die Stufen hinunter, die Füße fast lautlos auf dem harten Stein. Ein Handlauf aus Metall und ein paar kleine versenkte Lichter wiesen ihnen den Weg nach unten und verschwanden schließlich wie in einem Schwarzen Loch.

Es wurde immer dunkler, je weiter sie das Sonnenlicht und die frische Luft hinter sich ließen, bis sie am Fuß der Treppe schließlich in einer kleinen Kammer standen. Diskret platzierte Scheinwerfer illuminierten unversehrte, mit Hieroglyphen bedeckte Wände. Ganz offenkundig gab es hier einen Stromgenerator oder irgendeine andere Energiequelle. Etwas, das im Gegensatz zu dem, was sich draußen befand, keinen Schaden genommen hatte.

Die Kammer roch ein wenig muffig, aber da war noch der stechende Geruch von Schweiß und die beißende Süße von Raazaqs Eau de Toilette.

Er ist hier, signalisierte AJ. Sie deutete auf die aufsteigenden Treppe am anderen Ende der Kammer.

Kane nickte und zeigt auf ihre Stiefel. Sie machten die Schnürsenkel auf und zogen sie aus. Zu diesem Zeitpunkt waren sie auf jedes Überraschungsmoment angewiesen. Barfuß waren sie leiser. AJ verstaute ihre Stiefel außer Sichtweite hinter einem beschilderten Schaukasten mit Körben und kleinen Flaschen. Sie gingen die Treppe hinauf, an dem riesigen Steinquader vorbei, dessen Markierung ihnen bedeutete, dass er zum Zeitpunkt der Entdeckung entfernt worden war, um die Treppe freizulegen.

AJs Herz raste, während sie barfuß die kühlen Stufen hinauftapste. Oben an der Treppe oder in der nächsten Kammer befand sich Fazur Raazaq. Sie würde ihre Arbeit tun und die Welt von diesem Monster befreien.

Als Kane sie hinten am Hemd packte, drehte sie sich hastig um. *Was?*, wollte sie mit hochgezogenen Augenbrauen wissen.

Du kehrst um, zeigte er in Zeichensprache, *bring die Leute in Sicherheit. Ich bringe das hier zu Ende.*

Sie erstarrte verwirrt, den Fuß schon auf der nächsten Stufe. Sie starrte ihn an. Er zeigte wieder: *Geh zurück. Ich erledige das.*

Er traute ihr den Job nicht zu.

Lieber Gott, die Erkenntnis traf sie wie ein Schlag. Versetzte ihrem Ego einen Schlag. Nach allem, was sie durchgemacht hatten ... allem, was sie geteilt hatten ... *Keine Chance, verdammt nochmal,* formte sie mit den Lippen, schüttelte seine Hand ab und rannte die Stufen hinauf.

Die Zeit lief ihnen davon. Sie konnte den Sand förmlich durch das Stundenglas rieseln hören. Und er wollte, dass sie umkehrte?

Sie spürte wieder seine Hand und schüttelte sie ärgerlich ab. Er packte sie am Arm, drehte sie herum, und sie stolperte ein paar Stufen nach unten und auf ihn zu.

Lass mich gehen, Blödmann, formte ihr Mund, und der Zorn toste wie ein Waldbrand durch ihre Adern. *Was, zur Hölle, soll das?* Sie schüttelte ihn an den Schultern. Der Treppenaufgang war kaum einen Meter breit, die Steinmauern zu beiden Seiten dunkel vor Feuchtigkeit. Raazaqs Geruch umhüllte sie.

Sie standen Auge in Auge.

AJ packte ihn wieder an den Schultern, doch diesmal umfasste er mit beiden Händen ihr Gesicht.

Und küsste sie.

Der Akt erschütterte sie derart, sie hätte vor schierem Staunen fast aufgeschrien. Was, zur Hölle, dachte er sich eigentlich? Der Kuss war vorüber, bevor er noch richtig begonnen hatte. Wütend und verzweifelt über den schlecht getimten Kuss, stemmte sie die Hände an seine Brust.

»Wa -«

Vorsicht!, sagte er lautlos und strich mit dem Finger über ihre Wange. Seine Hände waren warm. Ihre Haut kalt. AJ hielt einen halben Herzschlag lang inne, dann nickte sie und lief die Stufen hinauf. Hinter sich hörte sie leise Kanes leichten barfüßigen Schritt.

Sie betraten leise den großen Raum am Ende der Treppe. Die Kammer der Königin, darauf hätte AJ wetten können. Sie war großzügig mit gemeißelten Hieroglyphen ausgeschmückt und in strahlenden Farben bemalt, auf denen goldene Akzente blitzten. Ein goldener Sarkophag stand am anderen Ende Raums. Das Licht hier war weich und fast schon verträumt. Künstliche Palmen voller Datteln reichten hinauf bis zur Decke aus Kalkstein.

AJ zeigte auf die drei Seitengänge und berührte ihre Nasenspitze. *Folge seinem Geruch.*

Kane nickte.

Der erste Gang roch nur ein wenig stickig. Der zweite war von uraltem Steinschlag blockiert und musste erst freigelegt werden. Der dritte Gang war der Richtige.

Raazaqs Eau de Toilette. Bingo.

Es kam AJ vor, als wären langsam, *unerträglich langsam* viele Stunden waren vergangen, seit sie und Kane die Pyramide betreten hatten.

Aber der Verstand sagte ihr, dass sie bis hierher weniger als zehn Minuten gebraucht hatten. Aber waren sie rechtzeitig gekommen, um diesen Wahnsinnigen aufzuhalten? Das war die Frage.

~ 22 ~

Oben an der Treppe befand sich eine Tür aus Metall. Titan, soweit sich das beurteilen ließ. Die matte Oberfläche schimmerte im Licht der kleinen, zu beiden Seiten ins Mauerwerk versenkten Lampen, die kaum zur Originalausstattung gehört haben dürften. Hier hatte jemand dramatisch umgebaut.

AJ hatte die Waffe geladen und gesichert und sah Kane mit hochgezogenen Augenbrauen an. Wie, zur Hölle, sollten sie unbemerkt da hineinkommen?

Er bedeutete ihr, ihm Deckung zu geben, ging in die Hocke und tastete mit den Fingern einen papierdünnen Riss ab. Einen Riss, der so fein war, dass aus dem Raum dahinter nicht die Andeutung von Licht drang. Er strich mit den Händen ganz um den Riss herum. Zweimal.

Kein Türgriff, kein Schlüsselloch. Kein Weg hinein. Außer AJs leisem Atem konnte Kane nicht das Geringste hören. Falls Raazaq in der Kammer des Königs war, dann waren der Raum, die Tür, die ganze verdammte Pyramide schallisoliert.

Verdammt. So nah und doch so fern. Um diese Tür zu öffnen, brauchte es nicht weniger als einen Nuklearschlag.

»Darf ich?«, formten AJs Lippen tonlos, während sie sich über ihn beugte. Sie pochte mit der Faust an die Tür.

Kane kam wieder hoch. Wenn sie sich besser fühlte, es mit Anklopfen wenigstens versucht ...

Die Tür öffnete sich langsam.

Zur Hölle aber auch.

Er warf ihr einen schnellen Blick zu. *Fertig?*

Ein Nicken. Funkelnde grüne Augen.

Die Waffen im Anschlag, betraten sie den Raum.

»Willkommen. Ich habe schon auf Sie gewartet«, tönte Raazaqs Stimme gedämpft aus dem weißen Schutzanzug.

Kane zählte sieben weitere Personen. Keiner schien sich wegen ihres Erscheinens besondere Sorgen zu machen. Allerdings wäre er mit so einem Hightech-Lasergewehr in der Hand wohl gleichfalls unbesorgt gewesen.

»Scheiße«, flüsterte AJ neben ihm.

Das traf es in etwa.

Strahlend weiße, keimfreie Wände, Chrom, Stahl, Computer und blinkende Monitore. Die Kammer des Königs war zu einem Labor umfunktioniert worden.

»Beeindruckend, nicht wahr?« Raazaq schickte ein paar von den Männern vor, um Kane und AJ die Waffen abzunehmen.

»Ja, das ist es«, sagte Kane trocken. An einer der Wände hingen, über einer ganzen Reihe von Fernsehschirmen, drei Digitaluhren und tickten den Countdown herunter. Eine der Uhren zeigte neun Minuten und zwei Sekunden. Die Zweite stand auf null. Die Dritte zeigte vier Minuten und achtzehn Sekunden. »Zu dumm, dass wir keine Zeit haben, Ihr Werk zu bewundern.«

Die Augen auf Kane gerichtet, sagte er zu AJ: »Also hatte ich Recht, Miss Cooper. Ihr Freund ist *nicht* der, der er zu sein scheint. Und *Sie* habe ich unterschätzt. Wenn Sie jetzt meinen Männern bitte Ihre Waffen reichen würden. Eine winzige Spur von Widerstand und ... *peng*.«

»Aber für Sie gilt das auch«, erklärte Kane und schüttelte den Kopf, als zwei der Männer sich näherten, um sie zu entwaffnen. Die Männer zögerten, sahen sich fragend nach Raazaq um.

Kane spürte einen leichten Luftzug, als sich hinter ihnen lautlos die Tür schloss.

Vier Minuten, vierzehn Sekunden.

Wenn die Uhren anzeigten, was Kane vermutete, dann war eine der Virusladungen bereits freigesetzt worden. Und sie hatten vier Minuten und ... elf Sekunden ..., um die Freisetzung der nächsten zu verhindern.

»Händigen Sie Ihre Waffen aus, oder ich erschieße das Mädchen.« Raazaq griff nach einer der futuristischen Waffen. Sie wirkte in seiner behandschuhten Hand klein und todbringend. Kane hatte nie zuvor etwas Vergleichbares gesehen. Er hatte nicht die leiseste Vorstellung, wozu die Waffe in der Lage war, und er wollte es ganz bestimmt nicht herausfinden.

»Tun Sie es doch«, sagte er kalt, ohne sich umzuschauen, wie AJ auf die Offerte reagierte. Er schob die Füße ein wenig zur Seite und kam vor ihr zu stehen. »Sie würden mir einen Gefallen tun.«

»Entschuldigung«, sagte AJ entrüstet, trat vor und versetzte ihm einen harten Schlag an die gute Schulter. »Habe *ich* da nichts mitzureden?«

Er stieß sie, nicht gerade sanft, mit der flachen Hand zurück. *Hinter mich, verdammt.* »Lady, du bist mir schon seit Tagen ein Dorn im Auge. Ich würde dich selber erschießen, wenn ich meine Munition nicht verschwenden wollte.« Er bewegte sich weg von ihr und durchquerte den Raum, während Raazaqs Männer hinter den Visieren ihrer Schutzanzüge grinsten.

Vier Minuten, acht Sekunden

»Du niederträchtiger, ehrloser Bastard!«, kreischte AJ. Die Baseballkappe flog ihr vom Kopf, und die roten Strähnen flatterten wie ein Banner hinter ihr her, als sie auf ihn zugerast kam.

Raazaq Männer fühlten sich bestens unterhalten und fingen zu lachen an.

Kane trat im letzten Augenblick zur Seite. AJ schoss weiter geradeaus, traf Raazaq mit dem ganzen beschleunigten Körpergewicht und riss ihn in einem Gewirr aus Armen und Beinen zu Boden. Es war so perfekt, so klassisch, dass Kane beinahe applaudiert hätte. Verdammt, war sie gut!

Er wartete nicht ab, bis zu erkennen war, welche Körperteile zu wem gehörten. Er überließ Raazaq AJ. Es gab ein paar andere Probleme, um die er sich zu kümmern hatte.

Drei Minuten, neunundvierzig Sekunden.

AJ drückte den Hintern mit aller Kraft auf Raazaqs Brust, presste die Knie auf seine Schultern und platzierte die Füße auf seine um sich schlagenden Hände, um ihn ruhig zu stellen. Dann drückte sie die Mündung der SIG gegen das Visier vor seinem Gesicht, genau über der Pockennarbe in der Mitte seiner Stirn. Er bäumte sich auf. Sie drückte die Knie fester nach unten, stemmte sich mit ihrem ganzen Gewicht gegen ihn. Während er versuchte, sich unter ihr herauszuwinden, tastete AJ mit einer Hand nach der Halterung des Helms, der Raazaqs Hirn vor ihrer Kugel schützte.

Einer der anderen Männer kam dazu, packte sie um den Hals und versuchte, sie wegzureißen. AJ rammte ihm den Handballen zwischen die Beine. Schutzanzug oder nicht, das spürte der Kerl. Er ließ einen schrillen Schrei hören, fiel zu Boden, rollte sich wie ein Fötus zusammen und weinte wie ein Mädchen.

Drei Minuten, dreißig Sekunden.

»Also, wo waren wir?« AJ ritt Raazaqs buckelnden Körper wie einen Mustang, während sie versuchte, mit einer Hand den Helm abzuziehen und gleichzeitig das Gleichgewicht zu halten.

In dem sperrigen Schutzanzug konnte er sich nicht so schnell oder wirkungsvoll bewegen wie sie, aber er versuchte es. Buckelnd und sich windend schrie er nach seinen Männern, das verrückte Weibsstück wegzuziehen. AJ schaffte es endlich, den Helm abzuziehen und schleuderte ihn zur Seite.

Sie drückte die Mündung der SIG fest zwischen seine Augen. »Lass mich diese blöde Narbe wegmachen!«

Sie wandte den Kopf ab -

»Nein!«

- und betätigte den Abzug.

Zwei Minuten, elf Sekunden.

AJ löste sich blutbefleckt von dem leblosen Körper und eilte Kane zu Hilfe, über den Kerl hinweg, der immer noch am Boden lag und sich schluchzend und schreiend die Eier hielt.

Kane war alleine gut zurechtgekommen. Drei Männer lagen tot am Boden und ein vierter sah aus, als wolle er mit dem Kopf voran in einen der Monitore kriechen. Ein Fünfter umrundete Kane, und Nummer sechs lag zusammengesunken vor der Tür, entweder tot oder bewusstlos.

Eine Minute, zweiundfünfzig Sekunden.

AJ raste zur Reihe der flackernden Bildschirme und Kontrolllichter. Was tun? Was, zur Hölle, sollte sie tun? Verdammt, sie war mit Computern nie sonderlich gut gewesen. Sie starrte die Reihe der Schalter an, manche erleuchtet, manche nicht.

Sie schaute zu den Digitaluhren auf.

Eine Minute, achtunddreißig Sekunden.

Sie feuerte auf die Konsole, baute sich breitbeinig und mit vorgestreckten Armen davor auf und entleerte das ganze Magazin auf das piepsende, blinkende Wirrwarr.

Der Raum fiel völlig ins Dunkel.

Sekunden später flackerten an hundert verschiedenen Stellen kleine Flämmchen auf, als Leitungen sich kurzschlossen und Verbindungen brachen.

»Raus hier, Aphrodite Jacintha«, schrie Kane von der Tür. »Der Raum fliegt in die Luft!«

AJ schoss herum und starrte ihn an. »Was hast du gesagt?«

»Ich sagte, raus hier! Los!«

Sie schaute sich über die Schulter um. Im Schein des Feuers sah sie, dass der Countdown bei einer Minute und elf Sekunden stehen geblieben war.

Hatte es funktioniert?

Bitte, lieber Gott. *Hat es funktioniert?*

AJ wartete die Antwort nicht ab. Sie machte auf dem Absatz kehrt und raste über ein paar am Boden liegende Körper auf Kane zu.

Er riss die Tür auf, packte sie an der Hand, zog sie mit hinaus und warf die massive Tür hinter ihnen zu. In pechschwarzer Dunkelheit rannten sie zusammen die steinernen Stufen hinunter. Ein Schuss und ein Schrei hinter ihnen wurden von einem entsetzten Kreischen abgeschnitten. Rauch drang über ihren Köpfe durch die mittlerweile wieder offene Tür. Die giftige Wolke jagte sie dick und widerwärtig die Treppe hinunter. Sie wirbelte ihnen in den Weg und waberte nur einen Atemzug entfernt hinter ihnen her. Sie hörten es krachen, schnappen und knallen, als die Flammen immer höher schlugen und Raazaqs hypermodernes Labor fraßen.

»Lauf. Lauf. LAUF!«, schrie Kane, der AJ hinter sich her zerrte, die Finger wie eine eiserne Klammer um ihre gelegt.

Gott, es war dunkel, die Luft fast zu dick zum Atmen. Sie keuchten und husteten beide, während sie durch die Dunkelheit rannten. Um ihr Leben rannten.

Sie bogen um eine scharfe Kurve. *Womm!* AJs Schulter krachte an eine unsichtbare Wand, sie stemmte sich weg und rannte, ohne innezuhalten, weiter.

Durch die Kammer der Königin, den Gang hinunter, die nächste Treppenflucht hinab, die Hitze des Feuers im Rücken. Die heiße Luft trieb sie voran. Flammen leckten an der Decke. Brauchten den Sauerstoff auf. Kaum noch Luft. Kaum etwas zu sehen.

Zweiundfünfzig Sekunden zählte sie im Geiste mit. Einundfünfzig.

Die Treppe hinunter in den nächsten Gang. Die nächste Treppe. AJs Atem pfiff aus den brennenden Lungen.

Schneller. Schneller. Schneller.

Das Feuer trieb sie nach draußen zum Sauerstoff. Der bei ßende Geruch verbrannter Haare, versengter Elektronik, geschmolzenen Kunststoffs stach in ihrer Nase.

Die Tränen liefen ihr die Wangen hinunter. Sie konnte nichts sehen, nirgendwo. Die Kehle ausgedörrt. Das einzig Gute Kanes Hand, die fest und zuversichtlich ihre Finger umklammerte, während sie über den Steinboden flogen.

Die Stufen zitterten und bebten unter ihren Füßen.

Kane riss ihr förmlich den Arm aus, aber AJ beklagte sich nicht. Sie raste auf Hochtouren, aber er war immer noch schneller.

Er verfehlte eine Stufe, stolperte über ein paar, musste hüpfen und springen, um das Gleichgewicht zu halten, fing sich wieder und rannte weiter. »Schneller, verdammt!«, schrie er. »Schneller!«

Ein Rechteck aus Sonnenlicht. Der Ausgang. Direkt vor ihnen.

Gott sei Dank.

Kane zog sie die letzten paar Meter und schob sie vor sich ins Freie, als ein monströses, krachendes Ächzen die Luft erschütterte.

»Lauf!« Er stieß sie vorwärts. »*Los. Los. Los.*«

AJ taumelte, griff nach hinten nach seiner Hand. »Was machst du da? *Komm.*«

»Ich bin direkt hinter dir.«

»Nein.« AJ packte seine Hand mit beiden Händen. »Zusamm - Oh, Gott! Dein Knöchel?«

Ist gebrochen. »Ist okay. Mach schon, Cooper. Mach einfach, verdammt.«

AJ packte seinen Arm und legte ihn sich um den Hals, die Hand über die Schulter baumelnd. Sie hielt seine Finger fest umklammert. »Ohne dich geh ich nirgendwohin.«

Kane lehnte sich schwer auf sie, er hatte keine andere Wahl, und humpelte unter Schmerzen weiter. »Stures Weib.«

»Starrsinniger Mann.« Der Griff ihrer Hand war so fest, es schnitt ihm die Blutzirkulation ab. Jesus. Was für eine Frau.

Weiter den sich windenden Pfad hinunter. Schatten, Sonne, Schatten, Sonne. Tanzende schwarze Punkte. Weiß glühender Schmerz. Angst, wie er sie nie zuvor erlebt hatte. *AJ. Lieber Gott. AJ. Er musste sie in Sicherheit bringen.* Er lief schneller. Schatten, Sonne, Schatten, Sonne.

Er stolperte heftig. Sie hielt ihn.

»Du schaffst es. Du schaffst es. Nur noch ein kleines Stück. Wir sind gleich da.« AJ keuchte ihre kleine Litanei, während sie sich stolpernd und taumelnd den Weg bahnten, so schnell sie konnten.

Jesus. Nicht schnell genug.

Schwarze Rauchwolken erfüllten die Luft. Er spürte eine immense Hitze auf seinem Rücken.

Das Ding würde in die Luft fliegen. Das ganze verdammte Ding würde in die Luft fliegen.

»Schneller«, ächzte er. »Schneller, um Gottes willen!« Der Schweiß stand auf seiner Stirn, und vor seinen Augen tanzten schwarze Punkte. Als ihm der stechende Schmerz vom Knöchel direkt ins Hirn fuhr, geriet er ins Stolpern. Seine Knie gaben nach. Er zog AJ mit seinem Gewicht fast zu Boden, aber sie biss die Zähne zusammen und zog ihn wieder hoch.

Er versuchte, den Arm von ihr zu lösen.

Sie grub die kurzen Nägel in seine Hand und zog die Schulter hoch. »Ich... bin... mit... dir... noch... nicht... fertig!«, keuchte sie und zog ihn weiter, ob er nun wollte oder nicht. »Komm schon, Wright, du verweichlichte Heulsuse! Reiß dich zusammen und beweg deinen Arsch, verdammt!«

Sie brachen durch die Baumreihe am Fuß des Hügels.

Direkt ins Chaos.

Die Leute schrien, weinten und liefen durcheinander wie kopflose Hühner. Die Menge war in Todesangst, während die Sicherheitskräfte die Leute ins Hotel zurückbeorderten, den herabstürzenden Brocken aus dem Weg.

»Nur noch ein kleines Stück. Du schaffst es, du schaffst es.« AJ keuchte, aber sie schleppte ihn weiter. Kane war mindestens fünfunddreißig Kilo schwerer als sie. Er fragte sich, ob AJ die leiseste Ahnung hatte, welches Gewicht sie mit sich herumschleppte, während sie über den Rasen stolperten.

Raazaqs Männer brachten sich in Sicherheit, genau wie alle anderen auch.

Sie waren noch hunderte Meter von der Eingangstür entfernt, als sich unter ihnen der Boden bewegte.

Kane warf sich über AJ und riss sie mit sich auf den wogenden Rasen, wo er sie mit dem Körper bedeckte und flach zu Boden presste. Es folgte eine plötzliche, unerwartete Stille -

Dann brach die Hölle los.

Der Sand wogte, wie er es seit Jahrhunderten nicht mehr getan hatte. Als triebe ihn ein Erdbeben, hob sich der Boden und riss unter der Explosion auf. Die weiße Marmorpyramide implodierte mit einem weißen Wolkenpilz, der eine Meile hoch aufragte. Flammen und dicker schwarzer Rauch stiegen hunderte Meter breit in den Himmel.

Kane grub das Gesicht in AJs Nacken und bedeckte, so gut er konnte, mit den Armen ihren Kopf.

Es war schnell vorbei. Er wartete noch ein paar Minuten, bevor er wieder aufsah.

»Du zerquetschst mich!« AJ wand sich unter ihm.

»Bleib, wo du bist.« Kane zuckte zusammen, als er den Fuß bewegte. Es schmerzte höllisch.

»Was? Bist du von irgendwas getroffen worden?« Sie wand sich heftiger. »Verdammt nochmal, Kane, ich sollte oben liegen und *dich* schützen. Du bist der, der verletzt ist!«

Kane schob sich von ihr herunter und fing zu lachen an.

Flugzeuglärm erfüllte die Luft. Keuchend und in Blut und Schweiß getränkt, rollten sie sich auf den Rücken und sahen hinauf.

Die Kavallerie war da.

»Ist das nicht das Schönste, das du je gesehen hast?«, japste AJ und blickte zu den Harrier-Kampfjets auf, denen Blackhawk-Helikoptern folgten, die zur Landung ansetzten.

Es war ein schöner Anblick - verdammt, es war ein *großartiger* Anblick. »Nein.«

Sie schaute ihn an. »Nein?«

»Nein. Du bist das Schönste, was ich je gesehen habe. Dein unglaubliches Gesicht, nachdem wir uns auf diesem voyeuristischen Kamel geliebt haben. Und wie du auf Raazaq gesessen hast, war spektakulär. Verdammt, dir beim Orangenessen zuzuschauen, setzte meine Lenden in Brand. *Das* sind die schönsten Dinge, die ich je gesehen habe.« Er grinste, verschränkte seine Finger in ihre und brachte ihre Hand an seine Lippen.

»Genau genommen«, sagte er und küsste ihre Finger, »ist alles an dir das Schönste, was ich je gesehen habe.«

Ihre Augen brannten vor Tränen.

Oh, verdammt. »Ist das schlecht?«, fragte er.

AJ warf sich auf ihn. »Nein, du verrückter, wunderbarer Mann, es ist wundervoll. Ich liebe dich. Ich liebe dich. Ich liebe dich.«

»Gott sei Dank«, sagte er aufrichtig erleichtert. »Ich hatte schon Angst, ich müsste dich erst verschleppen und irgendwo gefangen halten, bis du es zugibst.«

»Das hätte nicht lange gedauert«, sagte sie und nibbelte sich von seinem Kinn an seine Lippen. »Du hast schließlich die Weissagung der Zigeunerin erfüllt.«

»Die Weissagung der Zig ... ich habe deinen Namen erraten?« Er versuchte, überrascht auszusehen. »Das gibt es nicht. Was für einer war es?«

»Egal. Nun mach schon und küss mich.«

Kane fuhr mit den Fingern durch ihr Haar. »Mit Vergnügen, Aphrodite Jacintha, mit Vergnügen.« Er zog ihren Kopf zu sich und presste seine Lippen auf ihren Mund.

Sie erwiderte seinen Kuss leidenschaftlich und boxte ihn zugleich in die Rippen.

»He, Cooper? Wenn Wright dich so ärgert, warum steigst du dann nicht von ihm runter?«, schlug eine lachende Stimme vor. »Schätze, ihr beide wisst, welchen Aufruhr euer Verschwinden verursacht hat.«

»Hau ab, Hawk«, murmelte AJ ohne aufzusehen. »Ich habe diesen Mann in Gewahrsam.«

»Ja, klar. Das sieht man. Aber vielleicht willst du dich kurz umschauen, bevor du ihn weiter verhörst?«

AJ hob den Kopf. »Oh, verflucht«, flüsterte sie, während sie Kanes belustigten Blick zur Kenntnis nahm.

Sie waren umzingelt.

Killian, McBride, Tariq, Christof, Wondwesen und Hawk standen im Kreis um sie herum. Zwischen ihren Beinen hindurch konnte AJ erkennen, wie Militär auf das Gelände strömte. Sie war sich plötzlich des Lärms bewusst. Flugzeuge, Militärfahrzeuge und laute Männerstimmen. Das reinste Chaos. Menschen und Kamele rannten herum, Fahrzeuge überquerten die Rasenflächen und Blumenbeete. An einem riesigen militärgrünen Fallschirm schwebte ein kleiner Jeep vom Himmel und landete ein paar Meter entfernt. Dann noch einer. Und noch einer. Der Himmel war vom Lärm der ankommenden Flugzeuge erfüllt, der Boden vom Lärm der Geländefahrzeuge.

Ari Tariq streckte ihr die Hand hin und half ihr hoch. »Jesus«, sagte er und begutachtete sie von Kopf bis Fuß, bevor er sich Kane zuwandte. »Wer von euch beiden blutet hier wie ein abgestochenes Schwein?«

»Keiner.« Kane grinste, gestattete McBride, ihm auf sein gutes Bein aufzuhelfen und kam gefährlich schwankend zum Stehen. »AJ hat Raazaq erledigt. Das war vielleicht ein Anblick.«

»Exzellent. Wir hören uns deine Geschichten später in allen Einzelheiten an«, sagte Tariq. »Aber da stehen schon ein paar andere Schlange und wollen euch sprechen. Cooper, geh schon mal voraus. Sie sind im Speisesaal. Den da schicken wir nach, sobald wir ihn zusammengeflickt haben.«

»Wer wartet?« AJ gratulierte sich zu ihrem Erfolg. Die Jungs behandelten sie als eine von ihnen. Sie hatte ihren Auftrag erledigt, und Kane Wright - verdammt wollte sie sein - Kane Wright *liebte* sie.

»Justizministerium, Secret Service, unsere Leute und der übliche Rest.«

AJ fuhr sich mit den Händen durch die Haare und versuchte, sich irgendwie zu säubern. Unmöglich. Außerdem war sie ohnehin voller Blut. Sie zog eine Grimasse.

Christof zog sich das graue T-Shirt über den Kopf. »Hier«, sagte er und wurde rot. »Heute frisch gewaschen angezogen. Nimm dir ein bisschen Zeit, dich zu waschen und zieh das an, bevor du da reingehst, wenn du magst.«

»Vielen Dank.« Sie nahm dem blonden Riesen das T-Shirt aus der Hand. »Er hat sich vermutlich den Knöchel gebrochen und hat ein Loch, das genäht werden muss, allerdings nicht in seinem Dickschädel. Kümmert euch bitte gut um ihn, Jungs.«

»Willst du das Mädel heiraten?«, fragte Hawk beiläufig, während die Männer sie mit unverhohlener Bewunderung betrachteten.

»Sobald ich den Mittelgang zum Altar schaffe«, versicherte Kane. Er machte die Augen zu. »Ist sie schon drin?«

»Ja, wa -« fragte Killian und drehte sich genau im richtigen Moment um, um Kane, der ohnmächtig geworden war, am Fallen zu hindern. »Ah, verdammt.«

»Lass ihn uns schnell ins Feldlazarett bringen, damit sie ihn verarzten, bevor die kleine Amazone ihn noch so sieht«, sagte Wondwesen liebevoll und half Hawk dabei, Kane zu stützen.

»Mann, mit der Lady würde ich mich nicht anlegen wollen«, sagte Killian, und packte Kane an den Schultern.

»Ja«, pflichtete McBride grinsend bei. »Willkommen im Club.«

»Was zum -« sagte Kane und schlug die Augen auf. Er zwinkerte, sodass er AJ scharf sehen konnte.

»Du bist in Ohnmacht gefallen«, sagte sie fröhlich. Sie saß auf dem Rand seines Betts. Ihr Gesicht war sauber gewaschen, ihre Augen funkelten und bis auf ein Männer-T-Shirt schien sie nichts anzuhaben.

»Ich bin nicht in Ohnmacht gefallen.«

»Doch«, sagte sie und streichelte mit kühlen Händen sein Gesicht, »bist du schon.«

»Ich habe das Bewusstsein verloren«, berichtigte er und suchte sie mit aufmerksamem Blick nach irgendwelchen Verletzungen ab. »Wo sind wir?«

»Im Hotel. Sie haben uns eine hübsche desinfizierte Suite gegeben, wo wir die nächste Woche - oder so - bleiben werden.«

»Quarantäne?«

»Ja. Soweit sich das feststellen ließ, ist von dem Virus nur eine Ladung freigesetzt worden. Und sie hoffen, dass er unwirksam ist, weil die Komponenten, mit denen er hätte reagieren müssen, nicht freigesetzt wurden. Aber sicher sind sie nicht. Also darf hier vor Ablauf der Inkubationszeit keiner weg. Wir müssen so lange hier bleiben.«

Es hatte deswegen Gemurre und Geächze gegeben. Aber nicht viel. Die Menschen waren zu froh, am Leben zu sein. Und die meisten waren zu verängstigt gewesen, um zu protestieren. Abgesehen davon standen ihnen hier die besten Virologen der Welt zur Verfügung, das beste medizinische Personal, die besten Gegenmittel und die besten Ärzte.

Vom Präsidenten der Vereinigten Staaten bis zum Liftboy standen ohne Ausnahme alle unter Quarantäne.

Sie strich Kane die Haare aus den Augen. »Wie fühlst du dich?«

»Als hätte ich einen verdammten Riesengips am Bein.«

Sie grinste. »So kannst du wenigstens nicht davonlaufen.«

Kane legte die Hand an ihren Hinterkopf. »Ich laufe nirgendwohin. « Er zog ihr Gesicht heran und küsste sie. »Ich liebe dich, AJ«, sagte er. »Ich liebe dich mehr, als ich es mir je erträumt habe zu lieben.«

»Gut«, sagte sie schroff und setzte sich auf. »Ich habe dir nämlich ein Angebot zu machen.«

»Ein Angebot? Keinen Antrag?«

»Ich übernehme das eine, du das andere.«

»Ja, Madam.«

»Es gibt nämlich derzeit das Angebot, als Paar für T-FLAC zu arbeiten. Wusstest du das?«

»Wirklich?«, fragte er aufrichtig erstaunt. Jesus, diese Frau forderte ihn zu einem fröhlichen Tanz auf; sie würde ihn vorzeitig graue Haare bekommen lassen und sein Leben mit Freude füllen. Er konnte es nicht erwarten.

»Ja, gibt es wirklich. Also dachte ich -«

»Angina?«

»Was?«

Kane lachte, packte sie und drückte sie fest an sich. Dann küsste er sie lang und hart und tief, weil das der einzig ihm bekannte Weg war, sie zum Schweigen zu bringen.

Als er sie endlich Luft holen ließ und ihr in die Augen sah - was er von nun an jeden Tag seines Lebens zu tun gedachte -, sagte er: »So? Du willst mich also heiraten, oder wie?«

»Oh.« Sie lächelte strahlend. »Bin jetzt *ich* mit antworten dran?«

»Aber nur ein Wort.« »Ja.« Kane grinste und zog sie wieder in seine Arme, wo sie hingehörte. »Das ist das Wort.«

Über Cherry Adair

 New York Times Bestseller-Autor Cherry Adair Das innovative Aktion-Abenteuer-Romane wurden auf zahlreiche Bestseller-Listen erschienen, gewann Dutzende von Auszeichnungen und erhielt Lob von Kritikern und Fans gleichermaßen. Mit der Schaffung von ihr kick butt Antiterror-Gruppe, T-FLAC, Jahre vor dem Aktion-Abenteuer-Romanzen waren beliebt. Cherry hat eine Nische für sich selbst geschnitzt mit ihren sexy, freche, rasante Romane. Sie liebt es, von Lesern zu hören.

Besuchen Sie Cherry auf Visit Cherry on Facebook, Twitter, Pinterest, cherryadair.com, oder shop.cherryadair.com.

www.ingramcontent.com/pod-product-compliance
Lightning Source LLC
Chambersburg PA
CBHW072309020726
47501CB00002B/457